SV

Marianne Fritz
Dessen Sprache
du nicht verstehst

Roman · Band 3
Suhrkamp

Ein Glossar, Register und Gesamtinhaltsverzeichnis
befinden sich am Schluß des zwölften Bandes.
Die Autorin dankt der Stadt Wien für die Zuerkennung des
Elias-Canetti-Stipendiums in der Zeit vom 1.1.83–31.12.85.

Erste Auflage 1986
© Suhrkamp Verlag Frankfurt am Main 1986
Alle Rechte vorbehalten
Druck: Wagner GmbH, Nördlingen
Printed in Germany

Wußte sich fast, geborgen; es war doch ein
wunderschöner Raum.
    Ohne die Zungen, die Menschen verbrannten,
ohne den Kopffüßer und diesen langen Zug der Kriechtiere auf den
Glaswürfel zu,
    ohne das Gestrüpp, indem man hängenblieb und umarmt wurde von
    Dornen und schlingpflanzenartigen Gewächsen,
    die wollten von einer Wand zur anderen Wand, werden
    das undurchdringliche Dickicht, die kaum mehr entwirrbare Umar-
mung von drüben nach hinüber, von drüben nach herüber.
Und auch der Gang mit den vielen Schatten, die zu griffen
und aber hatten keine Hände und aber hatten keine Füße,
nicht eigentlich einen Kopf und voll der Stimmen waren,
ein dumpfes, drohendes sich steigerndes Gelächter und war geraten,
in einen Gang – aus ihm wieder heraus – der Echo erzeugte, viele Echo und
in ihm war nur das Lachen, das erinnerte an einen Verrückten,
der Menschen haßte, sie verfolgte und aber liebte der Schatten den
menschlichen Leib, denn mit ihm war er
wieder ganz.
    Stand also wieder in dem Raum und blickte um sich,
    das Herz klopfte ihm
    überall
    im Zehen wie im Kopf,
    in der Hand wie im Rücken,
    eines nur mehr war
    wild klopfendes, wild hämmerndes und ich-will-hinaus
    aus-deinem-Leib, ich-will
    dich-verlassen-frei-sein,
    pochendes Herz.

FÜNFTES KAPITEL:

Der Kopffüßer oder die Quadratur des Kreises

I

Kruzifix, im ersten Stock

A
Ich weiß nicht, wohin

»Hier fliegt die Zeit vorüber, ich weiß nicht, wohin. Die äußerliche Strenge ist so arg auch wieder nicht, das bilden sich nur viele so ein. Dagegen wird streng gefordert, daß ein Zögling seinem Willen gänzlich entsagt, das ist nur vernünftig, der ist ja oft wirklich sehr verkehrt, blind gehorcht, aufs genaueste die Ordnung befolgt, sich selbst verleugnet und abtötet: die verkehrten Neigungen, die anderen darf man sich durchaus behalten. Zeitliche Sorgen kennt ein Zögling des Instituts nicht, Speise und Trank geht ihm ja gerade von selbst in den Mund; für all das sorgt die Institutsvorstehung aufs beste. Lieber Vater, Sie haben ja so recht gesprochen. Ein Reisen ohne Ziel ist höchstens ein Vergnügungsreisen. Das Leben ist zwar ein Reisen, aber keine Vergnügungsreise.
Am meisten wird Sie wohl beglücken, lieber Vater, daß ich jetzt beginne, Sie wirklich zu verstehen. Ihre weise Entscheidung, meine weitere Charakterbildung dem Institut anzuvertrauen, zeitigt nun die ersten Früchte: Lieber Vater, ich hüte mich vor jeder Sünde, auch der kleinsten, ganz rein will ich werden, ganz brav, vollkommen und heilig. Im Geisteskampf habe ich vier äußerst wichtige Dinge erkannt: Mißtrauen gegen sich selbst ist das Fundament fürs Vertrauen auf Gott.
Im übrigen muß ich noch viel üben, üben und wieder üben. Ich knie: sehr viel vor dem Kruzifix auf der Kniebank, am schönsten ist es aber vor dem Tabernakel des Herrn Jesum Christ knien, einer wollte es mir nachmachen, ein Kniegeschwür beendigte seinen Eifer bald. Ich bin ja so glücklich, lieber Vater, Kniegeschwüre plagen mich nicht. Ich bin sehr vernünftig geworden, lieber Vater, mir ist oft selbst etwas unheimlich, wenn ich merke, wie weitsichtig ich geworden bin. Die Zukunft male ich mir jetzt nicht mehr mit schönen Farben aus. Das ist der Pinsel des

Teufels. Ich denke mir auch nicht mehr, später werde ich es bequem haben. O nein, nein, nein! Der Heilige Geist hat endlich, auch meinen Verstand erleuchtet, ich erkenne erst jetzt so richtig, wie sehr Sie mich doch lieben müssen, lieber Vater. Der ehrwürdige Präfekt hat mich getadelt wie Sie, lieber Vater, mich belehrt, wie notwendig, nützlich und heilsam für meinen künftigen Beruf auch die weltlichen Studien sind, sodaß ich nun beschämt feststellen mußte, Sie verkehrt herum verdächtigt zu haben, Sie wollten dies nur deshalb von mir verlangen, damit ich ein guter Kaufmann werde. Krüge von Tränen habe ich geweint, lieber Vater, mögen Sie Ihrem Sohn vergeben! Der ehrwürdige Präfekt hat mich auf diese Unvollkommenheit meines Charakters hingewiesen, nun weiß ich, daß eine besondere Liebe zu Mineralogie und Naturgeschichte, Botanik und Geschichte, Deutsch, Latein und Griechisch etwas sehr Schönes ist, aber ich halt auch Mathematik lieben soll, und mich nicht mehr so von den anderen zurückziehen. Ihm gefällt es so gar nicht, wenn ich nur zu den anderen gehen will, wenn ich muß. Deshalb habe ich jetzt auch begonnen, mich wirklich zu freuen, so ich mit den anderen spielen darf. Denn das ist vernünftig und gesund. Der Spiritual erinnert mich sehr an Ihre Güte, lieber Vater. Wie oft heilte er mir schon die Seelenwunden, welch lindernden Balsam ließ er in meine traurige Seele träufeln. Ich bin ja so glücklich, lieber Vater. Im Institut hier und im Gymnasium haben mich alle sehr lieb. Die Tugendübungen haben meinen Charakter schon ein bißchen umgebildet, lieber Vater. Er ist jetzt ganz anders. Ich bin nicht mehr so heftig, lieber Vater, was Jähzorn ist und Wut, weiß ich gar nicht. So etwas fühle ich nicht, nur sehr selten, ganz bestimmt aber nur mehr innerlich. Lieber Vater, niemand muß unter meinem launischen und heftigen Temperament leiden, das habe ich mir wirklich abgewöhnt. Ich bin noch aufmerksamer geworden, meine Lektionen lerne ich noch besser, meine Pensa schreibe ich noch genauer, auch schöner, im Studiensaal bin ich noch ruhiger geworden. Das Punkteprogramm, das mir mein lieber Vater vorgeschlagen hat, hat mir wirklich sehr geholfen. Jetzt habe ich schon 100 Punkte, die mir mein Leben bis ins genaueste ordnen. Ich hoffe, daß meine weiteren Ergänzungen der Institutsordnung meinem lieben Vater gefallen.
Der 95. Punkt ist: »Ich will mir alle Mühe geben, nicht mehr so abgesondert sein von meinen Kollegen.«
Der 96. Punkt ist: »Ich will meine Abneigung, die ich zu irgend einem trage, nicht offen zeigen, sie gleich dem ehrwürdigen Spiritual mitteilen und jede auferlegte Buße willig tragen.«
Der 97. Punkt ist: »Ich will meine allzu große Gedanken-und Phantasieandacht immer mehr lenken auf energischere Willensandacht.«
Der 98. Punkt ist: »Ich will, daß jedes aus Gehorsam gelesene Buch in mir ein gelockertes Erdreich findet.«

Der 99. Punkt ist: »Ich will mir bei Rügen und Ermahnungen alle Mühe geben, die gute Meinung meinen Vorgesetzten gegenüber erneuern und den Stolz: die ungeordnete Leidenschaft zu unterdrücken.«
Mein lieber Vater, ich bin ja so dankbar, daß Sie mein Vater sind. Ihre pädagogische Begnadung kommt mir hier im Institut sehr zugute. Man merkt halt, daß Sie in unserer Heimatgemeinde Nirgendwo den Vorsitz innehaben im Ortsschulrat. Die Gemeindevertretung wird auf Ihren Rat genau so wenig verzichten können, wie der Ortsschulrat auf seinen Obmann. Und dann sind Sie ja, lieber Vater, vor allem Kaufmann. Ich will auch nicht klagen, wenn Ihr nächstes Brieflein so kurz sein wird, wie das letzte. Ich möchte Ihnen auch wirklich nicht lästig fallen, lieber Vater. Sie haben schon genug unter meinem lebhaften Naturell leiden müssen. Erst jetzt, wo ich ein Muster geworden bin in Beachtung und Befolgung dessen, was mein Beichtvater und geistlicher Führer mir sagt, weiß ich, wie sehr ich Ihnen das Leben und seine Mühsal erleichtern hätte können. Möge mir mein lieber Vater den langen Brief vergeben, ich weiß ja: »Die Zeit ist so kostbar wie der liebe Gott.«
Aber so wie Sie, lieber Vater, alleweil so gerne sprechen von Ihrem Geschäft und Ihren Pflichten, der Soldat vom Kriege, der Gelehrte von der Wissenschaft, will ich gerne von meinen Pflichten sprechen dürfen, in der Hoffnung, daß Sie, hochverehrter und innigstgeliebter Vater, in Ihrem Sohn nicht nur den Sie ewig heiß und innigst liebenden Bewunderer sehen mögen, sondern auch das glücklichste Menschenkind auf Erden. Ja, lieber Vater, Ihr Sohn ist wahrhaftig reifer geworden und doch noch so weit entfernt von Ihrer schier übermenschlichen Aufopferungsfähigkeit für Familie, Beruf und dann erst noch all die öffentlichen Angelegenheiten. Nicht wahr, lieber Vater, rechnen ist im Leben sehr wichtig, nicht nur ein Kaufmann muß rechnen können, für alles gibt es irgendeine mathematische Formel, die man irgendwann einmal brauchen kann, und alles hat seinen Preis. Es wäre nur der Narr, der wegen so etwas vor dem Tabernakel knien wollte. Ich habe soeben, lieber Vater, eine schwere Sünde entdeckt, die ich erst ausrotten muß.
Der 101. Punkt ist hiemit gefunden: »Die Zeit ist so kostbar, wie der liebe Gott. Das will ich hinkünftig nicht justament dann vergessen, wenn ich Mathematik studieren soll.«
Lieber Vater, Sie haben ja so recht gesprochen, »Zeit!Zeit!«, ich muß jetzt in den Studiensaal eilen, mich rufen die Pflichten, lieber Vater. Die besorgte Frage meines lieben Vaters, wie das nun mit meinem Kopf geworden sei, Er möge sich bitte hinkünftig nicht sorgen, des Kopfwehs wegen sterbe ich nicht.«
Ein Gottlieb Kreuzfels einst des Vaters Hausknecht, der den Sohn eh nur strafte und plagte, alleweil und alleweil, als wär der schuld, daß die neue

Mutter nichts von Geschäftsführung verstand und ihre Lösungsvorschläge zur Magenfrage die Lösung der Herzensfrage blockierten, im übrigen: alleweil im Gemeindeamte und bei verschiedenen Vereinen sich aufopfern müssend, samt seinen guten Eigenschaften, sodaß für zuhause nur mehr Donner und Gloria, Zeter und Mordio übrig zu bleiben pflegten, das waren Legenden, oberflächlichste Verleumdungen eines über alles und jeden erhabenen Vaters.
Gottlieb Kreuzfels junior übte.
Kindische Weltbetrachtungen schon lange nicht mehr. O, er hatte ja einen so guten Vater, daß er nur einen Wink zu geben brauchte, und er gehorchte schon. Eine paradiesische Kindheit ward ihm vergönnt, er war ja: alleweil, so glücklich gewesen, so glücklich! Im Matrosenkleidchen durfte er den anderen Buben voranmarschieren als Hauptmann, Kommando rufen und sie exerzieren üben lassen.
»Vater, ich werd a Kadetterl, ich werd a Soldat.«
Und der liebe Vater wäre ihm in keiner Weise hemmend in den Weg getreten, im Gegenteil, ganz im Gegenteil. Nachts durfte er sogar träumen, er sei: Kaiser geworden. Und als die erste heilige Beichte auf dem Programmzettel seines Lebens stand, durfte er sich zur Mutter setzen, auf daß er beichte, einmal ihr alle seine Sünden.
Bei dieser Generalprobe entpuppte sich, die ihn geradezu: beflügelnde Erfahrung, daß er bei der Beichte ganz bestimmt nix falsch machen wird. O, er hatte ja einen so guten Vater! Tüten durfte er machen und Farben reiben, nie ein gutes Wort, das hatte ihm gut getan, kam ihm jetzt im Institut zugute, alleweil nur das Raunzen und der Stock. Die neue Mutter wußte eben auch, was er brauchte. Er brauchte unbedingt einen von oben kommenden Hagel von Kreuzen, wollte er sich nicht allzusehr in den irdischen Freuden verstricken. Er war ja in den kritischen Jahren. Die wahrhaft gefährlichen Jahre konnten doch nur mit zusätzlichen Tugendübungen gemeistert werden. Sollte etwa justament Gottlieb Kreuzfels junior sittlichen Schiffbruch erleiden, den hervorragendsten aller hervorragenden Väter – zumindest in seiner Heimatgemeinde, er war ja eine hochgeachtete Persönlichkeit, gab es denn wirklich ein Amt, in das er nicht irgendwann einmal gewählt worden, in dem er nicht einerseits durch seine hervorragenden Kenntnisse, andererseits durch seine hervorragende Ruhe und Gelassenheit, die alleweil schon große Männer auszuzeichnen pflegte, beispielhaft viel Ersprießliches geleistet hatte, und nie dort gefehlt, wo es galt, mannhaft für etwas einzutreten – enttäuschen:
»Du steckst jetzt in den gefährlichen Jahren, mein Sohn. In dieser Zeit verderben heißt meist verdorben für immer. Da solltest Du nicht einmal allzu leichtfertig meinen: Einmal ist keinmal und zweimal nicht oft. Das tust Du auch nicht. An meine Worte muß ich Dich wohl nicht erinnern:

Einmal ist zehnmal und zehnmal ist immer. Gerade in diesen kritischen Jahren. Gehst Du in diesen Jahren auf schlechten Wegen, wer weiß, ob Du wieder kommst. Gehst Du in diesen Jahren auf gute, dann wirst Du ordentlich brav. Derlei weiß ein junger Mann, der weiß, was er will, selbst am besten, deshalb möchte ich Dich nicht extra auf diese Selbstverständlichkeiten hinweisen müssen. Du weißt: Die Zeit ist so kostbar, wie der liebe Gott. Ich weiß, daß mein Sohn nicht denkt: Diese steifen Grundsätze kann ich nicht leiden. So etwas denkt ein Knabe nicht, der in das Reich der Auserwählten soll eintreten dürfen. Das ist eine hohe Gnade, mein Sohn. Die mußt Du Dir erst einmal verdienen. Es offenbart sich tagtäglich die Liebe Deiner Vorgesetzten zu Dir, und Du erneuerst auch tagtäglich Deine gute Meinung über dieselben, plagst sie selbstverständlich nicht mit Deinen Launen. Es wäre mir sehr lieb, wenn Dein Vater das einzige Opfer gewisser Verstimmungen des Sohns bleiben könnte. Deine neue Mutter hat Dir vergeben, hofft aber wie Dein Vater, daß Du dafür, zumindest die Liebe Deiner Vorgesetzten erwiderst mit allen zu Gebote stehenden Mitteln. Es ist das mindeste, was Du von Dir selbst erwarten kannst, denn Du hast einen edlen Charakter geerbt. Bewahre ihn.«
Es war der längste Brief, den Gottlieb Kreuzfels senior dem Sohn geschrieben. Hiemit war für ihn die Geschlechtsfrage wie die Gehorsamsfrage erledigt, genauere Instruktionen erachtete er als Angelegenheit der Institutsvorstehung, in deren Kompetenzbereich er hiemit nicht eingedrungen, zumindest nicht störend, nur segnend.
Aus diesem Brief des lieben Vaters hatte der Sohn 10 Punkte für sein Punkte-Programm herauszufiltern vermocht. Zwischen dem vierzigsten und siebzigsten Punkt verstreut, die Essenz dieses Briefes entschlüsselt: ganz Mann, der weiß, was er will, sich dabei nur auf die Ordnungsfaktoren konzentriert.
Gottlieb Kreuzfels freute sein letzter Brief an den lieben Vater besonders, er brauchte doch Kreuze, Kreuze, am besten einen Hagel von Kreuzen, wollte er Christo nachfolgen. Die Kreuze: in der Theorie, gefielen ihm sehr, wenn sie aber kamen, machten sie sich fühlbar und er hatte: die unglückselige Neigung, noch nicht ganz ausgerottet, lieber doch andere Kreuze zu mögen, nicht gerade die, welche Gott ihm sandte. Zerknirscht stellte er wieder einmal fest, wie verzärtelt er eigentlich noch war, so ein Zuckerbübchen: Verschmierte den wundervollen Brief mit seinen Tränen zu einem verschwommenen, buchstabenaufgelösten Fetzen Papier, der die Grenzen seines Reifungsprozesses auf das Schmerzlichste fühlbar machte, nun gut! Gleich die erste Gelegenheit, den 101. Punkt in die Tat umzusetzen, und diese Gelegenheit: nicht zu nutzen, den Brief erst dann zu schreiben, wenn er die Freuden der Mathematik – zumindest für diesen Tag einmal – fertig genießen hatte dürfen.

B
Dafür danke ich Ihnen herzlich

»Diese Länge! Diese Weitschweifigkeiten!«, so hörte es die neue Mutter.
»Der säuft das Weihwasser statt Milch! Nicht ein Funke Humor, nicht ein Funke!«
Noch mehr gesteigert ward der Groll des Gottlieb Kreuzfels senior durch seine Bauchspeicheldrüse. Diese hatte begonnen, ihren Dienst zu verweigern, boykottierte den tatkräftigen Mann im besten Mannesalter auf geradezu hinterhältige Weise.
»Als wüßte der nicht, daß ich kurzer und sachlicher Antwort, den Vorzug zu geben pflege! Soll ich mich etwa von diesem Bengel foppen lassen! Ich sage dir, meine Liebe, hinter diesem Eifer verbirgt sich leiser Spott, was sage ich: Krüge von Tränen, wenn ich das nur höre! Das ist ein Waggon voll Hohn! Der verfolgt mich mit seinem Haß, und will mir das als weiß Gott was für eine Liebe verkaufen, so ein Scheusal von Sohn! Nur, weil ich seine allerliebste Mutter, hat denn der eine Ahnung, was das für ein … ach was!«
Nachdem die neue Mutter lange geschwiegen und mit Tränen sprach, die über ihr Gesicht rannen, fühlte sich der Senior bemüßigt, den Widerspruchsgeist: zu erledigen, mit Hilfe einer Frage: »Nun, nun. Was meint denn so, meine Liebe?«
Die neue Mutter meinte, daß in ihrem Herzen: entflammt sei, eine große Liebe für den Gottlieb Kreuzfels junior, vor allem, seitdem sie wußte, wie richtig die Entscheidung war, den Bengel: in einen Zögling des Instituts, zu verwandeln, anders wäre aus diesem Schleckermäulchen niemals ein Mann geworden, so etwas Weibisches von Bub hatte sie noch nie erlebt. Mannhaft Kummer tragen? Hätte der nie gelernt, nicht im Hause seines Vaters.
»Die Nachrichten des ehrwürdigen Rektors bestätigen diesen Verdacht nicht – lieber Gottlieb. Er ist eher etwas melancholisch geworden, melancholisch wird er immer, wenn sich die Ferien nähern.
Lieber Gottlieb, wir sollten seinem Eifer wirklich glauben, ihn nicht mäßigen mit absurden Verdächtigungen. Er ist wirklich ein Muster geworden, das bestätigt die Institutsvorstehung immer wieder. Deine pädagogischen Fähigkeiten – lieber Gottlieb, bezweifelt kein Mensch! Im Gegenteil, ganz im Gegenteil!«
»Trotzdem, er hätt mir doch ein Kadetterl werden soll'n, wenn er schon nicht Kaufmann werden will. Da hätt er kommandieren dürfen nach Herzenslust, das hätt seinem Seelenheil besser getan und meinem auch. Hat er nicht alleweil geträumt, er wird ein Kaiser? Wie kommt so ein feuriges Naturell dazu, ein Heiliger werden zu wollen! Ich bitt dich,

meine Liebe, ich bin ein gottesfürchtiger Mann, aber so etwas – Gottlieb?! Nein, nein, nein! Der ist meine Migräne, bei aller Gottesliebe, das geht zu weit! Mir verursachen seine Briefe, bisweilen Kopfschmerzen. O, dieser Kopf!«

»Das ist nicht der Kopf, lieber Gottlieb, das ist die Bauchspeicheldrüse, die Bauchspeicheldrüse.«, hauchte die neue Mutter.

Und wußte im nächsten Augenblick, daß sie jetzt eindeutig zu viel gemeint hatte. Begann mitmischen der Tod die Karten: lagen im Bett, spielten Karten.

»Besorge dich nicht, meine Liebe, der Bauchspeicheldrüse wegen – sterbe ICH nicht. Das wär ja noch schöner, ich bin ja erst vierzig! Die sollen: warten, bis sie schwarz werden, daß ich ihnen die Ämterfrage biologisch lös', da dürfen sie sich alt hoffen, alt, sag ich dir, sehr alt!«, und war befaßt in der Bemühung vollziehen den Akt, befaßt mit dem Fleisch seines Weibes. Und aufgeblitzt in seinen Augen der Trumpf: er gehabt in der Hand einen Trumpf, diese Karte sagte, gewonnen der Mann die Partie und sein Glied in ihrem Leib, auch spürte: so nebenbei.

Anstatt eines Briefes vom lieben Vater, erhielt der Sohn den Brief der neuen Mutter, in dem geschrieben stand, daß sein Vater: gestorben sei, seinen letzten Brief noch erhalten, und der Brief seinen Teil dazu beigetragen habe, wenn der gute Vater so sanft hinübergeschlummert in die Ewigkeit: ja, fast schon selig gewesen sei auf Erden.

Nachdem der Beichtvater der lieben guten Frau die näheren Umstände des Vorganges sich erklären hatte lassen, diagnostizierte er diese Lüge als fromm und durchaus empfehlenswert für das weitere Seelenheil des Knaben.

Einerseits hatte die Morphiumspritze den Schmerzensanfall gelindert, andererseits den Tod des Gottlieb Kreuzfels senior rascher in sein Haus einkehren lassen: den Sendboten, der ihn in die Stadt der Toten führen wollte, auch so erfolgreich auf leisen Sohlen schleichen lassen, daß der unersetzliche Mann ihn in keiner Weise hörte, nicht einmal zur Kenntnis nehmen brauchte: Es war ein wahrhaftig sanfter Tod geworden, er starb in den Armen seiner Lieben vor dem Vollzug nämlichen Aktes, den Mann und Frau vollziehen, so sie einander lieben. Die Scham des Weibes hatte das Beichtgespräch etwas in die Länge gezogen, zumal sich der Beichtvater nur behutsam, äußerst behutsam an diese Gewissensfrage der neuen Mutter herantasten hatte wollen.

Gottlieb Kreuzfels junior antwortete seiner neuen Mutter: »Die Mutter habe ich verloren, bevor ich sie noch recht kannte, und jetzt den lieben Vater. Was nützen da Tränen und Klagen, sie bringen die Toten nicht zurück: sie werden beide im Dorfe der Toten wohl auf die Auferstehung warten. Es ist viel besser ein andächtiges »Ave Maria« als Krüge von

Tränen. Im Himmel werden sie freilich noch nicht eingetroffen sein; sie werden arme Seelen sein, die sich nicht helfen können. Im übrigen sind solche Leiden, die Gott uns schickt, sehr gesund.
Einerseits nimmt er unsere Lieben hinweg, andererseits schickt er uns böse Menschen zu. So macht es der liebe Gott sehr gerne. Wenn meine Mutter nicht gestorben wäre, wäre ich vielleicht nicht hier. So wird der liebe Gott dadurch, daß er auch meinen Vater zu sich nahm, heilige Absichten haben. Er wird wie immer alles zum Guten wenden. Ich glaube, der liebe Gott will mich von allen Familienbanden losmachen, auf daß ich ihm ganz bestimmt nur allein diene. Ich bin auch sehr dankbar, daß Gott mich Unwürdigen hierher berufen hat. Normalerweise muß sich diese Gnade ein Knabe erst verdienen, mir ward sie geschenkt. Ich vergesse Ihrer keineswegs, liebe gute Frau, bin mir auch wohl bewußt, daß Jesus Sie zum Werkzeug erwählt hat, das mich in das Institut führen sollte. Dafür danke ich Ihnen herzlich.«

C
Und alles war wieder gut

Gottlieb Kreuzfels, der Zögling des Instituts, wußte noch immer nicht, wohin mit seinen Tränen, er war erschüttert: das, obwohl der 101. Punkt diese Frage eindeutig klärte.
Die Allgegenwart des Spirituals.
Gerade im rechten Augenblick: es hatte sich die Tür geöffnet, der Spiritual winkte ihn mit Hilfe des rechten Zeigefingers zu sich. O Gott, er war ja so glücklich! Wenn Gott ihn weiterhin so schonte, wie sollte er da heilig werden können? Gottlieb Kreuzfels junior, sich erinnernd an seine kritischen Jahre, brennheiß die Wangen und Ohren: er hatte wieder einmal getrödelt, die erste Gelegenheit, den 101. Punkt in die Tat umzusetzen, versäumt, ein zweites und ein drittes Mal den Brief an seinen lieben Vater geschrieben, gestand dem Spiritual, daß er das Amt des Zelators zurücklegen möchte dürfen, zumal ein Zuckerbübchen wie er dieses Amt entwürdige.
»Meine Tugendübungen änderten mein ganzes Wesen, wie ein Zauberschlag? Zog es mich zu immer Höherem? Die wahre Stille legte sich über mich? Wenn Gott mich alleweil so schont, wie soll ich da heilig werden können? Kreuze, Kreuze, wo sind meine Kreuze? Ich denke: an das Leiden des größten Lehrers der Welt, auf dem Kalvarienberg unter dem Kreuze wird die Elite der Jugend versammelt sein, ich aber werde fehlen. In meinen Arbeiten wurde ich genauer, in meiner Andacht noch gefestigter, die Sünde floh ich und meine Unschuld ist nun ganz gesichert? Es ist

nicht wahr, o, es wird und wird nicht wahr! Festgebunden an den Stamm des Kreuzes, ich bin es nicht. Es sind Legenden, ehrwürdiger Spiritual, allesamt Legenden! In Wahrheit bin ich ein Zuckerbübchen, verzärtelt, fast ein Weib, und mein jugendliches, feuriges Interesse für alles? O, ich bin eiskalt, meine Tränen sind Eisperlen, nein, nein, nein! Ich bin ein Hohn auf all die Heiligen dieser Erde, ich weiß es, ganz bestimmt! Was mich wirklich heilt, es ist nur mehr das Leichentuch, ein Sarg.«
Der Zelator, Gottlieb Kreuzfels, blickte zu seinem Gewissensführer auf, als wär der fast der liebe Gott. Die Zuckerbübchenfrage erledigte der Spiritual mit dem Hinweis, daß selbst der Zelator, Gottlieb Kreuzfels, gerade: der Zelator in seiner Selbsterforschung nicht alleweil versehentlich in den Kompetenzbereich seines Gewissensführers eindringen solle, ob und was er sei, habe ihm der doch alleweil noch früh genug mitgeteilt? Sollte sein Gewissensführer in dieser Frage irren, wolle ihn der schärfste Denker Gottlieb Kreuzfels, schleunigst aufklären: Hat etwa Jesus Christus dem Primaner, Gottlieb Kreuzfels, empfohlen, die Zucker-Bübchentheorie seinem Gewissensführer, besser nicht mitzuteilen, auf daß er sich behalten könne: ein eigenes Kreuz?! Um das auferlegte Kreuz nicht tragen zu müssen?
Wenn ja, wie, wann, wo?
Konspiriert seit neuestem Jesus Christus mit Zöglingen des Instituts gegen die Institutsvorstehung, die Zentrale der Konspiration: der Tabernakel? Oder das nur ein Treffpunkt und die Zentrale ganz woanders? Eine ihn ja geradezu entwurzelnde Erfahrung, durfte diese ihn, er wolle es gar nicht leugnen, unmittelbar bewegende Erfahrung interessieren?
Wenn nicht, so wolle der, doch offenkundig einzig wahre Kenner des konspirierenden Kopfes im Tabernakel, der offenkundig den Gewissensführer seiner Pflichten enthoben, ohne dieselbe Maßnahme demselben irgendwie mitzuteilen, sich gnädig erweisen, seinen einstigen Gewissensführer schleunigst erleuchten, zumal nur der Erleuchtete gehorchen konnte. Vielleicht aber sei nicht einmal das wahr, und der Gewissensführer irrte schon wieder, zumal das sowieso nie wahr gewesen?
Falls ihn Konspirationen dieser Art im Detail nicht zu berühren haben, müßte er sich diese, für ihn doch eher neue Tatsache, wohl zumindest merken dürfen, ein für allemal?
»Ich hoffe, du weißt jetzt wieder, wohin du mit deinen Tränen willst.«
»O ja, bitte, danke.«, hauchte Gottlieb Kreuzfels. O Gott, er war ja so glücklich. Der Spiritual, ganz Wille, überflüssige Gefühlstendenzen nicht zu offenbaren,

> zumal das nur die Eifersucht der Zöglinge, item auch so eine Pflanze des Satans kultivieren könnte, wenn die wüßten, wie lieb ihn der Spiritual hatte, wie lieb! –

neigte kaum merklich den Kopf, die steilen Unmutsfalten einer nicht gewollten Rührung zwischen den Augenbrauen, die Mundwinkel abwärts ziehend, nur den lieben Gottlieb nicht bevorzugen, schwieg: es war ein winziger, aber ihn erhebender, einzigartiger, ja, geschichtlicher Augenblick, ungemein aufregend, dieser Augenblick des Schweigens, in dem der Spiritual ihm auf den Grund der Seele blickte.
»Das waren drei Worte zu viel, ein Ja hätte genügt.«, antwortete der Spiritual und ergänzte: »Weißt du was, jetzt gehst du. In den Studiensaal. Und studierst aus Liebe zum Heiland einmal fest Mathematik.«
Der Zelator, Gottlieb Kreuzfels, gehorchte und alles war wieder gut, marschierte in den Studiensaal, an seiner Seite der Spiritual. Vor der Tür zum Studiensaal blickte der Spiritual noch einmal auf den Grund seiner Seele, sah nach diesem Augenblick des Schweigens nicht mehr den Zelator, Gottlieb Kreuzfels, als wär der für ihn gestorben, blickte geradeaus mit ausdruckslosem Gesicht, gnädig stumme Mitteilung, der Fall ist hiemit geschlossen, die Entscheidung, die Tür hinter dir zu schließen, delegiert an dich.
Den Gang sah der Gewissensführer, sein Ende: die Mauerwand, öffnete für Gottlieb Kreuzfels die Tür, aber so, daß ihn die Zöglinge, die sich im Studiensaal ihren Kopf nicht gleich selbst verbrennen, eher etwas kühler studieren sollten, nicht sehen konnten.
Vor allem der eine, ganz bestimmt nicht: Josef Fröschl, der von einer schweren, inneren Krisis geschüttelte und gebeutelte Primaner.

D
Die Sprache der Andeutungen
und
Gleichnisse entfernterer Art

In dem langen, engen bis zu den Knöcheln reichenden schwarzen Gewand des Dieners der Hochschule der ewigen Wahrheiten und des ewigen Rechtes,
    die Funktion seiner letzten Lebensjahre: Gewissensführer der Zöglinge des Instituts, hauptsächlich und anderes nebenbei,
lagen in gut verborgenen, regelrecht inneren Taschen,
    die mit winzigen Knöpfchen zugeknöpft werden konnten, eine persönliche, modische Note des Spirituals,
zwei Zeitmeßinstrumente: das eine in der rechten, das andere in der linken Uhrentasche, sodaß er zwischen dem einen und dem anderen Zeitmeßinstrument wählen konnte und auch wählte,
    entweder tastete er nach dem Zeitmeßinstrument, das ein Zifferblatt

mit einem Durchmesser von fünf Zentimetern mit entsprechend großen, deutlichen Ziffern, sodaß auch bei denkbar schlechtester Beleuchtung seine Augen geschont wurden, die Zeit leicht und rasch abgelesen werden konnte, wirklich ein dauerhaftes, vorzüglich gearbeitetes Werk und antimagnetisch, das Gehäuse aus Metall-Tula, eine in jeder Hinsicht solide Uhr, verläßlich gearbeitet, auf das beste zu empfehlen Lokomotivführern, Zugsführern, auch Kondukteuren und allen im Verkehrsdienste Stehenden, Preisklasse Krone fünfzehn,
oder er tastete nach dem Zeitmeßinstrument, das in seiner rechten Uhrentasche, eine echt Silber-Remontoir-Uhr mit drei starken Silbermänteln und einer Silber-Panzerkette, mit einem wirklich kunstvollst ziselierten Silbergehäuse, römische Zahlen auf dem Zifferblatt, Preisklasse etwas anders, ein Erbstück, regelrecht Selbstverwundungen ausgesetzt, so ohne Etui und nicht gerade sachgemäß gelagert, geschweige durch irgendeine Befestigungsweise in Ruhestellung gebracht,
wirklich ein unverwüstliches Gehäuse: aus schwerem Silber, mit echtem Goldrand und silbernen Zwischendeckeln, die klassische Beamtenuhr, modernes Zifferblatt, Preisklasse Kronen 65: in seinem Gehirn summierten sich die zwei Zeitmeßinstrumente in der rechten Uhrentasche zu einem, sodaß ihm zur Kontrolle seines Zeitsinns nicht drei, wie ein Gehirn sich bei oberflächlichster materialistischer Zählung halt stets zu täuschen pflegt, sondern zwei Zeitmeßinstrumente jederzeit zur Verfügung standen, eines in der rechten, eines in der linken Uhrentasche,
hatte sich entschieden für sein drittes Zeitmeßinstrument, das Erbstück, betrachtete die römischen Zahlen auf dem Zifferblatt, die Institutsvorstehung über das wie, wo, wann der Ereignisse aufklären? Seine Entscheidung für die Nicht-Aufklärung konnte die Institutuhr doch nur scheinbar zum Stillstand bringen, sie nicht wirklich ruinieren.
Langfristig gesehen, könnten die Institutuhr vor ihrem völligen Ruin retten, gerade seine etwas eigenwilligen, doch nur: noch nicht üblichen Normen eingeordneten, geschweige unterworfenen Reparaturbemühungen. Die Institutsöffentlichkeit, dieses Forum der erlauchten und begnadeten Pädagogen, reparierte doch, geradezu mit höllischem Eifer, an diesem höchst kostbaren Menschenmaterial, das ihr zur Verfügung stand, herum, so lange, bis sie die Nachwuchsfrage auf Erden für Luzifer gelöst, aber nicht die Nachwuchsfrage der Hochschule der ewigen Wahrheiten und des ewigen Rechtes?!
Entsetzen, Staunen, Abscheu, wie das: unmöglich! Händeringen, Donner und Gloria, Zeter und Mordio, o Gott, was für ein Sittenverfall!

Offenkundig waren sie noch immer nicht willens geworden, die wissenschaftlichen Forschungsbemühungen und vor allem ihre Ergebnisse zu ergänzen mit eigenen Bemühungen, dieselben neu maßzuschneidern, geschweige schöpferisch anzuwenden, kurzum brauchbar umzugestalten für die sich in ihrer Substanz stets gleichbleibenden Interessen des Instituts, während er mit seinen, in der Institutsöffentlichkeit: diesem Forum der Sehnsucht nach der guten, alten Zeit, noch nicht wirklich diskutierbaren Methoden, der Hochschule der ewigen Wahrheiten und des ewigen Rechtes: zwei oder, zumindest einen funktionstüchtigen Diener zuführte: die Befürchtung, er könnte im Institut, gewissermaßen der einzige Uhrmacher der Neuzeit, kurzum ein Fast-Erfinder sein, gestattete ihm durchaus, selbst und gerade die distanzierteste Selbsterforschung.

Diese, nun einmal gewagte Entscheidung mußte er wohl oder übel unmittelbar mit Gott abrechnen, er war für die Seelen der Zöglinge des Instituts verantwortlich, das: in solchen Fällen, gewissermaßen automatisch abrollende Programm konnte er in keiner Weise bejahen, geschweige dulden. Für das wie, wo, wann der Ereignisse war die Denkkapazität, die der Institutsöffentlichkeit zur Verfügung stand, etwas zu knapp bemessen, sodaß ihr zu diesem Problem höchstens von mittelalterlichen Angstvorstellungen gepeinigte Denkergebnisse passieren dürften, zumindest dürfte wirkliches Wissen über die Vielfalt der Möglichkeiten menschlicher Natur nicht in ausreichenden Informationen im Gehirn der Institutsöffentlichkeit gespeichert sein, sodaß sich das
 wie, wo, wann der Ereignisse
regelrecht verheerend auf ihr Gefühlsleben auswirken mußte, so er seinen Pflichten gemäß, den Fall zur Diskussion stellte: abgesehen davon, daß sie, wenn: sie vielleicht einsichtig genug und wenigstens den Knall eines öffentlichen Skandals mit all den Folgeerscheinungen für das Institut vermeiden wollten, zumindest in Wort und Schikane ihre Abneigung den beiden so lange und systematisch zu spüren gaben, bis diese sozusagen: freiwillig, aus dem Institut schieden.

Er mochte es drehen und wenden wie er wollte, er war zwischen die Fronten geraten: innerlich auf seiten der Zöglinge,
 ein vom Modernismus infizierter Priester, item so gar nicht der guten, alten Zeit nachtrauernd, selbst ein Galgenstrick sich selbstverständlich Galgenstricken mehr verbunden fühlend, als diesem in ihren ewigen Wahrheiten und in ihrem ewigen Rechtsdenken gesicherten Forum von hell erleuchteten Seelen,
äußerlich auf der Seite des Präfekten undsoweiterundsofort,
 selbst Bestandteil der Institutsöffentlichkeit, regelrecht eine Säule des Instituts, genaugenommen das Verbindungsglied zwischen Räderwerk und Regulator mit der doppelten Bestimmung,

einerseits das Ablaufen des Räderwerkes zu verzögern, andererseits dem Regulator fort und fort mittels kleiner Einwirkungen dasjenige an seiner selbständigen Bewegungskraft zu ersetzen, was er durch Reibungen und Luftwiderstand einbüßt: als Gewissensführer der Zöglinge des Instituts die Hemmung der Institutsuhr, merkwürdigerweise und ihn irgendwie ermutigend, auch der Gang genannt oder das Echappement.

»Aber Pepi, das ist ja ein Blödsinn! Das eigentlich Zeitmessende an der Uhr ist doch der Regulator!«

»Nämlich eine Vorrichtung, welche kleine, aber höchst regelmäßige Bewegungen von bestimmter kurzer Zeitdauer fortwährend vollbringt, die dann durch das Räderwerk gleichsam gezählt und mittels der Zeiger auf dem Zifferblatt: registriert werden, als wenn ich das nicht wüßt!«

»Das hab ich dir auch oft genug gesagt, oder etwa nicht?«

»Irgendwann muß ich dir wohl die Gelegenheit geben – wieder einmal – zu betonen, daß du der Sohn der Uhrmachers, Johannes Todt, bist und: nicht ich!«

»Schwalbenschwanz, mich deucht, du zitterst.«

»Du gewöhnlicher Sakkomensch, deine Phantasie entzündet sich – ja …!«

»Nicht an einem gewöhnlichen Holzstock, du sagst es, was dich schreckt: ist ein Baumstumpf, lieber Pepi, da hat… der Blitz eingeschlagen.«

»Nachts steigen sie aus ihren Gräbern, tanzen, Johannes, wir sind Zeugen des Totentanzes! Sie wollen dabei nicht gestört werden von den Lebenden 's ist gefährlich. Johannes! Hier haben eindeutig sie die Macht über die Lebenden; 's ist… auch durchaus möglich, daß wir sie: geweckt haben? Johannes, die können böse werden, weiß Gott wie, böse, und gefährlich, äußerst gefährlich.«

»Zupf mich nicht am Rock! Ich will ja nicht – bald sterben müssen, bist du verrückt, laß das!«

»Johannes! Der Baumstumpf, in dem der Blitz eingeschlagen, fehlt. Er ist weg.«

»Zupf mich nie mehr am Rock, hörst du?«

»Ich muß mich ja irgendwo festhalten dürfen. Außerdem stehen wir, nur beim Gehen könnt dich mein Rockzupfen das Leben kosten.«

»Ein Trost. Die und Macht über die Lebenden? Daß ich nicht wein, Pepi, du bist ja – abergläubisch! Ich sag dir, wir befinden uns auf einem mit Asylrecht ausgestatteten Raum, genau der richtige Ort für uns. Was sagst du?! Der Baumstumpf ist weg. So ein Blödsinn, der war gar nie dort! Zuerst phantasiert etwas hin, und dann schreckst du dich, weil das Hinphantasierte sich nicht weghalluzinieren läßt?«

Die Phantasie des Gehrock-Parteigängers, Josef Fröschl, hatte sich an seiner Gestalt entzündet, unglaublich schnell: geortet, den Standort des Dritten im Dorfe der Toten.
Der Sakko-Parteigänger, Johannes Todt, aber: sein übliches Es-ganz-genau-Wissen-Wollen durch sein Bedürfnis gerade an so einem mit Schauer-und Gruselmärchen seit Jahrtausenden belasteten Orte, Phantasieentzündungen zu meiden, regelrecht selbst außer Kraft gesetzt, sodaß er stets den neuen Standort suchen konnte, so wundersamst degradiert vom Jünger der Neuzeit zu einer, gelinde gesagt Einbildung des Josef Fröschl: eine halluzinatorische Gestalt, zweifellos erweiterte diese Betrachtungsweise des Johannes Todt seinen Aktionsradius ungemein, fast wäre es eine wundervolle Nacht geworden, aufregend und irgendwie anregend, wären die beiden in ihrem Es-jetzt-wirklich-einmal-wissen-Wollen nicht, weiß Gott wohin, gestolpert.
»Ich werd wohl noch nachdenken dürfen.«
»Zupf mich nicht am Rock, Pepi, laß das!«
»Johannes, ich geh keinen Schritt weiter, ich bleib da stehen, bis es Tag wird. Ich schwör es dir, bei allen Heiligen, Johannes, wir sind nicht allein im Dorf der Toten: ich spüre es, ganz bestimmt.«
»Na klar! Viecher sind auch da und die All-Macht Gottes sowieso, die muß ja Pepi, die muß!
Überall gleichzeitig unterwegs sein, muß ja alles kontrollieren, auf daß sie den Überblick nicht verliert: die paßt auf uns auf, daß uns auch ja nix passiert nur das, was uns passieren soll.
Du spürst wirklich nur die All-Gegenwart Gottes, was willst denn sonst; spüren? Die Nacht hat so viele Augen und Stimmen wie Gott, na und? Buh, buhu, das? War bittschön, der Uhe, Pepi.«
Und aus dem Uhu war geworden der Uhe: das E in die Länge zog und hiezu der Johannes Todt wahrscheinlich geschnitten die brauchbare Fratze, auf daß Josef Fröschl endlich habe den Grund: der Stimme nach beurteilt übte sich Pepi Fröschl im eine ehrenvolle Lösung suchen, die ihn wieder zurückführte ins Institut, ohne daß der Verdacht auf ihm konzentriert blieb, aller Aufgeklärtheit zum Trotz, könnte Pepi Fröschl zurückgetrieben werden vor der Zeit ins Institut, von einigen Phänomenen, deren Erforschung ihn weniger interessierte: übte sich im Beschwören, einen Todt Johannes.
Zugänglicher zu werden: einer vernünftigen wenn auch mit etwas größerer Verspätung seinem Freunde passierten Entscheidung entgegenkommen, einigen Spekulationen Pepi Fröschls zubilligen wenigstens so viel Berechtigung, daß ein: Rückzug aus dem Dorf der Toten und zwar schleunigst; der Stimme nach zu schließen Pepi Fröschl übte: den Dringlichkeitscharakter seines weisen Entschlusses, nahebringen dem Johannes

Todt. Und er mußte: noch etwas üben, denn auch Johannes Todt konnte sehr hartnäckig werden.
»So oder so: heut nacht erfahren wir es.«
»Ganz bestimmt, wenn uns jetzt der Teufel holt, dann hat das meinen Glauben ungemein stabilisiert.«
»Ich weiß wirklich nicht, ob ich das wirklich so genau wissen soll wollen.«
»Pepi, mich deucht, du schwitzest.«
»Ich schwitz nicht, ich rechne, Johannes: Der gewöhnliche Hackstock ist ein Grabstein, nur: wo ist der Baumstumpf hin, in den: der Blitz, eingeschlagen hat? Johannes, mich deucht, du schwitzest.«
»Das ist der Gehrock! So eine hirnrissige Erfindung, den zieh' ich aus, ich bin ja kein Schwalbenschwanz, und dann wirst es sehen.«
Und hatte schon das erste Kleidungsstück: den Gehrock, abgestreift.
»So nackt wie Gott mich einst geschaffen, schwitz ich überhaupt nicht.«
»Ab – der dritten Runde nackt: war das nicht erst die erste Runde?«
»Das war die dritte, lieber Pepi, die dritte. Ich sag ja, du kannst nicht – rechnen.«
»Und wenn uns jemand zuschaut? Ich hab gehört, die Toten bewachen sich selbst. Einer von den Toten ist also immer unterwegs. Der zuletzt Verstorbene hat«, abgestreift auch Pepi Fröschl den Gehrock, »dieses Amt, bis wieder jemand stirbt.«
Dann begann wirksam werden das Zögern, hielt umklammert mit seinen beiden Greifern den Gehrock und schaute zu; Johannes Todt peinigte die Scham nicht.
Entkleidete sich ruhig und langsam, ließ sich Zeit, mußte reden, zu Hilfe kommen mit dieser und jener Handbewegung dem Wort.
»Es ist eine schwere Arbeit, als wenn ich das nicht wüßt! Dein christliches Mitgefühl ehrt dich, Pepi. Er muß ja die Seelen: in das Fegefeuer, hin-ein-leiten! Und den Höllenhund von den Schädeln im Fegefeuer abhalten: ich sag dir, der ist so beschäftigt, daß er für uns gar keine Zeit hat.«
»Mich deucht, ich hoff: du tust dich da nicht täuschen. Ein Unglück kann uns immerhin nicht mehr passieren: als erster wirst weder du noch ich in dem Dorf der Toten begraben werden können, immerhin müssen wir so nicht wandern, der kommt ja nie zur Ruhe, der arme Teufel.«
Ließen sich: beim Entkleiden, Zeit. Lauschten dahin; lauschten dorthin. Bemüht beide; dann und wann; wirkten, Löcher zu bohren hinein in die Nacht.
»Buh, buhu, ein Uhu!«
»Johannes, bist du verrückt!«
»Nein, ich will nur von einem Toten keine Watschen in Empfang nehmen

müssen, damit er meinen Standort kennt und ausweichen kann, wenn er in seinem Dorf: spazieren gehen möcht. Ich will ihn wirklich nicht necken, geschweige: irgendeinen Toten rufen, die sollen nur unter sich bleiben, weiß Gott wie, die sich rächen, ist halt ihr Dorf und nicht: unseres, das heißt, du mußt genau wissen, wie sie es haben wollen, weißt du es nicht, armer Pepi, die haben kein Verständnis für einen, der sich in ihrem Dorf nicht auskennt, dann bleibt man eben draußen, wenn man sich irgendwo nicht auskennt. Das ist halt das Risiko.«
»Wenn dich so jemand sieht, Johannes!«
»Na klar, Gott schaut alleweil zu, der hat ja schon vor unserer Geburt gewußt, was wir: heut nacht tun werden, nur wir selbst haben es erst gestern erfahren, so einfach ist das. Kein Grund zur Aufregung.«
Und wich aus dem Nackten, der vor ihm stand, deutete hinauf und blickte eifrig um sich.
»Wer garantiert mir, daß die Sterne und der Mond wirklich nix sehen, und dann erst die Toten? Die Herren Wissenschafter haben doch schon sehr oft weltbewegende Forschungsergebnisse revidieren müssen? Ich weiß nicht, Johannes«, und hatte sichtlich Schwierigkeiten, trugen das Hemd mit dem Vatermörder, aber Pepi Fröschl dürfte sich daran erinnert haben, daß auch sein Leib ohne Makel ohne Spuren einer Verunstaltung, die er doch lieber niemandem offenbaren mochte, »ich glaub: wir sind verrückt.«
»Pepi, mich deucht, du weinst.«
»Bin ich die Eule, ich bitt dich! Ich werd mich wohl: noch ausziehen, dürfen, wenn ich so schwitz!«, und der gerade zuvor noch gewesen der Zögernde, wurde sehr flink.
»In so einer Affenhitz im Gehrock, als wär ich! Der Abtötungs-Spezialist und nicht: die Eule? Na eben.«, und hatte sich schon erleichtert um einige Kleidungsstücke. Johannes Todt schaute ihm zu, spürte nicht den Dritten, im Dorf der Toten. Fühlte sich nicht gesehen, es war sehr sonderbar, im Institut spüren ihn sah, selbst, wenn Johannes Todt seinen Gewissensführer genaugenommen nicht sehen konnte, schaute um sich: unruhig, auf der Suche nach irgendetwas, bis er den Kopf verärgert schüttelte.
Ob er den Gedankenspinnenfaden des Josef Fröschl dort weiterspinnen sollte, wo ihn Johannes Todt abgebrochen? Näherte er sich auf diese Weise, nicht allzu direkt und unmittelbar dem wie, wo, wann der Ereignisse? Es war ihm schon einige Zeit lang aufgefallen: das neu erwachte Interesse des Josef Fröschl für Uhren. Den Kopf etwas schief und nach rückwärts geneigt konnte er stehen vor einer Uhr, sie anschauen, vergessen allesamt und allesamt, was rund-um-ihn-herum vorging oder nicht: etwa so vor einer Uhr stand, wie einer, der irgendetwas von der Uhr, wissen wollte und aber nicht enträtseln konnte. Erst, wenn der Zögling des Instituts direkt angesprochen wurde

es genügte auch, wenn Johannes Todt, neben ihm stehenblieb, Pepi einen neben sich stehen sah, der Falten zwischen die Augenbrauen, ein Lächeln hatte, beides ihm mitteilte, wie es ginge dem Pepi, mit seiner neuen fixen Idee?
erwachte er und sagte: »Ich konnte mich; einmal mehr überzeugen, diese Uhren, diese Uhren...«, der Rest verloren wirkte, untergegangen in einem Murmeln, es ließ sich auch stottern heißen, verlieren die Kontrolle über die Stimmbänder, anders gesagt, fühlte sich ertappt: wechselte die Gesichtsfarbe, konnte sich schwer für das Beibehalten einer Gesichtsfarbe entscheiden und litt, auf derartig offenkundig werdende Weise, daß stutzig geworden, sein Gewissensführer. Der Spiritual betrachtete sein Zeitmeßinstrument, wirklich auf das beste zu: empfehlen allen im Verkehrsdienste Stehenden, selbst bei nur vollMondbeleuchtung, gestattete es, die Zeit leicht und rasch abzulesen.
Es dauerte höchstens.
Nur mehr fünf Minuten, längstens zehn, vielleicht eine Viertelstunde, so floh: der Galgenstrick aus dem Studiensaal, in den er geflohen, auf der Flucht, vor dem Gewissensführer einerseits, dem Zelator, Gottlieb Kreuzfels, andererseits: der Treffpunkt Studiensaal war hiemit ausgeschaltet.
Der Spiritual war langsam den Gang entlang gegangen,
    bis zu jenem Fenster, das ihm gestattete, gewissermaßen ums Eck zu schauen, ohne gesehen zu werden,
die Unterlippe über die Oberlippe gestülpt, steile Unmutsfalten des Unglaubens zwischen den Augenbrauen, weshalb die Frage den beiden klären, was er wußte und was nicht?
War die Sprache der Andeutungen und Gleichnisse entfernterer Art.
Nicht eher zielführend, zweckentsprechend, weshalb sich festnageln lassen: Ihre Phantasie entzündet an tausenderlei Vermutungen, Spekulationen, Ungewißheiten nährte doch eher den inneren Flächenbrand,
    wann rennt der Hungrige dem Bissen Brot nach, doch erst dann, wenn ihm nichts anderes übrig bleibt,
sie mußten früher oder später zu ihm fliehen, ob sie wollten oder nicht, auf daß er dieses Feuer lösche, aber wohl: erst dann, wenn sie wirklich Reue und Einsicht, daß es so absolut unmöglich, himmelschreiend verkehrt passiert ist, treibt.
    Johannes Todt im Garten des Instituts.
    Pepi Fröschl im Studiensaal.
Der Wahrscheinlichkeitsrechnung nach, die seinen bisherigen Erfahrungswerten Rechnung tragen konnte, aber noch nicht den zukünftigen, das zu berücksichtigen könnte nicht schaden, mußten sich die beiden vor dem großen Kruzifix: im Gang treffen wollen, vor dem eine Kniebank stand,

Treffpunkt nummero zwei, Kruzifix im ersten Stock, hiemit ausgeschaltet,
der eine am linken Bankende kniend, der andere am rechten Bankende kniend, auf dem Fenstersims ihre Merkheftchen, die sie stets bei sich hatten, ihre Titel in gotischen Lettern, auch in Rondschrift. Klein und handlich gemacht, sämtliche Titel nur eine Funktion: dem Beschauer einerseits fromme Wünsche kurz und prägnant zu signalisieren,
sodaß selbst der Präfekt nur mehr gerührt mit dem Kopfe wackeln konnte,
andererseits auf diese Weise die Institutsöffentlichkeit informierend, daß sie zwei Jünger seien des Gottlieb Kreuzfels, der sozusagen ihre Mustervorlage für entsprechende Charakterprägung und wie man so etwas macht,
diese Galgenstricke! –
macht man es alleweil verkehrt, zumal man so ein Muster halt nicht und nicht einholen kann. Für jeden, ausnahmslos für jeden, der zufälligerweise, zwecks Fortsetzung seines Weges auf dem Gang, die gewissermaßen drei Meter lange Unterbrechung auf sich nehmen mußte, sofort in innigster Andacht versinkend genau so lange, bis der Störenfried auf der einen oder der anderen Fortsetzung des Ganges, je nach Gangrichtung die Blickrichtung, gehört ward in sich regelrecht von Schritt zu Schritt mehr und mehr entfernender Gegenwart, was wiederum die Andachtsempfindungen des einen wie des anderen dämpfte so nach und nach, es war zwecklos, er konnte die beiden Galgenstricke nur dann wirklich auseinander dividieren, wenn sie endlich selbst bereit waren, die Notwendigkeit dieser Division in ihren Gehirnen nachzuvollziehen, vielmehr noch: sie mußten von dieser Notwendigkeit so tief überzeugt werden, wie von der Tatsache, daß Himmel und Hölle, wie Vulkan und Erdbeben, nicht Zeitbedingungen und anderem mehr unterworfene Denkergebnisse vorläufiger Art sind, sondern ewige, unumstößliche Wahrheiten, sozusagen Kampf zwischen Natur und Unnatur, ob sie das wahrhaben wollten oder nicht, reale Wirklichkeit kurzum, der sie nicht entkommen konnten, gestern nicht, heute nicht, morgen nicht: nie.
Der Spiritual blickte nicht wirklich in den Hof des Instituts, hatte weder die an einer gedachten vertikalen Linie noch an einer gedachten horizontalen Linie, auch nicht die an einer gedachten Diagonale sich orientierenden Blickrichtungsmöglichkeiten gewählt, blickte geradeaus, als wäre für ihn die Linie in der Ferne, an der sich Himmel und Erde scheinbar berühren, nur ein Punkt: eine vollkommene Ruhestellung der Augäpfel, die vollkommene Abwesenheit wie vollkommene Anwesenheit zu einem wundervollen Ganzen verschmolz, gewissermaßen vergleichbar mit Metallen, die sich durch Schmelzen und Zusammenfließen verbinden lassen,

in diesem Zustand höchster Konzentration war das liebenswürdigste Lächeln zu befürchten, das durch eine metallisch hart klingende Stimme seine gegenteilige Funktion ausdrückte: äußerste Strenge und Unnachgiebigkeit, Fluchtgedanken zwar verständlich wie vermutet, aber völlig zwecklos, oder es war diese so sanfte und melodisch klingende Stimme zu befürchten, die durch die kleinen Spotteufelchen, die aus den Augen regelrecht blitzten, und dieses ein wenig spöttische Lächeln ihre gegenteilige Funktion ausdrückte: äußerste Milde und Nachsicht, Täuschungsmanöver zwar verständlich wie vermutet, aber völlig zwecklos, im übrigen ein bißchen lächerlich.

E
Wir werden beide nicht wissen, wie uns geschehen sein wird

Wie diesem Gedankenkarussell entkommen, das sich regelrecht nur mehr an Rechtswendungen entzündete, diese qualvolle Rechts-und Rechtmanie trieb ihn aus dem Museumsaal, bei Gott: er war verrückt, sie zertätschte sämtliche Ansätze rechter Denkungsart.
Das Pult räumen, was sonst, wenn ihn die vierköpfige Natter nicht verfolgte, wer dann.
Die letzte Tür, von der Mauerwand her betrachtet, wäre es die erste Tür gewesen, hatte sich geöffnet, der Primaner: Josef Fröschl, wem sonst konnte dieses Malheur passieren, hatte wieder einmal, regelrecht sinnlos geschlagen, so ohne sechsten Sinn, einer Hoffnung die Tür geöffnet, als wär es wirklich möglich, dem einen: zu entwischen, ohne dem anderen, regelrecht in die Arme zu laufen.
Josef Fröschl, der offenkundig nur mehr ohne Gottes Hilfe von dahin nach dorthin, von dorthin nach dahin fliehen durfte, schnappte nach Luft. Alles, was recht ist, etwas ging nicht mit rechten Dingen zu, um das Kind beim rechten Namen zu nennen, es geschah ihm recht, er war nun einmal ein gottverlassener, alleweil alles verkehrt herum spinnender Idiot. Die Mauerwand im Rücken war wohl nicht: der Ausgang ins Freie, so ohne Fenster und zu allem hin: im ersten Stock. Wie ein hypnotisiertes Karnickel stehen bleiben, nur jetzt nicht weiter gehen, bei Gott: es war unmöglich.
In der rechten Wand rechteckige Löcher: geschlossene Fenster.
In der linken Mauer rechteckige Löcher: geschlossene Türen.
Insofern er es recht besah, war er nicht recht gescheit, das aber war auch nicht unbedingt ein Trost, daß er nicht recht bei Trost.
Vierköpfige Natter, ewige Eule, das ist deine Handschrift gewesen, bei Gott: der kam ihm gerade recht. War das etwa der rechte Ort für ein

Gespräch, geschweige der rechte Zeitpunkt? Bei Gott: unmöglich, jetzt die rechten Worte finden, geschweige die rechte Spur. Ein rechter Katzenjammer, was sonst. Es geschah ihm recht, o Gott! Wenn der sich nicht umdrehte, so er vorüberging, dann war Gott auf seiner Seite: ein Wunder passiert, was sonst. Seit wann liebt Gott: den Galgenstrick, Josef Fröschl? Als hätt der liebe Gott an einem Galgenstrick jemand, irgendwann einmal zu sich hinaufgezogen in den Himmel.
Insofern er sich recht erinnerte, hatte er eigentlich im Museum nur recht daran getan, so er sich selbst das Recht eingeräumt, sich recht zu erinnern an das unveräußerliche Recht des Gehirntieres? – nachzudenken und sich an der – hier gilt doch gleiches Recht für alle? – doch in Jahrtausenden regelrecht ergrauten, durchaus altehrwürdigen Weisheit zu ergötzen, die sich halt, früher oder später, wohl in Worten fassen hatte lassen müssen: Allen Menschen recht getan, ist eine Kunst, die niemand kann.
Irgendwie mußte sich doch jedes Menschenkind trösten dürfen, wenn nicht so, dann eben anders. Das konnte doch nicht DIE Sünde sein, die IHN dazu treiben könnte, seine Seele wieder einmal, etwas genauer erforschen zu wollen? O vierköpfige Natter, ewige Eule, so dankst du es dem, der dich schon zu Lebzeiten beginnt, in den Himmel hinauf zu loben? Hätte Johannes nur geschwiegen, der Zelator hätte in ihm: nicht das Schlinggewächs Neid vermutet, mit dem war er bei der nächstbesten Gelegenheit, schnurstracks zu seinem Gewissensführer gerannt: Darf so etwas wachsen im Herzen von einem Christenmenschen, der zu allem hin noch auserwählt sein möcht dürfen?
– erklärte dieses Schlinggewächs, sicherlich tränenblind, zumal seine Wenigkeit: Josef Fröschl akkurat jenes Kreuz, das so schwer zu tragen: wie den, ehrwürdiger Spiritual, trotz alledem: lieben?
Und der: erklärte seinem Schatzerl, dem lieben kleinen Heiligen, dem lieben Gottlieb Kreuzfels, weshalb er, trotz alledem auch einen Fröschl lieben sollte. Und so passierte ihm: das Glück, daß er sich von dem verfolgen lassen durfte, verfolgte ihn der unermüdlich mit seiner Liebe: übte geradezu mit einer Ausdauer, die er wirklich nicht mehr näher benennen wollte, geschweige konnte, dies Kreuz zu tragen, ein Kreuz! Da nicht einmal explodieren dürfen, ein bißchen spotten? Akkurat er jenes zu einem Objekt erhöhte Subjekt, an dem der sich grenzenlos liebesfähig üben wollte? Eine vierköpfige Natter, ihn auserwählet, ein erhebendes Gefühl, bei Gott: na, wart nur! Dich verfolg ich noch: mit meiner Bewunderung, bis dir selbst einmal die Zähne klappern, eine Klapperschlange, klapper, klapper, alleweil und alleweil hinter dir her, das passiert dir noch, wart nur! O Gott, nur das, und nichts anderes war es, was sonst konnte ihn treiben? Doch nicht: niemals! So oder so, war es nicht so, dann eben anders. Und etwas war er zweifellos: ganz Hoffnung,

irgendein Apparat in seinem Organismus streikte ihn tot, zumindest: ohnmächtig.
Und der Primaner, Josef Fröschl, hatte sich: immerhin schon zu einer Entscheidung durch das Dickicht der ungeklärten Fragen durchgewurstelt, nur jetzt die Nacht aus dem Gedächtnis tilgen, weiß Gott wie, irgendwie: sich doch lieber an der Vorstellung zu entzünden, er könnte irgendeine Tugendübung des Zelators, Gottlieb Kreuzfels, nicht regelrecht vervollkommnet, eher etwas verhunzt haben, sodaß er ruhiger ward, immer ruhiger: der heilige Zorn besänftigte ihn wundervollst, zumal er die Eule in-und auswendig kannte, im vollkommen Chaos der wie auf Tod und Leben miteinander raufenden Empfindungen und Gedanken endlich die Orientierungshilfe gefunden: die vierköpfige Natter, Gottlieb Kreuzfels, die ewige Eule, sein eigentliches Problem, die nicht tottreten dürfen, Gebot gewissermaßen eines christlich zivilisierten Hasses: eben auch, eine Art Tugendübung, was sonst; die geballte Kraft vollkommener Orientierungslosigkeit hatte endlich wieder eine brauchbare Zielscheibe gefunden, auf der Gottlieb Kreuzfels: der Orientierungspunkt, zu dem sich die wie auf Tod und Leben miteinander raufenden Empfindungen und Gedanken hinschießen ließen, eine wundervolle Lockerungsübung, ungemein entspannend, die äußerst aufregende, ja, anregende Möglichkeit, Treffpunkte zu sammeln, jeder Schuß gewissermaßen die Möglichkeit auch, nicht nur seinen eigenen Notstand fortzuschießen, vielmehr noch: ihn einerseits zu studieren am Treffobjekt, sich andererseits an der wundervollen Möglichkeit ergötzen, daß sich der eigene Notstand in der Tat ohne weiteres in einen anderen hineinschießen ließ, womit ein für allemal und immer wieder klargestellt werden konnte, so aussichtslos ist die eigene Lage auch wieder nicht, auch nicht so verworren, irgendwie doch übersichtlich, daß es den eigenen Aktionsradius eigentlich nicht wirklich gab? Einmal mehr bewiesen: es gab ihn doch. Entsprechende Intelligenz ließ halt noch allemal als äußerst unangenehm empfundene Schicksale über die Grenzen der eigenen Existenz transferieren, die Frage war wirklich nur: wie.
Sich dieses Wissen verbergen, Josef Fröschl war es: nach dieser Nacht, gegeben, leider nicht. Dies Wissen, bei Gott: es ließ sich schwer erschlagen; doch dies leichter war: steigern den heiligen Zorn bis zum Würgewunsch, werden der Würgeengel eines Gottlieb Kreuzfels.
»Ehrwürdiger Zelator, ich gestatte mir meinen zu dürfen, daß Sie einmal, ganz bestimmt so schwarz sein werden dürfen wie die Institutsvorstehung. Jeder Wink der Institutsvorstehung ist Ihnen Befehl? Ach, wahrhaftig! Solch recht wackere Gesinnung, ich erblasse!
Bin ich nicht wie Er ein Gehrock-Parteigänger?
Ich werde noch närrisch vor Kopfweh, denke ich, wie tief, tief ich noch

verstrickt bin in meinem eigenen Ich, um das Kind beim rechten Namen zu nennen: so weit, weit entfernt von meinem einzigen und wahrhaftigen Vorbild.«
So eindeutig hatte er: diese Natter gestreichelt, die aber sogleich – ihn getröstet, nicht ein Milligramm Scham in ihrem wohlgeordneten Seelengebäude?! Johannes Todt, die Hände auf dem Rücken, um sich blickte: auswich seinem Blick, dies die kaum merkliche Antwort, Achselzucken.
»Lieber Josef, du hast mich nicht recht erkannt, meine Fehler gar nicht beobachtet, das Gute an mir gesehen mit einem Vergrößerungsglas. Ist es denn etwas Großes, wenn sich jemand ein bißchen anstrengt, um zu erlangen: den Besitz Gottes? Wo doch die Weltmenschen so vieles leiden, zufrieden mit: einer Handvoll Staub?«
Konnte sich Johannes nicht einmal beherrschen? Die steilen Unmutsfalten des Unglaubens zwischen den Augenbrauen, dieses so spöttische Lächeln: Weshalb durfte der Gehrock-Parteigänger Josef Fröschl nicht auch einmal die Sprache wählen des Sakko-Parteigängers Johannes Todt? Warum sollte dieses qualvolle Muster für alle Lebenslagen nicht einmal eine andere Spottdrossel singen hören, alleweil nur die eine, das stumpfte doch die Sinne dieses Dickhäuters eher ab?
»Mein Unglück war wohl, ein Vater, ein anderer als der des so Begnadeten. Daß er nur einen Wink zu geben brauchte, und: ich gehorchte schon, Gottes Wille war: Johannes, einen solchen Vater kriegst DU nicht. Krüge von Tränen weine ich.
Unglaublich wie einem ein solcher Vater in der Entwicklungsgeschichte des Charakters fehlt.«
So eindeutig hatte Johannes seine rechten Einsichten ergänzt, aber doch nicht gerade zur rechten Zeit, wo war der Zelator nun eigentlich stehen geblieben ach ja, zufrieden mit: einer Handvoll Staub.
»Ich fürchte mich aber trotzdem, ehrwürdiger Zelator. Ich muß beben wie die Erde bebt, wenn sie nicht anders kann, denke ich an – meinen zukünftigen Beruf?! Ich möchte doch auch in das schwarze Tintenfaß fallen dürfen! Warum nur soll ich ehrwürdiger Zelator, nicht zum würdigen Träger dieses schwarzen Kleides empor geläutert werden? Ist denn das: so unmöglich?«
Gottlieb Kreuzfels lächelte tapfer sein liebenswürdigstes Lächeln, neigte leicht den Kopf, obwohl der Sakko-Parteigänger: Johannes Todt ganz so wie es sich nicht gehörte: dem Gehrock-Parteigänger, Josef Fröschl, das Kopfhaar streichelte, die Nasenspitze befühlte, so auch die Brust dort, wo mit größter Wahrscheinlichkeit der Schlag des Herzens fühlbar, die Stirn, und ihn am Ohrläppchen zupfte, regelrecht berührungssüchtig, genaugenommen: regelwidrig, und in keiner Weise: diese naturwidrigen Vertraulichkeiten meidend, geschweige sie verabscheuend. Der sollte ihn:

einmal, so tätscheln wollen, ein gräßlich: animalisch, begrenzter Tölpel, und. So etwas von Mensch wollte in der Tat heilig werden, anstreben: die Vollkommenheit, diese traurige vergebliche Gier nach dem erhabensten Beruf dieser Erde.
Der Zelator blickte auf die Schuhspitzen, er wußte gar nicht, wie ihm war, die Nähe dieser absolut nicht eucharistischen Seele brannte: ihm, das Antlitz rot, nur ruhig bleiben, er war doch in allem ein Muster, die von frühsommerlichen Düften geschwängerte Luft irrtümlicherweise tief einatmend, dürfte es ihm passiert sein, sodaß er sich nun, im Garten des Instituts, so gar nicht zur rechten Zeit sehnte: nach dem Kruzifix, vor dem eine Kniebank stand.
Mußte ein Mensch, der nach Vollkommenheit strebte, nicht in Zweifelsfällen stets jenen Teil wählen, der ihm schwieriger war und mehr bitter. Nur ruhig bleiben, ein bißchen Opfer war auch dabei. In später Nachtstunde, wenn alles dunkel war, durfte er es sich ohne weiteres erlauben, konnte sich auch, nach der innigen Aussprache mit Jesus, erinnern: beim Auskleiden, an das Leiden des Gottsohns, und zwar an das Geheimnis der 10. Station: Jesus wird seiner Kleider beraubt.
Auf dem Lager dann drei Ave beten und innigst bitten: Mein Jesus, in deine Hände empfehle ich meinen Geist. Süßes Herz Jesus, süßes Herz Maria, denkt an mich, dann schlafe ich, ganz bestimmt ruhig, keusch und rein. O Jesus, ich muß sterben.
Das Mienenspiel des Zelators hatte den Gehrock-Parteigänger: Josef Fröschl, beunruhigt, um nicht zu sagen, ihm die Wangen gerötet wie Stirn und Ohren, so schamlos sich mit Gott eins wähnend, bei Gott: der war ein Kreuz.
»Ein guter Anfang ist es, lieber Josef, so Gott es will. Einmal die grausamste aller grausamen Wucherungen auszurotten: den Stolz, das eigene Ich.«
In einer solch verkehrten Situation nicht schlucken, unmöglich.
»Pepi; geh, bitte sei so lieb; mach einen Punkt, am besten einen doppelten Punkt. Du sollst nicht so habgierig sein. Das ist nix für dich. Ruhig Blut; Pepi! Du bist ja zornrot vor Neid. Das Kleid wird schon noch, auch dein Grab werden, in welchem dein Ich verschlossen liegen wird, ganz so, wie es sich gehört. Du brauchst halt: ein bisserl länger, das ist alles. Was soll da ich erst sagen? Alle sind halt nicht so begnadet, daß sie regelrecht ohne Umweg reif sind, für den Himmel. Da kannst nix machen, Pepi. Tu dich jetzt ein bisserl beherrschen. Schau mich an.
Das tut deinen Neid gleich beruhigen. Zappel nicht so, laß dich festhalten.«, Johannes Todt hätte zweifellos auch Begabung gehabt fürs Geschäft eines Dompteurs; selbst eine züngelnde Schlange noch sanft und friedlich geredet, eine angenehme Stimme in seinem Ohr.

»Wie muß erst mich dieses qualvollst vollkommene Muster für alle Lebenslagen schrumpeln sehen, wenn es dich schon so erschüttert in seiner Vollkommenheit. Nicht wahr, ehrwürdiger Zelator, Neid ist etwas ganz Schreckliches und in jeder Lebenslage, ausnahmslos in jeder – der verkehrteste Ratgeber?«
Der Zelator lächelte tapfer sein bescheidenstes Lächeln, neigte leicht: übte nur vollkommene, erhabene und höchst zurückhaltende Körpersprache, den Kopf, wandte sich aber, doch lieber jenem zu, der offenkundig wirklich und nicht so letal unbeleckt von Gnade um seine Berufung rang, sodaß er: regelrecht, bebte und ihm die Augäpfel hervorquollen, schon ganz begeistert für den erhabensten Beruf dieser Erde: war halt doch der Gehrock-Parteigänger und nicht wie Johannes Todt, so ein Sakko-Parteigänger.
»Es ist wundervoll, Josef. Wir werden beide nicht wissen, wie uns geschehen sein wird. Wir werden einen Beruf haben, um den uns beneiden allesamt! Die seligen Fürsten des Himmels, die Chöre der Engel, und dann erst: die Weltmenschen.«
»Und ich? Bin ich verloren, weil ich lieber einen Sakko getragen hätt? Ich dachte: mein Vorbild könnte mir vergeben. Es ist doch die Gehrock-Partei der Sieger geblieben. Darf ich mich meinem Vorbild so gar nicht nähern?! Wenigstens äußerlich?«
Johannes Todt deutete, ganz so, wie es sich nicht gehörte: mit dem Zeigefinger der Linken und dem Mittelfinger ein Vogel-Ef bildend, auf die Augengläser des Zelators: »Die Winterfenster, ob das ein guter Anfang wäre?«
»Ich trage sie eigentlich nur der Kurzsichtigkeit wegen.«
»Ach?«, so Johannes Todt.
»Nicht doch! Ich wiederum dachte einmal mehr – verkehrt herum, der ehrwürdige Zelator könnte weitsichtig sein, höchstens: weitsichtig!«, so Josef Fröschl.
»Was kümmert Ihr Euch gar so viel um mich? Wer mich lobt, ist ja mein Feind!«, so der Zelator.
Johannes Todt legte seinen linken Arm um die Schultern des Gehrock-Parteigängers, Josef Fröschl, und streichelte dessen Wange auf so verrückte Weise, stand, die linke Körperhälfte versteckt hinter dem, der doch offenkundig um seine Berufung rang, stieg ihm auf die rechte Schuhspitze, degradierte die Merkheftchen in seiner Rechten zu einem Fächer: offenkundig, Josef Fröschl schwitzte etwas sehr, schnappte auch mehrmals nach Luft. Das war doch: eher Hilfeleistung.
Nichtsdestotrotz ward dem Zelator einmal mehr geoffenbart, wie dumm: das Gefühl war, man mußte wirklich alles mit dem Verstande tun und mit dem Willen, alles mit dem Kopf! Das waren doch alles halbe Wilde. Sollte

er so unbedingt in diesem Institut ausharren? Gott, hast du mich Armen hierher berufen? Nun gut! Es war sein heiligster Wille, daß er ihm hier diente, und nicht woanders, sich heiligte und starb. Der Zelator schluckte.
»Nicht doch, ehrwürdiger Zelator, Josef Fröschl – offenbart nicht schon sein Name das, was ihn plagt? – kann nicht anders, will er der Eule willens sein: U bittschön, wie Unaufrichtigkeit zu meiden, das ist alles, was ihn treibt.
Sein Familienname ist gewissermaßen eine Art schwere erbliche Belastung, das gilt es doch als Milderungsgrund gelten zu lassen? Er wird es sicherlich noch üben, nicht wahr, Pepi? Du wirst es noch üben?«
Pepi wußte nicht, was er nun eigentlich üben sollte, eines aber war gewiß: jetzt nicht explodieren, das erforderte eine schier unmenschliche Kraftanstrengung, nickte eifrigst und schluckte. Johannes half ihm, wieder einmal, einen irgendwie nicht so recht geglückten Spinnenfaden abzubrechen, irgendwie mußte er verkehrt herum gesponnen haben, nicht regelrecht, absolut nicht regelrecht. Bißchen nur die Eule plagen, wirklich nur ein bißchen; unmöglich!
»Das ist der Frosch in ihm, ehrwürdiger Zelator: das fröschlhafte, Er versteht? So ihn etwas freut, quakt er, wie närrisch und kann sich selbst nicht mehr helfen. Eine Laune, die sich – wie gesagt – durch erbliche Belastung, regelrecht ausgewuchert zu einem Laster. Er übt sich aber sehr und sicher nicht vergeblich: die ihm angewöhnte Unsitte seiner Unnatur, sich wieder abgewöhnen, das dauert halt ein bisserl, so etwas muß den ehrwürdigen Zelator in keiner Weise betrüben, es braucht Ihn auch nicht zu erschrecken, daß in dem ein Frosch steckt. Vielmehr möge Er sich doch beruhigen, indem Er berücksichtigt, daß bei Gott, Gott sei es gedankt, aber wohl auch seinen irdischen Vertretern? – alles möglich ist.«
Die merkwürdigst Unzertrennlichen lächelten etwas säuerlich, neigten leicht den Kopf und entfernten sich; ihnen jetzt noch folgen? Er war zwar wißbegierig, ganz so, wie es sich gehörte, aber: nicht neugierig. Der Zelator rieb sich die Augen, einmal mehr ward ihm geoffenbart, die Liebe zeigt sich wahrhaftig: nur im Leiden, sich aufgerafft und gerade die Nähe jener gesucht, die er nicht und nicht leiden konnte. Er sah schon die steilen Unmutsfalten der Enttäuschung zwischen den Augenbrauen des Spirituals: die auferlegte Buße war gescheitert.
»O Jesus, rotte aus! – meine bösen Leidenschaften, entzünde doch, auch in mir das Feuer Deiner Liebe, ich hab dich doch so lieb, daß ich gar nicht mehr weiß: was tun!«
Der Zelator preßte die Rechte gegen das Herz. Der Geliebte klopfte und hämmerte, gegen die Wände seines so merkwürdig rebellischen Herzens, empfand sich wohl eingezwängt in der Kapelle seines liebestrunkenen

Dieners: »O Jesus, kein Wunder, daß dir meine Seele zu eng ist, mir wär sie auch zu eng, kein Wunder! Ich bin ja so hartherzig, so hartherzig!« – und der Zelator hörte die Stimme seines Geliebten, Gottsohn rief: »Popule meus, quid feci tibi?«
Der Zelator bedeckte sein Antlitz: diese Qual, sie verehrten ihn so, und er liebe sie nicht so.
Eigentlich hatte, nur der Zögling des Instituts, Johannes Todt, gerufen: »Dominus vocat te!«
»O Maria, mamma mia, fate mi santo!«, das doch – offenkundig »O gib mir deinen Beistand, dann werde ich bald frei sein: von meinen Fehlern!« – nur das Flehen gewesen: dessen, der tapfer um seine Berufung rang: nur ein Zögling des Instituts, Josef Fröschl.
Der Zelator benutzte zuerst die Handrücken, dann die Handflächen als Taschentuch, schüttelte den Kopf, er hatte etwas sehr geweint: so tränenblind, und das, im Garten des Instituts, flieh hin, zu deinem Gewissensführer, nur: ihn erst einmal finden, fand ihn: Auch ER im Garten des Instituts? Das hatte Gottlieb nicht zu hoffen gewagt.
Sie wandelten im schwarzen Gehrock, dessen Rückenteil nach unten zu halbiert, beim Gehen etwas flatterte, und mit Hut: im Garten des Instituts beratend, wie das nun eigentlich geschehen konnte, daß sie sich regelrecht verfolgt empfanden, es war auch wie verhext: allweil mußte der ihre Wege kreuzen, das war irgendwie, weiß Gott wie? – wenn nicht der direkte Fingerzeig Gottes, so doch die indirekte Mahnung des Spirituals, was sonst. Nur: weshalb meinte er, die Unzertrennlichen unbedingt mit dem da, ergänzen zu müssen?
»Die Zeit ist so kostbar, wie der liebe Gott. O, die verlorene Zeit, wie wird sie uns: noch schmerzen. Was werden wir vergebens wünschen, beim Anbruche unserer letzten Stunde, mein lieber kleiner Heiliger: Gottlieb Kreuzfels?«
Und der Zelator schluckte, blickte auf zum Spiritual, als wär der: schon fast, der liebe Gott.
»Es noch einmal versuchen?«, fragte Gottlieb Kreuzfels.
Der Spiritual stülpte die Unterlippe über die Oberlippe, runzelte die Stirn, wiegte den Kopf etwas, aber nicht sehr, und blickte geradeaus mit ausdruckslosem Gesicht, als wär Gottlieb Kreuzfels für ihn gestorben, aber erst, nachdem der Gewissensführer sein Kreuz geformt, auf die Stirn des kleinen Heiligen, und sein Ja, für Gottlieb Kreuzfels erkennbar, kundgetan, mit mehr angedeutetem als vollendetem Kopfnicken.
»So Gott es will.«, hauchte der Zelator.
Und wieder: kreuzte sich sein Weg, im Garten des Instituts, mit den merkwürdigst Unzertrennlichen.
Wäre es: nur nicht, akkurat dieses so himmelschreiend spöttische Lächeln

gewesen und die steilen Unmutsfalten des Unglaubens zwischen den Augenbrauen: Johannes war sich seines »Bist du verrückt?« so gewiß, daß er, widder-artig bocken mußte, wider seinen Willen, absolut wider seinen Willen, antworten mußte, einmal anders: »Selbstverständlich, was hast denn du gedacht?«
Damit hatte eigentlich begonnen der Anfang vom Ende, was sonst. Es war, auch wirklich: wie verhext allessamt und allessamt!
Die steilen Unmutsfalten des Unglaubens zwischen den Augenbrauen und dieses so himmelschreiend spöttische Lächeln hatten eigentlich nicht ihm gegolten, das hatte herausgefordert die ewige Eule, die vierköpfige Natter, er hätte ruhig antworten können: »Bist du verrückt?«
Es hatte eigentlich zum Himmel hinaufgeschrien, wie Gottlieb Kreuzfels geglüht, im Garten des Instituts: sein verrücktes Gehirn, nur einem verrückten Gehirn passiert so etwas, so verkehrt herum, was sonst, ward erleuchtet von dem Gedankenblitz, den hat ein Sonnenstich erwischt, höchstens: ein Sonnenstich. O Gott, wohin nur, waren ihre Gedanken gestolpert?
Die waren vorausgestolpert, eindeutig, sie hintennach.
Wären die Gedanken nicht nur: die Vorläufer, auch die Nachläufer geblieben, wär ihnen das, ganz bestimmt, nicht passiert. O Gott, wer geht auch in das Dorf der Toten denken? Doch nur Verrückte. Das hätten sie bedenken müssen, unbedingt! Dort wird begraben, allessamt und allessamt.
»Die Quadratur des Kreises, heute nacht. Kommst du mit?«

In einem unendlichen Teil, so ein Wirrsinn: in einem endlichen Teil der Ebene, wie, wo sonst, durch Konstruktion mit Zirkel und Lineal einen vorgegebenen Kreis in ein flächengleiches Quadrat verwandeln, ein mathematisches Unding, unlösbar diese Aufgabe, absolut unlösbar! Im Dorf der Toten im Kreise rennen, nur weil Johannes der Gedankenblitz angezündet, der Grundriß ist quadratisch: was hatte das Dorf der Toten zu suchen in der Mathematikstunde? Der Mathematikprofessor, hatte sich – doch nur deshalb – an die Quadratur des Kreises erinnert, weil er den Gottlieb Kreuzfels ein bisserl zwiebeln hatte wollen, eindeutig zwiebeln, sonst nix. Johannes aber: alleweil woanders sein müssen, nur nie dort, wo er war, muß akkurat den Grundriß des Dorfes der Toten entwerfen, auf einem Fetzen Papier, nicht willens, nicht und nicht, zumindest sein Verständnis für einen wirklich vollkommenen Witz beizusteuern: die anderen mit ihrem herzhaften Gebrüll geradezu himmelschreiend rücksichtslos allein lassen, dieser Undank passierte: dem Johannes alleweil wieder, sodaß ihm selbst der Lacher im Hals stecken geblieben, nicht nur: in dieser einen Mathematikstunde, aber auch in

dieser: so einen begabten Witzbold als Mathematikprofessor und akkurat den wollte Johannes wursten? Merkwürdig, sehr merkwürdig, wie er: in dieser Stunde, das gleiche Recht für alle aus seinem Gedankenprogramm herauszustreichen beliebte, gnadenlos.
Was ein Johannes Todt durfte?
Durfte noch lange nicht sein Mathematikprofessor: Den Gottlieb Kreuzfels durfte scheinbar nur Johannes, absolut nur er verfolgen mit seiner Spottlust.
Pepi, schon willens, unzweideutig: eindeutig entsetzt, abzuwehren, sah den kleinen Heiligen,
 der sich offenkundig: mit seinem Gewissensführer geeinigt, ihre kostbare, und eh so knapp bemessene Freizeit, mit seiner All-Gegenwart zu erquicken,
schnappte nach Luft, nickte eifrigst und schluckte.
»Selbstverständlich, was hast denn du gedacht?«
Allein, daß die vierköpfige Natter schon wieder ihre Wege kreuzte, hätte ihn genaugenommen befähigt, zumindest in diesem Augenblick, den Ringkampf zu wagen mit dem Teufel höchstpersönlich.
Da war doch dieses: »Selbstverständlich, was hast denn du gedacht?« regelrecht das Zerdrücken einer Laus im Pelz, mehr nicht.
Das Unmögliche wagen: noch dazu zur Mitternachtsstunde.
Es hatte Johannes, es ließ sich nicht leugnen, auch Josef, irgendwie: sanft gestimmt, so mild, um nicht zu sagen aufregend friedlich, sodaß es ihnen gegeben, mit diesem Muster: für alle möglichen und unmöglichen Lebenslagen, zu plaudern, ohne Spott und ohne Zorn, nichtsdestotrotz: es war der Anfang gewesen vom Ende.

2
Der Strick

A
Abschied nahm gewissermaßen von der Welt oder Flog eh nicht

Säulen aus künstlich gebrannten Steinen wechselten mit Gitterwerk ab: Soldaten, die den hölzernen Schaft ihrer Hellebarden über einen Meter tief, in den Boden gerammt hatten. Dünne halbmondförmige scharfe Beile, die auf der Rückseite mit scharfen nach abwärts gekrümmten Spitzen: endigten um einen feindlichen Reiter vom Roß zu reißen.
 Der doppelte Punkt hätte ihm beschert – denn zwischen Spitzen und endigten – durfte sein kein Doppelpunkt, der war vollkommen: fehl angeordnet, der war vollkommen fehl am Platze

1 Soldat, 21 Hellebarden, 1 Soldat, 21 Hellebarden. Oben nicht fehlte dem Schaft die lange Stoßklinge
   eine ernste Rüge des ehrwürdigen Professors, Wächter über gute Sitten in der neutschen Sprache, bei Gott: der war zuhause, in der neutschen Sprache und Gliederung der Sätze wie über ihm, sicher. Nur mehr: Gott, vielleicht.
Warum konnte Johannes Todt sich über einen üblichen Lanzenzaun aus Gußeisen so ereifern. Langsam kamen die ungegliederten Körper der Krieger näher: Säulen es nur waren aus künstlich gebrannten Steinen: gebrannt bei geringer Hitze, besaßen geringe Härte und waren wasserdurchlässig, sogenannte poröse Tonware.

Und getrödelt hatte Pepi eine Stunde, gestromert durch Dreieichen Johannes sollte in ungefähr einer Stunde abbrechen dürfen im Gymnasium seine Nachdenkarbeit bezüglich Satz-Zeichen, denn der Hüter und Wächter über die Gliederung des Satzes witterte in einigen Johannes mehr passierten als bewußt als Attacke eingesetzten Veränderungen von Doppelpunkten, Gedankenstrichen und dergleichen den sehr gewagten, tollkühnen Angriff eines wahnwitzigen Buben auf das Abendland, fühlte bedroht das Abendland, dies setzte ihn allein in einen Klassenraum, kostete eine kostbare Stunde: ein wahres Glück, ein Akt der Gnade, den angeregt einige werte Kollegen, die empfahlen von härteren Maßnahmen gegen den Todt, Abstand zu nehmen.

Da hinübersteigen? endete sicher mit dem Zerreißen der Kleidung. Gut zureden nützte sicher nichts, die hatten ja gar keine Köpfe; 1 Soldat, 21 Hellebarden, 1 Soldat, 21 Hellebarden: befanden sich noch immer innerhalb der markanten Abgrenzung des Instituts gegenüber öffentlichen und anderen privaten Boden Dreieichens. Sechs Hektar, vierundvierzig Ar, dreißig Quadratmeter dazu hatten gerufen nach nicht nur angedeuteter Abgrenzung: gegenüber, nachbarlichem Gebiet.

Sah den: Wächter und Beschützer der Muttersprache. Und seine Lanze der gespitzte Bleistift und die Notizen, Eindrücke sammeln ganz düsterer Art vom Todt, seine Hellebarde? Das Resultat, was zeitigte jeder Stift, der schreiben kann, sei es: die Füllfeder, sei es der Bleistift, allessamt ihm wurde Schutzwaffe gegen: Eindringlinge in der neutschen Sprache, draußen bleibe er – der Feind, auch wenn er Heimat finden sollte in der Fremde dieser Stunde.

Neutsch wurde noch sein Alptraum. Einer der Soldaten war gewiß der Neutschprofessor.

Auch die Stunde ging vorüber. Auch die von Schärfe und einem temperamentvollen Charakter gezeichneten Verteidigungsbemühungen des geplagten Neutschprofessors: sehr geplagt, denn von

überallher witterte er den Einbruch des Liberalismus in seine Stunde, schlimmer noch, viele Einbrüche gab es und Johannes Todt war für ihn eine Art Parabel, auf die Anarchie: der Neutschlehrer verfolgte nicht Schüler er verfolgte Sünder, Attentäter, nicht eigentlich. Eher die Sünde, die Attacke einen Eingriff Übergriff auf das Heiligtum, das zu schützen, seine Existenz absicherte: die neutsche Sprache.
Gingen auf dem jeden Schritt verschluckenden schmalen Wiesenstreifen, mitnichten trauten dem Kies. Dieser grüne von einzelnen Bäumen und Sträuchern bewachsene Teppich schluckte die Anregung für Ohren, die Bäume auf der: anderen Seite und ihre Art des sich Bewegens verhinderten die Anregung für Augen, selbst der Wind hatte eine Geschwindigkeit, die in ihrem Sinne war: sehr warm, nicht ohne Kraft: zwang allessamt, was nicht Mauer war und nicht Stamm Bewegung werden. Die beiden hinteren *Ende des Gehrockes* flatterten etwas mehr als sie, sowieso schon flatterten selbst wenn Windstille war. Windstille herrschte nicht, Johannes Todt wertete dies zumindest als freundliche Geste der Natur, sie sei auf ihrer Seite.
Und nach Genuß dieser Strafe, die genießen ein Akt war: der Gnade, natürlich, durfte Johannes Todt wieder einmal mit etwas Verspätung aber doch auch: verlassen das Gymnasium und zustreben auf ihren vereinbarten Treff-Punkt. Unbedingt lag dieser Treffpunkt nicht auf dem Schulweg dessen Ankunftsorte jeweils wechselten. Am Morgen das Schulgebäude angestrebt wurde und nach den Schulstunden anzustreben war die Erreichung des Instituts. Hiebei gewünscht die kürzest mögliche Verbindung zwischen den beiden Endpunkten zu finden: hiebei sie fanden den, in der Regel; Ausnahmen gab es auch. Die Ausnahmen häuften sich, wurden schon verdächtigt, die Institutsordnung: eigenmächtig, verändern zu wollen und einführen neue, ihnen gemäßere Regeln.
Bis dato hatte, ihr Gewissensführer den geäußerten Verdacht geäußert nicht öffentlich; nur gebeten: sie mögen den Ausnahmecharakter beibehalten, der Ausnahmezustand möge nicht werden der Zustand den Regeln schaffen; schlimmer noch der Zustand, der Regeln gebiert, die segnet nicht die Institutsvorstehung. Inwiefern der Gewissensführer erhielt unmittelbar Zugang zu ihren Ausreden-Sammlungen, war der Zugang absolut nicht Johannes, Pepi? Ihn verdächtigte, aber Pepi beharrte, der Zugang, er nicht sei, er nicht! Hatten sich geeinigt, der Zugang und aber doch einige Bedenken in Johannes weitergearbeitet gegen die Vermutung konnte genaugenommen nur das Bindeglied zwischen Zöglingen einerseits Institutsvorstehung andererseits sein, in ihrer Klasse dies zweifellos war Gottlieb.

Nirgendwo konnte Johannes wirklich verarbeiten, sich einverleiben irgendwie eins werden mit seinen Eindrücken und ihnen: nicht gegenüberstehen als wären es nicht seine Eindrücke.
Seine Seele kannte kein Gestern, Heute, Morgen. Allessamt war in ihr gleichzeitig; abschließen ließ sich im eigentlichen Sinne nichts und war er im Gymnasium, blickte er hinüber zum Institut. Und war er der Zögling und im Institut, blickte er über die Kommunikation, mehr hatten die zwei Gebäudekomplexe an Trennung nicht: so nah lagen sie beieinander, so nah. Nicht einmal fünf Minuten Zeit, werden der Schüler, nicht einmal fünf Minuten Zeit, werden der Zögling. Überqueren diese Kommunikation, hieß bezeichnenderweise Elitestraße denn im Gymnasium traf sich was werden sollte Auswahl, Elite: weltliche wie geistliche Zukunft sollte in dieser Schule gewissenhaft vorbereitet werden. Wie sollten bei solch großer Nähe nicht Umwege künstlich geschaffen sein, andere Kommunikationen wurden regelrecht gefordert von der Regel den kürzestmöglichen Weg zu finden von Gymnasium zum Institut und wieder zurück. Das Gymnasium sie entließ, dann einige zusätzliche Kommunikationen beschritten, die nicht entsprachen der Institutordnung, diese Ausnahme geschah ihnen. Umgekehrt geschah es nicht; sodaß dem Bestreben der Institutvorstehung innerhalb des Elitematerials: das Besondere der Schwalbenschwänze zum Leuchten zu bringen, von Johannes genau so wenig wie von Pepi, keinerlei eigene Bestrebungen entgegengesetzt wurden: Die Schwalbenschwänze waren keine Schulschwänzer. Der dieses erachtet für zu wenig, war gewiß, auch Gottlieb. Vielleicht er nicht umhin kam, dann und wann, zu melden: die kürzest mögliche Verbindung zwischen den beiden Endpunkten zu finden dürfte den Unzertrennlichen nicht immer gegeben sein.
Draußen, direkt anschließend dem Vorgarten, begann die Elitestraße, über diese Kommunikation hinweggesehen, das Gymnasium. Eigentlich war das Zweigeschoß reiche plus Parterre Gebäude auf dem Eliteplatz, dessen Fortsetzung nach Süden getauft wurde Elitestraße. Verglichen mit dem Labyrinth Institut war das Schulgebäude übersichtlich. Im Grundriß eine Sommerhose, die kaum die Oberschenkel bedeckte, wobei die rechteckig zugeschnittenen Hosenröhren Richtung Institut und der rechteckige Hosenbund Richtung Fluß schaute; der sich noch weiter westlich durch Dreieichen wand. Winden war vielleicht nicht richtig erfaßt mit dem Wort der Fluß: nicht die sich schlängelnde Schlange, eher die sich in die Länge ziehende Schlange, wobei sie im Norden – schon außerhalb Dreieichens – ihre hintere Begrenzung den Schwanz gebogen nach Südosten, aber ihre vordere Begrenzung: der Kopf, nach Nordwe-

sten – auch außerhalb Dreieichens: dort auch breiter wirkte und schaute auf diese Weise nicht ohne Neugierde zu den Geleisen, was schob sich nur auf den Geleisen vorwärts? unglaublich, das rollte auf Geleisen? Johannes war es nicht, ein Zug, natürlich: die Bahn. Als wollte die Schlange keinesfalls sich vorwärtsbewegen Richtung Süden, sich nähern etwas mehr dem Neuen; der Bahn, nicht dem Wald, in dem es kaum Neuigkeiten gab, die Baumstämme waren wie immer: entweder bekleidet mit Nadeln oder bekleidet mit Laub. Johannes hätte – wäre er gewesen die Schlange: also, der Fluß – den Kopf abgewandt und den Weg sofort gesucht: zu finden, fort von der Bahn und zurück hinein in den Wald, also geschaut nach Süden, sich geschlängelt und den schlanken Leib nach hinten, gezwungen nachzufolgen nach Süden. Dann wäre er, erstarrt, war ja nur ein Fluß; ein Bett fürs Wasser. Ein sich windender Fluß, es wäre wirklich zu viel gesagt. Denn innerhalb Dreieichens war sein Bett relativ gerade geworden im Laufe also der Jahrhunderte: Menschenhände hatten ihm geholfen, ein regulierter Fluß, ein teils teils in ein neues Bett gezwungener Fluß.
Und der Verein Schönheit-in-die-Natur, einer der vielen Dreieichener Vereine – Dreieichen hatte viele Vereine – hatte sich schon einiges einfallen lassen für dessen Verschönerung: Bänke, zum Niedersitzen und stundenlang hineinschauen in sein Wasser. Dort wo gewissermaßen die Schlange Richtung Bahn schaute begannen aufhören die Bänke, begann die nasse Wiese und die war geworden Johannes: Pepi auch, es zumindest sagte, vergaß den Tag nie, der Tag an dem geworden die harmlos nasse Wiese der Sumpf, der gezogen ein Kind in seine Tiefen, hergegeben es, nie mehr. Es war der Tag, an dem sie ungefähr zur selben Zeit: im Quertrakt also den zum Festsaal umfunktionierten Speisesaal Theater gespielt. Im großen es war einer der beiden größten Räume, die das Labyrinth Institut überhaupt hatte – und es hatte viele sehr große Räume – agierten sie als Hauptdarsteller in einer Shakespeare-Aufführung, auf einer quadratisch angelegten Ein-Tag-Bühne und rund-um-ihnen, im Kreis herum, saß das Gehobene, Hervorragende, Bessere, falls nicht geadelt durch hervorstechenden Geist, der sich darin ausdrückte, daß ihm gegeben waren sehr viele Orden, einige Titel, dann geadelt durch Reichtum. Und zur selben Zeit also, wehrte sich draußen in der Gegend ein Kind gegen: diesen Boden, diesen sonderbaren Boden, der nachgiebig war wie es nie waren die strengen großen Menschen, aber auch nicht mehr hergab, mächtig war, so mächtig: ein Nachgeben dessen Unnachgiebigkeit zog und zog und wohin zog, ein Zug aus einer Tiefe und hatte das Kind bis dato gedacht, der Boden habe: nur eine Oberfläche, die hiefür gut sei, daß es trage, nicht nachgebe, standhaft bleibe? Was hatte dieses Kind alles empfunden zur selben Zeit Johannes wußte es nicht,

hätte der Schauspieler Johannes Todt es gewußt, er wäre gerannt, nicht stehen geblieben; niemals; und so lange gerannt und er hätte das tolpatschige Geschöpf erwischt: ganz bestimmt, er hätte es gehalten bei der Hand. Und viele Geschichten erfunden sich schon hatte Johannes und allen Geschichten war eines gemeinsam, also, an jenem Tag hatte Johannes gehört ein Kind rufen, »Hörst du mich«, rief eine Stimme und das Theaterpublikum sah einen Hauptdarsteller, der verließ während der Aufführung die Bühne, vollkommen unbegründet ohne Erklärung einfach davonlief genau in dem Moment, wo das Publikum aufnahmebereit geworden für Schmerz und dergleichen, sich erschauern ließ und erläutern, wie gut es doch war, entkommen solch einem Schicksal, dem Publikum stahl: den Kalbsbraten, fürs Mägelchen, das so leer war, ganz hungrig der Magen der Seele, regelrecht gierig er war, der Seelenmagen nach Fressen von guten Sachen, erhabenen, seltenen, idealen Sachen: schmackhaft zubereitet, Augenweide wie Magenweide, Gaumenweide so auch noch einige andere Weiden, dies alles also stahl und zurückließ ein fast hintergangenes, ja betrogenes Publikum, die Premiere fand nicht statt. Hatten wieder nachhause gehen müssen mit leeren Seelenmägen und Johannes hatte geleitet ein Kind zu seiner Mutter, es getragen, denn es wäre verloren gegangen es wäre nicht mehr, aber es war noch. Es waren wunderschöne Bilder und alle endeten so: das Kind war in dieser nassen Wiese nicht verloren geblieben, fest gehalten die Hand und es gezogen zurück, es zurückgegeben dem Leben. Und es war ein Kindchen, das etwas plapperte in einer anderen Sprache, es konnte nur die Sprache der Mutter sprechen und es war nicht die neutsche Sprache. Und so der Schüler saß in seiner Bank, sich erhob und wußte, die nächste Stunde wird wieder werden die Stunde Neutsch, stand es unten, barfüßiges Geschöpf, sah Johannes und begann winken, zeigte ihm auch die Zunge, denn es war ein ungezogener Fratz, voll des Übermuts und wollte: Johannes auch necken, außerdem war diese kleine Freundin sehr stolz, wenn es schon lief auf so einen Platz, wo es, hingehörte so absolut nicht, dann mußte es wenigstens die Zunge zeigen dürfen so lange als möglich natürlich herausstrecken die Zunge. Und Johannes oben stand, hinunter winkte. Es lebte. Es winkte herauf, wurde verlegen sehr, denn es war doch sich verbunden fühlend seinem Lebensretter. Die Stunde Neutsch wurde ein gleichgültig getragenes Schicksal, denn er wußte, seine Sumpf-Geherin hatte? tatsächlich aufgestöbert ihren Lebensretter, der sich zurückgezogen hatte, ohne zu sagen wer er sei, wo er wohne und was er so mache, wenn er gerade nicht dabei war, ihr das Leben retten.

Und sie hatten sich getroffen vor dem Haus mit der wechselvollen von vielen Veränderungen gezeichneten Geschichte, begonnen wurde es denn es sollte aufnehmen die Siechen des Landes und

werden die Landes-Siechenanstalt, fortgesetzt wurde es: ausquartiert und umquartiert, die Insassen von anno dazumal; und es bekamen die schwachsinnigen Kinder dieses Haus zur Verfügung gestellt. Dann war es geworden eine Heimat für schwerst erziehbare Mädchen nachdem ausquartiert und umquartiert worden waren die schwachsinnigen Kinder.
Anders es zusammengefaßt von der Geschichte des Hauses und vor allem seinen Menschen wußte Johannes Todt sehr wenig.
Zwölf Kamine, hatte Johannes Todt einmal gezählt: von ihrem Standort aus gesehen waren es wirklich zwölf Rauchabzüge.
Ein Bau mit zwei Seitentrakten, dessen Hauptgebäude ein Fenster, auf den Schmalwänden Platz bot, um so viel: sprang, das Hauptgebäude vor.
»Johannes; du hörst mir gar nicht zu!«
Drei Fenster jede Fensterreihe, Parterre und erster Stock. Das waren die für den ersten Blick festhaltbaren Eindrücke, die dem Zögling Johannes Todt im Gehrock, Hut auf dem Kopf, Vatermörder um seinen Hals, Schultasche in der rechten Hand, bewußt wurden: von den Nebentrakten. Während das in den Vordergrund gerückte Hauptgebäude eine Frontwand hatte mit elf Fenster die Reihe und über den drei: die Mitte bildenden Fenstern: erhob sich auf dem Dach – über dem Kranzgesimse – der Spitzgiebel mit fünf sehr kleinen rechteckigen Fensterchen, die entfernt waren noch weit von so viel Lichteinlaß-Sein wie es in der unteren Fensterreihe hineinließen schon die oberen Fensterflügel, die begannen über dem Kämpfer und geöffnet die ganze Reihe hörten sogar eine Stimme rufen: »Schwalbenschwänze! Kommt!«, nach innen zu: geöffnete obere Fensterflügel. Fürs Flügel-Werden zugeschnitten wordenes Fensterglas: ein linker Fensterflügel ein rechter Fensterflügel, getrennt wirkten von den großen Fensterscheiben der unteren Hälfte des Fensters durch den Kämpfer.
»Rede ich; mit einer Wand! Mit einer Wand reden, Johannes! Mehr Antwort ich noch kriege von einer Wand als – von dir.«
»Möglich.«, sagte Johannes Todt und pflichtete ihm bei, nickte, das bestätigte und noch mehr sich ereifern begann Pepi.
Ein Mädchen.
Allein die Hauptfront des Instituts, Blickrichtung nach Westen eröffnend, hatte eine Länge, die abschreiten Zeit verschlang: in dieser Nacht waren aus bißchen mehr als hundert Meter Länge einer Häuserfront geworden Kilometer, nicht zurücklegbare Wegstrecke: das subjektive Empfinden wurde durch jahrelangen Erfahrungsschatz angenehm relativiert, korrigiert und zurückgewiesen als nur so ein Weg ohne Ende

bedingt durch den Herzschlag, der bis in die Schläfen, noch weiter hinauf: spürbar wurde, hämmerte es, inwendig wie ein tollgewordener Bube sich aufführte und war doch nur ein Herz, sich aufführte, als wollte diese Sache in der Brust sich ausdehnen ausweiten und dem Körper gegenüber die grausame Sprengarbeit leisten, den ganzen Körper besetzen und gegen die Mauern anrennen, so lange gegen die Begrenzung: anschlagen, bis diese barst wie morsch geschlagene Mauern von innen heraus gesprengt, explodiert. Und näherten, sich erst dem zweiten Einfahrtstor. Das Einfahrtstor am südlichen Ende der West-Abgrenzung nach draußen war geschlossen gewesen rütteln hatten sie nicht gewagt.

Ein Kichern und ein Stimmengewirr von oben, eine Mädchentraube blickte nach unten, viele Köpfe, eine Masse: einen Leib bildeten und übereinander, nebeneinander, schauten sie neugierig herab, standen nicht auf dem Gehsteig. Standen auf der: über der Straße befindlichen Park-Kommunikation, unter den Füßen Kies, einige Schritte weiter: Erklärt es dem Pepi nicht dem Johannes, dachte Johannes, was erst möglich geworden durch eure Einführung. Die Pflastersteine antworteten, schwiegen sich aus: Pepi war ja gar nicht neugierig, es interessierte Pepi nicht, was möglich geworden war mit ihrer Einführung, nämlich nichts weniger ermöglichte ihre Einführung als die Herstellung eines: ausgesprochen rationellen Straßenpflasters, »Bin ich ein Pflasterstein; willst du damit gesagt haben, ich bin ein Pflasterstein, mit dem man gerade alles aber auch alles machen kann?!«, sollte Johannes die Pepi-Antwort sich anhören? doch nicht: Pepi fühlte sich ja nur gleich wieder betroffen.

Wenn Johannes versuchte sein Augenmerk zu lenken auf die: regelmäßig gestalteten und sorgfältig bearbeiteten Pflastersteine. Die am Hause der schwer erziehbaren Mädchen vorbeiführende Storchstraße war, eine Hauptkommunikation Dreieichens.

Eine der besten Sorten war es nicht: die Kopfflächen frei von Höckern und Vertiefungen, scharf gearbeitete, gerade, volle Kanten hatten sie nicht und daß die Dimensionen der Kanten möglichst übereinstimmen, sicher sollten aber nicht taten.

Sobald es regnete, glatt und schlüpfrig, hatte gesehen Pferde stürzen und nicht nur ein Pferd, das ausgeglitten war auf dieser Glätte, auch gesehen wie Wagenräder gekommen ins Rutschen; weder erfolgte diese Abnützung der Storchstraße gleichmäßig noch wurde sie abgenutzt rauh so eben: daß sich gewisse Unfälle gesetzmäßig wiederholten, sobald es eine regnerische Zeit war: wahrscheinlich hatte man zur Herstellung des Pflasters doch verwendet dichtes Gestein, grobkörniges Gestein war es auf jeden Fall nicht. Auch schon vorausgesehen werden konnte, daß die Straße nicht eben

bleiben wird. Die Kanten der Pflastersteine niemals scharf blieben, rundeten sich ab und allmählich wurden hier gebildet: viele kleine Kuppeln, darauf werden Fuhrwerk wie Automobil scheppern, wahrscheinlich sprödes Gestein; sehr sprödes auch noch. Das war alles wirklich nur mehr die Frage der Zeit. Johannes konnte sich gut noch: daran erinnern wie sich hier gehäuft die Pflastersteine, wie hier die Straßenarbeiter gearbeitet; ziemlich lange.
Einer war sogar gesprächsbereit und gab sich hiefür her einem Todt Johannes erklären, daß er es zwar zu tun habe, dies sei richtig ohne Zweifel mit einem bossierten Pflasterstein Und aber. Es gab Und aber einige; noch und noch der ihm erklärt Und aber. Es gab Mißverständnisse auch, einiges Johannes auf Anhieb: nicht richtig verstehen konnte. Der Sohn einer anderen Nation mühte sich sehr, auffiel auch seine Geduld. Johannes erinnerte sich gerne an ihn; was er zu sagen hatte zu seinem Schwalbenschwanz gefiel Johannes, er es sinngemäß so gesagt: »Wenn du: nur drinnen bist, dann bist du: draußen nicht.«, gezwinkert und es also, nicht so wichtig genommen. Wichtiger ihm war, daß er ihn wiedererkannt: das ist doch unser Johannes, »He! Her da! Unser kleiner Johannes ist da.« Gemeint hatte mit dem He-Menschen immer ein und denselben: den Dolmetsch, der um einiges besser beherrschte die neutsche Sprache. »Achte ihn, sei gut zu ihm, wenn du mit ihm sprichst, ich höre deine Stimme; überall, wo ich bin, werde ich dich hören.«, das war gewesen das Letzte, was er gehört, in die Hand gedrückt bekommen den Stein: an die 25 cm Höhe, dessen Kopffläche begrenzt wurde von, es waren schon vier: vier rechtwinkelig aufeinander stehenden geraden Kanten: vier nach unten laufende Seitenflächen, die dem Kopf gegenüberliegende parallele Unterfläche: der Fuß des Pflastersteins, er hieß so, hatte eine andere Fläche als der Kopf. Der Dolmetsch, hatte Johannes erklärt, »Jetzt hast du bekommen einen Naturkopf.«, es aber gesagt so lächelnd, daß Johannes verdächtigt: den Dolmetscher, er hätte ihm gesagt? etwas Verkehrtes, sich einen Scherz erlaubt.
Hatten auch einige gelacht; sehr laut, auch sich gestoßen und dann dieses breite, behäbige Grinsen in dem Gesicht und in einem anderen Gesicht offener Spott wenn nicht gar Hohn; auch ein anderer spuckte aus als sich zufällig kreuzten ihre Blicke. Es war so: ein Abtasten, rund-um-ihn-herum, da hatte er sich umgedreht, war fortgelaufen mit dem Pflasterstein, hatte aber, betrachtend die Pflastersteine, wirklich nie loswerden können den Eindruck, daß dies andere Steine, der ihm geschenkt einen Stein, dessen Sorte nicht die Grundlage bildete für die Storchstraße.

Auch schon; lange her. Blieb trotzdem bei dem Taufnamen für den: also, hatte bekommen geschenkt zum Abschied einen Naturkopf. Der aber war ihm abhanden gekommen, irgendjemand hatte ihm entwendet den: Naturkopf, gestohlen sicher nicht. Wahrscheinlich sich gedacht, was ist das schon, ein Pflasterstein. Hatte jeden Zentimeter des Grundes abgesucht, überall wo der Zögling hingelangen konnte, war der Todt auch hingegangen, hatte systematisch durchsucht das Institut, auf der Suche gewesen sicher nicht ungenau, unachtsam, bis ihn eines Tages gefragt der Spiritual, wen oder was er suche und selbstverständlich hatte Johannes gesagt die Wahrheit, er suche den verlorenen Naturkopf, der Spiritual wirkte nicht wenig erstaunt, ihn gewissenhaft betrachtet und dann er geantwortet »Ja, es gibt aber natürlich gibt es Naturköpfe«, sich gezupft am rechten Ohr, nicht auch ein bißchen das Aber-Aber in den Augen? möglich. So genauer erst später erfuhr, daß es den Naturkopf in der Welt der Pflastersteine wirklich gab. Mußten sich aber trotzdem einen Scherz ausgedacht haben, rund-um-ihn-herum, die ganze Luft roch nach irgendetwas, was sehr vertrackt war und wo man neugierig war, ob er, sich ziehen ließ an der Nase; ob man den kleinen Johannes rund herum – um den Kirchturm – führen konnte, ohne daß er es merkte. Diese genau, das dürfte es gewesen, diese Frage schaute ihn an je nachdem wurde sie so oder anders beantwortet: die Antworten dazu hatte Johannes gelesen, ganz so wie ein Analphabet liest in einem buchstabengefüllten Buch. Er wußte, es waren die Antworten, konnte, nicht entziffern; möglich, daß es so gewesen; am aller ehesten war es so. Park.
Der nach der Straße zu abgegrenzt mit einer Allee: der einzelne Baum, Ahorn hieß. Und davor – auf der anderen Straßenseite – die Straße abgegrenzt wurde vom Gehsteig durch ein ziemlich dichtgewachsenes eine Wand aus Natur gebildetes Gesträuch: zurechtgestutzt zu einer? fast einen Meter hohen, zirka dreißig Zentimeter dicken Mauer: die Farbe des Gesträuches dasselbe Grün, das einst gewesen sein dürfte die äußere Umrahmung der Fensterscheiben. Kam schon, ganz durcheinander es wurde natürlich abgegrenzt mit Grün die schmale Grasfläche neben dem Haus vom Gehsteig. Die grüne Naturwand zwischen Gehsteig und Hausmauer; auf diese Weise sah man auch nicht wie von unten her die Flecken sich hochfraßen die Mauerwand: das war die Feuchtigkeit, die hier ordinär alles noch zusammenfraß.
Das Gebäude roch schon von außen her nach Feuchtigkeit, Schimmel und anderem mehr.
»Glaubst du; ich stromere eine geschlagene Stunde durch Dreiei-

chen? glaubst du, ich tue das, um dann zu reden mit einer Wand! Wofür – du mich hältst, das möcht ich wissen.«
Mehrere Risalite gliederten auf die Wand ohne Ende zur Rechten. Gegenüber dem mittleren Risalit das Einfahrtstor. Kehrten dem für Zöglinge nicht zugänglich gemachten Schloß, für dessen Entschlüsselung ihnen der Schlüssel fehlend alleweil war, nicht nur zu dieser Stunde; den Rücken zu. Wie geschah ihnen der treu herzige Glaube, justament in der Nacht könnte vergessen haben der Hausgeist: verschließen ihnen eine Hoffnung.
1 Soldat, 21 Hellebarden; also doch lieber: die mannshohe Mauer auf der Nord-Seite vorziehen. Pepi Fröschl war seiner Meinung? nickte, Kehrtwende. Trotzdem gingen sie zuvor, noch weiter entlang dem Abgrenzenden nach draußen, gingen bis aufhörte die westliche Abgrenzung, begann die nördliche Abgrenzung? so weit doch nicht und schlug sich die Stirn, erinnerte sich an die Ställe? war seiner Meinung, auf die Pferde und die Hühner auf ihr Schweigen war kein Verlaß. Wiehern und Gackern herausfordern, vorzogen umzukehren und dann also nicht gegangen waren bis an das Ende der westlichen Abgrenzung, sprachen miteinander nur mit den Augen, den Händen. Und hiebei gab es einige Mißverständnisse, hatte aber auch zur Kenntnis genommen, daß dieser Zaun die ungünstigere Variante des Überwindens sein könnte: die Abgrenzung des Instituts, gegen das Draußen. Nachdem sie an die achtzig Meter zurückgelegt ungefähr hatte Pepi begonnen erfassen, was Johannes gemeint haben könnte mit Kehrtwende, weniger zurück in den Schlafsaal, nur zurück, um sich von der anderen Seite doch besser und um einiges einfacher zu nähern dem Ziel.

Langsam, Pepi doch auch müde wurde. Irrtum, nur nach Luft geschnappt, gesucht nach einer brauchbaren Fortsetzung, den neuen Ansatz für die ausbaubedürftige Rüge.

Auch das Kaisergelb wirkte alles andere als Kaisergelb, abgeblättert, eine Renovation dürfte zurückliegen; schon sehr weit.

Beim Umquartieren, Umfunktionieren das Haus einmal für diese und dann wieder für andere Menschen, denen gemeinsam war: behaftet, mit irgendwelchen Gebrechen, die sie uninteressanter gestalteten für die? Welt, wurde nie mitrenoviert die Fassade.

Vorgenommen dürften dann doch worden sein, einige sanitäre Veränderungen; ganz so wie im Institut. Das Wahrwerden einer elektrischen statt der Petroleumbeleuchtung in den Räumlichkeiten der schwer Erziehbaren dürfte noch ausstehen: immerhin da waren sie im Institut schon weiter: in allen selbst nur von den Zöglingen benutzten Räumlichkeiten, ausgenommen die Aborte, in wirklich? fast den meisten inneren Lokalitäten des Instituts, selbst: wo zu-

hause waren, nur die Zöglinge, hatten die letzten Ferien verändert die Beleuchtung, ein Riesenschritt nach vorn.
Da hinüber, schauten immer wieder hinauf, zogen vor, nicht herauszufordern: das Zerreißen ihrer Kleidung; wußte Gott wie man da oben hängen blieb, wie das – Zustandekommen erklären? Hörte schon Pepi stottern, »Zustand e kommen, ja e; wie nur, ja e, das war so, deshalb es Zustand e kommen« und sich auflösen im Stotterwerk, Johannes schwor ohne Bedenken, gute Ausreden brauchten Zeit Zeit und noch einmal Zeit. Sonst fand man sie nicht, und es begann das e und e und e.
Zu viel e, es war verdächtig, zu wenig e, zu: allzu glatt gestrickt, sah ganz aus nach Ausrede. Die goldene Mitte finden, ganz so wie geschworen der Großvater auf den goldenen Schnitt der Rahmen für seine großen Denker.
1 Soldat, 21 Hellebarden, 1 Soldat, 21 Hellebarden; hörte das auf denn nie.
Nicht unbegeistert gewesen wie die Installationen Fortschritte machten auch die Institutsvorstehung wirkte ganz: gerührt von dieser kostspieligen Verbesserung, was anging das sanitäre Leben innerhalb des Instituts.
Es war die erste Beleuchtung in Dreieichen elektrischer Art und dies: schon fertiggebracht die Institutsvorstehung vor der Jahrhundertwende. Ein Zeichen mehr, es auch; immer wieder betont wurde: wie sehr die Institutsvorstehung befähigt war, zu gehen mit der Zeit, mehr noch: ein Vorreiter in allen jenen Belangen, wo die Neuzeit Menschen anzubieten hatte echte, wirkliche und brauchbare Fortschritte. Es war eine, sehr teure Kronengeschichte gewesen: das Bringen elektrisches Licht, in ihre Heimat Institut.
»Und es werde Licht« das war gewesen die Stimme des Spirituals. Johannes vergaß nie, den Gesichtsausdruck des Mannes, dem: bei der elektrischen Probebeleuchtung feucht geworden die Augen und der gerungen mit einer Rührung, die er dem Spiritual nicht leicht zugemutet. Gab es einen Mann, der ihn mehr erinnerte: an einen Felsen als der Spiritual? Felsen nahe den Tränen, Johannes hatte sich: an dem Tag, der Probe-Beleuchtung empfunden mehr als verwirrt, fast aus dem Gleichgewicht der Spiritual ihn geworfen.
Wenn alles: im Hause schon in Aufruhr geraten.
Selbst die Pferde, Schweine und Hühner, selbst das Federvieh auch die Kühe zu spüren schienen.
Die Stille gekommen war gewissermaßen die Stille vor dem Gewitter und Dreieichen kannte furchtbare Gewitter, lang anhaltende schwer lastend auf Gemüt und überhaupt sehr angespannter Verfassung Tür und Raum öffnende Stille, noch nicht das Ende bereitet durch das

klärende: wieder den Ausgleich in den Wärme-Feuchtigkeits-und Elektrizitätsverhältnissen der Luft und anderes mehr herbeizwingendes herbeiführendes Gewitter.
Wenn gewissermaßen die Stille im Institut ausgebrochen war, herrschige Atmosphäre geworden war, vorherrschende und bedrükkende kaum tragbare Verhältnisse schuf im Umgang der Menschen miteinander, dann war der Spiritual noch immer und auch – wenn gewissermaßen sich dies entlud in einem Gewitter, in dem die Institutsvorstehung ihre: eher ausgeprägten Vorstellungen von einem Kräfte-Gleichgewicht innerhalb des Instituts, wiederherstellte, ein Kräftegleichgewicht das? festgehalten wurde; schriftlich auch noch damit keine Zweifel bestanden, eine Ausrede weniger Mißverständnis fiel als Ausflucht weg; von einer Ordnung, die sich aufschlüsselte in viele Punkte, in einer Summe von Paragraphen, die genau regulierten die Umsetzung eines Wertkoordinatensystems in die Praxis, war nur einer nicht unterzubringen: das väterliche Erbe eines Widerspruchsgeistes, den sich ausrotten Johannes einige Schwierigkeiten hatte? einige, durfte konstatieren mehr Probleme hatte ein Johannes Todt nicht, eigentlich brauchte er sich nur abzugewöhnen, Gottlieb übte es gnadenlos vor; vielleicht schreckte das ihn derartig, daß er nicht mitkam mit diesem Prozeß des sich: wieder Loswerdens, nachdem man schon einmal da war, wenn gewissermaßen also innerhalb des Kräftegleichgewichtes die Zöglinge eigene Vorstellungs-Kräfte aus dem Gehirn zu entlassen trachteten und also hiemit ein gestörtes Kräftegleichgewicht entstand: bedenkliche merkwürdige höchst sonderbare Abweichungen von der Institutsordnung praktiziert wurden? umgesetzt in sichtbar werdende Wirklichkeit, dann war der Spiritual: jene Gelassenheit, die im übrigen fehlte der Institutsvorstehung, sodaß der Gewissensführer gewissermaßen auf das Vergängliche des Unterganges des Abendlandes hinwies, ständiger Hinweis geworden war? der Spiritual, das Abendland ging im Institut: immer wieder unter, nicht so schlimm das war, hatte man nicht auch: immer wieder, die Auferstehung desselben gerade untergegangenen Abendlandes erlebt? eben. Der Spiritual: diese Ruhe, diese Gelassenheit, dieser Gleichmut also verlor den Kampf gegen die Tränen, sodaß er sich etwas zurückziehen hatte müssen und den Rückzug vollbracht auf eine Weise, daß er kaum ausgenommen Johannes, ausgenommen Pepi, jemandem aufgefallen war. Nicht wenig verwirrt gewesen, auch Pepi. Wie das verstehen? was war eingeschrieben an Geschichte im Spiritual, das aus ihm sichtbar heraus gewollt, hiebei war nur festgestellt worden: die Petroleumbeleuchtungs-Zeit war vorüber, es hatte begonnen die Zeit: elektrischen »Es werde Licht«.

»Wo bist du eigentlich; Johannes! Wir wachsen uns hier fest, hiefür hast du – schon die Ausrede bei der Hand; wie?«
»Wir halfen einem sehr alten Mann, der eine Last trug, die allzu schwer für ihn: zu tragen...«
»Welche Last? das weißt du auch schon?«
»Auf jeden Fall, hatte er einen weiten Nachhauseweg; wir schwitzten uns die Seele aus dem Leibe; fast.«
»Mehr weißt du nicht.«, nickte grimmig. Natürlich war das denkbare Geschichte, nur wer fraß sie ihnen aus der Hand? nickte vielleicht noch gar gerührt über die Hilfsbereitschaft und das Nichtgehen blind: blindgehen durch die Welt? auch wenn die Welt: nur Dreieichen war: »Besser als nicht eine Ausrede ist es noch immer. Laß dir etwas Besseres – einfallen.«
»Wenigstens leugnest du nicht...«
»Ich leugne; nie.«
»Schweigst nur; ganz klar.«
Hatte Pepi gegriffen nach seiner Hand, wollten einander nicht verlieren, werden beschwerlich konnten in der Nacht Rufer, sich rufen beim Namen war unmöglich: Furcht klammerte ihre Hände selbstverständlich nicht ineinander. Angstausdünstungen des Körpers wurden nicht spürbar, der Schweiß sagte, sie waren unterwegs in einer Nacht die angefüllt mit Wärme, die am ehesten noch empfohlen hätte: unterwegs zu sein, nackt und nicht zusätzlich den Körper behängen,
    »Ich rede mich leer und – du?!«
    »Höre zu.«, nickte und verbeugte sich knapp vor seinem Gewissens-Rat namens Pepi Fröschl.
    »Das ist gelogen; du warst woanders! Ich spüre das; kein Wort!«
    »Es war, nur eine Handbewegung.«, und hatte Johannes hinaufgewunken zu den Mädchen.
    »Da oben bist du; also...«, schnappte nach Luft. Empörenderes Pepi nicht hören hatte können, hiebei wollte Johannes eher mit dieser Ausrede Pepi ruhiger zwingen. Hat Pepi die Stunde Dreieichen und in ihr allein nicht behagt.
waren sie Kleiderständer: Johannes öffnete den Vatermörder trotzdem nicht Pepi bettelte mit dem Blick, tu's nicht, ließ ab vom Vatermörder, gingen wieder
    »Wo wirst du sein...«, blickte Pepi Fröschl ihn verdutzt an, das Wann fragten seine Augen.
    »Na wann!«
    »Hier; sowieso!«, schielte hinauf zu den Mädchen, ein Blick voll Gift, das war der Schierlingsbecher, säuft ihn, trinkt ihn aus auf der Stelle, sagte der Pepi-Blick.

Wahrscheinlich fuhr Gottlieb nach Nirgendwo. Johannes? hatte es schon seinem Vater mitgeteilt: in den Ferien gedenkt er, zu bleiben im Institut. Auch Pepi; der sowieso. Das Sowieso war neu, Johannes hätte es geschworen ohne innere Widerstände und ohne viel Kopfzerbrechen, ob er nun nicht doch auf sich genommen einen falschen Schwur, das Sowieso war entstanden ruckartig, plötzlich es war gewesen bis dato gar nicht so klar, ob er gedenke auch diese kommenden Ferien, die letzten Ferien im Institut, zu bleiben und nicht zu fahren auf das Schloß, zu Aloysius Graf Transion. Hatte der ihm nicht gemacht das Angebot und Pepi große Augen, ganz Aufregung und Freude, auch »Abgeholt; ich werde abgeholt von IHM selber; was sagst du. Ist er mir nicht schon fast …«, wahrscheinlicher es war, daß Pepi um dem Wort Vater zu entkommen, Zuflucht gesucht bei der Aufforderung, hatte zusammengefaltet den Brief, den Umschlag geküßt, hiebei geschlossen die Augen, eine Andacht hatte, die Johannes verdutzt: als hätte ihm geschrieben die unsterbliche Liebe, die geschwiegen ewig und nun sich herausgestellt, Pepi falsche Schlußfolgerungen gezogen aus dem Schweigen, liebte ihn, wie eh und je: »Würfeln, spielst du mit mir?«, nickte und waren schon gegangen spielen, ein Würfelspiel.

Also, so klar war es nicht gewesen, wo er gedachte zu sein so kam die Zeit der großen Ferien. Und aber im Park, vor dem Haus der besonders schwer Erziehbaren wußte Pepi: sowieso er fuhr nicht, Wünsche nach Abholung hatte er nicht Pepi zog nichts nach Transion?

»Was geht eigentlich; in dir vor.«, fragte Pepi. Und blickte, hinauf zu den Mädchen, mit großen staunenden Augen, geöffnet kleinwenig den Mund, verletzt wirkte, weniger gekränkt: zutiefst erschüttert von dem Anblick der Mädchen? Hatte Pepi einer aus der Masse gegeben ein Gesicht, es ihr zurückgegeben, es genau beschaut festgestellt, von dir gedenke ich: zu träumen in den nächsten Monaten, halt ein bißchen still, auf daß ich besser in meinem Kopf aufschreiben kann mein Traumbild für die Zeit, in der ich allein wäre ohne dich, nur mit mir befaßt; so?

vorbei: ließen links zurück das Portal, es griff über den ersten Stock hinaus noch hinein in die Mauerwand, gestaltete die Fassade in blickfängerischer Weise, zwang regelrecht die Augen zu sehen die drei Heiligen in der Nische: über dem Eingang standen sie, mannsgroße Heilige: keine verkleinerte Ausgaben, hatten alle drei eine eigene Nische innerhalb der großen Nische, die regelrecht: schon ein Rundbogentor für sich nur ohne Tür und nur aus Stein, in ihr zurückgetreten ein bißchen wirkten die drei Heiligen, als wollten sie sich nicht zu sehr in den Vordergrund drängen, auch: entkommen sollten, den Beeinflussungen durch die Bearbeitung und sei es nur der Regen sei es nur der Schnee und oder der Hagel, die Kälte und was immer. Beherrschten das mittlere Risalit auf der Höhe des ersten Stockes, knapp darunter hörte auf die eigentliche Eingangstür, in die hineingebrochen worden war die kleine Tür, sodaß meistens: geschlossen bleiben konnte und auch blieb die Tür, da sich öffnen ließ die Tür in der Tür.

Die Gitterstäbe vor den Fenstern waren von Rost benagt: als sie gewesen noch Erst-Angekommene, gekommen in das Institut und erstmals zur Kenntnis nahmen dieses Haus gab es auch in Dreieichen, wirkten sie frisch gestrichen: wenigstens das Gitter vor den Fenstern. Und neben ihm war gestanden der Glatz, stehengeblieben denn auch Johannes ging nicht mehr weiter »Was ist«, hatte gefragt der Glatz. Was war gewesen. Gesehen ein Kind mit einem Wasserkopf, es saß schaute hinunter auf die Straße, schaute an alles was sich bewegte und hatten sich dann gesehen. Johannes sich: angeschaut empfand, gewissermaßen aufgefordert stehen: zu bleiben nicht zu gehen nicht vorübergehen, sich etwas anschauen lassen.

»Ich sehe dich«, sagte der Wasserkopf.

»Ich dich auch«, antwortete der Zögling des Instituts.

»Ich sitz hier gut«, sagte der Wasserkopf.

»Ich steh hier gut«, antwortete der Zögling des Instituts.

»Was ist«, schon etwas ungeduldiger der Glatz und dann gefolgt der Blickrichtung, hinaufgeschaut, erspäht seine Freundin, »das gehört erlöst.«, sagte der Glatz.

Nur für besondere Anlässe wurde dieses Tor wirklich geöffnet. Die Mitte bildete Maria mit Jesu in ihren Armen, ihr zur Seite standen der heilige Josef zur Linken, Johannes der Täufer zur Rechten und etwas weiter entfernt in Kopfhöhe der Heiligen aus der Mauer herausgebrochen oder in ihr schon eingeplant worden kreisrunde Öffnungen, wie Augen, die einen immerzu anschauten, sehr große die Köpfe der Heiligen winzigklein degradierende Augen, auch wenn dies ein Unding, sicher war es unmöglich: niemals konnten ihm die Löcher in der Wand nachschauen, hatte Johannes Todt den Eindruck als werde er: sein Rücken durchbohrt von den beiden ganz gewiß nicht Augen, links von Josef etwas weiter weg rechts es genauso galt für Johannes den Täufer: eine kreisrunde Öffnung als sähe man Kanonenrohre und ihr vorderes Ende verkleidet mit Stein damit das nicht gleich so unfreundlich und düster aussah, auch Ansaugloch mußte Johannes denken als könnte von dort her ein Zug kommen, der ihn zurückzog gewissermaßen? allein mit einer Sogmaschine, die in Betätigung und nur für Johannes nicht sichtbar, aber irgendwo im Gebäude aufgestellt arbeitete und zurück hineinzog Zöglinge, wenn nicht in den Schlafsaal, wohin dann?

Und hatte nicht verstanden, erst nachdem das Wie der Erlösung mit Worten erläutert der Glatz, »einschläfern und es hat seine Ruh es hätt dann... jagrausig!«, und sich gebeutelt der Glatz. Es meinte, nicht richtig zu verstanden haben und fragte deshalb nach, wie es gemeint sei mit dem Jagrausig und dem Einschläfern. Der Glatz-Zeigefinger alsodann gedeutet Richtung Himmel. Und Johannes, möglich: hinaufgeschaut, gesehen es kündigte sich an, ein Ausgleichungsprozeß für die angehäufte Wärme, dürfte geworden sein: Notwendigkeit, sich bald umsetzen in Elektrizität, werden Blitz: sehr rasch, hintennach der Donner, standen direkt unter der Zusammenballung, welche aschgrau und: fast schwefelgelb mit verschiedenen dunklen Farben die allesamt nur Nuancen waren von Schwarz: »Bevor das, herunterkommt sind wir daheim.«, er beruhigt den Glatz, der weiterwollte und der aber antwortete: »Himmelfahrt für den: Wasserkopf, was geht mich das Gewitter an«, verächtlich die Mundwinkel nach unten bog und nachmaß seine Körperlänge, als hätte Johannes ihn verdächtigt, ein Glatz könnte sich fürchten vor Blitz und Donnerschlag? »das lebt ja gar nicht!«
»Wie? Was lebt nicht?«, wirklich nicht verstanden hatte, hinaufwinkte zum Wasserkopf, der verzog das Gesicht, es war das Lächeln, das schönste Lächeln das er hergeben konnte und auch Johannes mühte sich, werden das schönste Lächeln für den Wasserkopf, dies war ein Mädchen; also eine Freundin und kein Freund.
Hiebei war die Sache klar, er hatte es zu tun mit kreisrunden Maueröffnungen, die schon ein Stück hinter ihm und ihm ja eh nicht: folgen konnten, geschweige in irgendeiner Art gefährlich werden. Spazierengehende Löcher, ohne Gliedmaßen gab es nicht; durfte fest daran glauben, die Löcher waren geblieben im mittleren Risalit dort, wo sie immer gewesen, links und rechts außerhalb der Nische für die Heiligen in Kopfhöhe derselben, Zweifel ausgeschlossen völlig überflüssige: Herzschlagsteigerungen, waren nicht nötig, auch nicht der umgekehrte Vorgang, Herzstillstand.
Waren stehengeblieben.
»So beieinander sein, ich knüpf mich auf«, so der Glatz, »häng mir meinen Schädel auf eine Wäscheleine, mit Kluppen befestig ich ihn auf der Leine, laß das ganze Wasser heraustropfen, dann setze ich ihn; mir erst wieder auf. Sittliches Verantwortungsbewußtsein verstehst?«, das verstand Johannes, das Lächeln seines Freundes aus der höheren Klasse gefiel ihm nicht, »Am Schopf! Schau nicht..!«, »Wie schau ich denn.«, gefragt und der verdreht die Augäpfel, als wäre Johannes der geborene Steher auf einer Leiter, nicht und gar nicht heruntergehen wollte von der Leiter und es war eine sehr ungemein

lange Leiter: »Oder glaubst, man kann den Kopf nicht? Auf einer Wäscheleine aufhängen; natürlich kann man das!«, und seinen Haarschopf durchwühlt mit der Hand, in der fehlte die Schultasche, denn die hielt fest die linke Hand und ihn dann zwingen wollte zu wachsen, so fest am Haarschopf zog: »Du!«, und es war eine Aufforderung loszulassen seinen Haarschopf: »Hiemit bewiesen, aufhängbare Sache; nur das, wollt ich dir zeigen; nur das! Du kannst trocknen lassen einen mit Wasser sich aufgeblasen habenden oberen Zaun, denn die Sache oben grenzt ab die Sache unten, also: ist ein Zaun; denn der grenzt auch ab.«, der Übermut ihm trotzdem nicht gefiel. Fühlte sich verstimmt, verletzt. Und auch gestört in einer beginnenden Geschichte; das nächste Mal sich verirrte in den Park, allein. Stand eine Weile, seine Freundin schaute nicht herunter es mehrmals vergeblich versuchte; dann hatte er wieder einmal Glück. Schauten sich an, kehrten um, schauten hinauf: »Sind noch da« flüsterte Pepi und wirkte nicht unzufrieden: nickte, gingen wieder. Johannes hatte die Gelegenheit genutzt und gesehen, auch die Löcher waren noch in der Wand, wie nix verändert an der Fassade, alles vollständig, alles ganz. »Mir war, als könnten die Drei...«, blinzelte, lächelte: etwas gequält eingestanden »eine fixe Idee« gepeinigt; wieder einmal; den Pepi.
Dann schwiegen sie: dann und wann, zur Vorsicht sich doch umdrehte Pepi, gab hiemit Johannes die Gewißheit – drei Heilige waren geblieben in ihrer, ihnen zugewiesen wordenen Nische in der Nische und hätte sicher bemerkt, wäre Pepi zu seinem großen Erstaunen: Erkennender geworden, ihnen folgten nicht Säulen aus Stein, sehr wohl aber ein spazierengehendes Loch?! Spätestens, wenn ein ganz bestimmter Ausdruck im Gesicht Pepis kundtat, Pepi zweifelte aufrichtig an seinen eigenen Verstand und fragte sich sehr gewissenhaft inwiefern er es zu tun hatte mit einem Verrückten, inwiefern Pepi sich erachten durfte nicht zu Unrecht als vollkommen verrückt, dann wußte Johannes, drehte er sich auch um, sah er das spazierengehende Loch. Nicht wie ein Rad hinter ihnen herrollte, auf dem Kiesweg blieb oder auch bevorzugte den Geräuschschlucker, den Untergrund der Näherrollendes nicht offenbarte den Ohren. Hinter ihnen ging es war nicht zu glauben als wärs ein Mensch, winzige Füßchen, Händchen und nachfußelte: ohne Gesicht, ohne Augen, ohne Ohren und aber, natürlich war es das Unmögliche. Pepi wirkte nach jedes Mal sich Umdrehen sehr ruhig, zufrieden? Mehr noch, geradezu erlöst.

»Bist du wieder da«, fragte der Wasserkopf, »ich kenne dich noch.«
»Wie geht es dir«, fragte der Zögling des Instituts, »hab ich dir gefehlt, wie du mir.«
»Achja, es geht; du fragst viel auf einmal.«, beschwerte sich der Wasserkopf.

»Wir haben: nicht sehr viel Zeit füreinander.«, sagte der Zögling des Instituts.

»Das ist wahr; man kann nicht einmal miteinander schweigen, immerzu immerzu müßt man etwas sagen.« Der Wasserkopf hatte verstanden was Johannes gemeint; nickte und winkte ihm zu.

»In unserer Kapelle ist der zwölfjährige Jesus im Tempel und rund um ihn herum die Schriftgelehrten und Pharisäer. Er ist: deswegen dort; weil. Er ist das Bild des Hauptaltars.«

»Warum sagst du mir das; siehst du nicht, meinen Wasserkopf? Ich versteh das alles nicht.«

»Damit du weißt, wo ich wohne, wo ich bin.«

»Wohnst du in der Kapelle?«, der Wasserkopf wurde gründlich auch streng.

»Bleib!«, rief der Zögling des Instituts, »So bleib..!« hatte verzogen das Gesicht, gesehen sprachlos sich aber steigernden Kummer, bis der verändert das Gesicht seiner kleinen Freundin es geworden die Fratze. Hörte: schrie Sie so? hörte eine Frauenstimme und es entfernte sich das Schreien: auch die Freundin saß nicht mehr auf dem Platz, war nicht zu sehen von unten, zurück hineingezogen worden in unerreichbare Räumlichkeiten. Blieb stehen, tauchte auf eine etwas ältere Frau und schrie: »Lümmel! Was kommst du gaffen?! Und ein Schwalbenschwanz, noch dazu; wart, das melde ich! Dich sehe ich; noch einmal hier herumlungern!«, und zu waren die Fensterflügel.

Johannes Todt nahm an, kreisrunde Löcher folgten ihnen nicht.

Kam; immer wieder. Nicht oft, denn das war gar nicht möglich. Verstand aber Gelegenheiten zu nutzen.

Die Heiligen aus Stein sowieso nicht; die schämten sich blind, die gar nicht sehen wollten, was die beiden Galgenstricke in dunkler Nacht unternahmen, eh klar: es gehörte sich, ja nicht.

Dann zogen in diesem Hause ein die schwer erziehbaren Mädchen und wo hingekommen war das schwachsinnige Menschenmaterial? Hier war alles Menschenmaterial. Auch die Zöglinge.

Zu seiner Rechten 1 Soldat, 21 Hellebarden, 1 Soldat, 21 Hellebarden.

Und gesessen, sie immer auf ein und demselben Platz. Im ersten also das wahr gewesen vor vielen Jahren: sie gesessen im ersten Stock, gezählt fünf Fenster von links, gezählt fünf Fenster von rechts und also direkt in der Mitte – so gezählt es gewesen die Mitte – dieses Fenster und dort, eine Mädchentraube auch.

Die Mädchen benoteten: zwei Schwalbenschwänze im Park. Hörte es, Pepi dürfte es: mehr oder weniger auch hören müssen.

Zu seiner Linken über dem Kiesweg und über dem Vorgarten sich nichts

bewegte, ausgenommen neben ihm Pepi, ausgenommen Sträucher, kleinere und sehr biegsam wirkende Bäumchen: gebeutelt wurden, regelrecht durchsucht durchwühlt tanzte gewissermaßen in ihnen unsichtbar der Wind und zwang sie, mitzutanzen. Gegenwehr fand nicht statt, ließen sich nicht ungern beuteln, wahrscheinlich dies taten, ohne zu wissen wie sie sich wiegten geschmeidig: hin und her, folgten dem Wind und ihre Schatten warfen auf die Hauptfront des Gebäudes auf den Untergrund; auf dem sie wachsen durften, festgewurzelt sein; überallhin, wo es ihnen gestattet war. Betrachtete die sich nichtwissende Natur, wie sie nicht wissend doch wirksam war, nicht einmal wußte, daß sie angeschaut wurde durch jene Natur, die so nach und nach begonnen entziffern das Werden und Vergehen rundum und auf der Erde.
Wurden unterzogen.
Einer äußerst vernünftigen Qualifikation, vernichtende Kritik allesamt erhielt: der Gehrock, der Vatermörder und der Hut, es war: ein Kichern und Deuten, Winken und Rufen. Johannes Todt dürfte es nicht ungern zur Kenntnis genommen haben, genaugenommen es genossen, sich erkannt wußte als doch nicht ein Kleiderständer, der von sich verraten haben wollte »Ich bin Elit« und sonst noch etwas: das E nach einem T des Elite mußte fehlen klang doch gleich um eine Spur elegant gekleideter, dies nette kleine Wörtchen, es zerzausten: ganz ordentlich und Johannes schickte tausendundsiebenhundertachtzig Hoffnungs-Rufe hinauf, laßt euch den Blick nicht weg erziehen, bleibt in: der Sache schwer erziehbar; sagen durfte, sich selbst, es war eine sehr schöne Stund.
Im Park vor dem Hause in dem wohnten die schwer erziehbaren Mädchen.
Die neunzehnte, die zwanzigste, die einundzwanzigste Hellebarde dann geschafft wieder: ein Soldat, zurückgeblieben sodaß sich näherte, der nächste Soldat vorher aber noch 21 Hellebarden.
Noch in der Nacht, die dann gefolgt, er sich gerne erinnert an dies Schnabeln von da oben nach unten und nur eines gefürchtet es könnte beendet werden vor der Zeit von einer Erziehungs-Person. Es regte? regte Pepis Rüge-Bedürfnis noch mehr an. Als könnte er sich ereifern, der sollte doch Eiferer sein und hintennach eifern wem er wollte, warum nicht dem Neutschprofessor?
Und hatte hinaufgeblickt zu den Mädchen; winkten auch taten dies ohne Weiteres: »Schwarz oder rostbraun?«, rief er hinauf, antwortete: der Chor der Mädchen ohne Zögern, »Beide!« und bekräftigten die Aussage: »Beide Schöpfe!«
»Du siehst; auch du gefällst.«, zwinkerte und Pepi erbost, empört er sah die Mädchen: »Was gehen einen künftigen Priester Mädchen an?

So du die Frage klären kannst?«, legte den Kopf schief. Und doch: über einen solchen Eifer verdutzt war.

Die beiden Enden des Gehrockes ließen sich heben, senken und waren auch ständig Bewegung, sah es am Pepi. Der Versuchung: den hinteren Enden, seines Gehrockes zuzuschauen beim Flattern widerstand Johannes. Sich umdrehte aus Prinzip nicht.

Hinter sich gebracht den Kampfhahn in der Schule, zusammentraf mit Pepi und wußte sofort gefunden den folgenden unterstützenden Kampfhahn, zwar nur ein Zögling, hatte aber im Gegensatz zum Neutschprofessor eine gewisse entstabilisierende Wirkung, die tiefer greifen konnte auch gegriffen hatte, als wenn der Abendlandverteidiger zum Angriff blies gegen den angeblichen Angreifer unantastbarer Kulturwerte. Wenn Anmaßung, Arroganz und Größenwahn abendländische Werte waren, dann griff er sie nicht an: griff nur Sachen an, die ihm es wert waren anzugreifen. Angreifen und Angreifen, darüber dürfte er gestolpert sein und schon, der nächste Verdacht: er begänne dauernde Eingriffe, Übergriffe und wußte Gott was noch: gegen das Heiligste vorzunehmen, das zweifellos beherrschte der Professor. Als hätte es jemals gut getan der Sprache so sie beherrscht wurde, nichts und niemandem tat gut wenn es beherrscht wurde. Andere Beherrschungen als Unterdrückung kannte Johannes nicht; kaum; sehr wenige.

Trotzdem, Pepi war der Meinung, Johannes könnte eine folgende Rüge von seiner Seite her, noch sehr gut gebrauchen.

Wo aufhörte der Vorgarten: hochschoß, die mehrstöckige Front: Parterre, Hochparterre, erster Stock, zweiter Stock. Die dem Markt Dreieichens, zugekehrte Vorderseite des Instituts, in ihr auch die Wohnung des Rektors: erreichbarer über die Wendeltreppe, die direkt von der Vorhalle weg hinaufführte, Kletterer werden ließ: bis hinauf in den zweiten Stock und aber hier kam niemand in Versuchung, sich hinaufzuschleichen und hinunterzuschleichen, die Wohnung also des Rektors. Und der Rektor: solche Ohrwascheln, ein riesengroßes Waschel.

Es.

Sowieso merkwürdig war, sprachen stets nur von Beherrschung der so auch jener Sache und beherrschten dann nur die Menschen die beherrschen sollten die und jene Sache. Als sollte er der Sprache dienen und die Sprache nicht ihm; stellten ja allessamt auf den Kopf. Wie sollte Johannes das anders sehen, anderes kannte er nicht. Und die es gleich gesehen duckten sich: gesprochen der Großvater, geschwiegen der Vater. So es doch gewesen; immer! Unter ferner liefen, liefen ganz gewiß die Zöglinge. Das Heiligste dem Neutschprofessor es war: die neutsche Sprache, die behütete er. Das Heilig-

ste dem Griechischprofessor es war: die griechische Sprache, die behütete er? Wer aber behütete die Zöglinge, natürlich Gott! Und wo war Gott?!
Nur Ohr nur Auge im übrigen ätzend wie Säure, sobald er öffnete den Mund Wörter herausließ. Ein gekonnter Spötter, ein humorvoller Mann wurde er genannt, Johannes nannte ihn Zyniker. Ironie auf Kosten derer, die genaugenommen wehrlos waren wollten sie der Institutsordnung entsprechen, entsprachen sie aber der Institutsordnung nicht, ging das Abendland unter. Wo blieb da die Wahl?
Über den Wolken, irgendwo gewiß. Pepi behütete die Zeit, die teuerste Angelegenheit Zeit, die kostbare Sache Zeit und hatte also: Johannes herausgefordert den Verlust einer Stunde, herausgefordert – ja? Den Neutschprofessor, hiemit denselben herausgefordert werden Hüter geschändeter neutscher Sprache und wer nicht mehr folgen, Johannes erging es so, nicht mehr folgen konnte der Logik, blickte? hinauf zu den Mädchen. Das aber bremste den Eifer Pepis nicht, ganz im Gegenteil: steigerte ihn, und steigerte ihn und der begann bald explodieren im Park, sodaß Johannes vorzog, werden Bewegung, Zuwinkender und Zurufender war, dann war er: nicht mehr dort, wo er vorher war: in Eile, sich zubewegte auf das Institut, hintennach strebender Pepi und konnte halten, kaum Schritt. Keuchte und fluchte? hatte es satt; einfach satt! Der sollte keuchen, sollte fluchen Johannes hörte ihn nicht; Quakbalg! Verließen den Park des Adlers Johannes konnte noch immer gehen mußte Josef Fröschl schon laufen Johannes einbog in die Straße, die östlich vom Institut öffentlicher Weg war, nicht gepflastert und wenn es regnete versank man hier im Schlamm; blieb regelrecht stecken. Es war eine sehr breite und einladende Kommunikation, wenn sie trocken war.
»Johannes; bist du verrückt; das Gymnasium ist im Westen und wir – wir können von hierher nicht kommen; man wird uns sehen!«
»Bei der Verspätung brauchen wir den Schein der Heiligen nicht, bestimmt nicht anstreben.«
Und gingen entlang der Institut-Straße, die östlich das Areal: außerhalb der Ziegelwand begehen ließ. Denn das rundum, was sich ausbreitete: als Felder Wiesen Äcker, schon längst aufgekauft der Ökonom des Instituts und hiemit gesichert das Fernbleiben der Bau-Wut und ferngehalten das auch Verbautwerden der Gegend im Osten des Instituts. Die mannshohe Mauer; selbst höher hinaufgemauert als groß war der Spiritual. Pepi war auf gleicher Höhe mit ihm und hielt Johannes auf; wollte sich losreißen, doch Pepis freie Hand war geworden die festhaltende Zange, ließ sein Handgelenk nicht los.

Es gab nicht wenige von den Zöglingen, die heimliche Bewunderer waren des so gelassen – des mehr mit dem Wort die Säure und Peitsche Werdenden – wirkenden Rektors. Johannes witterte hinter dieser Bewunderung nichts anderes als einen unbegrenzten Raum angefüllt mit Sehnsucht bis oben endlich zu entgehen, nicht zu fliehen fort von der eigenen Ohnmacht ohne Erfolg. Und wie, wenn nicht: im Werden eins mit dieser Machtfülle, rangen, rauften, balgten, nahmen alles Mögliche und Unmögliche an Eigenheiten an, nur um ein bißchen Anerkennung, Mitnaschen an der Macht und sei es nur, daß sie diese Machtfülle lobte, zu erstreiten, erheischen oder – nicht zur Kenntnis nahm. In Ruhe ließ, nicht erspähten wachsame Augen ein mögliches Bespöttelungsobjekt, wo war das Subjekt, das ziehen ließ auf die Seite der Machtfülle die lachenden Zöglinge? Ständig war er auf der Suche und nicht ohne Erfolg: der schlief jetzt ganz bestimmt tief den: den Schlaf des Mannes, der wußte: Gott konnte niemals einen besseren Wächter finden für das Zöglingsmaterial, dessen Bestimmung es war, Elite zu werden? Elite, tatsächlich; und Johannes staunte hinauf die Häuserwand und fast etwas wie Kälte griff nach ihm, was sonderbar war, denn es war schwül. Alles andere als kalte Luftströmungen.

»Ich weiß; selbst nicht, was da in mich, hineingefahren ist. Johannes; ich war eigentlich nur froh, daß die Stunde vorüber war. Dies Stromern und nie weißt du, wer dich sichtet; nicht daß ich mich etwa hinausreden möcht. Aber warum raufst du mit dem Professor, wenn du weißt, daß der sich giftet giftig und gefährlich; Johannes! Der kann dir das Zeugnis ... ich meine, du sollst aufrücken; nicht sitzen bleiben, das sollst du nicht. Ich möchte wissen, wie ich, mich zurückmogeln soll in die Siebente, Mathematik? Und dann, wir; das war doch eine abgemachte Sache! Wir sind gemeinsam – ich meine, Johannes! Wollten wir nicht gemeinsam den theologischen Studien, uns doch nicht auseinanderreißen ...!«

Was der sich kreuz und quer gestottert; litt redlich, Johannes hatte empfunden nicht die Spur Bereitschaft in sich, Herr werden, dieser Kälte, die Pepi ruhig eisig frieren konnte; riß sich los, ging weiter. Und Johannes sah im Südosten Dreieichens begann die grüne Hoffnung atmen, ein Wald, in dem sich verlaufen wunderbar war. In der nicht kleinen grünen Hoffnung verschwinden, hineingehen, herauskommen so bald nicht mehr; am besten: nie mehr.

In dem Wald waren die Totenbretter, standen: Johannes hatte der Weg im Wald erinnert an die Heerstraße von der Ewigen Stadt nach Capua: auch das subjektive Empfinden nicht losgeworden, er bewege sich niemals auf dem Weg im Wald, sehr wohl aber auf der Via Appia, Zweifel waren aber ausgeschlossen Johannes der Weg im

Wald erinnert an: die Via Appia und nicht umgekehrt, er dort und sich erinnert an den Weg im Wald. Dazwischen doch ein Zeitloch; oder nicht.
Standen also, nebeneinander: wie damals wohl die Kreuze der Sklaven, die sich erhoben im Aufstand.
Johannes bewunderte Spartakus sehr; mehr als jene die niedergeworfen den Aufstand der Sklaven vor der Geburt Christi. Und es aber ganz bestimmt nicht waren die Kreuze und auf ihnen: die Qual befestigt festgehalten bis sie ausgelitten, erlöst im Tod. Es waren ganz sicher Totenbretter. Statt Pappeln, Kastanien, war der Weg flankiert von: solchen Totenbrettern.
Genau dort, wo sich öffnete der Wald für einen inneren Platz und das war gewissermaßen ein Lichthof: innerhalb des Waldes, nicht quadratische Fläche, das nicht.
Das Institut hatte zwei Lichthöfe: nicht kreisrund, quadratisch hier Fläche freigehalten; außerdem, es doch so war, Sklaven gleichgesetzt Sachwerten, also Sache waren und hievon waren sie allesamt weit weit entfernt, Gott sei es gedankt: Sache waren sie nicht. Schon rein, juristisch gesehen waren sie verbucht nicht als Sache das war schon so. Sache waren sie nicht. Auch kein Material! Und jeder, der sie tottreten hätte wollen, wäre geahndet worden als Mörder selbstverständlich, auch sofort vors Gericht gezwungen worden Seiner Majestät, des Allerhöchsten Herrschers.
»Johannes; wo bist du. Was hast du, was geht in dir nur vor.«, sagte Pepi, der ganz Kluge. Als ginge etwas in ihm vor.
»Nichts; gar nichts. Abbiegen möcht ich dürfen.«, und hatte hiemit? doch nur das gewünscht, was Pepi auch gewünscht, entlang die südlich das Institut abgrenzende Mauer aus Ziegel: fast im rechten Winkel es sich hier von der Institutstraße: abbiegen ließ, nach Westen. Und Johannes artig genug war, der Versuchung widerstehen, geradeaus weitergehen, dann nach links und draußen sein aus Dreieichen und einem Hineingehen in den Wald: noch ein Stück Weg Richtung Süden und dann war er angekommen; konnte in dem Wald verschwinden; widerstand dem Johannes und Pepi wirkte eher besorgt als befriedigt; was sollte nur? in Ordnung nicht sein? verstand nicht ganz die Besorgnis Pepis. Als wäre dies die erste Verspätung, für die ihnen etwas spät einfiel: eine brauchbare Erklärung, die stichhältig genug war, der Trumpf gegen eine penibel ausgetüftelte Instituts-Ordnung.
»Ich finde; es ist alles, in Ordnung. Ich wüßte ... nicht, was; nur irgendwie anders sein sollte, als es immer gewesen.«, Pepi sofort Johannes beigepflichtet, eifrig nickte, »Ganz meine Meinung; Johannes! Ganz meine Meinung.«

Es sagte mit einer Ernsthaftigkeit, die es schwer machte, nicht hell auf lachen und aufhören; nie mehr aufhören lachen.

»Du hast das Stehenbleiben; du kannst dich überall festwachsen und um dich schauen, auf eine Weise, daß du mir ...«, dann wußte Josef Fröschl nicht mehr weiter.

»Nun?«, das war SEINE Stimme. Woher war der so plötzlich gekommen, gerade war ER, noch nicht da gewesen.

»Ehrwürdiger Spiritual, ä ...«, es besser bleiben ließ. Der Versuch war ja tapfer.

Der nächste Soldat nach 21 Hellebarden, das also, der Rektor auch wenn der es, begonnen hatte, einen Todt weniger heranzuziehen als mögliches Subjekt an dem sich diese Kälte entzünden konnte.

»Nun, lieber – Josef? Wolltest du sagen, die Äpfel reifen schon?«, nickte und pflichtete bei: »Das tun sie, ich sah es gerade mit allergrößtem Vergnügen, es entzückte mich.«‚das Lächeln, gab es: größere Liebenswürdigkeit?

»Ehrwürdiger Spiritual, ich sehe nirgends Äpfel; Zwetschken, sind es, nicht Zwetschken?«, fragte Johannes und wich nicht aus dem Blick warum sollte er auch. Reif waren die Zwetschken, noch lange nicht, die Äpfel hineingelogen, denn hier wuchsen sie nicht.

Das Fernglas, um den Hals ein schwarzes Lederband hielt es fest, war der aufrichtig genug, daß er gesichtet die nähere Umgebung. Als hätte er hier Posten bezogen, irgendwo, sich verborgen? hinter einem Stamm, das Fernglas und nach Norden geblickt, über kurz oder lang er dann gesichtet, ja war das nicht eine Überraschung! Galgenstricke zwei Stück standen im Park des Adlers: unverschämt keck genug, sich durch Dreieichen trödeln, hiebei so nah bleiben, Angebot werden, schon zum Schleuderpreis denn wo aufhörte im Norden: am östlichen Ende die Mauer wurde das rechte Eck und weiter verlief nach Süden? wenn der Spiritual? nicht träumte, sah er? mit den verbesserten, um einiges verbesserten Augen zwei Schwalbenschwänze im Park des Adlers.

1 Soldat, 21 Hellebarden, 1 Soldat, 21 Hellebarden; die Hauptfront lag im Westen und zog sich in dieser Nacht besonders lang; und hatten irgendwann: endlich erreicht das Einfahrtstor am südlichen Ende der Westfront des allzu: abweisenden Zaunes. Da hinüber, hatten immer wieder hinaufgeblickt, hatten vorgezogen doch, ihren Bedenken treu zu bleiben, nicht das Zerreißen ihrer Kleidung herbeizuzwingen.

Waren dort, über der Straße nicht die Mädchen?! War der kürzestmögliche Weg vom Gymnasium ins Institut nicht das Überqueren der Straße im Westen und näherten sich hier zwei Schüler vom Osten her, gingen also entlang der Mauer, die aus Ziegel. Und

näherten sich nicht dem Institute von vorne, wo die Mauer 1 Soldat, 21 Hellebarden?! Sich regelrecht am Rücken der Heimat vorbeischlichen, das war, doch nur der Buckel! Warum kamen sie, nicht von vorne, sondern von? hinten: die Hinteransicht anstrebten, nicht wie jeder Mensch, der zu verbergen hatte nichts, die Vorderansicht? wie. Hier irgendwo den Weg suchen über die Mauer und hinüberklettern, sich nur im Garten des Instituts ein bißchen verlaufen, samt Schultaschen?! Was die hier gesucht, wo? hinter der Ost-Mauer nur der Wirtschafts-Trakt, und also: wohl sich verlaufen nur wollten zu den Kühen und zurück zur Tierwelt finden, den lieben kleinen Ferkelchen, auf daß einen zwar unerwünschten aber irgendwie nicht so argen Umweg zu den Menschen sie gefunden? oder wie. Wollten sie in die Futterkammer?! kosten das Futter und litten sie Hunger am Mittagstisch, sodaß es hier nach Vorspeisen zu suchen galt, wie? Hatten sie eine ansteckende Krankheit erwischt, gleich beide, wollten sich zurückziehen, sich noch nicht daran gewöhnt, daß im aufgesetzten Stockwerk, des Wirtschaftstraktes nun nicht mehr die Kranken lagen. Einige Veränderungen in der Raumverteilung und Raumzuweisung noch nicht regelrecht verarbeitet?! interessant; oder – soll sich dein Gewissensführer verlaufen im Dickicht der Spekulationen, verirren im regelrecht künstlich geschaffenen Dschungel dieser und jener Theorie? auf daß du für dich behalten könntest, lieber Johannes, deine Sünde ganz allein für dich? das aber Neuigkeiten, ja was!
Ganz ER, vollkommen ER, wie immer.
Johannes sah viele Fragen in den Augen seines Gewissensführers, ausgesprochen der nicht eine, faßte nur zusammen, das Resultat. Machte sich schon selbst die Punkte; war ja ihr Gewissensführer. In der also Seele saß ER, in der Mitte in dem großen leeren Seelengebäude eine thronartige Erhebung, ein Felsen nur: auf dessen Spitze saß, der Spiritual: die eigenen Augenhöhlen leer, es fehlten die Augäpfel es waren die Augäpfel nur woanders, sie fehlten ihm nicht, öffnete seine rechte Hand, »hier«, öffnete seine linke Hand, »hier«, Schloßriegel vor und der Schloßriegel die geballte Hand, umschließend, seine eigenen Augäpfel, saß unbeweglich auf dem Stein und vor ihm? Johannes stand, sehr klein, tief tief unten und war nackt, der oben auch, und auf seinem nackten Schoß saß der angekleidete Josef, Gehrock Vatermörder Hut auf dem Kopf, fühlte sich sichtlich wohl, blickte zum Johannes herab, der um so vieles tiefer unten stand: in dem eigenen Seelengebäude mehr oder weniger nur der Gast, sagte gütig Josef zum nackten Johannes: »Wir werden dich, noch anziehen; du wirst noch es wird alles; auch du. Keine Sorge,

wir lieben dich, wir lassen: dich nicht, allein zurück.«, blickte hinauf und in den Augenhöhlen saßen, sprechbefähigte Uhus. Links einer, rechts einer, die schauten? sich zuerst selbst an und dann hinunter antworteten im Chor zum Josef es waren sehr gütige Stimmen: »Natürlich.«
Mehr sagten sie nicht, dann kehrten sie Johannes den Rücken zu, sah eine Weile ihre hinteren Enden und waren zurück hinein, wohnten, im Kopf des Spirituals, der lächelte und aus seinem Munde schaute: heraus die Schlange, züngelte Johannes zu, hörte im Hintergrund? dürften die beiden nur im Chor Sprechenden sein, sagten die Uhu-Zwillinge, waren: kaum voneinander zu unterscheiden, äußerlich sich gleich wie zwei sonderbar gleich gestaltete Eier, zwei Sandkörner, die miteinander verwechseln anders nicht möglich war. Hiefür, für diese Unterscheidungsmerkmale hätte Johannes gebraucht zweifellos: zusätzliche Augen verbesserte Augen: um vieles besser funktionierende Augen.
Es versucht, mehrmals, umarmt den Soldaten und umarmt: jenen Soldaten, mehrere und die Hellebarden, links und rechts von jedem Soldaten die Hellebarden, blieb die Kleidung ganz? die Zweifel stiegen und wurden das Nein, die Vermutung, es könnte wahrscheinlicher sein, sie blieben da oben hängen und wenn es nur der flatterbefähigte Teil des Gehrocks war, wie das Zustandekommen der Schändung eines Gehrockes erklären; es gab hiefür keine plausible Erklärung. Wäre es am Nachmittag passiert, hätten sie es gehabt, sofort zu melden: wofür hatten sie zuverlässige Hausgeister? wofür gab es die alles regulierende Instituts-Ordnung? auf daß sie dann von Zöglingen erniedrigt?! wurde zu einem Fetzen Papier: wie, das aber interessant. Undso ging das näher dann, derzeitig war alles sehr nahe dem Untergang des Abendlandes. Allzu angespannt alles noch von den Kämpfen zwischen den: Gehrock-Parteigängern und den Sakko-Parteigängern, die Zimmerschlachten waren allzu spurenreich geworden gewissermaßen solide Hinterlassenschaft, allzu angereichert von Spuren des nackten körperlichen Kampfes, wo aufgehört die Worte Pfeile sein, die Säure sowie der Hohn von den einen hin zu den anderen und zurück. Es hatte eben gewittert.
Der Spiritual hatte sich zugewandt, dem Pepi.
Was Pepi jetzt empfand, Johannes hätte es gerne gewußt wußte es; leider nicht.
Der Spiritual hatte Johannes nicht darauf aufmerksam gemacht, daß er versäumt haben könnte einen Termin mit seinem Gewissensführer, denn: Johannes hatte wichtige Abhaltungen, er mußte stehen mit Pepi, natürlich im Park des Adlers und verhandeln mit den

Mädchen, inwiefern eine Treffgelegenheit sich allen Widerständen zum Trotz finden ließe? Pepi sprach der Spiritual direkt an, griff ihn an direkt mit der ihm gemäßen Art: seine Sätze waren voll der Haken und Johannes blieb, an diesen Haken nicht nur einmal hängen.
Wer war der Spiritual.
»Hat Josef, unser – Pepi denn auch jemandes Gram sein müssen? daß er gebeten wurde doch länger etwas bleiben bei jenem, den er gegrämt?!«
Die Liebenswürdigkeit täuschte, die Stimme entsprach dem Blick der Augen; warum schaute der Mann mit gewöhnlichen Augäpfeln die heraus, Johannes hätte ihm empfohlen einsetzen Eiszapfen, sehr spitze, die unbedingt herausragen lassen: so weit als möglich aus den Augenhöhlen, sodaß jeder gleich wußte, Achtung, das stach, wenn man nicht aufpaßte? Warum nicht? Wäre gewesen echte Kommunikationshilfe; wer war der Spiritual.
»Ich finde, das kann nicht Sünde; wenn Josef auf mich wartet. Ich habe ihn gebeten.«
Schaute ihn überrascht an: Pepi wähnte, er sei jetzt wohl endgültig verrückt; das Fernglas empfahl die Verrückung hinüber ins Annähern: dem wirklichen Grunde ihres zuspät Kommens.
»Du sollst mehr darauf achten, daß deine Sätze Ganzheiten bilden ja, geschlossen sind, in sich geschlossene Einheiten ja? Dir fehlt das Sein, in deinem Satz fehlt ›sein‹, fiel dir das auf?«
»Ehrwürdiger Spiritual, ich danke; daß Sie mir, das Sein zurückbringen, es fehlte sehr dem Satz.«
»Also, der ganze Satz; wie heißt es nun?«
Schaute Pepi an, der schaute ihn an; genauso ratlos war. Wo fehlte es, irgendwo hatten sie vergessen ein Sein.
»Du fandest etwas, dann kamst du: mit dem Satz, ein bißchen weiter? bliebst aber stecken und dann ging er weiter, selbstverständlich meine ich den Satz, der ging also weiter, wenn Josef auf mich wartet?«
»Ehrwürdiger Spiritual, ich weiß ...«
»Noch immer nicht; dacht ich nicht«, zupfte sich am rechten Ohr, »so schlecht dein Gedächtnis, ich schätzte es stets ein als zuverlässig. Wie man sich täuschen kann!«, schüttelte den Kopf, das Staunen, war es echt? Niemals; staunte aber echt: es wirkte so.
»Ich glaube, ihr hattet das Bedürfnis mit mir ein Gespräch zu suchen, das war es doch; wir sollten uns treffen, war es das?«
»Genau das!«, rief Pepi und erschrak.
»Dann sind wir uns einig, setzen fort den Weg, darf ich – bitten?«,

und eine Handbewegung: nach links nach rechts, dividierte sie auseinander, ging zwischen ihnen. War dies alles?!
Daß soziale Ausgleichsverfahren bleiben sollten ohne: allzu angereichert sein von Spuren der Zerstörung, ohne jene verheerenden Spuren; schon Gottes blinde Schöpfung huldigte dem Prinzip Ausgleich ohne verheerende Spuren zu hinterlassen, nicht in der Welt: Ein Geheimnis der Aufführung war es gewiß, der pädagogische Akt des Theaterleiters war es auch, Julia sei ein Gehrock-Parteigänger, Romeo sei ein Sakko-Parteigänger. Dies also war der pädagogische Neben-Effekt, dies war einer der Gründe mit, weshalb: innerhalb der großen Familie Institut große Freude ausgebrochen war und Rührung, die beiden spielten das Liebespaar, jeder Stellvertreter einer sich schon balgenden, schlagenden, raufenden, nackte Gewalt vorziehenden Fraktion. Sodaß dem Akt gewissermaßen der Gewalt, kurz darauf gefolgt ein ganz großartiger harmonisierender Akt: der Akt der Liebe? Romeo und Julia! Diesem noch jungen, frischen und reschen Glück, wer wollte – nach solchen Auseinandersetzungen glauben, es könnte sein vorübergehender Art nicht? werden tatsächlich der nach außen sich darstellende Versöhnungsakt?! tatsächlich. Nach dieser Aufführung müßten sich die Verlierer, den Sieger bei jeder sich bietenden Gelegenheit zu erklären: Selbstverständlich hat der also, der Gehrock hat auch seine Berechtigung, deshalb gewann er ja, denn es war Gewinner stets in letzter Instanz jene Partei, wohin Gott tendierte.
Höchstens Rätselraten geübt worden war, wie gerieten wir uns so in die Schöpfe, wie konnten wir uns so farbig schlagen, die Gesundheit wegnehmen wollen: gegenseitig, ja wie. Und trotzdem, so recht wollte niemand trauen dem neuen Zustand; denn – was ging eigentlich vor in den Köpfen der Sakko-Parteigänger? Verlierer waren sie und was weiter? Überzeugt, auch innerlich eins mit ihrem Verlieren? auch innerlich erkennend, daß ihr Verlieren den Sieg in sich hatte der besseren Partei? Die Frage blieb ungeklärt; nicht für die Sakko-Partei und aber für die Gehrock-Partei-Gänger. Umgekehrt war es genauso: nicht für die Gehrock-Partei und aber für die Sakko-Partei-Gänger.
Anders zusammengefaßt: Die Sache blieb ungeklärt. Es war der Friede, der nicht in den Herzen der Menschen wirklich eingekehrt war, es war der Friede, den die Einsicht nicht gebar sehr wohl aber Macht-und Kräfteverhältnisse, in denen die Verlierer irgendwie leben mußten, sollten sie treu bleiben dem Entschluß, bleiben im Institut, bis zu Ende eine brauchbare Berufsvorbildung, das letzte Zeugnis festgehalten werden durfte und werden der Anfang für die nächste Etappe im Werden Mitgestalter der Zukunft menschlichen Zusammenlebens.
Und Johannes beugte sich zurück, auf daß er besser sähe, den er umarmt hielt? es war kein Soldat, kein ungegliederter Krieger, es war die Säule aus

künstlich gebrannten Stein, die wechselte ab mit Gitterwerk. Warum wollte er gerade: hier, hinüberklettern, gerade den kriegerischsten Abschnitt der Institutabgrenzung gegen anderen Grund und Boden überwinden. Endigten nach abwärts gekrümmte Spitzen, nach vorne, nach links: dünne halbmondförmige Beile: nur Gußeisen, daß dem also nicht fehlte die lange Stoßklinge nach oben, solche Zäune gab es, noch und noch. Nach bald sieben Jahren Institut-Heimat; nichts Wichtigeres zu tun wußte, nicht sich aufführte läppisch und kindisch, akkurat hier hinüber wollte. Ohne Zerreißen der Kleider zu riskieren? Entweder-Oder. Wollte er das, riskierte er. Wollte er nicht riskieren, mußte er sich begnügen mit leichteren
Überwindungsübungsgelände und das waren die Spitzen nicht, die Ziegelmauern hatten eine Brücke ohne weiteres konnte man da oben gehen, entlang der Ziegelmauer, gehen auf den Spitzen: der Hellebarden, wie? Was wollte Johannes wirklich, Johannes schaute an: den ungegliederten Körper des Kriegers. Pepi hatte gefragt: »Was ist?«, und gezupft: an seinem Hosenrohr. Johannes hatte geantwortet: »Ich weiß nicht.« Pepi hatte gemeint: »Lieber nicht.«, und gezerrt an seinem Hosenrohr.
»Laß meine Haare!«
»Dann komm herunter!«
Ein Zischen hinunter ein Zischen hinauf. Zupfte ihn Pepi andauernd an seiner inneren Beinbekleidung, die bewachsen mit etwas längeren Haaren entdeckt als Möglichkeit hinab ziehen Johannes auf den Boden, auf dem Pepi selbst stand.
Kam sich Johannes vor affenunähnlich nicht, wie er umklammert hielt den Soldaten.
Und sich an ihm hochturnen wollte, den: ungegliederten Körper behandelt, als wärs nur ein Stamm. Löcher verbergen, Risse und dergleichen war gewiß, nicht so leicht, hatten ja nicht einmal ein eigenes Näh-und Flickzeug, sodaß näherlag doch zufrieden zu sein, wenn sie einmal: überwanden die Mauer, wo sie weniger herausfordernd und war schon: gehüpft, gelandet auf dem sanften Wiesenteppich: ein doch ganz anderer Boden. Weich, nicht zu weich, hart, nicht allzu hart und keinesfalls Sumpf, keinesfalls Stein.
Er sollte wirklich sein, nicht so ein Hitzkopf; Pepi half ihm, drückte Johannes auch wieder in die Hand den vom Kopf gefallenen Hut.
Was war Johannes geschehen; genaugenommen nichts. Hatte sich? gebeugt, einer wichtigen Verfügung mehr disziplinärer Natur, ausgenommen die schlechtere Sitten-oder Fleißnote von der Siebenten nichts in seinem Zeugnis zurückblieb und selbst das war noch die Frage, ob man ihm angetan die bedenkliche Sittennote. Wenn aus einem Nicht genügend und Fliegen geworden das Gut im Zeugnis, was es wurde, doch leicht

noch ein Sehr gut in der Frage des Fleißes und in der noch ungelösten Sittenfrage. Und nackt gehen müssen durch kalte Winternacht, doch auch in letzter Instanz schlimmer war als tragen müssen Tag für Tag den allerliebsten Gehrock. Und später: als Priester, wenn er sich erobert: ein eigenes kleines Revier, einen eigenen Pfarrhof, brauchte er ja nicht Elite sein. Vielleicht kam für ihn sogar in Frage seine eigene Heimatgemeinde Nirgendwo? das wärs, und dort konnte er mit den Nichteliten leben, mehr sein in Sonnenklar? auch und gerade, wo nicht zuhause war diese eingebildete Muttersprache, diese alles Andere degradieren wollende Muttersprache, diese Frechheit! Nur deswegen sich aufregen? doch lächerlich! Deswegen sich zerreißen lassen den Gehrock?! herausfordern ein wieder über ihn zu Gericht sitzendes Tribunal, sollten sich suchen: ein anderes Opferlamm.
»Laß deinen Hut!«, und Pepi brachte seinen Hut wieder in Ordnung und setzte? den Hut auf den Johannes-Kopf, betrachtete ihn prüfend und sagte: »Was; Johannes, bewegt dich nur.«
Nichts; er hatte den Hut in Form bringen wollen, ihn hiebei verbeult, nichts war, alles in bester Ordnung; gewiß auch noch.
»Was; Johannes, arbeitet in dir.«
Pepi war schon wieder; so besorgt. Was hatten, die alle nur.
»Nun? War die Neutschstunde besonders schlimm; so viel ich weiß die Note soll werden ein Gut, das Sehr Gut verscherzt; mehr nicht.«
»Johannes; siehst du! Es gibt – eine...«, Pepi abbrach.
»Natürlich gibt es Gerechtigkeit, karg, sie ist scheu, ein Luder, unzuverlässig aber zäh wie Unkraut. Und wer Unkraut ausrottet, genaugenommen mehr ausrotten könnt, als er wollt; langsam aber sicher, könnte es so sein?«, blickte ihn fragend an.
»Die Stunde ging vorüber.«
»Ganz so, wie die nächste Stunde; nicht wahr?«
»Ehrwürdiger Spiritual, ich wurde nur gemahnt, nicht herauszufordern das Heiligste; Josef fühlte sich verantwortlich für mein besseres ja, Ich.«
»Dacht ich mir; nicht anders.«, tätschelte Josef die Wange, »Bremsen den Hitzkopf, wo du kannst; guter Josef.«
Und standen etwas entfernt sich hielten im Hintergrund: in der Nähe sie gewesen des Einfahrtstores, die erste Hoffnung, die sie notiert als geschlossen: und an der sie nicht zu rütteln gewagt.
Sich sparen hätten können den Marsch entlang der 21 Hellebarden, 1 Soldat 21 Hellebarden. Pepi schien sich Ähnliches: gerade ebenso, selbst mitgeteilt zu haben. Pepi nickte nahm den Hut vom Kopf und begann Zauberer spielen, schloß: hiebei mußte er sich stets konzentrieren, die Augen.

Auch Johannes schloß die Augen.
»Sein ohne Sein.«, murmelte Pepi Fröschl.
»Rettet unsere Seelen.«, murmelte Johannes.
»Sessel ohne Stuhlbein.«, murmelte Pepi Fröschl.
»Rettet unser Schiff.«, murmelte Johannes.
»Sessel ohne Stuhllehne.«, murmelte Pepi Fröschl.
»Helft mir!«, murmelte Johannes.
Und jedes Mal, ehe Pepi Fröschl zu murmeln begann, alle drei Zeilen hatten einen Beginn und der war gleich wie sein Ende.
Die erste Zeile begann so und hörte so auf im Singsang.
»Bimmel, bimmel; tong tong; ting!«
Die zweite Zeile begann so und hörte so auf in Monotonie.
»Tick tack tick tack; tick tick; tack tack.«
Die dritte Zeile begann so und hörte so auf im Singsang.
»Bimmel, bammel, bimmel, bumbumbum.«

»Wie war's in Mathematik?«, blickte von links nach rechts, fragte beide: wer sollte antworten: »Nun – Johannes; Josef scheint, nicht recht zu wissen, wie es war.«

»Unser Mathematikprofessor zeigte heute wieder, welch humorvoller Mann er ist; er lockerte die Stunde auf; Lockerungsübung.... dies nur der Nachteil war: Gottlieb lockerte das Auflockern der Stunde nicht auf.«

»Josef?«

»Jaja, das ist ein sehr lustiger Mann gestaltet den Unterricht... niemals trocken!«

Johannes hatte für seine Zeilen keinen Beginn, auch kein Ende, das sich also gleich blieb.
Je nachdem: der zauberte, der hatte den Refrain, der hatte die Beschwörungen am Ende wie am Anfang seiner Zeile. Mußte auch: die Lösung finden. Es selten Zauberbedürfnisse gab; nicht immer Pepi: das Bedürfnis hatte Zauberer werden und aber: in dieser Nacht hatte Pepi das Bedürfnis, nicht Johannes. Johannes nahm an das Bedürfnis sollte abwälzen den Verdacht von Pepi, Pepi könnte die Sehnsucht in sich gespürt haben, liegen in seinem Bett, zugedeckt, sich fortphantasieren, dorthin und dahin; irgendwann dann einschlafen.

»Andere Bauchbeschwerden.«, zupfte sich am rechten Ohr und es war wohl Empfehlung, keine Klagen mehr; oder wie?

»Noch und Noch!«, sagte Johannes und blieb stehen, gerade noch es geworden nicht das Schreien: »Noch und noch!«

Nickte der Spiritual, lächelte liebenswürdig, »Die Noten stehen? ja? Mehr oder weniger fest. Also; eine kleine Zeitstrecke noch...

»Ich hab's!«, rief Pepi, den Blitz in seinen Augen: die Lösung.

dann seid ihr.
Erlöst und habt Ferien.
Also, kein Grund, wirklich:
»Schlafsaal; und ich ...«, konnte sich sparen jede Drohung: Pepi blickte als habe Johannes ausgesprochen Unmögliches.
»So weit, wie wir schon gekommen sind!«, schnappte nach Luft.
Erbost war? Doch nachdenken mußte: Pepi Fröschl mußte nachdenken. kein Grund verlieren knapp davor den Überblick. Seht doch, da drinnen; ich erinnere mich noch. In diesem aufgesetzten Stockwerk, wurden untergebracht die ansteckenden Krankheiten; gleich daneben, im selben Bau die Schweine, durch eine Mauer getrennt von den Kühen?! Und die Futterkammer, auf der anderen Seite, neben der Futterkammer die Wirtschaftsküche; wer ist im Wirtschaftstrakt nun fehlend, seht ihr: die ansteckenden Krankheiten liegen dort nicht mehr und gestorben wird auch nicht mehr so viel an ihnen; alles Fortschritte, alle winzigkleinen Schritte...«
»Waren der große Schritt voraus – mit der elektrischen Beleuchtung. Trotzdem; ehrwürdiger Spiritual, vergeben Sie mir die Unterbrechung: auch wenn ich mir sage, der Hagel ist nur eine: spezifische Erscheinungsform des Gewitters, deswegen vernichtet er doch ...«
»Schon gut; jaja; ohne Zweifel natürlich! Hat es – gehagelt?«
»Das waren Hagelkörner groß wie Taubeneier!«, Pepi es rief und dies nicht näher ausführen brauchte, der Grimm in seinem Gesicht sichtbare Auskunft war.
»Jaja, was so ein Hüter ist des Heiligsten, der liebt es sehr, gebe ICH zu bedenken.«, und blickte ihn an.
»Ehrwürdiger Spiritual; es hagelte zwanzig Minuten.«
»Da merkt man dann, wie wichtig es ist: zu sehen die Friedhofsmauern, hast du über die Friedhofsmauern des Nurgeschichtlichen hinübersehen können? was sahst du.«
Und war stehen geblieben ihr Gewissensführer und Seelenarzt und Richter. Und hatte zurückgeblickt. Ging man die Straße entlang, die: vom Adler Park? Richtung Südosten verlief, kam man? direkt zum Dorf der Toten. Es war ein aufgelassenes Dorf der Toten: zugesperrt, hatte weder einen Totengräber noch einen Friedhofsgärtner, auch die Friedhof-Ordnung dürfte dort irrelevant geworden sein.
»Wenn du – willst?«, etwas schiefgeneigt den Kopf. Als wollte Pepi ihn regelrecht entkleiden mit dem Blick, übte den nachsichtigen Seelenarzt oder wie?! Heuchler! Pepi wollte, natürlich. Sich verkaufen als einmal auch nachgiebiger, war er nicht immer schon der flexiblere Charakter, dies war, der großzügigere Charakter, toleranter, nicht? Blickte Johannes fragend an, all dies. Zögerte sehr, ob er nachgeben sollte.

Alles der haben konnte, die Legende nicht.
Und Johannes deutete.
»Ums Eck.«, sagte Pepi. Schluckte gewiß; wie er Pepi kannte, hatte er jetzt geschluckt.
»Ums Eck.«, wiederholte Johannes.
»Wie du willst!«, marschierte Pepi ums Eck, den Hut wieder auf den Kopf gesetzt, »wie du willst!«

Die Institutstraße bildete mit der Das Dorf der Toten Straße den Winkel Gamma eines ziemlich gleichschenkeligen Dreieckes, noch die eine Straße quer über die Felder, genau auf der Höhe, wo sie abgebogen waren und unterwegs mit dem Spiritual, wäre das gleichschenkelige Dreieck vollständig gewesen, die Kommunikation vom gedachten Dreieck war irregulär durchaus herstellbar: brauchten nur über die Felder? dann weiter die Straße. Noch besser, überqueren: die Felder Wiesen Äcker, die kürzeste Kommunikation zum Dorf der Toten war es, auf jeden Fall.

Hier, weitete sich das Grün aus zum Garten. Hier war es bestimmt nicht schlimm, wenn man sich leistete die leise Stimme. Schloß die Augen, atmete tief, dieser Garten hatte drei Jahreszeiten, in ihnen blühte er praktisch ununterbrochen es war ein gehätschelter Garten von Händen eines Hausgeistes, dessen Revier einerseits gewesen der Gemüsegarten andererseits auch bißchen mitschalten durfte es mitverwalten das Werden und Vergehen im Garten, der dort und da im Areal geworden schon Park; fast ein kleines Paradies. Wer Was Wo Wann und Wie wurde wuchs und wieder verging, der Hausgeist hatte viele Jahre Übung und Erfahrung, hatte auch gute Augen für so etwas, Johannes empfand es so: andere Stimmen wieder anders empfanden und Bedenken hatten gegen diesen Strauch und jenen Baum, der also doch geschaffen die Möglichkeit des sich Entziehens, sodaß Klagen laut auch geworden, die besagten auf einen Nenner gebracht: man übersah den Park nicht? absolut nicht! ach ja? und so hin und her im Meinungsstreit, sodaß: der Hausgeist hie und da auch wieder ausrupfen mußte, umsetzen und dergleichen, zumal er zu wenig berücksichtigt, daß ein Park am allerbesten überblickt werde, auf Anhieb, ja? Auf Anhieb! Hatten Auseinandersetzungen der Art belauscht? zwei Galgenstricke, die auch zu hören pflegten, was sie genaugenommen nichts, aber auch gar nichts anging, ja? Jawohl! Und Stammeln, Zerknirschung Johannes öffnete die Augen weit.

Wenn Pepi ihm vorwarf, er neige zum sich Festwachsen und um sich gaffen als bewege er sich in einem Labyrinth und müßte sich erst? bemühen, irgendwie finden eine brauchbare Orientierungshilfe, falls sich Johannes überhaupt noch bemühen wollte, sich zurechtzufinden in: dem Labyrinth, dann gestattete sich Johannes dasselbe zu denken und sich das zu denken nicht von einem Zögling, vielmehr von IHM selbst: Klar nicht war, wohin der Spiritual wirklich geblickt zurück. Gleichzeitige Empfindung im Johannes war, der sei ihm in letzter Instanz, näher als sehr nah; auch wenn er nur seinen Rücken sah. Den Hinterkopf. Es ein Hinterkopf, den Johannes anschauen konnte, ewig lang und weniger hievon müde wurde, eher ruhig. Fast sanftmütig, gestimmt friedlicher.

Die gegen Osten gerichteten Seitentrakte waren auch nicht; gerade kurz. In dieser Nacht war der südlich gelegene Seitentrakt: der Marsch hinein, in die Ewigkeit.

Wo aufhörte die Institutstraße, begann? die Straße der Totenbretter war eine parallel zur Das Dorf der Toten Straße angelegte Kommunikation: die Verbindung zwischen den beiden einander sich, nie annähernden Straßen wurde künstlich hergestellt: bildete? fast einen rechten Winkel, wobei den entfernter gelegenen – vom Institut aus? weiter weg – rechten Winkel begann der quadratisch angelegte Friedhof mit den Kreuzen ausfüllen. Umfassungsmauer, nicht weniger hoch als die Umfassungsmauer des Instituts.

Die künstliche Verbindung zwischen den beiden einander nie näher, nie wirklich näher kommenden Kommunikationen, als wären sie entworfen worden mit einem Reißbrett, so parallel verliefen sie, war genaugenommen das Ende einer Straße, die aus dem südlichen Dreieichen zum Dorf führte der Toten: hiebei die Überquerung nötig wurde der Straße der Totenbretter. Die künstliche Verbindung war schlaglöcherreich, in ihr gesehen hatte solche Vertiefungen, die schon fast muldenförmig, fast eine Aufforderung, stehen bleiben, sich hineinsetzen in die Mulde, auf nie mehr: so sitzen bleiben; gerade der letzte Abschnitt der Straße, ganz besonders: weder gehegt noch gepflegt, nicht einmal notdürftig geebnete, mit Erde oder Steinen wenigstens gefüllte Schlaglöcher. Hiebei es noch einen Rest gab, der Erinnerung war, einst war man bemüht gewesen gerade diese Strecke besonders zu pflegen: die Pappeln. Wo überquerte der von Dreieichen her kommende Leichenzug die Straße der Totenbretter begann das empfindsame Leben der Pappel-Zweige das Zittern der Pappelblätter, bei den geringsten Anzeichen von Liebkosungen durch den Wind. Johannes hätte schwören mögen, noch nie sah er die Pappeln in der völligen Bewegungslosigkeit; immerzu in ihnen bemerkbar wurde eine tiefe Bereitschaft zu sein Bewegung: sich wiegten, zitterten und hinauf hinab und selbst fast kreisförmig und viele Zeichen des Lebens von ihnen ausgesandt wurden. Wobei am meisten zitterte und in Bewegung war, was verbunden mit dem Baum, bereit zu fallen im Herbst, die Blätter natürlich. Das Selbstverständliche Johannes oft gewundert. Warum gerade jene den Baum erst voll der Wunder gestaltenden Blätter: winkten zu, ohne weiteres mit ihm schäkerten, ihm Tänze vorführten und auch plauderten mit einem Zögling des Instituts; nicht nur einmal mit ihm plauderten die Pappel-Blätter. Wirklich hatte sich Johannes nie gesetzt, hatte sich so etwas nicht getraut, sich hineinsetzen in ein Schlagloch? unmöglich; es gab sogar solche Mulden in denen Johannes sich eingeringelt durchaus vorstellen konnte als unterbringbar. Sich einrollen, es selbst bei kritischster Überlegung glaubhaft war, so könnte sich auch noch in diesem und jenem Schlagloch unterbringen lassen der ganze Zögling nicht nur sein Hintern.

Und wann hörte auf, jemals die Ewigkeit; die furchtbare Frage sich beantworten, Johannes wollte nicht herausfordern sein schon seit einiger Zeit nicht unbedingt gegebenes seelisches Gleichgewicht. Ausgenommen das, fehlte Johannes genaugenommen nichts. Kein Grund zur Beunruhigung, außerdem Flöhe husten nicht.

Die beiden Fortsetzungen der Institutstraße, die mehr Entfernung und mehr Fortgehen anboten ganz einfach dadurch, daß sie da waren, künstlich geschaffene Kommunikationsmöglichkeiten: eine führte Johannes? näher dem Wald und näher: dem Dorfe der Toten noch näher. Und die andere führte nur zurück hinein: Dreieichen; also vollkommen uninteressant.

Die gerade Fortsetzung der Institutstraße nach Süden, hatte Johannes nie interessiert: spätestens dann nicht, als er verstand sie also in Dreieichen blieb. Die südöstlich nun zur Straße der Totenbretter werdende Institutstraße regte seine Aufmerksamkeit mehr an. Wo sie abgezweigt waren nach Westen, stießen zusammen vier Straßen, wobei: zwei die Kommunikationsmöglichkeit bildeten, die gelegen außerhalb der Institutmauern, wo die östliche und südliche Mauer das gemeinsame also das Eck bildeten, hörte auf die Institutstraße, obwohl sie nicht aufhörte, schon längst gefunden einige Fortsetzungen, die nur anders getauft worden waren.

Wenn sie husten mußten sie schon Rücksicht nehmen auf sein begrenztes Aufnahme-Vermögen; konnte er dafür, daß sein Schöpfer ihn so ungemein begrenzt im aufnotieren können und darauf reagieren können, was um Johannes, rund-herum-geschah, oder ganz einfach war.

Hätte auch nicht »Nein!« gebrüllt, wenn begonnen hätte, hier mit IHM und mit Pepi die Verwandlung, das nach und nach werden Stein, dessen war Johannes ziemlich gewiß, er hätte nicht protestiert? zugeschaut, vielleicht hätte er begonnen protestieren, wenn es? zu spät war, es wäre denkbar, daß er: schon die Eigenheiten der Steine in sich? neu angereichert und sich erinnerte an den Menschen, der er vordem, doch gewesen sein könnte und dann sich wehren und aber alles war schon anders, hatte zur Kenntnis nehmen dürfen, Steine schreien nicht, nicht brüllen und schon gar nicht sich lösen aus ihrer Erstarrung, sie einfach so sind: was wäre das, eine steinerne Hülle, in ihr eine menschliche Angelegenheit eingeschlossen, ein Johannes, ein Pepi, ein Richter und Seelenarzt von zwei Zöglingen des Instituts. Drei steinernen Menschen, die vorher nicht da gewesen, wie wäre Dreieichen ihnen entgegengetreten? gar nicht; am wahrscheinlichsten gar nicht. Wer wollte schon zugeben, er sähe Unmögliches, wer wollte zugeben, er wäre? dabei, verrückt zu werden: wenn er die drei steinernen Sachen sah, also, waren sie gar nicht da. Wahrscheinlich so; vielleicht. Dreieichen könnte dies ja verhimmeln auch, wenn sich das mit verhimmeln nicht vereinbaren ließ? vielleicht verhöllen; das war noch, immer: eine Lösung dieses Problems.

»Ich hörte...«, begann Pepi.
»Nichts.«, schloß ab Johannes.
Die Waage zwischen so oder anders und wie aber: das anders? Johannes wußte es nicht.
»Das war, als hätte jemand unterdrückt...«, setzte fort Pepi.
»Der war ich.«, beendete Johannes.
Das Dorf der Totenstraße begann auf der Höhe des Adler-Parkes? dort: bildete sie, half sie bilden: die Grundlinie? des gleichschenkeligen Dreieckes, bildete mit jenem Abschnitt der Storchstraße den Alpha-Winkel, der genau vorüberlief, genau auf der Höhe sich befand und hineinschauen ließ die Mädchen nicht nur in die Ahorn-Allee, auch hinabblicken auf die Straße ohne Kopfverrenkungen nach links oder rechts, dies war falsch: den Gamma-Winkel bildeten, den, sehr spitzen Gamma-Winkel, dessen Seiten gebildet wurden von der das Dorf der Totenstraße und also dem Abschnitt der Storchstraße, die sich in ihrer Fortsetzung nach Osten außerhalb Dreieichens befand, in ihrer Fortsetzung nördlich des Instituts nach Westen auf gepflasterter Kommunikation hineinführte in das Dreieichen.

Trotzdem war das auch richtig denn innerhalb dieses spitzen Dreieckes, dem die Grundlinie ja erst hinzugedacht werden hätte müssen, hier die Schenkel nicht fehlten aber die Grundlinie, mit der sich bilden hätte lassen der Alpha-wie Beta-Winkel, eine weder künstlich noch irregulär geschaffene Kommunikation fehlte dort, wo die das Dorf der Totenstraße hatte: den Knick, ein Richtung Osten gebogenes Knie, noch es nicht kniete, aber so gebogen, daß Johannes dachte, jetzt kniest du, nieder, jetzt gehst du in die Knie: Kommunikationen knien nicht, während also der Unterschenkel schon spürte, er näherte sich der Kniebank, noch etwas, dann hatte der Schenkel feste Unterlage, kniete Johannes Todt in der Kapelle und schaute an den Hauptaltar das Bild: den zwölfjährigen Jesus und rundum-ihn-herum die Pharisäer und Schriftgelehrten. So war es nicht. Unterschenkel also leicht südwestlich führte in seiner Fortsetzung: berührend das äußerste also Eck der Friedhofsmauer? vorüber den Friedhof östlich liegen lassend, vorüber und näher dem Wald, dies war sein Wald, der Johannes-Wald, und also wo dieses imaginäre gedachte sich beugende Knie der Das Dorf der Toten Straße, fehlte die Grundlinie schaffende Kommunikation für das gleichschenkelige Dreieck. Die Erde und in ihr versenkt Knollen, Samen und verschiedenste Hoffnungen, die Arbeit auf den Feldern und Äckern möchte auch wirklich füllen die leeren Mägen, werden das Wachsen und Gedeihen, pflückbare wie ausgrabbare Frucht, heimführbare Ernte. Dies war der Inhalt des gleichschenkeligen Dreieckes: nach Westen, bis dorthin, wo begann der Park also des Adlers und in östlicher Richtung setzten sich diese in die nicht schlechte Erde eingegrabenen, hineingestreuten, hineingelegten, zugedeckten Hoffnungen, mit nicht schlechter Erde zugedecktes Saatgut so weit fort, daß Johannes gar nicht sehen konnte, wo das, alles aufhörte. Es waren Felder und Äcker darunter von Johannes, beeindruckender Größe. Wo Ribiseln wuchsen, sogar Stachelbeeren, begann der Park des Adlers: der also, der Park des Adlers bildete tatsächlich den Winkel, den Johannes allzu voreiliger Weise korrigiert als falsch, nicht wiedergegeben sich selbst einige die engere Heimat umschließenden Kommunikationsmöglichkeiten der größeren Heimat Dreieichen: vor allem das, was innerhalb der größeren Heimat anging das Kommunikationsnetz, das in ihr verwirklichte Kommunikationsnetz, immer wieder stellte das Johannes fest, nicht wiedergegeben sich selbst das und jenes so wie es war. Es tröstete Johannes; immer wieder. Genaugenommen konnte er, eh nicht wirklich sich verlassen auf seine Eindrücke, sie eh nicht wirklich adäquat wieder herstellen im Kopf und überprüfen, denn alleweil waren diese Überprüfungen, voll der Irrtümer, allen Grund hatte, seine Rekapitulationen mit größter Skepsis zu betrachten, vielleicht Johannes durch und durch der Irrende: Besseres als sein der Irrende es konnte Johannes gar nicht geschehen noch Besseres. Gott wußte dieses. Nicht nur einmal der Unerreichbare über den Wolken gehört den in der Kniebank: »Gott, bitte sage mir, ich irre. Sage mir, ich sehe das alles nicht wie es ist; sehe alles verkehrt, verrückt und falsch. Dann ist alles wieder gut. Lieber Gott, sage es mir.« Auch das Gott nicht nur einmal gehört bitten den Zögling: »Lieber Gott, sahst du, deinen Johannes gehen mit dem Kopf; Johannes geht doch mit dem Kopf?«, das hätte alle Probleme gelöst mit einem Schlag, hieß es dann nicht, die anderen gingen wie es sich gehörte mit den Füßen und nur er, war der verkehrt Laufende. Gott schwieg, meistens Gott schwieg. Das nicht Johannes vergessen sollte; manchmal Gott ihm doch beigepflichtet, dann er gesagt: »Johannes, du irrst; alles läuft richtig nur du nicht, du nicht. Du läufst mit dem Kopf.« Es waren nicht die schlechtesten, es waren ihn beglückende Momente. Sie wurden von Schuljahr zu Schuljahr nicht häufiger; seltener, leider.

»Bist du dir sicher, daß du es warst.«

»Gewiß.«, log Johannes.

»Mir war's, als käme es von woanders her.«, hartnäckig, ganz die Hartnäckigkeit dessen, der zurück wollte in den Schlafsaal; abbrechen ihre Expedition, Johannes verrückt war!

»Nicht, du verdächtigst mich...!«, wenigstens der Verdacht half, Pepi verlor jedes weitere Wort, so es ihn gekränkt.

Der Adler-Park war ein vollendetes gleichschenkeliges Dreieck, dessen Winkel Alpha gebildet wurde durch die Storchstraße, dessen Grundlinie war die Das Dorf der Totenstraße. Die Ribisel und Stachelbeeren waren angepflanzt worden, wo der Winkel Beta begann, des gleichschenkeligen Park-Areals, wurden wo aufhörte die Das Dorf der Totenstraße sein die Grundlinie und bildeten dort die Versuchung, zu greifen nach den Ribiseln wie den Stachelbeeren, wurden dort der natürliche Zaun gegen das dort: beginnende Wiesen-Felder-Äcker-Areal. In den Ferien schon beide gewesen, hier; oft und oft und immer wieder unterwegs mit den dickbauchigen, sehr ausgebauchten Körben des Instituts, Hut auf dem Kopf Geh-Rock und Vatermörder um den Hals, bildeten sie die Flügel des Hausgeistes. Hilfsgärtner Johannes Todt, Hilfsgärtner Josef Fröschl, ihre Geleiterin der Hausgeist: gestattete, dann und wann, zu stopfen Stachelbeeren und Ribisel sich selbst ohne lange Umwege in den Mund. Es eine Zöglingsfreuden verständige Person, mochten beide den Hausgeist etwas mehr als andere Hausgeister.

Sodaß die beiden Seiten des gleichschenkeligen Dreieckes hatten einen natürlichen Zaun: wo war, der Gamma-Winkel, hörte auf die Ahorn-Allee, begann ums Eck die rote Perlen-Versuchung und die etwas größer gestaltete Stachelbeer-Versuchung. Und wenn Johannes, manchmal, hielt nicht ohne sich aufrichtig zu bemühen um mehr Konzentration den Rosenkranz, war da die Frage, die Perlen in seiner Hand, wurden sie nicht schon? bald reif; die Ribiseln und die Stachelbeeren. Auch der Rosenkranz-Beter neben ihm in der

Kapelle, schien ohne Worte folgen zu können, seinen Überlegungen, nickte unmerklich. Bald Johannes; bald, sehr bald – veränderte gleich seinen Gesichtsausdruck – wirkte Pepi in seiner aufrichtigen Andacht und Innigkeit bestärkt ungemein.
Wer war der Spiritual. Was sollte die Frage, was sahst du.
»Du hörst, mit uns ist unterwegs der Wind; das ist der Wind.«
»Sag ich mir; schon die ganze Zeit.«, klagte Pepi. Und seine Augen ergänzten?!
»Nur; wie soll ich mir – das selber glauben.«
»Ich kann's auch!«, fauchte Johannes.
Der Knick in der Das Dorf der Totenstraße, genau derselbe Knick drüben auf der Institutstraße, wäre hier von Knick zu Knick die Grundlinie gegeben als künstlich angelegte Kommunikation, hätte Johannes wieder: gehabt, ein gleichschenkeliges Dreieck.
Der Knick zeigte drüben an das Ende der Institutstraße, herüben war es anders: die Straße hatte eine winzig kleine Eigenheit? gabelte sich – hatte zwei Arme hießen aber beide gleich – und zwar genau: auf der Höhe, wo drüben wurde: die Institutstraße zur Straße der Totenbretter. Der äußere: östlich gelegenere Arm, dieser sich gabelnden Kommunikation führte zu dem einen Ende der Mauer und an der Umfassungsmauer entlanggegangen: wo sie aufhörte, kam der andere? also, der innere Arm und geschlossen war das Dreieck: innerer Arm? deswegen nur, weil er näher lag dem Institut weiter weg der andere auch deswegen von Johannes genannt äußerer Arm; wobei der andere Arm: also, der innere Arm nur die Straße kreuzte die von der Straße der Totenbretter her die Verbindung zum Dorf der Toten hergestellt hatte in vordenklichen Zeiten schon; und ging Johannes entlang, weiter nach Süden: der eine Arm führte direkt in den Wald, der innere Arm, der dem Institut näher gelegene Arm, denn ein gut Stück weiter, kreuzte er? die Straße der Totenbretter also dies tat er: genauer definiert, die eine Gabel der sich gabelnden? Das Dorf der Totenstraße tat es: sie kreuzte die Straße der Totenbretter. Dieser Arm bildete die Grundlinie wiederum für ein gleichschenkeliges Dreieck es waren seine beiden Schenkel: die Straße der Totenbretter und diese Pappel-Allee mit den bemerkenswerten Schlaglöchern. Im Winkel also war eine Behausung, im Winkel Gamma dieses gleichschenkeligen Dreieckes war ein Gebäude mit Garten, Blickrichtung das Dorf der Toten eröffnend.
Dieses Haus hatten sie schon mehrmals betreten sehen den Spiritual und auch gerätselt, was er in diesem Hause zu suchen haben könnte. Es nicht enträtselt. Das Haus selbst war rundum bedeckt und Ziegel hatten erhalten: eine äußere, aus Efeu gebildete Mauer. Vollkommen

entzogen den Zustand der Hauswände. In diesem Haus mußte es nur so wimmeln von Tierchen. Wußten nicht einmal ob für das Gebäude herangezogen worden war Bruchstein oder Sandstein oder Ziegel, wußten? sehr wenig von diesem Haus. Es hatte rundum einen Holzzaun, völlig zugewachsenen Zaun, bewachsen von nicht einheitlicher aber auf das hatten sie sich verlassen können dorniger Natur. Wenigstens hatten sie das eruiert, das war ein Holz-Zaun. Brombeeren, Himbeeren auch Hagebutten und dergleichen hatte ihnen selbst das Anschauen-Wollen des Zaunes erschwert. Das kleine Türchen merkte man sich so, indem man sich merkte, wo der Spiritual betreten hatte das Grundstück wo der hineingekommen war, denn von der Haustür spekulieren auf einen Eingang im Zaun, fehlspekuliert. Wo war die Haustür? Verschwanden Türschnallen, suchten ab, die Wände, suchten die Öffnung, wo, dies auch nicht lösten: wie kam der hinein ins Haus. Wurde ihm geöffnet nur von innen?

Direkt sich anschleichen, hier war alles offenes Gelände, wo sollte man sich da verstecken, hinter welchem Stamm.

Die Pappeln waren zu schlank: die Rinde wurde nicht eins mit dunkel, ja schwarzgekleideten Schwalbenschwänzen. Hatten schon mehrmals hin und her überlegt, wie sie die Sache genauer verfolgen konnten, dies war bis dato geblieben ohne brauchbare Lösung.

Ausgenommen dieses Haus mit Garten Richtung Dorf der Toten gab es? in diesem Dreieck nur eine Wiese, die durchwachsen war von allerlei wild wachsenden nicht hineingepflanzten Blumen. Ein Teppich, der im Jahr mehrmals seine Farben wechselte.

Überquert die Straße der Totenbretter, weitergegangen auf dem einen, dem inneren Arm der Das Dorf der Totenstraße, war er binnen fünf Minuten in seinem Wald.

Während die Straße der Totenbretter erst später, denn sie verlief gerade weiter, in den Wald den Menschen entließ, kam Johannes Todt von der Fortsetzung des anderen Armes der sich gabelnden Dorf der Totenstraße früher in den Wald; um vieles früher. Zwar waren rundum, eingebaut in den Kommunikationen Gottes Augen noch und noch, da so wie dort ein Gottes Auge gebildet wurde durch Kommunikationen und so gebildet wurden durch sich überschneiden, durchkreuzen und zusammengekommen sein von mehreren Kommunikationen an einen Knotenpunkt, aber hier hatte Johannes wieder geirrt denn die Pappel-Allee eher? doch eher bildete den rechten Winkel an beiden Enden eher im rechten Winkel aufhörte: zusammentraf mit anderen Kommunikationen.

Hörte er überhaupt zu viel in die Sätze des Spirituals hinein, waren

die verschiedenen Haken überhaupt wirklich eingebaut in seinen eigenwilligen Sätzen und wenn warum, so umständlich. Und wenn warum, dies was er wissen wollte von Johannes, nicht direkt gefragt.
»Mein Gewissen ist so gut erzogen, das hört mich regelrecht zurück in den; noch bin ich da! Ich merk's ja eh; was das ist. Wär mir das nicht so entsetzlich allgegenwärtig, wie gut: mein Gewissen schon erzogen ist; wie gut! Mein Alptraum!«
Die Aufrichtigkeit Pepis versöhnte Johannes; unverzüglich.
Es war der Wald des Instituts, offiziös hieß er Dreieichener Wald. Johannes hätte schwören es können, der Spiritual schritt ab das Kommunikations-Netz östlich wie südöstlich gelegen vom Areal des Instituts? vielleicht irrte er, mit größter Wahrscheinlichkeit irrte er, denn es wäre doch sonderbar, zumindest nachdenklich stimmend, falls ein Spiritual Abschied nahm gewissermaßen von der Welt, die er, sehr gut? wie auch immer, sicher besser gekannt als ein Johannes Todt.
Weder wurden sie verfolgt von drei steinernen Nischenbewohnern noch rollte, hintennach ein oder zwei Löcher, die waren wie immer: geblieben, auf dem mittleren Risalit der Westfassade; ganz gewiß. Umdrehen lohnte sich nicht. Konnte sich verlassen auf den sich; immer wieder: den Blick, nach rückwärts gestattenden Pepi, auch wieder wahr. Pepi schaute für ihn stets das Zurückliegende ab und aber, das war der Wind. Sollte sich nicht anzünden lassen von einem Pepi den es genaugenommen nur zurück hineingezogen in den Schlafsaal, das gut funktionierende Gewissen: schlich gewissermaßen hinter ihnen her, verursachte Geräusche: das sich, gekonnt, umtäuschen ließ in einen Art Wegweiser zurück und liegen wie es sich gehört im Bett; und schlafen. Sich erholen. Sich ausruhen natürlich. Johannes Todt wollte sich auch ausruhen; von der Institut-Ordnung – auch Pepi – einmal mit sich selbst unterwegs sein, außerhalb der Institutordnung. Der Rest war gut erzogenes Gewissen; auch seines war schon höchst, sehr bedenklich wie gut erzogen.
Schaute, als sähe ER den Friedhof, den er nicht gut sehen konnte, so weit wie sie schon: hineingegangen, auf die Abzweigung von der Institutstraße so weit wie sie sich schon entfernt hatten von der Möglichkeit den Blick frei zu haben hineinschauen können ins Land und nicht hiebei behindert werden weder von Mauern noch Häuserfronten noch allzu hohen Gewächsen.
Aufmachen den Deckel, hineinschauten zwei neugierige Zöglings-Augen. Johannes Todt schaute hinein ins Gehirn des Spirituals, was sah der Zögling? Ein Gehirn! Mehr nicht? Stand zu befürchten, der Rest er war nicht zu sehen; unleserlich.
»Nun?«, doch zusammengezuckt war Johannes, was tat der in dem Kopf eines Johannes.

»Was sahst du.«, zupfte sich am rechten Ohr.
Wann ging ER, was suchte ER, warum stand ER so.
Blieb stehen: die Ruhe, als gäbe es für IHN keine Zeit, als wäre es vollkommen gleichgültig, ob sie hier standen oder woanders waren im Sitzen, Stehen, Gehen oder wollte der ihn provozieren? Bis sich Johannes hinreißen ließ zu Äußerungen, die nach Fortsetzungen schrien, nach Erklärungen und wieder Erklärungen. Was gab es zu erklären, es gab nichts; zu erklären, keinen Grund hatte, sich zu äußern. Als änderte irgendein Wort von Johannes Todt das, was sowieso war, ob der ihm gestattete ein Schrubben die Seele oder nicht, genaugenommen es waren kosmetische Operationen, Flickwerk innen und außen blieb? alles beim Alten. Johannes genaugenommen nur so nach und nach in langsameren Portionen in sich hineinlöffeln sollte das, wogegen alles – in ihm – schrie: die Medizin blieb sich gleich, lieber Johannes, sei bitte kein Hitzkopf, sei vernünftig, bedenke, bedenke, bedenke und bedenk vor allem: so wie du bist, bist du nicht möglich. Also mache, mache dich möglich!
Wie? Warum nur gab es für ihn keinen Platz in dieser Welt; warum nur.
Waren denn sämtliche Angelegenheiten in ihm, unzumutbar, waren sein Herz, sein Atmen und alles, was ihn gemacht, ausgemacht, nur hiefür bestimmt, durchgestrichen zu sein, auf daß er sein durfte.
Warum war den anderen Zöglingen das Institut nicht geworden die Folter; warum war den anderen Zöglingen das Gymnasium nicht die Fremde, warum suchten sie nicht die verlorene Heimat. Dies war doch alles? ganz bestimmt, irgendwann es doch geworden und gewesen seine Heimat. Von der Institutstraße aus sah man überallhin was südöstlich und östlich von ihr lag. Nach Westen die Institutmauer Sperre war nach Drinnen. Und im Nordosten nur wegnahm einen Teil des Ausblickes das Haus für die schwer erziehbaren Mädchen. Es lag eingebettet in einem großen nicht besonders gehätschelten Park, aber lag im Grünen; eingebettet? Das Haus selbst nicht das Quadrat, dafür: die Umrahmung quadratisch, das Grün rundum?! und es.
War nicht wenig Fläche, umfaßt von vier Straßen, das war dort: Mauer, Abgrenzung; der Zaun nur vorne war auf der Seite des Grundstückes in dessen äußerster Ecke das Gebäude errichtet worden war, richtig Dreieichen zu gedrängt stand, als hätte sich das Haus in den Winkel stellen wollen. Nicht unähnlich einem Vogel, dachte Johannes sich den Vogel eckig. Ein eckiger Kopf, das war der Haupttrakt, zwei Seitentrakte, das waren seine eckigen Flügel und nach hinten, die Verlängerung des Haupttraktes, ein langgezogener

rechteckiger Körper – des Vogels. Der Körper nach Norden, der Kopf nach Süden, die Flügel: einer Dreieichen zu, der andere, nach Osten. So flog der Vogel und kam, nicht vom Fleck, war ja ein festgewachsener Vogel, ein Vogel mit mehreren Stockwerken, der bekrönt mit einem Adler, an beiden Enden der Seitentrakte, an beiden Enden der Flügel, hockte.
Über dem Kranzgesims ein steinerner Adler und darunter, die steinerne Kugel; die Schwingen ausgebreitet, als wollte er fortfliegen. Flog eh nicht. Wo aufhörte die Institutstraße, in ihrer Fortsetzung: nach Norden, die bildete den westlichen Abgrenzungsrahmen des Grundstückes in dessen rechten Winkel das Haus für die schwer erziehbaren Mädchen wie ein Vogel, ein Riesenvogel stand und zu warten schien, auf den Ruf zu warten schien auf die Aufforderung, sich erheben und fortfliegen: bis der Ruf erfolgte, verharrte der Vogel und wann sich die Versteinerung forthob von der Erde, kaum abzusehen das Wann, wo also aufhörte diese Straße.
An die Kühe hatten sie nicht gedacht, auch nicht an die Schweine; blickten – als wäre ihnen gleichzeitig die Erinnerung passiert – sich an; natürlich gab es im Wirtschaftsgebäude: »Aber die Hühner, das Federvieh; Johannes, dies haben wir nicht vergessen, auch nicht das Wiehern; wir haben einiges sehr wohl überlegt.«, tröstete Pepi sich gekonnt; hiebei: sich kratzend, seinen Nacken.
»Ich sage; die Schweine schlafen.«
»Auch die Kühe?«, Pepi war zu skeptisch.
»In der Futterkammer ist niemand.«, hiemit Pepi überzeugen; wirkte Johannes ermutigend? Pepi nickte, »Sehr tröstlich«, eine brauchbare Antwort. Drückeberger wollte Pepi sein in dieser Nacht; keinesfalls. Höchstens, hintennach, falls Johannes.
Das geschah nicht, also, konnte Johannes zufrieden sein; ohne böses, enttäuschendes Erwachen: wieviele Ausflüge sie gemacht, die dann geblieben nur in ihrem Kopf. Abgebrochen Expeditionen noch und noch; schon im Schlafsaal sie abgebrochen. Gelegen im Bett, sich billig getröstet. Pepi war ein Trost-Spezialist, es gab wenige so gekonnte Trostspender, einmal abstrahiert von den hirnrissigen schon tollkühnen Leistungen an der Logik vorbei, nicht aber er hiebei vorbeikam an der Essenz dieser Logik: Sie hatten wieder einmal, eine Expedition durchgestrichen, was so hirnrissig war, daß man sie nur erklären konnte mit hirnrissiger Logik; ganz logisch.
Und Johannes mußte dem Bedürfnis nachgeben, blieb stehen, küßte dem Pepi es ins Ohr »Höre«, sagte Johannes und dann grunzte er, wie die Schweine des Instituts, wenn sie sich behaglich fühlten und wohl. Nicht diese Laute, diese Protestschreie der Schweine, wenn sie hungrig waren

und er nicht wußte, war dies jetzt ein Frosch ein Esel ein Pferd oder alles zusammen? dann waren? es die Schweine, die sich nicht entscheiden konnten, wie ihr Protest, offenkundig wurde, hörbar, nicht zu überhören, wirksam ihren Hunger kundtat, der empörte Chor dann es versuchte teils teils und äffte indirekt Pferd wie den Frosch auch den Esel. Ein Geschrei, das hörbar wurde weithin, erst verstummte, wenn sie ihrer Meinung nach nicht überhört worden waren, ihr Kummer, ignoriert wurde nicht; dann grunzten sie, friedlich, zur Belohnung. Der diese Angelegenheit durchschauende Hausgeist hatte das einmal genau erklärt, zwei neugierigen Zöglingen. Hatten verlassen dann die Schweineställe und zur Aufnahme sich selbst gebracht dies Wohlbehagen, das sie immer hatten, wenn sie wieder bei einer ungeklärten Sache durchgeblickt, Durchblicker geworden und solche Erfolge schätzte auch Pepi, nicht nur Johannes. Waren genaugenommen: so in Eile gerannt Richtung Ställe, Richtung Wirtschaftstrakt, weil sie, gewittert in der Gegend einen Ferkerldieb, wenn nicht gar einen Ferkerlmörder, also: Retter brauchten die Schweine nicht. Auch schon, einige Jahre vorüber.

»Wie nie gewesen.«, sagte Johannes. Pepi verstand, nickte. Deutete auf also seinen eigenen Magen, das war nett. Natürlich hatten die Schweine von damals längst gefunden den Weg in ihre Mägen und auch wieder heraus: gut verdauten Braten, wieviele? doch sagen durfte, was Fleisch anging, Mangel litten sie nicht. Und Pepi küßte dem Johannes es ins Ohr »Höre«, sagte Pepi und dann äffte er eine Kuh. Blickte ihn fragend an. »Das war echt.«, sagte Johannes. Pepi wehrte geschmeichelt ab, »Nicht doch!«, hauchte er und schauspielerte herbei ein beschämtes Wesen, das sich ertappt selbst bei der Freude über ein Lob, das getragen sein wollte ruhig und nicht allzu nackt dastehen sollte diese Freude. Äffte den armen Gottlieb. Mußte Pepi-Galgenstrick kneifen in die Nase; schon ein ganz anderer Gesichtsausdruck.

Auch den allzu große Vertraulichkeiten zurückweisenden Gottlieb er wiederherstellen konnte in seinem eigenen Habitus unterbringen, daß es eine schauspielerische Leistung war, die Johannes; immer wieder; weniger grüblerisch stimmte, nicht so übellaunig.

Ein Knotenpunkt.

Straße, die östlich das Institut abschreiten ließ, ohne daß man nicht reguläre Kommunikation beschritt, begann nach links und nach rechts? sich fortsetzen die nördliche Begrenzung des Instituts und führte westlich hinein: weiter noch, ins Dreieichener Gemeindegebiet und östlich, verließ Fußgeher wie Automobil und Fuhrwerk mit vorgespannten Pferden; mit vorgespanntem Pferd: der Kutscher war tot, das Pferd mußte, wurde erschossen auf daß es weniger litt, dem Automobil-Fahrer war genau besehen nichts geschehen. Hatte aber getobt, »Mein Automobil! Dieser Ackergaul!Diese Ackergaul!«, es war der Schock, der die Intelligenz des Lenkers ein bißchen zurückgeschraubt: auf Darstellung eines sonderbar engherzigen Gefühlshaushaltes kam er noch. Er wäre besser gewesen der Sprachlose; Johannes hätte dann einen besseren Eindruck von ihm behalten, bei sich in der Erinnerung. Seit diesem Unfall mochte er absolut nicht den Hausarzt des Instituts; auch wenn die ganze Welt voll natürlich das Institut und Dreieichen, mehr Welt nicht, voll war des Lobes wegen des guten selbst losen und für alles Mögliche sich aufopfernden Hausarztes. In seinem Kopf nannte er ihn, seit damals, ewig her, auch Pepi nannte ihn so den Selbst losen, wobei ein Loch war zwischen, ach Gott das Loch es hätte dem Neutschprofessor wieder und aber im regulären Unterricht er sowieso das Selbstlose beieinander ließ, weder eine stimmlich hörbare Trennung noch eine graphisch sichtbare Trennung riskiert hätte. Das eine entsprach nämlich nicht der Rechtschreibung und das andere entsprach nicht der Rhetorik; verließ also, verließ, Johannes auch schon, verließ man aja Dreieichen und die Straße überquert? war die Institutstraße in ihrer Fortsetzung geworden die Straße – aja – des Adlers. Eine Straßenkreuzung mit insgesamt fünf Armen, von der Kreuzung her betrachtet das Straßennetz: in leicht südwestlicher Richtung die Institutstraße, dies genauso in leicht südöstlicher Richtung: Das Dorf der Toten Straße und die lange Straße? die hier hieß: Storchstraße. Das Haus der schwer erziehbaren Mädchen lag direkt: mit seiner Hauptfront, es die Blick-Richtung eröffnete auf die Storchstraße und über die Storchstraße, der: Adlerpark. Und überquert die Storchstraße, wurde die Institutstraße? in ihrer Fortsetzung die Straße des Adlers. Es war das Ende Dreieichens? ungefähr, hinter dem großen Grundstück noch ein paar Wohnstätten, Wege, hinter – im Sinne von nach Norden – und aber nach Osten schloß schon an das Gebiet des Maulwurfs.

Auf der Seite des Adler-Parkes hieß das Gebiet nicht Maulwurf. Wem die Maulwurf-Gegend gehörte, Johannes wußte es nicht; das war nicht Besitz des Instituts, die Storchstraße trennte gewissermaßen auch Grund-Grund, dasselbe, nach Süden sah man Äcker-Wiesen-Felder und nach Norden, dies gehörte aber jemandem, dessen Namen Johannes mehrmals gehört hatte, immer wieder den Namen vergaß, stur und mit einer Hartnäckigkeit, die Johannes lästig geworden war. Deshalb hatte er sich zur Erleichterung angewöhnt sich mitzuteilen, die Maulwurf-Gegend gehört dem Maulwurf. Hiebei meinte er den Maulwurf unter der Erde, den echten Maulwurf.

Tatsache war, er hatte versäumt einen Termin. Na und?! Tatsache auch war, er hatte befolgt sämtliche seiner Ratschläge; mehr: von Johannes erwarten, das durfte der Spiritual, selbst ER nicht. Auf diese erhoffte Bestätigung, der Spiritual habe vollkommen richtig geraten, die allerbesten Ratschläge erteilt und diese Tonleiter, einfach verlangt zu viel; was wollte der noch!

Stand: schaute zurück, auf die Institutstraße. Wartete auf eine Johannes-Antwort; hatte etwas gefragt.

Was Standvermögen anbelangt, sollte auch ER nicht unterschätzen einen Zögling. So lange, wie der, konnte ein Todt stillstehen schon so lang, daß es; schon gar nicht mehr wahr war, so lang!

In anderer Hinsicht, das auch wieder wahr war; auch wieder. Hatte, geratschlagt und bedacht wohl eher seine ungeklärte Zukunftsfrage, denn die Zukunftsfrage des Spirituals war sowieso geklärt.

Auf jeden Fall Osttrakt, dahinter: die Mauer kam nicht in Frage, die Mauer auch im Norden nicht, blieb nur mehr das Suchen eine günstige Stelle im Süden. Eines war erfreulich, aufgehört hier: 1 Soldat, 21 Hellebarden, 1 Soldat, 21 Hellebarden; hievon wurde Johannes noch verrückt. Verfolgte ihn, im Institut, verfolgte ihn, wo immer er sich aufhielt, aufeinmal vor seinen Augen der kriegerisch anmutende Zaun: 1 Soldat, 21 Hellebarden. Hatte auch aufgehört, der scheinbar nicht aufhörte; warum sollten sie, nicht auch kommen an das Ende dieser Ewigkeit, entlang der südlichen Mauer, entlang der inneren Wand, der dem Labyrinth: Institut, zugekehrten Wand.

Das Gebiet des Maulwurfs; das war die Gegend, die hieß der Maulwurf obwohl es ein ziemlich umfangreiches Gebiet umschloß und nicht das Hügelchen war auf einer Wiese, das aufgeworfen ein echter Maulwurf, auf daß er sich einmal erkundige wohin er sich? unterirdisch denn gegraben haben könnte: geschaut, zurück hinunter und weitergepuddelt unterirdisch.

Und in den Ferien halfen sie hier, Hilfsgärtner Fröschl und Todt, dem Hauptverantwortlichen: ließen sich von ihm erklären, wie man lockerte die Erde, als wäre es nicht möglich hiebei sich andauernd versündigen gegen das, was der Boden gemocht, wollte man von ihm wieder haben, was man in ihn hineingesteckt, nicht sehr oft und aber doch öfters der Hausgeist ihnen genau erklärt gezwungenermaßen geworden Vortrag, weshalb sie die Erde noch etwas mehr lockern mußten oder weshalb sie nicht gar so grob, da fiel ja alles um, hatte kein Standvermögen – ja? konnte keines mehr haben, denn. Es gab viele – ja? des Hausgeistes viele folgende, denn. Der Hausgeist hätte reden können, was er wollte, selbst in Zahlen und Ziffern in völlig fremder Sprache sprechen können, Johannes hätte, dem Hausgeist immer zugehört; der redete so mit den

Händen und Füßen und die Augen hatten rund um die Pupille einen fast gelben Stern, der sich im Blau der Regenbogenhaut verlor. Der Hausgeist hatte es auch mit dem Kichern, unglaublich was der kichern mußte und alles fand er; in letzter Instanz so lustig, sagte gerne und nicht ohne tiefes Staunen »Achja, heut gab ich wieder einen lachigen Tag.«, kuderte sich regelrecht durch den Tag, eine schon ganz eigene Sonne, war natürlich eine Frau.

Die Gegend, die nordöstlich von Dreieichen und Maulwurf hieß, ein unbegrenztes Betätigungsfeld für einen Maulwurf, der konnte sich hier, ein biblisches Alter anpuddeln und dann noch immer; ungestört weiter immer weiter puddeln, so viel Platz, so viele: unterirdische Kommunikationen ließen sich hier anlegen, denn für einen echten Maulwurf, dies: sicher ein endloses Gebiet, das nach ihm benannt war; in dieser Vermutung hätte der Maulwurf sich: gar nicht versteigen müssen und hievon Dämmer-Zustände und schwerste seelische Gleichgewichtsstörungen einheimsen sich gefallen lassen müssen, denn der unschuldige unterirdische Bewohner ja nichts dafür konnte, daß ein altes Dreieichener Geschlecht Maulwurf geheißen hatte; das mit ihm absolut nicht verwandt, absolut nicht! Johannes verstand jeden Maulwurf, der sich abgrenzen wollte von der Gattung, der er selbst zugehörig war; denn Gott wollte es so: Du wirst werden? kein Maulwurf, Johannes Todt sollst du heißen, denn so will es Gott?! natürlich selbst verständlich, du sollst werden dich wissende Natur Johannes, deshalb konnte ich dich nicht gut werden lassen: ein Maulwurf, verstehst du das? Natürlich verstand Johannes Gott, er merkte zweifellos, daß er nicht lebte: unterirdisch, vielmehr auf der Oberfläche der Erde, hiezu wußte daß Maulwurf nicht gleich Maulwurf war die Gleichung nicht stimmte, was der echte Maulwurf unter der Erde sicherlich, nicht wußte: nie ging die Gleichung auf.

Ein beeindruckend großer Garten: hatte in ihm untergebracht den ganz besonderen Fleck Erde, den nannte der Hausgeist so, in ihm wurzelten sich durch den, nicht kläglichen Humus hinauf verschiedenste Küchengewürze, betonte alleweil und dann war es schon wieder soweit und mußte schon wieder kichern, »Salz nicht«, wie es dazu kam, daß der Hausgeist in der Institut-Hierarchie so viele lachige Stunden subsumieren konnte, es blieb auch eines der ungeklärten Rätsel für Johannes und Josef faßte das Phänomen so zusammen: »Achja, sie mag ihren Garten.«, zuckte es in seinem Gesicht; möglich. Wenn die Erde wackelte und lachte, wenn es gab eine Mutter Erde, dann lachte sich die bestimmt so durch den Tag wie ihr Hausgeist? so, genau so und nicht anders. Weder Lachen noch Kichern auch nicht Kudern, das war eine alles gleichzeitig verwirklichende Reaktion und in einem fort sprachen ihre Augen, widerlegte sich selbst, wenn sie erklärte: Sehr wichtig, denn; aber so wichtig ist es auch wieder nicht; deswegen brauchst du nicht ernst werden ja, lieber Johannes; deswegen nicht. Folgte? kichern kudern und lachen; alles, der Hausgeist aufeinmal packte. Wie? wer wußte es. Konnte fast melancholisch, fast schwerblütig in seinem Garten stehen, der Hausgeist, bemerkte er sich aber angeschaut, ging es schon los. Auch ein Plappergeist war, so flink, wendig und voll Bewegung und hellwachen Augen. Manchmal er den Hausgeist verdächtigte, er kuderte auf daß niemand sah was er alles sah.

Als wären sie alle schon tot; der neben ihm genauso ratlos war wie Johannes und auch der Spiritual. Als blickten sie hinein in eine schon: untergegangene Welt, als wollten sie in sich aufnehmen letzte genaugenommen nur mehr Bruchstücke einer Welt die in Wirklichkeit gar nimmermehr wahr war, längst verschollen in nebelhaft ferner Zeit. Diese Zustände haßte Johannes; das Empfinden mochte er, am allerwenigsten: blickte Todt, zurück in Gewesenes obwohl es eindeutig noch vollkommen ihn umgebende Wirklichkeit. Wollte schreien, etwas machen, das Rad schlagen oder den Purzelbaum: nur etwas machen, daß aufhörte, die Fremde rundumihn doch nur die Fremde in ihm selbst? natürlich. Still war es, als bereitete sich in ihm selbst das Gewitter vor. Der Seelenarzt und Richter der Zöglinge war kein Gewitter-Vorbereiter, ER nicht. Derlei überließ ER, überließ?! Eigenwillige Methoden der Kommunikation; stehen und schweigen und das mit abgewandter Vorderansicht.

Der schritt ab in seinem Kopf das Kommunikationsnetz? oder wie, was tat der Spiritual wirklich, wenn er: so stand, die Hände von vorne weg: nicht verschränkt vor der Brust, auch nicht seitwärts dem Körper mit Handflächen körperzu, Handrücken körperabgewandt, auch der Sucher nicht, der sich tastete: nach einer seiner Uhren, die Hände Einheit werden ließ auf dem Rücken und stand und schaute, wohin?! Und einfach schaute; irgendetwas bereitete der doch vor in dem Kopfe. Oder genügte es IHM, Johannes zwingen zu einer Antwort, die ja auch wieder nur disziplinär betrachtet interessant sein konnte, anders doch nie.

Und Pepi blickte ihn fragend an, als wollte er Johannes hiefür verantwortlich zeichnen lassen, falls Pepi verrückt wurde; wurde Pepi verrückt? Johannes zuckte mit den Achseln.

Als hinge weiß Gott wieviel von einer Antwort ab, als suche der johannesmäßig nach Spuren, die ihm sagten, bleibe. Hält mich in, der Welt nichts und niemand mehr zurück?

War der selbst schon: auf der Suche nach Zeichen, den verrücktesten Zeichen, wenn sie nur Zeichen waren, die versteckt aber doch Hinweise wurden, die sich allesamt subsumieren lassen sollten unter einer Bitte, bleibe, es hat einen Sinn, harre aus, bleibe. Es wird irgendetwas noch sein, dann wirst du wissen, weshalb du geblieben weshalb du nicht gegangen bist.
Dies in IHM?! niemals; niemals!
Konstruierte eine Nähe zu dem Mann, die nicht, nie bestanden hatte, niemals wirklich bestehen konnte. Allesamt in den Mann hineinlegte und was war es, Johannes selbst; natürlich!
Ein Spiritual fand sich immer zurecht, so ruhig wie er dastand, das war die Ruhe nicht, die Johannes gekannt; diese Ruhe, nach der sich gesehnt vergeblich ein Zögling des Instituts, namens Todt.
War er das?!
Hörte auf die Wand denn nie; gingen sie ewig entlang und kamen nie an. Hatten sie es zu tun mit einer... zumindest sehr sonderbaren Nacht. Das war das wohlerzogene Gewissen, es machte alles endlos lang, es zog alles in die Ewigkeits-Kategorien hinüber und es war der Herzschlag, der schon schlug, wie es gefiel der Instituts-Ordnung.
»Ich weiß nicht; ich weiß nicht.«
»Pepi, komm mir nicht ...«
Hob abwehrend die Hände; der Verdacht, völlig unbegründet. Nur, warum kletterten sie nicht über die Mauer? Irgendwann wurde es höchste Zeit, nicht? Fragte Pepi, es fragten seine Augen. Entweder-Oder.
»Mitternacht ist es; noch lange nicht.«
»Auch wieder wahr; auch wieder wahr.«, Pepi ihn anblickte, hatte Johannes, zufällig erwischt brauchbare Erkenntnis. Pepi strahlte, das war schon Sonne die Haut binnen kürzester Zeit rot brannte.
Abgrenzung.
Das Institut: hier war es, genau umgekehrt. Die Umfassungsmauer quadratisch nicht, auch nicht einheitlich und aber nirgends zurechtgestutzte im übrigen wachsbegabte Natur, aus sich selbst heraus wachsende: Natur, hier waren alle Wände Menschenwerk, die einmal hochgemauert nicht stutzen mußten immerzu, Jahr für Jahr und das gleich: mehrmals im Jahr wie es üblich war bei den Mädchen, den schwer Erziehbaren. Dafür brauchten die Gemeinde-Gärtner hier mit ihren großen Scheren nur die vordere Seite scheren. Die auf der Storchstraßen-Seite befindliche Mauer aus Grün; leicht übersprungen werden konnte, um einiges leichter als die Institut-Mauern.
An ihm vorübergehen, neben ihm hinstellen die Schultasche, noch besser: sagen, »komm mit«. Mit ihm hatten sie die Ausrede, mit ihm

unterwegs allessamt sich verstand aus sich selbst heraus. Hatten eben eine Krise also eine Krise! Weg da, Herrschaften, wir hatten eine Krise! Schweigt gefälliger Weise, seid vornehm, schaut weg und wenn schon her, nur zurückhaltend bitte, verstohlen, hier kommen zwei Leidende, der uns führte ja, aus den Leiden heraus, ER und also, Ruhe. Keine Fragen; keine einzige – wird beantwortet. Ein ausführlicheres Beichtgespräch, unsere Sünden und unsere Verwirrungen weiß ER, gehen niemanden etwas an.

Komm, geh mit uns; sei unser Schirm, sei unser Baldachin. Komm, geh mit uns; sei unser Tabernakel, unser Beichtstuhl. Komm, geh mit uns; erlöse uns von dem kategorischen Imperativ Institut-Ordnung. Ich kann nicht zurück in dies Haus, ich kann nicht hineingehen als wäre geschehen nichts.

Es sagen, einfache Worte, warum sagte es Johannes nicht.

Es bitten, einfache Bitte, warum bat es Johannes nicht.

Komm, geh mit uns; sei unser Schild, sei unsere Hellebarde. Komm, bitte geh mit uns; sei unser Soldat, unser Patron. Komm, geh mit uns; befrei mich von der Vorstellung, mache mich frei, ich sei wie ein Vogel, aber ohne Flügel.

Es sagen, einfacher Wunsch, warum gestand Johannes ihn nicht.

Es bitten, einfache Frage, warum fragte Johannes IHN nicht.

Schwarz wurde ihm der Tag, in ihm sah das Sonnenkreisen und schlug es überall, war nur mehr schlagendes Herz, explodierte es? natürlich es tat sowas nicht.

Auch im Osten dieselbe Sperre wie im Süden. Und im Norden: teils Ziegel, teils Soldat und 21 Hellebarden: keine einheitliche Abgrenzung gefunden worden nach Draußen, was anbelangt das Material hiefür; waren draußen? und ER zwischen ihnen. Brauchte: ihr Seelenarzt bis er werden? wieder wollte Bewegung.

Pepi hatte wieder; gegriffen nach seiner Hand. Blickte ihn an, unruhiges Flackern in seinen Augen.

»Das war; der Wind. Er ist mit uns, laß dich nicht zurückziehen von natürlich entstandenen Geräuschen.«, sagte Johannes und spürte, wie er war vollkommener noch nie in dem Empfinden tiefer Ruhe.

Was konnte ihnen geschehen; genaugenommen nichts. So oft wie schon untergegangen das Abendland, so oft war es wieder auferstanden. Falls wirklich Schlaflosigkeit geführt jemand nicht Ohnmächtigen jemand zu allem möglichen Berechtigten hinaus in die Nacht, mehr als Hagel, Blitz und Donner: hatten sie noch nie nachgeahmt der blinden Natur. Mehr konnten die allesamt nicht, also. Und Klage in seinen Augen, aber Pepi wurde in dieser Nacht fertig mit diesen Anfällen so verquerer Art »Nix wie zurück; in den Schlafsaal. Unter die Decke und schlafen, Johannes! Für uns sind solche Expeditionen nix.«

Richtung Südost, wo er war: der Wald die grüne Hoffnung atmete. Und in ihr die Totenbretter; hiebei nicht denken an die Via Appia Johannes war es nicht möglich. Das verschmolz zu einer Einheit, die auch nur künstlich eine Logik trennte, die nicht die seine Logik war und dem Tag davor, ihm gewissermaßen erfüllt worden ein Herzenswunsch? regelrecht das Zuckerl: waren gegangen zu den Totenbrettern. Die Note ausgezeichnet erhielt vom Zögling Johannes Todt das erwählte Ausflug-Ziel wertete es als gutes Omen für den kommenden Tag und war? wie es sich herausgestellt auch vergangen die Stunde Neutsch selbst das Nachsitzen war halb so wild geworden, auch vergangen, selbst eine Art Schuldgeständnis gegenüber dem Neutschprofessor: war vorübergegangen, ihn nicht angehüpft ihm nicht ins Gesicht gebrüllt, er bewache nicht das Heiligste, er verwandle allessamt in Hölle und brauche keinen Cerberus, der sei er selbst. Alles dies nicht sagte, eingestand eine Schuld, eine Johannes-Schuld, an die Johannes nicht geglaubt; absolut nicht! Auch die nachfolgende Rüge vorübergegangen? etwa nicht und auch der Rest des Tages noch vorüberging.

»Es ist unsere Nacht. Eine Nacht, die uns gehört; ich finde. Wir müssen diese Nacht verteidigen.«, sagte Pepi.

Johannes doch staunte, was waren das für Töne?

»Ja; ich glaube selbst nicht richtig zu hören, aber es: kam aus meinem Munde.« Und als Johannes schwieg; Pepi fragte.

»Ist das alles.«

Und Johannes grunzte, nachdem er gesagt »Höre« Pepi ins Ohr. Der nickte, ging neben ihm wie ein König; ach Pepi.

»Ich gefalle mir selbst; sehr gut.«, sagte Pepi.

»Nicht zu Unrecht.«, sagte Johannes.

Natürlich hatte ihn das Gespräch mit dem Seelenarzt angeregt, nicht unbedingt zu suchen weiter den Ton der Konfrontation mit dem Verwalter des heiligsten Gutes jedes Menschen, die Muttersprache. Für ihn gab es genaugenommen nur eine heiligste Sprache, als gäbe es nur eine Muttersprache; als wäre die Muttersprache in der Völkerfamilie? nicht nur eine von vielen! Als weinten und teilten sich die anderen mit, mit minderer Muttersprache achGott, und hatte trotzdem; wie es möglich geworden war, Johannes wußte es nicht, empfand sich wie, im Traume, selbst rückblickend noch die Erregung in ihm sich hochzuwachsen drohte, werden die Wut, die jeden Zaun niederriß. Und auch jenen: hohen Zaun, jene Mauer, die Respekt und dergleichen gebieterisch forderte. Natürlich; nur von den Zöglingen. Umgekehrt Ehrfurcht vor der Jugend und ihrem Wachsen und Werden nicht nötig war; wußte man, denn, wo sich hinwuchs eine Jugend, die nicht: früh genug, zurechtgestutzt beschnitten und winzigklein gehalten, wie Legföhren im Hochgebirge? wie Legföhren! Sich duckten, krochen und anschmiegten an den Boden? auf daß man nicht entwurzelt sei, oder wie.

»Ich glaube auch; daß dir – Unrecht geschah.«, sagte Pepi.

Johannes Todt schluckte; hinab; jegliche Tendenz zum Werden Lösungen Zustrebender, Lösungen peinlicher Art. Der Wind trocknete Ansätze in die Richtung hin – war doch auf ihrer Seite – sehr schnell.

Hatte also betont, daß ihm sehr wohl bewußt sei, der Rest ein Mißverständnis, gewachsen auf dem Mist der Zerstreuung, dürfte nicht im rechten Augenblick hinuntergeschaut haben auf einige Marktstände und hiebei, es ihm passiert sein dürfte so verkehrt herum? Johannes heuchelte Zerknirschung, Einsicht, Reue und zeigte, daß er den herabprasselnden Hagel, die Hagelgeschosse aus dem Mund eines Professors empfand als milde, gnädige und barmherzige Strafe. Wie diese Überwindung seines Selbst vorübergegangen war, er wußte das nicht mehr so genau. Wahrscheinlich war er gar nicht gewesen dort, wo er körperlich war; sprach; automatisch sich abrollen ließ, wie ein Programm, in dem nur einer fehlte, er selbst. Tot war sie die Muttersprache: getötet von einem Neutschprofessor, für Johannes? das feststand, trotzdem. Er hatte sich gebeugt, gehorcht, durchgestrichen sich selbst gewissermaßen dagestanden ein Gedankenstrich, mehr nicht? mehr nicht. Dem »Setzen! Nicht genügend!« er auf diese Weise entgangen; sicher. Empfand trotzdem, seinen Sieg über eine rebellierende Stimme in ihm als Niederlage. Das Rutschen: also von Sehr gut auf Gut, es war ein Sieg, sagte es sich immer wieder. Johannes, das hast du gut gemacht; die Klugheit war es der Schlange. Auch das Empfinden, er leiste seinen Beitrag zur Ermordung eines Schülers, namens Johannes Todt, zur Ermordung: seines eigenen Selbst habe er hiemit seinen Beitrag redlich?

sehr großzügig geleistet und durfte zufrieden sein; denn die also blieb nicht aus: die Belohnung. Eine Note, mit der man weiter kam, eine Note, mit der man nicht zurück blieb, nicht sitzen blieb und also aufrücken konnte, nachrücken und näherrücken dem erhabenen? Ziel: Priester, Diener Gottes und hiemit Diener der Schöpfung Gottes. Alles in Ordnung; zweifellos. Bestechen hatte sich; Johannes nicht lassen; auch wenn die Sprache seines Vaters nicht die Muttersprache des Neutschprofessors und hiemit um einiges niederer einzustufen, natürlich! Auch wenn die Ermordung seines eigenen Selbst? gewissermaßen beinhaltet den Vatermord, gerade dies es war, genau: der Punkt. Und sich getröstet hatte, hätte der Sohn nicht

in sich: genug Gegenmöglichkeiten, hätte ihn doch der eigene Vater gemordet, allein mit seiner Klugheit, die innewohnt den Schlangen. Dieses es war, das nicht Erträgliche und hatte es doch ertragen.
»Ich verstehe dich.«, sagte Pepi.
»Ich habe dagegen, nichts einzuwenden.«, sagte Johannes.
»Vieles, was ich an dir nicht verstehe, ist meine Angst; die mir sagt. Pepi! Das verstehst du besser nicht.«
»Mir geht es mit mir selbst, auch oft so.«, sagte Johannes.
Und schauten sich nicht an; mieden selbst zufällige Blickkreuzungen, hielten sich an der Hand; zwischen den Flächen sich ihr Schweiß verband.
»Auch du schwitzt.«
»Natürlich!«, sagte Johannes.
»Sehr auch noch.«
»Ja.«, sagte Johannes.
Johannes hatte genaugenommen die Haltung, die er stets vorgeworfen dem eigenen Vater selbst wieder verwirklicht, sich gebeugt vor dem Neutschprofessor und der glaubte an die nordische Rasse wie es seine Mutter geglaubt hatte. Der Rest geduldet auf der Erde, weitergedacht und konsequent dies zu Ende gedacht, kam es noch dorthin. Alles Andere, was nicht hatte DIE Muttersprache, war Nichtmensch. Ein derartiges Gottes Schöpfung beleidigen tagtäglich in der Stunde die geworden sein Alptraum: Neutsch. Hiebei wollte Johannes sich selbst es nicht verschweigen, die Auseinandersetzung zwischen ihm und: dem Professor hatte die Wut in sich, die Liebe in sich hat, wenn sie umschlägt in Haß. Denn zweifellos hatte gerade der Neutschprofessor? eine gewisse Vorliebe für den Sohn Nirgendwos, Johannes Todt. Diese Vorliebe des Professors war – einst – erwidert worden durchaus; leider. Vielleicht war dies auch mit ein Grund, weshalb der Neutschprofessor nicht gleich zu Ende gesehen haben wollte den Untergang, des Abendlandes, so er Johannes: einige systematisch erfolgende Verbrechen gegen die heilige Sprache vollbringen hatte lassen, den Reiter in das Reich der neutschen Sprache hinein, nicht gleich stoßen wollte allzu gewaltig mit seiner Hellebarde vom Roß. Denn nicht der Professor war arrogant, anmaßend und größenwahnsinnig? selbstverständlich saß Johannes auf dem hohen Roß und mußte zurück: befördert werden auf soliden Boden. Daran sich nur erinnern, und schon war gekommen die Nacht, vor seinen Augen tiefes Schwarz, regelrecht eingebrochen in den hell lichten Tag.
»Habe ich – dich etwas gefragt; oder täusche ich mich.«, stellte es fest der Spiritual.

Johannes schwieg.

»Irgendwann sollten wir es wirklich tun.«, sagte Johannes.

»Dasselbe sag ich; mir schon die ganze Zeit.«, sagte Pepi.

Eine Konversationsübung ihm abringen.

Eine Antwort ihm abzwingen, allein deswegen, weil es sich so gehörte. Und wenn Johannes nichts zu sagen hatte, zu dieser Frage, dies doch die unzumutbare Frage, fast Hohn. Über die Friedhofsmauern?! des Nurgeschichtlichen schauen, das konnte sich: leisten, der Herr Professor; er sich das leisten, eine Zumutung. Der konnte in ausgemachter Seelenruhe resignieren, der hatte ja alles was er brauchte fürs Resignieren. Resignierte der nicht, mußte er gegen sich diese Sache unternehmen, die er im resignierten Zustande unternehmen besser konnte mit dem Schülermaterial. War doch ein hochprivilegierter Mann, was sollte der noch mehr wollen? durfte Watschen austeilen? natürlich, durfte das Verhältnis realisieren mit seinem Heiligsten: ungefähr so, ich und der liebe Gott. Wobei der liebe Gott sich verkörperte in der Neutschen Sprache. In ihr wohnte er, eine klare Sache. Der resignierte in einer brauchbaren Position. Dachte er aber weiter, gefährdete er sich nur selbst; und aber er wollte sich, bestimmt nicht gefährden und also resignierte er, in jeder Hinsicht: hatte den Tauschhandel nun einmal abgeschlossen Größenwahn gegen? gegen das Mühselige des Nachdenkens, hievon wurde man so winzig so klein und da: vorher resignieren, der Neutschprofessor hatte, sein Lebenskonzept, es ließ sich studieren, brauchte ihm nur zuhören es nur sehen, wie er sich bewegte, drehte und wie er überzeugt war so dreihundertvierundfünfzigtausend Prozent überzeugt, ohne ihn, eine verlorene Mutter die Muttersprache.

Angenehm an der Lage des Neutsch-Professors auch dies war, schwieg so vornehm: die neutsche Sprache, ganz so wie schwieg der allweise Gott, sodaß er dauernd wissen durfte, ohne daß ihm hineingeredet? niemals; nicht einmal hineingeredet dem Neutschprofessor das höchste Gut des Menschen die Muttersprache. Vielleicht liebte er das Allerheiligste deshalb so sehr, weil es nicht widersprach, weil es alles mit sich machen ließ und auch das Gegenteil? Anscheinend nicht. Denn es hatte sich herausgestellt, der Professor wußte, was neutsch war und was nicht. Genaugenommen ER, die Sache war ER. Und wer dies war, Johannes Todt, der Schüler?

Die Telephonate zwischen dem Professor und der neutschen Sprache waren niemals belastet mit Mißverständnissen.

Die Telephonate zwischen dem Schüler und der neutschen Sprache,

ein einziges Mißverständnis. Ohne dem Professor war Johannes verloren? aber natürlich!
Eigentlich war die Situation sehr übersichtlich; gar nicht besonders verwirrend.
Warum nur, konnten sie nicht leben mit dem Wissen von sich, waren alles Mögliche nur Elite? dann ging die Welt unter, das gewiß. Hievon war Johannes überzeugt. Wenn das war die Elite, dann hatten Menschen abzutreten, sich zurückzuziehen in eine andere Welt; doch wo, war eine andere Welt.
Nichteinmal Menschen aber schon Elite; eine grandiose Leistung. Dachte eigentlich der Spiritual ähnlich, wie der – Erziehungsapparat, im Gymnasium.
Wer war der Spiritual.
Immer nur, umgekehrt gefragt werden durfte.
Wer bist du, Johannes Todt, wer.
Und hatte sich umgewandt, sich umgedreht der Spiritual. Blickte der jetzt an den Zögling oder den Schüler. Johannes Todt wich nicht aus, weshalb sollte er ausweichen dem Blick.
Halluzinierte schon; sah seinen Rücken, mehr sah Johannes nicht, er stand noch immer so, als wäre kein Leben, als wäre in ihm? nur das unbekannte Nichts, vollkommene Leere, ausgeleert, die Ruhe, die war und aber: unterschätzen, nicht sollte das Standvermögen eines Johannes Todt.
Pepi blickte Johannes an, als wollte er ihn fragen, Träume ich oder bin ich noch da?
Ach Pepi; und spürte seine Hand: »Julia«, sagte Johannes. Und Pepi nicht weniger schlagfertig, antwortete: »Romeo«, spitzte den Mund, verdrehte die Augen, himmelzu. Und dann, die Hände ineinandergeklammert, auf daß Johannes? also da hinüber über die Mauer; Pepi nickte.
Wer bist du, Johannes Todt, wer.
Gar nicht, gar niemand, ihn gab es nur: als Fata Morgana, als den Unerreichbaren gab es ihn gewiß, unerreichbar für sich selbst, das war Johannes Todt gewiß. Sodaß er nicht sagen konnte, gar nichts, wußte: also, so viel wie gar nichts, wußte Johannes, auch wieder nicht. Ein ermutigender Fakt, den er nicht ignorieren sollte; tat es Johannes? eh nicht. Alles, was nach Mut roch, an sich zog, alles, was nach Hoffnung und Ausweg roch, an sich zog, in sich hinein, oder log er? Machte sich da, Johannes etwas vor?
»Wer bist du.«, fragte der Spiritual.
»Der Verhinderte.«, antwortete der Zögling des Instituts.
Mehr gab es zwischen ihnen nicht; zu sagen. Gerade das, sagten sie

eh nie. War dies nicht grauenhaft wenig? natürlich. Wußte es: der Glatzkopf, wußte es der Spiritual? Wenn, dann sagte er es nicht, warum es nie aussprach, wenn er es wußte.

Wer war der Spiritual.

»Nun komm schon; komm schon!«, und Johannes stieg tatsächlich auf die Hände.

Sich abstreifen, loswerden, das war der Friede. Gott, wo bist du. Und sah seinen Hinterkopf, den Rücken, die Hände. Er hatte schöne, ruhige Hände.

Wann drehte er sich um. Wenn er sich umdrehte, was dann. Der konnte lange warten auf eine Antwort auf so eine Frage; hiefür gab es doch keine Antwort.

War dies unhöflich? Dann war die Höflichkeit die größere Unhöflichkeit.

Es dauerte und dann, stand Johannes auf der Mauer und Pepi hochziehen, es war ein Kunststück, sie brachten es fertig; wollten es.

Johannes Todt war nicht Gott, er konnte nicht wirklich über die sogenannten Friedhofsmauern des Nurgeschichtlichen hinüberschauen er konnte nur eines, Gottes Schöpfung dienen, sie beherrschen?! Dies war kein Dienen. Dienen war etwas anderes Dienen war Gottes Schöpfung lieben. AchGott, was wußte Johannes wirklich was das war, dienen und lieben. Allessamt Worte, leer wie er selbst.

»Nun?«, sagte der Spiritual, drehte sich aber nicht um.

Johannes Todt schwieg, Pepi Fröschl bettelte mit den Augen, »Sag etwas; egal was du sagst, nur sag etwas! Um Gottes Willen, red, red!« Und seine Augen antworteten Pepi: »Und wenn's der größte Blödsinn? ist.«

»Was bist du; so stur!«

Johannes schaute Pepi weg, der sollte betteln und ihn: regieren wollen mit seinen Augen und seinem Bedürfnis, endlich haben Ruhe, Frieden, endlich sein in Harmonie mit allen, mit Pepi ganz so wie – ach Gott; hatte an diesem Tag schon genug geleistet an Heuchelei, Lügen und Duckübungen.

Der Spiritual drehte sich nicht um; es war gut so, Johannes kämpfte mit widerlichen Feuchtigkeiten, die brauchte er noch, dann hatte er einen vollendeten Tag. Als ließen sich nicht Tränen fort konzentrieren. War Johannes Gottlieb, das war er nicht; nie!

Sprangen hinunter, waren geklettert über die mannshohe Institutsmauer, standen auf der Institutsraße schauten einander an. Verdutzt wie ratlos verwundert wie erstaunt und es nicht ganz faßten; begegneten sie einander: im Traume? waren sie wirklich: »Wie ist das.«, sagte Johannes.

»Ich weiß nicht.«, blinzelte und ergänzte, »Ich vermute, wir sind hier; spür soliden Boden unter mir.«, stampfte, spielte scharrenden Pferdefuß.
Der Spiritual drehte sich um, die Hände auf dem Rücken eine Einheit bildeten noch immer, leicht vornübergebeugt, als suche er etwas auf dem Weg, in Gedanken versunken wirkte, ein paar Schritte, wieder ER stehen blieb; sich umdrehte?
Zurückschaute, sich zupfte am rechten Ohr und wohl auf der Suche?! nach dem brauchbaren Anknüpfungspunkt.
Das unmögliche Betragen des Zöglings, Johannes Todt, nicht notierte, ignorierte.
Nachgeben konnte und hinnehmen eine Niederlage; es war doch eine gewissermaßen Niederlage. Johannes schluckte; was bereitete er wieder vor in seinem Kopf.
Blieben; immer wieder stehen; drängte ihn nicht und aber die Frage: was wollte der Spiritual eigentlich wirklich wissen von Johannes Pepi? Der nur große Augen machte, ratlos; dann und wann; die Achseln Pepi gezuckt, weiß ich? Ich weiß nicht. Johannes wußte, auch nicht.
Voll Mondhelle die Nacht, sternenklar, querfeldein gerannt und sie hatten? ihr Ziel erreicht Das Dorf der Toten.
»Wir hätten es einfacher; auch haben können, wie du nun siehst.«, flüsterte Pepi. Erbost, daß sie nicht gleich den nächstliegenden: Weg gefunden, nicht es logischer gewesen wäre, gleich hinüber über die Ziegelmauer, das doch gewesen gar kein Problem!
Bildeten regelrecht die Flügel des Spirituals, ER ihr Leib, ER doch auch, ihr Kopf, ihr inneres Gewissensforum. Bildete: natürlich, die Mitte. Vielleicht war die Stunde Neutsch dieses Tages noch nicht so weit entfernt, er noch nicht entlassen in den Tag hinein und? erst jetzt dort angelangt, wo er nicht gewesen, als er dort gewesen, stehend der zerknirschte Sünder vor seinem Richter, auch sich vielmals bedankt, für die eine Stunde Nachdenken-Dürfen und im selben Raum? im selben Raum: der Neutschprofessor bei ihm geblieben. Sich auch? konnte es halt nicht lassen, war eben SEHR gekränkt, immer und immer wieder erklären mußte: Hagel werden, Donner, Blitzschlag. Ihn Johannes gekränkt ungemein; wie konnte justament Johannes werden die, gegen das Abendland anrennende Kraft?! Der Schmerz brach dem Mann eh? fast, lieber Johannes, fast! Das Herz.
»Bist du; noch ganz.«
»Nichts zerrissen.«, und wischte sich die Spuren des Kletterns über die Mauer fort; nicht bedenkend, daß sie noch zu klettern hatten, mehrmals: in dieser Nacht über Mauern.

»Nun; welches Mädchen ist es denn? von dem die Herren nun träumen werden.«
»Ehrwürdiger Spiritual; ich träume nicht.«, sagte Johannes.
»Ehrwürdiger Spiritual; da waren so viele, da sah man nicht ein Gesicht!«, sagte Pepi.
»Ach – dann bleiben unser Romeo« und blickte Johannes an; »und unsere Julia?«, und blickte Josef an, »ohne Träume; unglaublich!«, und schüttelte bekümmert den Glatzkopf, zupfte sich am rechten Ohr. Hatte hiemit gestanden, von sich aus, er war geworden jener, der: zwei Schwalbenschwänze beobachtet. Johannes gefiel das Geständnis. Blickte ihn an; wer war das nur, ihr Seelenarzt. Gewann den Eindruck als frage ihn der Seelenarzt, dasselbe: wer war der Zögling des Instituts, Johannes Todt.
»So schlimm; war der Hagel nicht.«, sagte Johannes und mußte schlucken; in einem fort es hatte mit dem Schlucken. Schauen konnte, wäre er für den Spiritual das aufgeschlagene Buch, Johannes hätte es, in diesem Moment nicht gewundert. Fragte ihn auch, im Kopf blieb diese Frage, was liest du dort? Was steht geschrieben in diesem Buch, es heißt, es sei Ich. Empfand sich selbst wie ein Buch, das geworfen? geworfen hinein ins Meer. Die Farbe der Augen des inneren Gewissensforums war die Farbe des Meeres; je nach Lichteinfall? verschieden, sehr verschieden. Der Nasenrücken: konvexe Linie, gebogen gleichmäßig, das war sein Nasenrücken, wenn der Spiritual nur gezeigt, sein Profil. Als wolle er verbergen ein Lächeln; kaum merkliches Lächeln, was mußte der Spiritual zudecken sein Ohrläppchen? Hatte doch noch gar nicht angeschaut richtig sein Ohrläppchen.
»Aufregend.«, sagte Pepi, »Einfach aufregend!«, blickte ihn an, begeistert.
Eine Querfalte teilte das Kinn in eine untere und obere Hälfte, die Abgrenzung gegen die Wangen zu: wurde bemerkbar durch die Falten es waren relativ tief in die Haut hineingeschnittene und sich nie glättende Falten: von den äußeren Enden der Nasenflügel führten sie vorbei am Mund, noch weiter hinab und hinein ins Kinn. Die Nasenflügel zuckten; ein bißchen. Ließ sich aber anschauen, warum auch nicht warum sollte Johannes nicht anschauen das Gesicht seines inneren: für sein inneres Reich zuständiges Forum. Der Mund mehr schmal, mehr in jeder Hinsicht auf jeden Fall als nur ein Gedankenstrich, dessen Enden leicht nach unten gebogen. Bißchen mehr Fülle hatten die Lippen doch; ein aufgeschlagenes Buch, dessen Seiten geküßt, ein groteskes Bild natürlich. Johannes war kein aufgeschlagenes Buch und sein Gewissensführer küßte Zöglinge nicht.

Möglich, daß ihm dieses Bild des Gewissensführers, der gegriffen angegriffen ein aufgeschlagenes Buch, es nähergeführt dem Gesicht dem eigenen Gesicht und es dann geküßt? sehr andächtig und ehrfürchtig auch sehr sanft und gütig, in der Strenge: verborgen sehr viel Zärtlichkeit? möglich, daß ihm, dieses Bild die Gesichtshaut verändert: gefärbt als stehe er in der Sonne sich an den Sonnenstich und ließe sich blenden, schaue hinein in die Sonne; ohne Unterlaß und wisse? sei sich vollkommen bewußt, dies könnte dann gewesen sein, die Ursache für die Blendung, die nicht wieder gut zu machende Blendung und konnte trotzdem nicht wenden den Blick; seine Augen entziehen jener Macht der Sonne. Der vor ihm stand, das Profil zeigte der Institut-Mauer, den Rücken zeigte der Institutstraße und Richtung Westen also blickte, während Johannes seinen Rücken zeigte jener Seite? in die geblickt hätte der Spiritual, wenn er vergessen wollte die Konzentration auf ein Gesicht und das Lesen in dem aufgeschlagenen?! Buch namens Johannes Todt. Niemals konnte der aus seinem Kopf, herausschauen, was drinnen war gut verborgen und sowieso Hirngespinst, verrückte Phantasterei. Der Spiritual griff nach dem aufgeschlagenen Buch und zog es an sich; einmal abgesehen hievon, daß vor ihm stand ein Zögling und kein aufgeschlagenes Buch, umarmte der Gewissensführer niemals wirklich; natürlich nicht. Und daß Augen küssen? einen Mund, das war sowieso hirnrissig, abgesehen hievon, daß Augenblicke weder streicheln noch angreifen. Er schaute ihn an, das war alles? ganz bestimmt; es war: alles.
So leicht blendete Sonne, auch wieder nicht und schaute nicht: absolut nicht hinein in die Sonne, wenn, dann hatte er vor sich die Meeresoberfläche, mehr war es nicht.
»Siehst du – lieber Johannes; das griechische, ja? klassische halt Johannes-Profil hab ich nicht; fiel es dir auf? Ja?«
Spott um den Mund, das war alles gewesen. Das zurückgehaltene, kleine Lächeln unterdrückte Spott, mehr nicht.
»Er wollte es wissen, was ICH sehe, wenn ICH schaue über die Friedhofsmauern des Nurgeschichtlichen.«
Pepi nickte; grimmig und die Hände verschränkt vor der Brust, blickte Richtung Südosten.
»Der Sache nachgehen; das ist klar. Man soll nie niemals. Einen Gewissensführer nicht nehmen beim Wort. Eine Frage er stellte, heißt: wollte einen Punkt. Den kriegt er nun; wir gehorchen.«, nickte und rannte schon.
Das Gespräch mit seinem Gewissensführer: als hätte der gewußt, der Todt wird den Gnaden-Akt zurückweisen als unverschämte

Verdrehung: als spiegelverkehrte Darstellung, denn genaugenommen sollte: natürlich sich gefälligst der Neutschprofessor bei ihm entschuldigen umgekehrt kam es nicht in Frage; nicht in Frage! Es gab viele Gespräche der Art.
Dies war das letzte Gespräch.
Dazwischen nur zwei Nächte. Und war dann in dieser Nacht wach gelegen; sehr lange und am nächsten Tag, die nachmittägliche Frei-Zeit-Gestaltung, ihre Aufsichtspersonen: der Spiritual, und DDr. Storch. Wenn das Ziel nicht eingefädelt Er selbst? Auch wenns sowieso programmiert schon lange gewesen; Johannes ließ der Zufall nicht kalt, schon gar nicht gleichgültig.
»An was hätten eigentlich, die Herren Freude; werdet sicher, nicht fehlen – nächstes Jahr in der Theatergruppe? Ich fürchte EUREN also, auf EURE Begabung sich einfühlen in andere Schicksale, möchten einige nicht verzichten. Ich habe gehört, es – von den verschiedensten Seiten her; eine solche überzeugende Leistung offen gestanden: ich war, ich fühlte mich selbst betroffen; Romeo und Julia spielten zwei Zöglinge und ich vergesse es nie«, wischte sich mit dem Taschentuch den Glatzkopf trocken, befaßte sich mit seinem Hals; und trocknete auch die inneren Handflächen: Es war auch ein sehr heißer, zum Schwimmengehen einladender Tag, »niemals.«
»Ach! Das ist jetzt; auch wieder übertrieben.«, sagte Johannes Todt. Pepi wirkte sehr gerührt; hörte es nicht ungerne: »Johannes, den Romeo hast du wirklich...«, und schnalzte mit den Fingern. War ganz munter geworden, nicht mehr wirkte so zusammengetätscht, um vieles gelockerter und sich verkrampft weniger, voll der Ängste, was wollte ER nun eigentlich: wirklich von ihnen wissen. Voll Wissen von den eigenen noch nicht gestandenen noch nicht dem Spiritual geoffenbarten Sünden war man ja immer. War wirklich nur die Frage, welche war ihm gekommen zu Ohren, die beliefert: nicht unmittelbar von den Sündern, woher dann?!
Blickte ihn fragend an der Spiritual, was wollte ER wissen von ihm? Johannes konnte die Frage nicht entziffern, ihr auch nicht half, beisprang mit keinem Wort. Warum nicht.
»Ich finde, ER hat die Julia überzeugender zurückgebracht hinein, in die Wirklichkeit als ICH den Romeo.«, sich distanzierte von allzu es roch Johannes zu dick nach Lob; konnte das nicht leiden.
»Nun Julia? Was sagst du?«
»Wir hätten ja lieber gespielt; den Timon von Athen!«, zuckte die Achseln. Pepi wirkte fast aufgekratzt, eines gewiß: aufgetaut.
»Und aber ... der Pluto!«, verdrehte seine Augen himmelzu, erschrak: hatte Pepi Pluto gesagt?

Der Spiritual hörte es nicht; sich nur gezupft am rechten Ohr, Johannes betrachtet so schräg von oben her, auch Pepi. Wer war das, warum der; immer wieder begann mit einer Aufführung, die doch auch schon? also weder Gestern war sie noch Vorgestern; in der letzten Woche das doch schon wieder her, zwei Wochen!
Vierzehn Nächte und der, alleweil, wieder zurückkam auf den Romeo-Julia-Erfolg des Instituts.
Die Dreieichener Honoratioren, angeblich waren sie entzückt. Kamen? nicht heraus aus der Rührung, die zwang den Menschen sich zu schneuzen, abtupfen die Wangen und dergleichen. Fest-Tag-wie-Fest-Stunden-Rührung ohne jegliche weitere Verbindlichkeiten.
Und die Hand, aus der nassen Wiese; denn die nasse Wiese in sich gehabt die Möglichkeit werden Sumpf. Sah die Hand schloß die Augen Johannes: diese winzigkleine Hand, das »Hörst du mich« schon unter einem nachgebenden Boden, noch da die Hand, die Hoffnung, greift denn meine Hand niemand an, zieht mich niemand mehr heraus, »Johannes?! auch du nicht, auch du nicht«. Und hatte stattgefunden die Premiere, im Sumpfe fehlte die festhaltende: auf festen Boden, zurückziehende Johannes-Hand, denn er mußte blenden als Romeo.
Öffentlich Geständnis werden, ein Sakko-Parteigänger wußte: sehr genau, wann er verloren hatte und mit ihm der nicht in Klassen zerrissene Menschheitstraum, auch genannt Paradies; der nicht; der konnte gar nicht aufgehört haben mit ihm, dies war die Frieden zurückgebende Lösung.
Wenn nicht die Hand verschwand, sollte er ewig sehen die winzigkleine Hand.
Ach Pepi; und blickte nach: der Julia im Gehrock, wie es flatterte, hinten es in Bewegung war, der Hut fiel ihm nicht vom Kopf. Lächelte Johannes? möglich.
Hierauf waren Johannes echte Zweifel gekommen, inwiefern sie erfaßt Romeo und Julia; inwiefern sie nicht gewesen sehr schlechte Darsteller und Pepi hatte die Bedenken in diese Richtung zurückgewiesen Johannes sehe das ganz falsch, sie seien wirklich: gewesen, blendend! Es gar nicht oft genug Pepi betonen konnte, gewesen blendend, einen Spitzentag bei der eigentlichen Premiere erwischt, Romeo wie Julia: Zweifel ausgeschlossen. Pepi und seinem Selbstverständnis behagte? es aufrichtig gefreut, es gab selten Tage, wo man erzielt blendende Erfolge. Nahm dies Kraulangebot des Spirituals dankbar an, ließ gerne sein Selbstverständnis kraulen, blickte auf zum Spiritual geradezu begeistert: natürlich, vom Spiritual und nicht seiner blendenden Leistung als Julia. Hing an seinen Lippen, als

wollte er sagen, bitte noch ein bißchen kraulen, ich mag das! Ich mag das wirklich sehr auch noch.
Johannes bemerkte; wieder einmal; die Schlaflosigkeit hatte gekostet in summa summarum schon so viele Stunden Schlaf, daß er, am Tag spürte die Folgen; dieses Kreisen von vielen Sonnen: im Schwarz, vor den Augen.
»Nun Johannes; dich scheint ja – deine Leistung? nicht zu beruhigen. Obzwar – es war ein sehr glaubwürdiger Romeo; das möchte ich betonen, echt wie Wahrheit und Wirklichkeit, nicht mehr Spiel.«
»Das möcht ich; doch anders sehen.«, sagte Pepi, den irgendetwas verwirrt, nun doch auch.
»Spiel ist doch auch Wahrheit und Wirklichkeit, oder nicht?«, blickte an den Spiritual, den Kopf etwas schräg gelegt, das war Kampf-Haltung. Blinzelte, wich aus dem Blick. Teils verdutzt, teils ratlos so auch verwirrt, nicht wenig.
»Romeo? Was sagst du; du und deine Julia erhielten das Prädikat – echt.«, sagte der Spiritual.
»Ich dacht, wir seien falsch; wie man überhaupt oft – falsch denkt. Nicht?«, und blickte an Pepi.
Beide anblickten den Spiritual; der lächelte als wollte er sagen so ihr beiden Galgenstricke; auf die Dauer entkommt IHR mir auch nicht. Warum sollten sie. Wollten es gar nicht. Einmal ausgenommen die: Instituts-Ordnung verletzenden Geheimnisse hegten sie keine Geheimnisse. Genaugenommen, war der Spiritual der Einzige, möglich. Irrtümer wie die Gier nach Hoffnung in sich, sich erst gar nicht einließ auf Spekulationen derartiger Natur; Johannes traute der Institut-Vorstehung an sich, nicht mehr. Arbeiteten; doch nur Hand in Hand mit den Professoren. Hin und her geschupft zwischen beiden und beides nicht mehr waren aber auch nicht weniger als Machtblöcke. Eine Einheit ohne Rückendeckung; das war es. Und wie viele traten ihnen im Gymnasium als ihre Professoren gegenüber, die im Institut ihre Präfekten? doch einige in Summe gesehen; doch einige! Selbst schon personal es sich dargestellt als Einheit; hatten gewissermaßen hochgebildete Eltern, hochgebildete Väter, denn die Mütter? das waren, die Hausgeister und die fuhrwerkten im Institut zuständig für Magen, Wäsche sowie das Vieh und Hausgarten; auch für die leiblich erkrankten waren zuständig die Hausgeister; für: den Kopf, die Seele? unter anderem auch ER, alles ER zuständig für ihr intellektuelles wie moralisches und sittliches und wußte Gott was noch Wachsen; lauter ER und nicht eine SIE, denn sämtliche SIE im Hause waren die Hausgeister. Selbst der Ökonom war ein ER.

Viele Väter bildeten die Ganzheit Vater, Viele Mütter bildeten: die Ganzheit Mutter, viele Söhne bildeten die Ganzheit Sohn und alles? alles in Summe gesehen, das war, das Institut.

»Wo bist du?«, fragte der Spiritual.

»Nirgends; hier. Hier stehe ich, wie der ehrwürdige Spiritual.« Johannes sagte und wich nicht aus seinem Blick; warum auch sollte er.

»Mir war, als hättest du – mich etwas gefragt.«

»Ehrwürdiger Spiritual; nein. Ich fragte nicht.«

Es war ein, ihn bewegender Anblick. Winkte schon, hieß wohl, komm doch endlich wo bleibst du! Nickte, »Natürlich komme ich; bin ja, dein Romeo.« murmelte das, nicht ohne Genuß.

»Man hat es aber meinen können; Johannes. Du hast regelrecht ausgeschaut, als wolltest du: etwas wissen.«, sagte Pepi und blinzelte: möglich, daß Johannes ihm gewünscht den Mühlstein um den Hals, möglich, daß dieser Wunsch aufrichtig eingeschrieben gestanden in seinen Augen. Ihn lasen beide, diesen Wunsch.

»Wir wollen dir; keineswegs zu nahe treten.«, der Spiritual sagte: wir.

»Keineswegs!«, gleich hintennach geplappert Pepi.

»Weißt du was, lieber – Johannes; ihr werdet jetzt mit mir gehen, eine Kleinigkeit wirst du deinen Hals hinunterzwingen; etwas also braucht dein Magen schon ja? Und dann, möchte ich euch wandeln – sehen in Gottes Freiheit; ja?«

»Du siehst wirklich; nicht gut aus!«, Pepi es nicht lassen konnte.

»Als wolltest du; umfallen.«

»Das will – Johannes; natürlich nicht. Deswegen in den Garten und jetzt; marsch! Lang genug gezögert.«

Der Übermut rannte querfeldein, es war eine Nacht zum umarmen die Erde, die also war; nicht zum Festhalten und der schnellere Läufer war Johannes, hielt den etwas Langsameren fest und so sah die Nacht laufen zwei Schwalbenschwänze Richtung Dorf der Toten.

Ließen sich Zeit, es unglaublich war, wie lange sie brauchten für das Abschreiten der südlich gelegenen Straße. Von einem: dem Ostende, zum anderen: dem Westende der südlichen Mauer brauchten sie, es war kaum zu fassen, konnte es aber dann von der Institutuhr ablesen, die selbst vom Gymnasium her die ewig anwesende Uhr: allgegenwärtige Uhr, hineinschaute oder Johannes hinaus-und hinaufschaute zu ihr die in der Fortsetzung des Risalits, das die Mitte bildete der Westfront, wenn Johannes langsam hinaufschaute die Hausfront sichtbar wurde auf dem Giebel und der Giebel auf dem Dache, seine Mitte die Uhr, die Mitte eine Uhr, die so groß war, daß ihre Zeitzeiger und ihr Standort noch vom Dreieichener Bahnhof aus gelesen werden konnte. Und der Bahnhof war am anderen Ende Dreieichens – dem westlichen Ende.

Sie hatten für das Abschreiten nur einer äußeren Umfriedungswand, sie hatten für das Abschreiten der nach Süden gelegenen, den: gegen Osten gerichteten südlichen Seitentrakt teils teils verbergenden Umfriedung gebraucht mehr als eine geschlagene Stunde; mehr.

Und waren gestanden auf dem Eliteplatz und hatten hinaufgeblickt alle Drei zur Institut-Uhr.

Waren gestanden vor ihrer Heimat, zugewandt der endlosen Reihe, nicht nur nachts wurde sie Johannes: 1 Soldat, 21 Hellebarden, 1 Soldat, 21 Hellebarden.

Das Stechen ließ sie dann verlangsamen den Schritt: Pepi schwor, ihn plage das Seitenstechen schon jetzt.

»So endet das, wenn man vor lauter ... vergißt die Zeit.«, anblicken konnte den Spiritual, als wollte er ihm das ganze Gesicht, jeden Millimeter dieses Gesichtes abbusseln. Daß sich der Spiritual höchstpersönlich als Ausrede zur Verfügung gestellt, wie dies danken; man mußte sich, bei Gelegenheit doch bessern. So viel freundschaftliches Entgegenkommen schrie nach Belohnung, durfte? nicht um alles in der Welt nicht betrogen nicht enttäuscht nicht hintergangen werden. All dies, es stand zu lesen im Gesicht Pepis: Pepi will sich bessern, Pepi will nicht mehr sein der Galgenstrick, Pepi will vernünftiger werden, Pepi will, will, will.

Der Spiritual nickte; auch er hatte verstanden die vielen aufrichtigen Willenskundgebungen eines Josef Fröschl, sich zu ändern und endlich zu werden der er sein sollte.

Johannes hatte es so; empfunden. War es so? Schwören dies, es wäre schon sehr gewagt und eindeutig in die Nähe käme von Mein-Eid: denn, das stand fest.

Das Dorf der Toten als nächtliches Ausflugziel, Pepi konnte nicht widerstehen. Und dies? doch war, nur ein paar Stunden später, er schon wieder vergessen allesamt, seine Besserungsabsichten, sein Gefühl der Dankbarkeit und also: vielleicht er nur besonders echt geschauspielert.

Und ehe vor dem Totenbrett waren sie gestanden, ehe nähergetreten der Spiritual und DDr. Storch, hatte Johannes gefragt.

»Die Quadratur des Kreises; was ist.«

»Natürlich; selbstverständlich!«

Und dann, hatte Pepi, wieder einen Rückzieher gemacht.

»Bist du verrückt; hast du gemeint, meine Antwort sei ernst aufzufassen. Hast du das wirklich gemeint!«

Und ehe vorbei die Mathematikstunde, hatte Johannes mit der Spitze des Bleistiftes gemacht: in den Umriß des aufgelassenen Friedhofes ein dünnes kaum sichtbares Pünktchen und um dies gezogen, den kaum sichtbaren Kreis.
»Das ist unser Ziel.«, hatte Johannes gesagt und Pepi war das herzliche Lachen zu einem gelungenen Scherz auf Kosten Gottliebs – Gottlieb konnte nicht zurückschlagen, das Kräfteverhältnis war Schamröte ins Gesicht treibend, schämte sich für die ganze Klasse, die es nicht spürte – steckengeblieben; mochte nicht mehr, nachdem er fürs Erste sehr flink geantwortet, »Was hast denn du gedacht; natürlich. Heut nacht auch noch.«, das Flüstern zwischen zwei Schülern war untergegangen in einem Gelächter, hörte das auf denn nie.
Und im Park des Adlers war dieses Ziel eines der entscheidenden Indizien, daß Johannes verloren jegliches Maß, jegliches Gespür, für das, wie weit er gehen konnte und wie weit, absolut nicht.
Also: wieder ein Rückzug, wieder ein Ja sich verwandelt in ein entschiedenes Nein, kommt gar nicht in Frage.
Und im Garten des Instituts, immer wieder kreuzte Gottlieb ihre Gegenwart, wahrscheinlich wollte der Spiritual ihn wirklich nur gewöhnen daran, daß er zu leben hatte mit Menschen, Jesus gefahren also: in den Himmel, Gottlieb schon warten mußte auf seine Auferstehung? auf seine Auferstehung, dann war er wirklich erlöst und eins mit Jesus. Es stand zu befürchten, für Gottlieb wurde es bitterer tatsächlich vollbrachter Akt. Es stand zu befürchten, Gottlieb war ganz so durch und durch Wille, Wort und Wirklichkeit zu verschmelzen zusammenzuketten, zu vereinigen in seiner Person, der Preis? Gottliebs Leben.
»Morgen gehe ich hin, also! Und sage dem Spiritual, ehrwürdiger Spiritual, ich sah im Dorf der Toten... was wird er sagen?«
»Fürs erste sich zupfen«, und Pepi zupfte sich am rechten Ohr, »alsodann streicheln«, und Pepi fuhr mit dem Handrücken mehrmals über die Nase, »alsodann das Suchen«, blieb stehen und suchte in seinem Gehrock ein Taschentuch, wischte Pepi mit dem imaginären Taschentuch sich trocken Glatze, Nacken und alsodann die Handflächen. Alles natürlich nur angedeutet; den Hut nahm Pepi nicht ab.
»Hiemit hast du scharf umrissen unser inneres Gewissensforum.«
Pepi nickte; zog an und es hieß wohl: »Zieh mich mit, kann wieder.«
Und liefen hinein in die wundervolle Nacht.

B
Irgendein Konstruktionsfehler passiert

Sie hatten ihre Runden gedreht, nackt die dritte, vierte, fünfte, sechste Runde schon, keuchten etwas, denn die dritte, vierte, fünfte Runde waren sie gegangen wie Menschen, die in Eile sind,
    Die Schlaflosigkeit ließ: den Spiritual, zum Wanderer in der Nacht werden. »Wasser beruhigt; und überhaupt sollten entlang der Kommunikationen fließender Gewässer...«, vollkommen, auch seine Meinung. DDr. Storch brauchte nur.
Auf einer der Bänke warten.

die sechste Runde im Kreis gerannt, dabei den das Gehirn enthaltenden Körperteil ein kleinwenig nach links gedreht, die mannshohen Friedhofsmauern wollten sie sehen, nicht die Wohnungen der Toten, »Köpfchen, Köpfchen!«, keuchten die im Chor, die sich im Schweiß baden wollten,
    Präzis wie ein gut funktionierender Automat arbeitete die Mechanik des Spirituals. Er wählte immer: denselben Weg, entlang des Flusses. Der Damm war steil abfallend und nur im Zentrum des Ortes ein Plankenzaun schützte, grenzte zwei wenn auch verschiedene Kommunikationen: der Transport von schweren Lasten, konnte auf dem Wasserwege wesentlich preisgünstiger bewerkstelligt werden, der Spiritual entschied sich für den Damm, der auf seiner Krone einen geschotterten Weg hatte.
DDr. Storch mußte nur.
Auf einer der Bänke warten.

waren gerannt, Hand in Hand, wundervollst belohnt: sie waren nicht über so eine Wohnung gestolpert, nicht einmal! Jeder Tote hatte ihren Ruf gehört, falls er spazieren gegangen, war er stets höflich: ausgewichen. Nicht eine Watschen hatte: ihnen geoffenbart, nun war es geschehen, und sie hatten einen Toten in der Tat gewalttätig erlebt.
    Und in ihrer Nähe blieb der Schatten, sie sahen ihn nicht, hörte jedes Wort, sah und wurde nicht gesehen, in ihrem Gespräch zu vertieft und der Mond beleuchtete die Nackten: im Dorf der Toten gingen beide,
Die siebente Runde sollte ihnen den Schweiß wieder trocknen.
»Köpfe der Totenblumen, Köpfe der Disteln und des Mohns, hört! Gott liebt uns, er duldet nicht, daß uns der Teufel holt.«
    als wären sie selbst Herausgestiegene aus ihren Gräbern, fühlten niemandes Nähe, spürten nicht, hörten nicht, der Gewissensführer, informiert wurde einmal mehr, zwei Galgenstricke hatten erfaßt, es gab einen besseren Ort zum Nachdenken nicht wirklich als das Dorf jener Toten, die sich vermehrten nicht an diesem Orte, denn es war

ein aufgelöster Friedhof: Dreieichen begrub seine Toten im neuen Friedhof und der war an einem ganz anderen Ende und auch hatte im alten Dreieichener Friedhof die Natur einiges zugewachsen, bedeckte ganz, diesen so auch jenen, einige Grabsteine.

»Johannes, mich deucht, ich bin: verrückt. Mein Gehirn kommt mir gar nicht gehirnig vor? Eher als tät in meinem Kopf

Es waren die Toten, die wirklich tot waren: die mehr oder weniger Unbesuchten, Vergessenen. Lebende verirrten sich hierher sogar dann ungerne, wenn kam die Zeit der Feste, die zwangen die Lebenden sich wenigstens zu kümmern um den äußeren Rahmen, die äußere Gestaltung der Begrabenen: wenige Hände waren hier bemüht, die Fassaden: die Gräber, sagen lassen, hier ruht auch, ein Nichtvergessener; der ist auch tot, noch nicht.

ein Bandwurm alleweil in seinen: eigenen Schwanz beißen wollen, so im Kreis probiert er's, verstehst? Und falls

Waren stehen geblieben, wurde dozierend, standen sich gegenüber und waren nackt, selbst dies schien ihnen, nicht aufzufallen. Es war eine Temperatur: angenehm, nackt sein. Selbst Josef Fröschl hatte vergessen, vor ihm stand Johannes Todt unbekleidet. Hatten sich gewöhnt sehr rasch an die Veränderung ihrer äußeren Erscheinung, vorhersagen konnte ohne weiteres, erfuhr auf diese Weise: einiges, das ihn nicht unbewegt ließ, nicht unberührt und der Letzte, der hier begraben worden war, die beiden Zöglinge des Instituts kannten ihn nicht: dasselbe von sich sagen dürfen, Gott wollte es anders, das darfst du nicht berichten von dir selbst, Gottesmann, das darfst du nicht: er besuchte den Begrabenen wieder, etwas häufiger, auch: ein anderer Wanderer in der Nacht schätzte diesen Ort, zwei Zöglinge und dürften mit einiger Wahrscheinlichkeit nicht gewußt haben, sich wähnen als die wußte der Teufel woher Menschen soviel Einbildung nahmen einzigen Wanderer in dieser Nacht an solchem Orte

er ihn erwischt, so verdächtig ich ihn, frißt er sich selber auf, und ich hab? dann nicht einmal mehr einen Bandwurm im Kopf, ganz gewiß: ein Loch.«

Standen; schauten sich an; standen sich hinein in die Ewigkeit, oder wie: das Gefühl für Zeit hatten sie zurückgelassen im Institut, dies stand fest, dies sagte ihm die Uhr. Fünf Minuten waren sie gestanden, relativ viel für den wortlosen Zustand; fast bedenklich.

Kamen wieder in Bewegung.

»Du hast eine Neigung zu fixen Ideen – Pepi – Manien sind, nix anderes als eine Art unstillbarer Drang, etwas: so oft als möglich verändern, bis man sich, weiß der Teufel was, weghalluziniert hat,

Mit einem großen blaukarierten oft geflickten ehemaligen Taschen-

tuch wischte er den etwas verstaubten Sitzplatz weniger beschmutzt. Nicht vorsichtig genug DDr. Storch sein konnte, wenn er sich irgendwo, niederzulassen gedachte. Für die Nase hatte er ein weißes Damasttuch mit eingesticktem Monogramm: das verwendete DDr. Storch auch und ohne spezifische Bedenken; schneuzte sich, mehrmals, ordentlich. Lauschte, er gehört hatte, nicht Schritte? Dürfte doch nur gewesen sein, der Fluß. Bei einem Zöglings-Besuch wurde ihm von einem dankbaren Vater achGott, die dankbaren Väter.
Eine Flasche Obstler anvertraut, war es: Unwissenheit oder Hohn? Ihm, der als Nichtalkoholiker bekannt war, ein solches Geschenk zu überreichen. Er entkorkte die Flasche und roch am Korken. Der Spender, Uhrmachermeister Todt, Nirgendwo: Johannes Todt senior? war nicht der Vater, der leichtsinniger Weise das Unbehagen eines DDr. Storch, auf seine Person gelenkt haben wollte; doch eher Unwissenheit. War es nicht: Frevel, aus Obst eine klare Flüssigkeit zu destillieren, den Segen in den Fluch umwandeln? korkte die Flasche zu.
Eine Geste war es doch, die Er verstehen mußte, die Er billigen mußte, die Ihm sagte, DDr. Storch: war bemüht, kindische Reaktionsgeschwindigkeiten hinkünftiger Weise zu meiden.
Kam er, wartete er auf Ihn, ließ Er sich Zeit; natürlich. Keine Gründe deswegen sich erregen, beim Warten wurden Minuten immer Ewigkeit, also jeden Traum nicht gleich sich selbst als nicht unwahrscheinliche durchaus mögliche Lösung dieses Problems überbewerten mußte.
da sich aber nix, aber auch gar nix wirklich weghalluzinieren laßt, kommt das Weghalluzinierte wieder, regelrecht eingekleidet in einer anderen Gestalt, sodaß sich der Glückliche sagen kann,
Standen; schauten sich an; standen sich wohin? Was sprachen Knaben, die schwiegen, schon 12 Minuten; das schlug bald dreizehn. Verlor? Johannes verlor nie, wenn schwer, den Gedankenfaden, nahm ihn genau wieder dort auf.
jetzt bin ich verrückt, und so etwas ist ja auch eine Art Lebens-Aufgabe, die zu bewältigen manchem, so sagt's mir: mein Kopf, noch alleweil erfolgsversprechender dünkt als: das nicht Verrückte.«
»Warum soll ich: verrückt sein wollen, ich bitt dich! Ich sag mir doch alleweil, hör auf, Pepi! Du bist ja nicht mehr im Paradies; was geht dich das Paradies an.
Bleib stehen, geh nicht weiter, laß dich sehen und Johannes ahnte was sie geführt ins Paradies. Rundum verwachsen die Grabsteine, weggewachsen der Tod, zugedeckt mit Efeu nicht nur; hier wuchs ungeordnet hier wuchs, was getragen oft nur der Wind ins Dorf der

Toten, faßte ihn am Arm, der es nicht gehört, es zischte und unglaublich, über den Weg?! Schauten sich an, ob giftig ob nichtgiftig, sie wußten es nicht, wars keine Äskulapnatter, wars vielleicht eine Kreuzotter, möglich, es gab sie in dieser Gegend haufenweise. Wußten nicht, daß Schlangen selbst nachts auf solche unverschämte Weise den Weg kreuzen konnten von Menschen, verkrochen sich die normalerweise sich die verkrochen oder nicht? Und der Gewissensführer nickte; das war geglückt. Doch erwachten. Die Vermutung ihnen passieren mußte, ein Zufall war es nicht, eher? Eine sanfte Mahnung Gottes, verlassen das Paradies.
Schüttelten den Kopf, gingen weiter, deuteten sich gegenseitig, haben ja keinen Vogel im Kopf: schoben das, in die Schuhe, ihrem schlechten Gewissen – ein Gewissen hat keine Schuhe! –, beruhigten sich mit ihrem schlechten Gewissen? oder wie. Noch einmal dasselbe? Man nicht aufpassen mußte, herausfordern: einmal war genug, es doch besser nicht getan hätte, es auch werden hätte können angriffslustig, achGott, was tat er nur. Und der Spiritual um seinen Hals den langen Strick, wischte sich den Kopf trocken, achGott, die Idee war ihm vorgekommen als die Lösung. Bedenklichere Erziehungsmaßnahmen fielen ihm, auch nicht mehr ein.
Gingen, wenigstens nicht barfuß. Klug; sehr klug. Doch bedacht, nackt besser nicht die Füße, die ließen eingeschnürt in den Schuhen. Hintennach es sich, schwer fassen ließ, weshalb er sich geholt eine aus der Ecke, in der sie achGott, mußte verloren haben den Verstand! Das Risiko, das Risiko! Es nicht bedacht; ein Zornes Akt, ein impulsiver vollkommen unverantwortlicher Einfall. Was ihn, nur so erregt, was ihn bewegt so. Schüttelte den Kopf, eine kindische Reaktionsgeschwindigkeit.
Aber allweil; hör ich's; wieder. Allweil: das gleiche, so widersinnig. Ich werd doch auch ein bisserl spekulieren dürfen? Laß mir doch meinen Bandwurm! Der Bandwurm hat zuerst
Sehr sonderbar; das hätte Er sehen müssen, das hämische Grinsen, es geworden wäre offener Hohn: »Du mich täuschen, jetzt weißt du es ja, verrückt bin ich nicht; suche auch nicht mit Eifer und neide der Jugend nicht auf keinen Fall! Neid ist es nicht.«
mein Gehirn verdaut, jetzt verdaut er sich selbst und mir? Müßt dann leichter sein, vielleicht verdaut er das auch mit.«
Eine Warnung, eine Mahnung. Nicht verwechseln Pflichtgefühl mit dem Wachsen von etwas, was besser niemals wuchs. Nicht verwechseln eine bedenkliche Empfindungssteigerung mit berechtigter nachdenklich formender Fürsorge. Alles nur sich gedreht in seinem Kopf? um die Sorge, das war übertrieben; ohne Übertreibung, das

durfte er sich, eingestehen: man doch sah in dieser Nacht, wie zurecht, wie tief Recht er gehabt mit einigen Vermutungen; natürlich.

Standen, schon wieder; gafften, das war schon – javerheerend! Und wenn es ihm, inwendig stach, wenn er sah die beiden so stehen – ein Mann wie er mit seinen Kenntnissen, seinen Augen hatte doch eindeutig allen Grund; allen auch noch – und der Spiritual nickte, eifrig es sich bestätigte. Der körperliche Schmerz, er hing zusammen? nicht mit einer übertriebenen Zuneigung zu einem Zögling! Jalachhaft, jalächerlich!

Keinesfalls; hatte Johannes Todt nie bevorzugt, im Gegenteil. Gerade ihm gegenüber, gerade ihm; kein Grund zur Besorgnis. Stets objektive Richtlinien... achGott, tupfte sich ab die Stirn, wischte sich seine Handflächen trocken.

Dieses ewige Stehen, als hätten sie für sich: gepachtet die Ewigkeit. Weder Sekunden kannten noch Minuten, das summierte sich, alles zusammengezählt; und der Spiritual suchte nach seinem Notizbuch, auch finden sich ließ der Bleistift, rechnete nach, Strich darunter, richtig; unmöglich. Die Schweigeminuten überwogen und waren, noch gar... also, die Tatsachen gaben ihm recht, die Tatsachen überführten DDr. Storch des Irrtums.

»Was soll er denn verdauen?«

So blickten Knaben einander nicht an, wenn alles in Ordnung war. So fragten Knaben nicht, wenn nicht zugeschlagen die Unnatur; natürlich. So stand sich gegenüber nur Unnatur.

»Den Jahwe Gott. Ich mein: das, was ich denk ohne Ende und ohne Anfang, sobald ich nix reden tu. Ich müßt: immerzu reden, damit ich die fixe Idee los werd'? Der Bandwurm vergißt mir den Jahwe Gott.«

»Was ist denn in dich hinein,

Sehr gereizt; fauchte den Fröschl an der Todt, ein ganz günstiger Moment; gestiegen auf einen verdorrten Ast, das war hörbar und aber es, hörten? Blickten um sich, nicht einmal das. Maß nach, so er richtig sah, maß der Todt nach die Körperlänge des Fröschl, auch grob, nicht etwas; übertrieben grob? Seit wann wurde der leise Johannes so fast; laut. Sehr gereizt. In keinem: angemessenen Verhältnis zu den Umständen, ganz wie zu erwarten.

hat dir deine letzte fixe Idee nicht schon zweimal das Zeugnis verpatzt?! Was, willst noch; willst dich steigern, oder wie? Du bist: von sehr gut auf genügend gerutscht, lieber Pepi: zweimal schon. Und zweimal ward dir das Genügend, Pepi?

geschenkt; natürlich geschenkt: wofür gab es einen Spiritual? Na eben.

geschenkt! Irgendwann mußt doch, Pepi, du bist ja –!«
So viele Melodien unterbringen in wenigen Sätzen, wann begann das, ein Knabe? So viele Auf und Ab, Veränderungen in der Stimmmodulation, eine Erklärung es hiefür gab; nur eine.
»Das sag ich ja alleweil, verrückt, was sonst. Was meinst, warum ich so – nervös bin? Wer ist schon gerne verrückt? Hab immer dasselbe im Kopf! Und nix anderes, das macht dich schier verrückt!«
»Paß doch auf; Pepi! Das ist ja – schau dir das an, du stolperst uns noch, weiß
Wirkten keineswegs alarmiert, im Gegenteil; den Stimmen Nachlauschender: der Gewissensführer vermuten mußte, waren recht zufrieden, eher hocherfreut, daß sie sich gestolpert, fort vom Weg: gestolpert losgelassen seine Kleider, sie wieder eingesammelt und hiebei um sich der Galgenstrick geblickt, festgestellt, Johannes ließ den Stolperer landen nicht: etwas tiefer unten wieder ankommen fast wäre es geschehen dem Josef, hätte sich gestolpert, noch einen Schritt weiter und dort fehlte der Boden, wurde erst wieder Boden, ein paar Meter tiefer, unter der Erde: »Josef!«, hatte es rufen wollen, schon Warnung und Mahnung werden dem, der sich zielsicher zubewegte auf den Ort, der Fall,
Gott wohin. Als wär das Dorf der Toten nicht voll Mondlicht.«
»Und jetzt, was sagst: wir sitzen unter einem Baum. Eine Trauerweide, na?«
»Rasten tun wir, rasten, lieber Pepi. Du wirst von Jahr zu Jahr, mehr ein Tolpatsch, da kannst nix machen.«
und aber war nicht angewiesen auf seine Stimme, als ließ ihn Gott im rechten Augenblick stolpern, auch sein Herzschlag wurde wieder ruhig, gelogen hatte Johannes nicht: Gott liebte seine beiden Galgenstricke.
»Ich bin: Johannes, ich lüg nicht, ich hab mich an dir festhalten müssen. Ich
Dieses absurde Ende wünschte er dem Josef nicht, ließ Johannes rechtzeitig eingreifen, eine Geschwindigkeit der entwickeln konnte, hatte
bin über die Hand gestolpert von so einem ungehorsamen Kind, dem die Hand zum Grab herausgewachsen, weil es? So viel schlimm war, das kommt davon, wenn so
geschont: seine Stimmbänder, die versagten, genaugenommen und Erstarrung war schuld gewesen, sich gelähmt empfand, schaute und wußte ein Blinder gewissermaßen bewegte sich zu aufs wenigstens Knochenbrechen, wars Schicksal, wars das Genick, dachte Schädelbasisbruch, dachte allerlei und sah schon stehen Johannes Todt und rufen nach unten Josef,

ein Fratz sich akkurat den eigenen Kopf aufsetzt, und nicht einen anderen. Wie soll ich auf so etwas aufpassen? Das denkt doch ein Mensch nicht, daß ihm das passiert, doch erst dann, wenn's ihm passiert ist, daß so etwas: möglich ist?

immer wieder und Josef antwortete nicht, »Josef!«, bis neben ihm stehend der Gewissensführer und sagte: »Josef ist tot.«, im schlimmsten Falle dies sagen mußte, nach Überprüfung dessen, der angekommen dort, wo er nicht ankommen hatte wollen, Bilder vor den Augen, rasanter abrollen nicht konnte die Fortsetzung vor seinen Augen und hatte verloren seine Stimme, war unfähig gewesen sich bewegen und Johannes sein Korrelativ geworden, gewissermaßen: genau das getan, was er tun wohl hätte sollen: auch der Spiritual nahm Platz, etwas entfernter, nicht ein Schwindelgefühl ihn angeregt zu dieser Maßnahme? Wischte seinen Glatzkopf trocken, den Nakken und die Handflächen, schloß diese hilflosen Öffnungen, zwei hievon hatte und taugten im konkreten Fall?

Ich mein, irgendetwas wird wohl, auch mich noch schrecken dürfen? Daß akkurat auf dem Fleckerl Boden, auf dem meine Füß gehen, so etwas wachst?! Das ist ja schon fast ein Fingerzeig Gottes, als wollt er mich warnen und mir sagen, Pepi: ich kann auch deine Hand zwingen, aus deiner letzten Wohnung herauszuwachsen,

Kannte das Dorf der Toten, kannte das Gelände sehr gut, hätte sich hier: bewegen können mit geschlossenen Öffnungen, nicht angewiesen auf Augen die sahen, sodaß gewissermaßen Josef angewiesen auf eine

ich kann das! Johannes, was mach ich dann?

neben ihm herlaufende ebenso, blinde nichtwissende Natur, Johannes hieß diese Natur: »Johannes«, schloß die Augen; doch die beiden waren so sehr mit sich selbst beschäftigt, einen vorübergehenden Konzentrationsverlust: das Zurückerhalten seine Stimme, geschah nicht

Wenn das meine Straf soll werden,

lautlos, nicht wahrnehmen konnten und in sich aufnehmen als bedenkliche Anwesenheit eines Dritten im Dorf der Toten: als wäre die Anwesenheit ihres Gewissens, er war doch ihr Gewissen, nicht ein wahres Glück: der Zustand, in den geraten der Gewissensführer ließ eine nähere Definition zu, ohne weiteres, er fühlte sich elend.

daß jeder auf meine Hand steigen soll dürfen? Das muß doch weh tun?«
»So ein Blödsinn! Die Kinder liegen ja, woanders. Das ist doch die Mauer für die Fremden, Gottlosen und Selbstmörder, bist du blind?«
»Schrei nicht, vielleicht ist der eh schon

Wenn der Spiritual: bei seiner Wanderung, nicht ausgerutscht war, in den reißenden Fluß gestürzt und ertrunken.

beleidigt, weil er meint, ich bin
  Daß den Spiritual: Schlaflosigkeit peinigte war ihm bekannt. Daß ihn die Schlaflosigkeit zum Wanderer in der Nacht werden ließ auch, aber daß der Spiritual? Hand an sich legte, er war Mann genug, um zu wissen. Kostete einen Schluck.
gestolpert, auf daß er keine Ruh hat.
  Das Getränk brannte im Hals, aber ein nicht unangenehmes Gefühl.
Hab lieber Mitleid: Johannes, ich blute.«
»Du blutest?
  Abergläubisch waren natürlich beide nicht, wettete, Josef bekam bald verordnet das Blutverbot;
Das kommt nicht in Frage, Pepi.
  tatsächlich, schneller als gedacht. Doch
Du darfst nicht bluten, absolut nicht! Hör auf bluten, sofort!
  bis zu einem gewissen Grade ihm vertraut war die Seelenstruktur eines Johannes Todt. Betrachtete den Strick in seinen Händen, stabil, solid und trug ohne zu reißen das Gewicht eines Menschen; es nicht so war, daß auf nichts Verlaß war und auf niemanden.
Deck's mit der Hand zu,
  Und hatten verlassen das Institut, eine kleine Wanderung und er also und – Dr. Storch; also. Hatten zu beaufsichtigen die Schwalbenschwänze. Ziel: die Totenbretter. Eine einnehmende Nachmittags-Freizeit-Gestaltung. Sehr nahe, knapp am Wegesrand waren die Totenbretter, eine nicht mehr lesbare Erinnerung neben der anderen emporragend und mehr
auf daß es keiner in dem Dorf der Toten merkt. Wer im Dorf der Toten spazieren
  oder weniger phantasievoll gestaltet. Und Johannes Todt, steile, tiefe Unmutsfalten zwischen den Augenbrauen und wenn um seine Lippen es nicht war: der Spott, der sichtbar wurde nach außen, was war es dann.
geht, mit einer offenen Wunde, der ist so gut: wie verloren,
  Und hatten sich, etwas zurückgezogen von der Jugend, im Abstand sich einiges besser sehen ließ.
  »Er verschließt sich; immer mehr.«, sagte DDr. Storch und der Seelenarzt des Johannes Todt nickte.
  Blickten allsogleich, woandershin; vorbei an dem Zögling, der nur eine Ansammlung von Nerven ohne Haut geworden, so nach und nach und es würgte ihn, den Kragen haßte er sichtlich: bewegten sich seine fluchbereiten Lippen; nicht hörbar, es aber wußten, eine Todt-Fluchsammel-Leistung war vollbracht worden, wirkte gleich um einiges friedlicher,

Pepi! Dem heilt – sie lange nicht!«
»Als wenn ich das nicht wüßt.«
bis er sich wieder und vor allem seinen Hals beengt empfand im Vatermörder, der ihn umschloß.
»Daß gewonnen der Gehrock, macht es ihm zu schaffen?«, eine rhetorische Frage, beantwortete seine Bemühungen: mit ihm, wieder zu kommen ins Gespräch, nicht.
»Meine Stimmenthaltung, vermute ich, wurde mir nicht vergeben.«, konstatierte, nichts Falsches.
»Ich träumte dich; in fürchterlichem Zustande. Du seist gekommen, unter die Räder.«, konstatierte, eine verfrühte Hoffnung. Der ewig warten konnte bis er mit Ihm vollzog die Metamorphose. War die aufrecht dargebotene Haltung des DDr. Storch umgangen, das Angebot erhielt eine angemessene Antwort, schwieg. Verstand in manchen Momenten, nicht ohne Erschütterung, ganz besonders: den Rückzug, seines Beichtkindes in die innersten Regionen.
»Ich sag dir, hör sofort auf bluten, an diesem Ort heilt eine offene Wunde: nie.
Zuerst schwer heilbar, dann allsogleich unheilbar? Steigerte sich ungemein rasch; blickte auf die Uhr, was trieben die nur. Sieben, zwölf Minuten Schweigen.
Das kommt davon, weil du es nicht sagst.«
»Sowas sagt ein Mensch nicht, das weiß doch, ein jeder.«
Und es hatte: ihn gezogen zu jenem Totenbrett, das etwas abseits und an dessen Seitenenden, emporwuchsen: sich schon als uralt bezeichnen lassende Nußbäume, die Kronen hatten sich regelrecht ineinanderwachsbar behauptet und nur von unten nach oben blickend, den Stämmen nach aufwärts schauend sah man, daß man es: zu tun hatte mit zwei Baumkronen. Nur die Krone gesehen, es hätte? eine Nußbaumkrone sein können. Die optische Täuschung wäre möglich? sah man nicht, den ganzen Baum. Ihm war sie zumindest passiert als denkmöglich, hatte der Umriß sich abgehoben vom Hintergrund fast wie ein Herz, zumindest der obere Kronenabschnitt. Ein Riesenherz, das in Blüte gestanden und schon begonnen? Mit der Vorbereitung für das Werden von Nüssen, nichtmehrBlüte und nochnichtNüsse.
»Wo blutest denn?«
»Daß es jemand hört. Pst! Sei still, willst mich verraten?«
Stand dort der Sakko-Parteigänger, die Hände; immer wieder; befaßt mit seinem Vatermörder, der umschloß den Hals.
Übersahen beide – Dr. Storch auch, nicht nur er – Johannes Todt hatte sich gestattet, den Hut vor dem Totenbrett aufzusetzen, wollte er herausfordern; möglich.

»Bittschön, Pepi, tu dich endlich erbarmen.
Drehte sich nicht um, es stand zu erwarten: der Gehrock-Parteigänger schob sich, natürliche Näherschiebungsübung bevorzugend: ging von Totenbrett zu Totenbrett und murmelte in ihre Nähe geratend »Da ist ja noch eines?« staunte scheinheilig
Und jetzo wirklich, heraus damit!
und schüttelte den Kopf, wählte den Blick des Aufmerksamen und für Totenbretter ein spezielleres Interesse geschlummert in seinem Herzen, das nun aufgeweckt durch
Was weiß ich, was ich nicht weiß!«
»Ich blute, Johannes.«
natürlich so viel Nähe: ein Totenbrett neben dem anderen, da konnte man schon so voll der Gedanken werden, daß man erst plötzlich erfaßte die Gegenwart eines Dr. Storch und eines Spirituals. Sofort Ehrerbietung, eine Entschuldigung murmeln, Verwirrung und fast Tränen in die Augen hineinlügen, »interessant, interessant« und schon sich nähernd den beiden Nußbäumen.
»Wo, jetzt zeig's einmal,
Wäre nicht gewesen? Der suchende Josef-Blick vorher. Sie hätten gerührt feststellen dürfen, gefunden hatten.
Ein Ausflugsziel, das freute die Jugend: suchte Josef unter den vor den Totenbrettern sich gebildet habenden Trauben Johannes, sah dort
ich schwör's dir, wenn dir die Wunde nicht verheilt,
nirgends Johannes und wirkte nicht mehr suchend: genickt und begann sich nähern nicht ungeschickt und bemüht den Zufallscharakter beizubehalten, denn er hatte Johannes erspäht, bei den Nußbäumen.
dann geh ich noch einmal in das Dorf der Toten, ganz allein, und hol mir auch so eine Wunde, die unheilbar ist, Pepi, du weißt es, ich tu, was ich sag, bin kein Schwätzer, absolut kein Schwätzer! Ich verrat dich ganz bestimmt nicht.«
»Da.«
»Am Nabel? Unmöglich!«
Das Selbstgespräch, das Zwiegespräch mit seiner eigenen Wenigkeit offenkundig bemüht war, derartig zu gestalten, daß es hörten die Hüter der Jugend vor jeglicher Versuchung: die schau-spielerische Begabung der Galgenstricke hatte sich schon erwiesen, lieferten beide: wieder und wieder neue Proben ihrer Verstellungskunst.
»Doch, ich bin da ganz naß.«
»Sag einmal; Pepi? Das ist Wasser, höchstens
Und waren, wohl nicht zufällig, beide in der Theatergruppe, die

mehr oder weniger auf die oberen Klassen zurückgriff als brauchbares auch hiefür zugänglicheres Schauspielermaterial. Und so langweilig er den Unterricht gestaltete in Kunde von der Erde, eines mußten sie und taten es auch, Pluto, dem Mondgesichtigen lassen: als Theaterleiter er Großartiges leistete. Auch selbst entzückt war von seiner Julia, seinem Romeo. Schneuztücher wurden bei der Aufführung gezückt: Es waren Eindrücke, schwer zu vergessen. Wurde sogar das Gespräch Dreieichens, so eine Aufführung!
Schweiß, Pepi, aber doch nie – Blut!«
»Tust du dich auch nicht täuschen?«
    Julia: Josef Fröschl.
    Romeo: Johannes Todt.
»Schau jetzt einmal meine Handfläche an, da müßt jetzt Blut zu sehen sein,
    Spielten derartig überzeugend, es war auch: aufgefallen dem Gewissensführer; einiges an der Aufführung wurde von der Öffentlichkeit anders gedeutet als von ihm, Dr. Storch hatte sich angeschlossen seiner Beunruhigung. Und waren sehr bald gefolgt dem Zögling, waren gestanden eine Weile hinter den beiden Galgenstricken, die vor ihnen; natürlicher Weise versunken in völliger Selbstvergessenheit und also schwiegen abgebrochen nicht das Gespräch, spürend nähertreten zwei Freunde, diese aber eher: eingestuft haben dürften, als Teil der Institutsvorstehung.
wenn auf deinem Nabel Blut gewesen wäre.«
»Ach, wie man sich so täuschen kann?«
    Auf dem oberen Teil des Brettes der gekreuzigte Christus; bildete den Hintergrund der Himmel: tiefes Blau, dunkles Blau, das war der Himmel geworden dieses Totenbrettes; dahinter Mauern, gekrönt mit Zinnen, so auch verschiedene Gebäude und Türme: auf der Höhe aufhörten, nur mehr Himmel der Hintergrund war, wo begann auf dem Kreuz, das die Mitte beherrschte, der erste Nagel: die übereinandergenagelten Füße, wobei es war der rechte Fuß, der verdeckte den linken Fuß des Gekreuzigten, so hatte sich der werte Künstler erspart einen Fuß, nicht unschlau, dies so zu lösen.
»Heraus damit, fopp jemand anderen!«
    Und unter diesem Bild stand in einem Feld von brauner Farbe geschrieben: »Vater! Es ist vollbracht.«
»Bittschön, wenn du es unbedingt wissen willst.«
»Bittschön, Pepi, tu jetzt nicht lügen. Genau den Bandwurm will ich hören, der
    Und über diesem Bild, begann der obere Abschluß des Totenbrettes: es war die Spitze und ausgefüllt wurde sie durch das Auge Gottes, es

getragen wirkte von mehreren Wölkchen, hier war der Hintergrund ein gelbes Dreieck, welches umrahmt wurde von einem schmäleren, blauen Dreieck.
alle anderen Gedanken auffrißt, und keinen anderen.«
»Du verstehst das nicht, Johannes. Sowas versteht ein Mensch nicht. Akkurat etwas, was jeder weiß, muß ich alleweil hören, alleweil!«
»Du hörst es nicht, du denkst es bloß. Spuck es endlich aus.«
»Das Auge Gottes als Motiv wird gerne gebraucht; nicht?«, und musterte fragend Johannes Todt, waren gewissermaßen: Flügel bildende Gestalten geworden. Zur Linken Dr. Storch und auf der Seite Josefs er stehen geblieben war. Hatte den Hut genommen vom Kopfe dem Übermütigen und drückte ihn schweigend in die Hand gnädigem Herrn Todt, der deutete eine Verbeugung an? Und bedankte sich bei DDr. Storch. Der Dank wirkte, wie bei guten Schauspielern, sehr echt und aufrichtig. DDr. Storch zog es vor dem Dank zu glauben, »Nichts zu danken! Ich tat es gerne.«
»Ich kann wirklich nix dafür, Johannes, wirklich nicht.«
Er selbst brauchte Josef Fröschl den Hut nicht abnehmen, der hielt ihn in seiner Hand, die Hände auf dem Rücken so, daß eine Hand drehen konnte sehr gut und unaufhörlich den Hut: Josef Fröschl wirkte nur von der Vorderansicht her betrachtet voll andächtigster Empfindungen; die Konzentrationsstörungen offenbarten sich hinten, Johannes Todt erging es nicht anders.
Es bemerkte bei dem zu seiner Rechten stehenden Josef und unverzüglich aufhörte das Drehen seines Hutes; der Blick informierte Josef, nickte unmerklich fast und auch sein Hut: ruhiger geworden, ganz ruhig: Informationsaustausch zwischen den Galgenstricken funktionierte. DDr. Storch zwinkerte ihm zu, er zwinkerte nicht zurück, blickte geradeaus, wählte den Blick vollkommener Abwesenheit, äußerste Hinwendung zu dem Totenbrett.
»Ich glaube dir; daß du nichts, dafür kannst. Pepi, ich glaube dir.«
»Wirklich? Ich kann wirklich nix dafür! Wirklich nicht! Ich werd's nicht los.
Brachte etwas Schweigen ein in die merkwürdige – Bandwurmgeschichte? Sehr sonderbar die Geschichte, Bandwurm?! Drei Minuten, das dauerte:
Und Jahwe Gott gab dem Menschen dieses Gebot:
so schwer sich trennen konnte von einer – Bandwurmgeschichte?! Höllische Schwierigkeiten hatte, dies waren schon fünf Minuten, alsodann? Wie?! Sieben Minuten!
›Von allen Bäumen des Gartens darfst du essen. Von dem Baum der Erkenntnis des Guten und Bösen aber: darfst du, nicht essen. Denn am Tage, da du davon issest, mußt du sicher sterben.‹

Wie? Das machte dem Josef Schwierigkeiten, worin sah der: Schwierigkeiten? Doch sich überfragt empfand.
Schau jetzt weg, mußt mich ja nicht anschauen, als wär ich der Leibhaftige.«
»Na und? Ist das – alles?«
»Mir langt's, Johannes, mir langt's. Ich hab wirklich keine Neigung zum, mich gruseln, aber, weil's immer dasselbe ist, verstehst? Alleweil und alleweil!«
Es möglich, es nicht faßte: fraß Johannes, die Bandwurmgeschichte dem Galgenstrick aus dem Maul heraus? Glaubte ihm, das Ablenkungsmanöver der Ablenkungsspezialist fraß?
»Es ist ja auch wirklich merkwürdig, wie konnten die beiden die Todesstrafe ignorieren? Ach ja, die Schlange. Warum willst denn so etwas Harmloses weghalluzinieren mit einem Bandwurm! Deswegen mußt du dir doch nicht gleich einen Bandwurm erfinden, der dir das Gehirn auffrißt.«
Wegen so etwas rannten sie nackt im Dorf der Toten, es war nicht wirklich glaubhaft; geradezu – ausgeschlossen! Blicke auf die Uhr, seine Augen schloß. Irgendwann; die beiden Galgenstricke doch wieder gingen. Von einem Fröschl und einem Todt gefunden sein, zu allerletzt. Zöglinge brauchten nicht sehen und betrachtete den Strick. Und sah vor sich DDr. Storch, gestanden war: das Profil ihm zeigend, neben Johannes es denkbar war, daß es auch hinter seiner Stirn gearbeitet und aber eine brauchbare Haltung nicht fand, nicht allsogleich gegenüber diesen beiden Galgenstricken.
»Ich sag ja auch, das ist eine paradiesische Angelegenheit, die mich nix mehr angeht. Ist ja nicht: mein Problem.
Die breiten fleischig wirkenden Nasenflügel waren ununterbrochen, sehr eifrig in Bewegungen: sah nur einen, nahm aber an, daß ein DDr. Storch beim Beben-Lassen einen Nasenflügel auf den anderen Flügel unter allen Umständen nicht verzichtete, ausgenommen der Umstand, er gewöhnte sich an eine neue Sitte. Tendenziell häuften sich bei ihm die Bereitschaftskundgebungen sich angewöhnen neue Sitten: hatte Stimm-Enthaltung geübt, sich trotz seiner Unter allen Umständen den Sakko fordern Für den Nachwuchs wenigstens, Wenigstens für die ganz Kleinen, also die wenigstens, das war das erste Zurückgehen, wenigstens die unteren Klassen, dann es immer, Stück für Stück gegeben das bißchen Zurück und geendet es hatte mit Stimm-Enthaltung, weder Sakko noch Gehrock, sodaß Gewinner bleiben hatte müssen der Status quo: der Gehrock natürlich, samt Vatermörder? Samt Vatermörder, selbstverständlich. Und seine Aufgabe war es gewesen, justament der Auftrag für den

Gewissensführer, den Sieg der Gehrockpartei vertreten und irgendwie: nahe zu bringen, als erledigte Geschichte.
Nur, warum duldete Jahwe Gott im Paradies
Hatte die Geschichte mit autoritativem Maßstab auch anempfohlen sämtlichen Sakko-Parteigängern abzuhaken in ihrem Kopf. Anders ließ sich der Sieg auch kaum vertreten, das war ihm selbst gut genug bekannt. Dürfte auch bekannt gewesen sein DDr. Storch.
die Schlange? Er hätt's doch wissen müssen: Eva so neugierig ist, ihr nie: wird widerstehen können! Er hätt doch wissen müssen, daß die Todesstrafe nix taugt absolut nix taugt für ein verrücktes Weib?
Eine Glaubenskrise, das war's: eine Glaubenskrise führte sie in dieses Dorf? Johannes allen Ernstes nicht unterbrach den Plapperschnabel. Josef übte sich im Ablenken, was sonst!
Die war doch narrisch geschlagen, was sonst.
Ließ sich Johannes Todt allen Ernstes in einen solchen Meinungswechsel verwickeln? Gingen die, ins Dorf der Toten, sitzen unter einer Trauerweide; einfach plappern?!
Wie komm ich dazu, dafür heut noch büßen zu müssen? Als wär ihm in seiner ganzen Schöpfung irgendein Konstruktionsfehler passiert, und weil er das nicht wahrhaben
Dies sollte gewesen sein – alles und hiefür hielten die beiden auf ihren Gewissensführer; unmöglich!
will, weil, er ist ja perfekt, rächt er sich an seiner ganzen Schöpfung, befiehlt,
Die Unschuld der merkwürdigst Unzertrennlichen konnten sie vorführen: jemand anderem; nicht ihm. Als kennte er ihre Sünde nicht als bräuchte ein jeder das Geständnis mit dem Wort, als sprächen: Blicke, Handbewegungen nicht ihre eigenen Romane.
Die ihm entgingen, denn leider, sehen konnte er sie nicht; nur hören: und sie erläuterten mit Worten sich nicht wie sie einander anblickten, wegsahen und hinauf zum Himmel, dorthin lauschten und dahin, sich auch berührten? Wenn er wissen wollte, daß blutet nicht Josef, mußte stattgefunden haben eine Berührung der Nabelgegend, ein wegwischen das Blut, das nur war der Schweiß.
daß jeder jeden auffrißt, auf daß sich früher oder später das Problem seiner: vermurksten Schöpfung selbst erledigt.«
Wie? Ja ungeheuerlich, wohin Josef sich fortlog, auf daß er sich nicht; nicht zu äußern brauchte bezüglich Dinge, die ihn wohl: um einiges mehr berührten.
»Ich weiß nicht, so paradiesisch kann ja das Paradies auch nicht gewesen sein, akkurat: mitten, im Garten Eden, braucht er eine Verbotstafel. Und – Todesstrafe?!

Auch Johannes, ritt mit: auf dieser Meereswelle, wohin meinten die sich in ihrem Willen, sich entfernen von sich selbst und dies: dauern sollte, wie lange noch?! Blickte auf die Uhr.
Wenn er nicht will, absolut nicht will, daß die Eva so etwas tut, dann hätte Gott

Wären das nicht gewesen die beiden Galgenstricke, er hätte gewittert eine tiefe Glaubenskrise; so aber war wohl die Annahme eher berechtigt er hatte es zu tun mit Galgenstricken, ausgestattet mit einem zusätzlichen Sinn für das genaue Dortsein, wo sie nicht sein sollten. Ihm, nicht nur einmal gekommen waren in die Quere: es doch sonderbar war, wie zielstrebig Johannes Todt auf das eine Totenbrett zugestrebt war?
Zufall?!
Auch DDr. Storch zweifelte sehr.

seinen Baum, den er: nur für sich haben hat wollen, doch irgendwie verstecken, zumindest irgendwo anders wachsen lassen können? Ihn am besten erst gar nicht wachsen lassen? Ich mein: wenn der Schöpfer seine Schöpfung nicht kennt, wer dann?!

Unter dem Bilde mit dem gekreuzigten Christus: war die Aufschrift, angebracht, innerhalb eines länglichen Rechteckes das etwas mehr, abgezählt die Spitze des Totenbrettes, Platz einnahm als das: darüber angeordnete Kreuz mit dem gekreuzigten Menschensohn. Die Ecken – dieses Recht-Eckes – wurden mit einem Quadrat nach innen den Schriftzeichen zu, ausgefüllt, sehr kleine Quadrate und aber noch groß genug für das, in jedem Quadrat, angeordnete Dreieck. Die Spitze des Dreieckes genau in der Mitte des jeweiligen Quadrates aufhörte und himmelzu,

Und so grausam: jemandem die eigene All-Wissenheit vorenthalten wollen,

die Spitzen natürlich: dem Kreuz zu, dem Ende des Totenbrettes zu. Dies war der äußere Rahmen der Aufschrift, darin: in einem länglichen, gewissermaßen inneren Rahmen,

und dann noch schimpfen wollen und weiß Gott wie teufeln, weil Eva und der Adam? zu blöd waren, und sich es halt, auch einmal schmecken lassen wollten, und akkurat

dessen oberes Ende: beherrscht, das schlichte Kreuz und dessen unteres Ende beherrscht der Kreis, in diesem inneren Rahmen stand geschrieben: »Auf diesem Brette ruhte bis zur Beerdigung die Unschuld...«

die Früchte Gottes kosten. Im Paradies wird so etwas wohl erlaubt sein?

der Name ließ sich nicht mehr entziffern. Hier hatte die Witterung einiges an Arbeit geleistet, vielleicht sogar Menschenhände nachge-

holfen, es nicht von sehr ferne geholt, hier jemand einen Namen mehr oder weniger, doch ziemlich erfolgreich, getilgt.
Zuerst gibt er ihnen die Freiheit, und dann ist er bös, wenn sie die nützen? Die haben doch auch nur die Freiheit gehabt, genau das tun zu dürfen, was ihn gefreut hat. Du kannst es drehen und wenden, wie du willst,
    Was redete da Johannes?!
Pepi, das alles läßt sich nur glauben, verstehen aber: nie.«
    Das waren aber, dann doch auch Neuigkeiten.
»Das ist es ja, Johannes. Wenn ich verstehen will, was: ich glaub, werde ich verrückt. Wenn ich Jahwe Gott gewesen wäre, ich hätte: der Eva und dem Adam,
    Klagte, er sei nicht gewesen, Jahwe Gott oder wie; doch lächeln mußte: Kindsköpfe, irgendwie doch auch: voll der Menschenliebe, das mußte gesehen werden, stolperten sich zumindest nicht aus niedrigen Beweggründen in solche Gedankenregionen, haderten also mit Jahwe Gott, gut: es wissen. Und betrachtete den mitgebrachten Strick.
    Es stand zu befürchten, diese Fragen, bewegten sie wirklich? wühlten, wie lange schon: eigentlich war es nicht das größte Übel, so er? Zur Kenntnis nahm, die beiden Galgenstricke waren nun einmal da, wollte – Gott, sie führen justament in dieser Nacht ins Dorf der Toten, wollte er sagen dem Diener: Hörst du, ihre Stimmen nicht? Berührt dich, der Kummer nicht, weißt du nicht, wie das ist, wenn man ruft: »Gott, wo – bist du!« und ich schweige, weil ich prüfe? die Früchte des verbotenen Baumes geradezu als Medizin verordnet. Die hätten sie fressen müssen, ob sie wollten oder nicht.«
»Tu dem lieben Gott nicht dreinreden wollen, du bist sein Geschöpf und er ist nicht: dein Geschöpf, merk dir das. Er darf mit dir teufeln, so viel: er will,
    Den Schweiger, den großen Schweiger so diffamieren, das war eine bemerkenswerte Leistung: setzten die Spitzbuben Gott schon gleich mit seinen Dienern, oder wie. Sprachen die – von Gott?! Über wen lagen so viele Beschwerden vor. Ihn konnten sie nicht meinen, im Institut dachte niemand mehr freundlicher als er über Galgenstricke, dies er von sich weisen durfte, sich nicht betroffen fühlen brauchte, keine Spur von Betroffenheit; trotzdem war er es.
Fast sich geschmäht empfand. Es schmerzte, stach; hatte er, nicht? Gekämpft in zermürbenden alltäglichen Kämpfen um die winzigsten Vorteile, Liberalisierungs-Schritte zu Gunsten der Zöglinge? Sich: immer wieder und immer wieder, einmal verbündet mit dem Ökonomen dann wieder mit dem Hausarzt, sich verbündet, verbündet,

es war ein unerträgliches von Dummheit, Bosheit; und anderen menschlichen Regungen mehr ständig zerstörtes Suchen nach brauchbaren Bündnissen, genaugenommen ein Suchen und ständiges Verfallen von Bündnissen, ehe Liberalisierungen in der Institutsordnung und Verpflichtungen auch gegenüber den Zöglingen sich durchsetzten in der Tat: Lippenbekenntnisse, allesamt: blieben Worte wurden Asche Pläne, Reden und niemals dies, Richtschnur ... und starrte verdutzt an den Strick. War er wohl: alles reiflich abgewogen hatte? Erwogen doch einiges, geprüft und gezögert lange genug, war er ins Dorf der Toten gekommen mit der letzten ihm vertrauenswürdig und brauchbar vorkommenden Auskunft?! Wie nahm DDr. Storch seinen Entschluß auf, sollte er IHM endlich Ferner liefen-durch-die-Institutschronik-hindurch Werden? Der Letzte sein, der etwas genauer kannte DDr. Storch. Ihm liefern gewissermaßen den stichhältigsten Grund für weitere Rückzugsgefechte und für Weiteres
werden ein sogenannter realistischen Lösungsvorschlägen, sich zuneigender Geist?!
Außerdem war er kein Mann, der teufelte; eine Frechheit!
du aber: nicht mit ihm. Ich mein, seit wann kann sich: ein Frosch beschweren, wenn ihn der Storch auffrißt? Na eben.«
»Es wäre doch der Schlange damit auch gewissermaßen geholfen gewesen, ich mein,
Den nächsten Schluck. Man sollte den Teufel nicht herausfordern. Den nächsten Schluck. Fühlte sich wohl. Konnte ungehindert nachstudieren einigen sich; sich einige nicht unberechtigte Einsichten, aufbäumten gegen solch unsinnigen Verdacht. Was im Traume kam unter die Räder? Seit wann hielt sich ein Storch auf, mit Träumen; ließ sich erschrecken von Träumen.
es hätte ihren Ruf gerettet, keiner bräucht ihr bös sein, niemand sie fürchten,
Hatte Ihm es nachdrücklichst zu bedenken gegeben, derlei Lösungs-Vorschlägen sprach er ab jegliche Vernunft, jegliche Berechtigung, sittliches Verantwortungsgefühl sowieso. Das Warten hatte durchaus seine Reize. Konnte ungehindert nachdenken; allzu selten.
und er hätte sich seine Todesstrafe und die ewige Flucherei sparen können. Ich verdächtig ihn – manchmal – er hat die Schöpfung so konstruiert, damit ihm nie langweilig wird, er alleweil Abwechslung hat. So oder so. Irgendwie war, Jahwe Gott: umständlich, nicht geradlinig, in keiner Weise praktisch veranlagt, ungemein kompliziert, was muß er den Baum, akkurat den verbieten?«
»Wir sind eh gerade am richtigen Orte, fragen wir sie einmal selber. Ich frag die Eva und du den Adam.

Gut, der Beruf nährt mich, ich glaube an Gott, aber die Religion, so wie sie überall: ausgeführt wird, ist das nicht Gottesfrevel? stand auf DDr. Storch, schwankte,
Willst du zuerst fragen?«
»Nein, nein. Lieber Johannes, das ist: zu gütig. Das ist deine Idee, trau dich nur: Wer so etwas denkt, muß sich dazu auch bekennen, zumindest fragen trauen!«
spürte die Kraft in seinen Füßen ließ nach; torkelte; hielt sich am Geländer fest, und starrte in den Fluß. Das Geländer wackelte bedenklich.
»So bist du, Pepi, ganz so! Wissen möchtest? Alles. Ausprobieren soll? Aber: alles ich! Und wenn etwas passiert, kannst sagen:
Drohte: mit den Füßen, unten: zwischen Planke und Damm, hindurchzugleiten, erschrak: als er einen kräftigen Ruck spürte mit dem Hintern auf der Dammkrone saß und die Füße?
Ich war's nicht, ich tät mich: so etwas, nie trauen, ich bin ja nicht verrückt! Der Galgenstrick war er der Aufpasser ich, ich hab ihn gebremst, wo ich die Möglichkeit gesehn, den zu bremsen. Ja.«
über den Fluß baumelten: eine sehr steile Böschung. Durch diesen Stoß wurde DDr. Storch hellwach,
»So. Das kränkt mich aber, ich sitz' ja eindeutig neben dir, willst sagen, ich hab im Institut gewartet. Und geschaut: holt ihn jetzt der Teufel oder holt er ihn nicht?
rappelte sich auf, kontrollierte seine Kleidung, klopfte den Staub heraus
Das Risiko habe ich doch redlich geteilt
und setzte sich wieder auf die Bank.
DDr. Storch brauchte etwas, dann bemerkte er, er war erschrocken. Und als er bemerkte, er war erschrocken, erschrak er; ganz besonders.
mit dir, säß' ich sonst hier?«
DDr. Storch spürte sein Gleichgewicht schwinden verschloß die Flasche.
»Das ist ja gar nicht möglich!« ging die wenigen Schritte zum merkwürdigen Zaun, rüttelte kräftig und war: mit der Stabilität nicht zufrieden, lehnte sich wieder über das Geländer, dieses Mal: bedachte, seine Füße, und blickte in den Fluß.
»Urmutter der Weiber, Eva, was hat dich getrieben; wie nur: konntest du, gehorchen, nicht mehr der Stimme des Herrn. Hat es der Herr nicht verkündet: laut? Und deutlich genug, eindeutig und nicht
Kehrte doch lieber, zurück zu seiner Bank.
Entkorkte die Flasche, nahm einen kräftigen Schluck, stellte die Flasche wieder neben der Bank auf den Boden.

Und zur selben Zeit hörte der Spiritual die Stimme des Johannes Todt, sah ihn, stehen auf dem Weg, der künstlich angelegten, von einstigen Menschen gepflegten Kommunikation, denn die Befragung der Eva gedachte Johannes nicht in unhöflicher Sitzhaltung vorzunehmen.
zu Mißverständnissen anregend. Der Baum der Erkenntnisse ist Mein Baum, die...
»Das ist ja gar nicht möglich!« erhob sich wieder DDr. Storch. Rüttelte kräftiger an dem Geländer. Betrachtete den Zaun, offen blieb einem staunenden, befremdeten DDr. Storch der Mund.
»Nicht einmal ein Plankenzaun; nicht einmal – zum Durchfallen – diese Möglichkeit überall. Ja eine Frechheit!«, lauschte nach seiner Stimme, war dies seine Stimme. Hörte sich seine Stimme so an, befremdet hatte sein Gehör ihm weitergeleitet, so klingt deine Stimme, so hörst du an dich selbst, so hörte Er dich in letzter Zeit mehrmals, es war Ihm geworden die Stimme sehr fremd. Warum soll Er wähnen, dich hier? Warum »Aber ich bin doch!«, rief DDr. Storch, »Ich bin doch eindeutig hier Irrtum ausgeschlossen; hier!«, und deutete mit dem Zeigefinger, sich selbst an den Standort. Stand zaunzugewandt, stand bankabgewandt und antwortete Er? Ihm dies nicht die Versuchung war, hinter ihm zu stehen, regungslos und nicht werden mehr als der Atem, der sich verleugnet? Drehte sich um. Dieses Mal doch ganz besonders bedenken sollte seine Füße, irgendetwas war in seinen Füßen, und blickte wieder ruhiger in den Fluß.
Und Johannes Todt lauschte; immer wieder; die Hand um sein Ohr, dies Ohr dann wieder das andere Ohr; war ihm geworden, der äußerst selten betretene Weg, die von wenigen gewußte, und auch betretene Kommunikation, die Bühne, spielte etwas, auf daß Pepi hatte seine Freude. Die Befragung Evas gefiel Pepi; auch er hatte sich erhoben, hielt sich – das dann doch auch wieder lieber – im Hintergrund, hielt sich fest? Wahrscheinlich sah der Spiritual richtig, hielt sich der Zögling, also fest an der Trauerweide; willens, mit sich zu ziehen den uralt gewachsenen Baum, schon gar nicht mehr, eingeschrieben, in der Erinnerung von Dreieichenern, als begonnen schon alt werden die Trauerweide.
die Früchte der Erkenntnis sind Meine Früchte; dieses Eigentum verwalte ICH...
Verwendete den Singsang des Priesters; wiederholte sich nach allen 4 Windrichtungen selbst Süd-West, also die zwischen den Windrichtungen liegenden Windrichtungen nicht vergaß, auch: für diese, Wiederholung wurde.

seine Früchte sind allein für Mich reserviert.«
Auch Pepi blickte; wie gebannt; mit weit geöffneten Augen an, seinen Freund. Noch seinen Freund, nicht seinen Romeo? Wo verliefen hiebei exakt die Grenzen, verwischten sich nicht, waren nicht wie fließende Gewässer... unmöglich! Auch der Zaun, selbst diese Karikatur auf die Funktion eines Zaunes, der: beim Fluß trennte zwei sehr verschiedene Kommunikationen, war trotzdem eindeutig die Grenze. Es gab einen Maßstab, die Sünde. Wo aber begann sie, wo hörte sie auf. Wo wurde eine Freundschaft und wie: wurde sie, Sünde. Dieses Hinübergleiten, diese Grenzverschiebungen als fließend bezeichnen, jalachhaft jalächerlich, Ausrede; natürlich! Stets jener, die: Grenz-Verrückungen vorgenommen. Wo begann die Hinwendung mehr zum Menschen als zum Gottsohn, auch in fleischlicher Hinsicht, dort ungefähr: ganz bestimmt dort sehr exakt dort, begann die Sünde, setzte sich fort, wurde der höllische und so schwer durchbrechbare Kreislauf: hintennach und mit sich ziehend, einen ganzen Rattenschwanz von anderen Sünden, das aber war ganz gewiß die Hauptsünde; natürlich!
Das Schweigen der beiden, wieder unter der Trauerweide Gelandeten summierte sich, eine bedenkliche Steigerung: schon sechzehn Minuten! Und die Geduld war merkwürdig; seit wann hatte Johannes Todt so ein, sich Hinneigen zur Geduld?!
Bewegte sich; ruckartig. Nahm würdevolle Haltung an. Er? Der hochgelahrte Herr, wie ein Lümmel über den Plankenzaun gelehnt, was dachte da ein sich vorbei irrender Spaziergänger. Blickte auf seine Uhr. Um die Zeit war nur noch: lichtscheues Gesindel unterwegs, aber man wußte ja nicht, setzte sich wieder auf die Bank. Stärkte sich. Stärkung war immer gut. Nahm sehr würdevolle Haltung an, spürte, wie ihm jede Körperbewegung fremd geworden war.
Eines hätte ein sich vorbei irrender Spaziergänger sagen dürfen, DDr. Storch irrte: der Plankenzaun war kein Plankenzaun. Hiefür war er zu wenig geschlossen, hiefür fehlten einige Planken; einige! Und er mit Befremden konstatierte, wie sich ein Mensch giften konnte über einen Zaun. Dies also war die sprichwörtliche Gelassenheit des DDr. Storch. Nickte; ganz so; er sich selbst eingeschätzt. Voll der Möglichkeiten und auch ihrem Gegenteil, den Unmöglichkeiten. Hiemit DDr. Storch es festgestellt, es festgehalten haben wollte, unbedingt an den Möglichkeiten eines DDr. Storch, Er nicht vorbeigetadelt. Falls ihn langsam etwas auffressen begann, war es dieser Zaun; starrte wie gebannt, an diesem unmöglichen Zaun vorbei, indem er himmelzu blickte, mußte, immer wieder zurück-

kehren zu seinem Ärger: der Zaun war eine Zumutungs-Ansammlung, allesamt an ihm eine Zumutung!
Zur Verhinderung des Hinabstürzens von Menschen in den Fluß, bildete eine Kombination von Pfosten, Stangen und Nägeln einen gewissermaßen durchbrochenen Abschluß: das Geländer, es war da, sicherlich; Schutz Holzpfosten und zwei horizontale Stangen. Der Rest: Luft, Leere, ein geradezu herausforderndes Angebot... schloß die Augen, war das, denn wirklich möglich. Und starrte wieder; mit weit geöffneten Augen; den unmöglichen Zaun an.
»Hörst du etwas?«
»Das war ein Uhu.«
Und der Spiritual hatte sich von seinem Platz, vorsichtig, fort begeben. Und Johannes hatte ihn, wie es erwartet sein Seelenarzt, sofort in das praktische Fach Tierwelt abgelegt, abgehakt. Pepi wirkte noch nicht: ganz so überzeugt. Und zur Vorsicht, war der Spiritual stehen
»Nein, ein Käuzchen! Du. Sag etwas Liebes, vielleicht hört der liebe Gott zu?
geblieben, verharrt in der Haltung eines seltsam verkrümmten Stammes, mit sich gabelnden Ästen.
Damit ER weiß, wir tun nicht freveln, wir wollen es wirklich nur wissen.«
»Der weiß es doch selber am besten, wie gottvoll wir sind.
Hier gab es so viele bizarr und sehr merkwürdig himmelzu sich verrenkende Äste, daß es auf einen Stamm mehr oder weniger nicht ankam, Johannes auch niemand die Frechheit zugetraut hätte, so nahe sich, verkörpern als Pflanzen-oder Baumgewächs. War der Spiritual, kein? Vom Blitz angegriffener Baum, dann war er: eben etwas, anderes, aber der, der er war, war er nie. Geraten in eine etwas peinliche Situation eine schmachvolle Situation. Als hätte er es nötig, belauschen die Zöglinge. Als wollte er – ohne ihr Wissen – eindringen in gewissermaßen wohl es dies waren, hinterste Stuben, Nischen und verborgene Kammern, so oder anders entzogene Räumlichkeiten des Seelengebäudes. Brauchte sich nichts vormachen; hier erfuhr er, wie wenig er wußte, wie wenig und dachte sich sehr wissend. Ein Beweis mehr, wie zurecht, wie sehr zurecht er unterwegs mit dem Strick. Rechenschaft ablegen vor dem es war die Schmach, die Schande, seine Niederlage: vor dem Allmächtigen hintreten und sprechen, Herr, ich kannte, die ich zu behüten, die... ich hätte sie beschützen sollen Herr? Ich kannte sie nicht. Allmächtiger, den Mühlstein fordere ich, für mich selbst. Allesamt wurde? Krumm, heuchlerisch, sprach in dunkler Sprache, Kriechtiere, sie

wurden, nicht aufrechte Menschen; aufrecht nur mit dem Wort, Blitze und voll der Blendung. Herr, du weißt es! Gib mir den Mühlstein, ich verdiente ihn mir redlich, Gnade brauche ich nicht. Du nährtest mich?! Das tatest du, du nährtest mich.
Johannes Todt blickte in seine Richtung; sehr lange, es war die Ewigkeit, aufhörte sie nie. Entdeckt, erkannt, aus. Schloß die Augen ein seltsam krumm gewachsener Baum, weder Strauch noch Baum; wie er dazu gekommen war, regelrecht dastand... achGott!
Pepi, na gut! Es war nun einmal Sein Baum; das hätte das närrische Weib Sprach, sehr laut und deutlich, in alle Windrichtungen: sich, drehte, hatte Johannes ihn erkannt, hatte Johannes ihn nicht erkannt? Wieso er meinte, er sei erkennbar, er stand im Schatten, Johannes im Licht des Mondes, abgehakt; ganz bestimmt abgehakt. Zugeschlagen dem Stein, zugezählt dem Grabstein, anders war es doch gar nicht möglich!
unbedingt bedenken müssen, zumindest Adam.
In alle Windrichtungen hin, es wiederholte, wiederholte und wiederholte; bekam den Krampf in die Glieder, so stehen, schaute Pepi johanneszu, blickte Pepi nicht ihn selbst an, den Uhu, der geworden ein, sich gabelnder Stamm.
Eva schweigt, frag den Adam.«
»Das hätt' ich dir gleich sagen können, das Risiko bleibt bei mir hängen, was soll auch ein Weiberl sagen? Das ist ja nur die Beifügung zum Mensch gewesen. Also kann sie nix sagen, als hättest du dir das nicht genau auskalkuliert, du Schuft! Jetzt soll ich den Adam fragen, und das wirklich. Na wart, mich
und Pepi hielt sich nicht mehr fest an den Ästen der Trauerweide Pepi näherte sich, näherte sich, näherte sich, näherte sich: Johannes. Auf seiner Höhe, stehen blieb.
verdächtigen, ich wollt mich alleweil hinter dir verstecken! Jetzt werden wir es gleich wirklich wissen, wer sich da: hinter wem versteckt haben wird!
und Pepi spielte den Erzürnten, war der Erzürnte, was war hier echt, was war hier Spiel: der Spiritual wußte es nicht.
Wir sollten vielleicht vorher doch drei Ave Maria beten – wer weiß – wie, der
Und Johannes, der Spott in seinem Gesicht, war es nicht Hohn? Meinte Johannes, er sähe es nicht. Meinte Johannes, er spürte nicht, er war erkannt worden, angeschaut worden... achGott!
Adam reagiert, wenn man ihn direkt fragt?«
»Wenn man die Eva fragen darf, ohne daß einem irgendetwas passiert, wird Pepi wohl den Adam auch fragen dürfen, zumindest einmal im

Leben? Wir tun, ja nur unseren Glauben prüfen, Pepi, das ist nicht verboten! Hartgläubige müssen ihn halt hart prüfen, da kannst nix machen. Komm, ich halt dich bei der Hand, und wenn uns jetzt der Teufel holt, ich laß nicht los, Pepi, ganz bestimmt nicht! Ich nicht!«
»Was war das?

Ein erlöster Stamm hatte sich gestattet, selbst zu verrücken: hatte sich gestattet, eins zu werden mit dem Grabstein, zu schrumpeln, zu bleiben etwas tiefer unten, mehr Stein als Strauch, mehr Grab nicht sein ein Stamm und der Spiritual betrachtete seine Arme, schmerzten. Die sich gabelnden Äste, selbst Zweige: widerstand der Versuchungen gab es viele widerstand der einen Versuchung, Fingerknakken, es wieder werden der er war mit Hilfe des Fingerknackens. Hören die Mitte bildenden Knochen der Finger knacken. Einen Finger knacken hören sodann den nächsten; wenn schon nicht röhren wie ein Hirsch, Grunzlaute von sich geben und werden das Wiehern, werden das Knurren des näher schleichenden Wolfes. Wolfshund, Wachhund, des guten Hirten ewiger Begleiter, Schäferhund, Vorstehhund nicht es wagte sich hinüberprobieren in angenehmere Sitzhaltung, verharrte in regungsloser den Krampf in den Beinen auslösender Sitzhaltung.

Bisserl fester halten, Johannes nicht so locker. Die Zeiten sind eh schon vorbei, wo einen der Teufel höchstpersönlich abgeholt hat,

Hatten sich wieder entzogen, waren wieder nur die Stimme, jene Stimme: nur Worte, ein denkbar beschränkter Kompaß, ein unmöglich diese Labyrinthe durchschreiten lassender Kompaß. War er aufmerksamer Zuhörer, dann doch deswegen, weil es zu hoffen stand, könnt auf Umwegen den beiden wieder zugute kommen. Er war, nicht der Mensch der Wissen verwenden wollte: als Strick an dem sich aufknüpfen ließen.

Und schaute an: den Strick, die beiden Enden. Überstürzen sollte, auch er nicht. Roch an dem einen Ende des Strickes, roch an dem anderen Ende des Strickes. Nicht, daß er sich; schon wieder; geklammert allzu – wie schnell so etwas geschah – leichtfertig an der Hoffnung sich festgeklammert, vielleicht hießen ihre Stimmen: Schließe deine Augen, Gottesmann, schließe sie, frage dich nicht, was wir tun, was wir? Nicht tun. Halte deine Augen geschlossen, höre unsere Stimmen, das ist Pepi gewesen, das ist Johannes gewesen, höre einfach zu. Was willst du, alles. Alles bekommt niemand, Gottesmann. Alles bekommt Gott, nicht, du nicht. Denn du bist nur sein Diener, zu dir kommen wir freiwillig, zu dir kommen wir oder wir kommen nicht. Du willst sterben, so stirb. Bevor du stirbst, höre uns. Ach, wie kam er in diese abstruse

Situation, in diesen grotesken Selbstbezichtigungs-Kreislauf, warum sollte einer, der ging, sein ein Wachhund, was wollte er festhalten, was wollte der Gehende noch erziehen, verändern, Einfluß nehmen, regulieren, hemmend wirksam werden nach dieser oder jener Richtung hin, er konnte es sich leisten: das war es, er hatte sich herausgehoben aus den Interessens-Sphären in jeder Hinsicht, er war genaugenommen gar nicht mehr in ihrer Welt, im Übergang befand er sich, weder hier noch drüben, nichts mehr zwischen ihm stand und dem Jenseits nur mehr die Tat, die Pläne hiefür schon längst abgeschlossen, schon längst abgesegnet und nicht ohne gewissenhafte Überprüfung erkannt als die einzig wirkliche vollkommene Lösung.

ich mein: heutzutag paßt sich ja der Teufel ein bisserl der Neuzeit an, kommt: nimmermehr so direkt auf einen zu?«

»Du sagst es, Pepi, ganz so ist es und nicht anders. Und das zu beweisen, sind wir ja: hier.«

»Ich trau mich, aber bleib bei mir. Johannes. Bitte bitte, tu nicht fortlaufen, wenn's so passiert, wie wir es nicht gelernt haben.

Und auch Pepi wird: einmal sein, der Priester, ganz so, wie Johannes; angenehme Erscheinungen im Äußeren, im Habitus, Stimm-Modulation und alles in Summe gesehen derartig gestaltet, daß es: auf viele, Frauen sicherlich auch und ganz besonders auf Frauen nicht verfehlen konnte die Wirkung. Männer, Priester mit... nicht ohne Ausstrahlung. Phantasie, verschiedenste Bedürfnisse anregende Natur-Erscheinungen.

Dasselbe hatten einige, nicht wenige, von ihm selbst georakelt. Also war es erwiesenermaßen nicht nur Fremdspott auch Selbstspott.

Das waren also: die letzten menschlichen Stimmen, die er hören sollte dürfen. Gott war barmherzig, Gott war wie immer gnädig, Gott war allgütig. Justament die beiden Galgenstricke; war doch gerührt.

Urväter der Männer – Adam – was hat dich getrieben; wie nur konntest du mit diesem närrischen Weib das Bündnis wagen: wider den Herrn; den Gehorsam verweigert und schon: der Diebstahl gewagt, wohl Eva gefallen wollen und fallen: mit so etwas Verrücktem, weiß Gott wohin. Fleischeslust trieb dich, Adam, was sonst?«

»Siehst, Gott wird wohl merken, daß wir eh parteiisch sind für IHN? Absolut objektiv, absolut!«

»Johannes, mich deucht, du zitterst.«

»Pepi, mich deucht, du bebest.«

Einiges entzog ihm die Entfernung, lauter leiser die Stimmen, als müßte er alles wissen, allessamt erfassen, die ganzen Menschen:

erfassen, werden gewissermaßen ihr Weidezaun, oder wie. Er war nicht mehr, ihre äußere Einfriedung für das innere Reich, die Seele, er war nicht mehr der Bewacher ihrer Seele. Er war da, mehr nicht. Sie gingen wieder er blieb. Ob ein bißchen später er ging oder etwas früher, kam es, einem der ging, wirklich auf diese kurze genaugenommen sehr kurze Zeitstrecke an. Was war dem Toten eine Nacht. Was war dem Zurückbleibenden die Nacht, dagegen Sekunden schon Jahrmillionen, nicht wahr? Selbst wenn sie blieben bis kam das Morgengrauen: Morgengrauen war noch immer früher als zu spät für diese Tat. Wohlüberlegtes aufgeschoben, war nicht aufgehoben; keinesfalls.

»Redest du mit dir, oder mit mir?«
»Mit dir, Pepi, mit wem sonst? Ich hab dich etwas gefragt, Pepi.«
»So?«
»Gibt es einen Walnußbaum mit blauen Nüssen?«
»Wenn ich schweige, sag ich nein, was sonst.«
»Das mein ich auch, den Walnußbaum mit blauen Nüssen gibt es nicht. Ich hab ihn gesehen, ich lehn an seinem Stamm.«
»Einen Baum, den ich nicht kenn, an so einem mag ICH mich, nicht anlehnen. Mich deucht, mein Rücken hat das Muster seiner Rinden. Irgendwie ist: die Erde, voll Leben, mir krabbelt's überall herum, als müßten die akkurat in der Nacht munter werden, wenn ich mit dir da sitzen will.«
»Mich stört ihr Krabbeln nicht, setz dich auf mich, ich halt dich auch fest, Was hieß hier: auch fest?! Hielt er jemanden anderen auch fest, Todt Johannes hatte noch eine Geschichte, oder wie! Nur er, nur er kam für Johannes nicht in Frage; natürlich nicht. Der Narr nach beiden Seiten hin, das war er. Empfahlen ihm letztlich den Strick; nickte. So genau so war es; zwar nicht.
kommt der Teufel mit etwas Verspätung, dann muß er zuerst mich holen, sonst kriegt er: dich nicht, das erhöht unsere Sicherheit ungemein.«
Eine zur Erheiterung anregende Logik: Johannes war bester Laune? Gut aufgelegt.
»Das sagst du nicht zweimal, das hör ich gleich beim ersten Mal.«
»Man weiß ja nie, wie das jetzt wirklich ist, alles dünkt mich irgendwie so vorläufig, sitzt du gut?«
»So könnt ich sitzen, ewig.«
Jetzt hatte Pepi nicht geheuchelt; brauchte Pepi nicht sehen. Wußte, es war die Wahrheit. Auch der Spiritual hatte sich bequemeren Habitus zurechtgelegt, saß; ganz gut. So weit weg waren sie sowieso nicht, ein paar Schritte, noch ein paar Schritte, noch einiges gegangen und er wäre gesessen bei ihnen. Sollte er: ihnen, werden der

Freudeverderber, die Aufforderung zur Heuchelei, zum sich Verändern und sich anpassen bis zur Selbstverleugnung, sich anpassen bis zur Unkenntlichkeit, werden sollten sie, selbst hier nicht sicher vor der Möglichkeit zum allgegenwärtig seienden Gewissen. Er entschied, dem nicht so sei. Hiefür war das Gewissen allzu himmelschreiend unentfaltet.

»Schau hinauf, siehst du die blauen Nüsse? Pst! Sie sind bewohnt.«
»Wer wohnt da drinnen?«
»Würmer, Pepi, kleine Würmer. Sie spielen Klavier.«
»Sowas, und ich! Hör's nicht.«
»Sie spielen auch sehr leise, es muß dich nicht kränken.«
»Es kränkt mich aber.«
»Pst! Still, gib eine Ruh, sonst hör ich ja nix!

Hatte Johannes, ihn gehört? Nicht gut möglich; er verhielt sich ruhig. Oder hörte der schon das Augen öffnen und das Augen schließen! Nicht gut; diese Geräuschquelle war ER nicht.
Jetzt sagt der eine irgendetwas, wart!«
»Wirklich, da klopft etwas, und hört nicht auf klopfen.«
»Pepi, das ist; mein Herz.«
»Ach, wie man sich so täuschen kann, ich hab gedacht, jetzt hör ich die Würmer Klavier spielen, sowas! Alleweil tu ich mich täuschen!«

Das schmerzte; das hatte jetzt – Johannes weh getan – nickte. Kannte ihn doch; ein bißchen.

»Von mir aus, 's ist eine Trauerweide.«
»Bist du verrückt? Ich will nur endlich hören, was der Wurm so meint, wenn er Klavier spielt.«
»Da gibt's Leut, die sagen, ein Nußbaum soll musikalisch sein.«
»Das hat er NIE gesagt, wenn er etwas gesagt hat, hat er gesagt. Da gibt's Leut, die sagen, ein Nußbaum soll nicht musikalisch sein.«
»Das hab ich ja gesagt!«

Das war aber gelogen; Johannes. Das hast du nicht gesagt. Pepi, Ohrenverstopfung hatte er nicht. Genauso wenig wie dein Spiritual und bohrte in seinen Ohren, roch am Zeigefinger, kaum Ohrenschmalz. Ein kleinwenig, aber nicht ins Gewicht fallendes Ohrenschmalz.

»Nein, das hast du nicht gesagt.«
»Ich werd' doch wissen, besser wissen als du, was der Wurm gesagt hat?«
»Und der andere, sagt der nix?«

Pepi, der künftige Diplomat. Umging die Hartnäckigkeit; sehr schade – einen Rüppler dem, der sich auch nie wähnte im Widerspruch mit dem im Kopf und dem, was gekommen dann als Wort aus dem Mund heraus – diesen Lernschritt hätte er Johannes dik-

tiert; hatte er sich etwa diese peinvolle Selbsterkenntnis ersparen können? Eben.
»Doch, der sagt: die Barbaren machen das Klavier kaputt, wenn sie: unsere Nüsse knacken und kriegen's gar nicht mit.«
»Du überschätzt den Glatzkopf, diese Nuß knackt er nicht.«
Als wollte er; als wollte er. Und diese Arroganz! Wollte wissen: dies Johannes selbstverständlich wußte, was wußte: die Institut-Vorstehung und was nicht. Ihm war, bekannt; sehr gut auch noch; Seelen sind also Nüsse sind sie nicht.
»Was hat der Walnußbaum mit den blauen Nüssen mit einem Glatzkopf gemeinsam?
Eine berechtigte Frage; sehr gütig, Johannes!
Ich kenn nur einen: das ist –.«
»Pst! An den denk ich doch gar nicht!«
»Du meinst den, den ICH erfunden?«, und Johannes lachte.
Wann hörte der auf; blickte auf die Uhr. Johannes Todt hatte mehr als vier Minuten gelacht; in der fünften Minute brach das Lachen ab. Dies war von bedenklicher Länge.
»Gefunden, lieber Johannes, gefunden in deinem Kopf und sodann gezeichnet, allewil in der Mathematikstunde plagt dich die Zeichenwut. Enganliegende Ohren,
Und der Spiritual befühlte seine Ohren; richtig: lagen eng an, dieses war doch nicht schlimm?
weißt du es noch? Die Sonne verdeckend das eine Ohr, den Mond verdeckend das andere Ohr, Adlernase, der Mund ein Strich.
Und der Spiritual überprüfte seinen Nasenrücken, gleichmäßig gebogene Linie, Adler übertrieben eher Papagei; wenn schon. Überprüfte, seinen Mund, Strich? So empfand seinen Mund Johannes?! Überprüfte ihn noch einmal; hörte er richtig. Das war Pepis Stimme, Pepi sang, sehr flott. Klatschte in die Hände, die hatten: es aber, lustig. Nachvollziehen ließ sich diese Lustigkeit; kaum. Lauschte mit Befremden dem singenden Josef Fröschl. Derartiges als Grabgesang, einem bald Gehenden?
Der Glatzkopf ist im Raum, der Glatzkopf ist im Raum, in einem Raum, in einem Raum!«
»In dem alles – nur Kämme, die verschiedenartigsten Kämme. In allen Größen in allen Farben. Nur Kämme.«
»Was muß sich da der Glatzkopf fragen?«
»Mit welchem Kamm werde ich mich heute nicht kämmen? Das muß sich der Glatz-Kopf fragen.«
»Der Glatzkopf ist im Raum, der Glatzkopf ist im Raum, in einem Raum, in einem Raum!«

»Der Glatz ist Kopf im Raum, der Glatz ißt Kopf im Raum, in einem Raum, in einem Raum, man glaubt es kaum, in einem Raum. Schluß damit!«

Sehr gut; Schluß. Ganz deiner Meinung, lieber Johannes. Der Richter und Seelenarzt, unter anderem auch von zwei Galgenstricken lächelte um einiges weniger säuerlich. Zwinkerte in die Richtung des trauernden Baumes, denn: es war die Weide, die sich verband mit der Trauer also wohl eine Trauerweide also ein trauernder Baum. Natürlich. Und fühlte sich, fast kindisch gehoben, in sehr bedenkliche Nähe geriet zu den unernsthaften Menschen unter einer Trauerweide.

»Ich verdächtig dich, Johannes, du wählst absichtlich die Zwischentöne, so etwas von unmusikalisch gibt es nämlich gar nicht. Als sei dir Dur und Moll

Den Verdacht hegte auch schon ihr Richter und Seelenarzt. Wollte Johannes nicht im Schulchor, nicht im Institutchor aufscheinen, diese Impertinenz gegenüber jeglicher Art von Tonleiter, als hätte er ein allergisches Ohr erwischt; ein medizinisch ungeklärtes Phänomen die vollkommene Unbelecktheit eines Todt von jeglicher Art musikalischer Selbstentfaltung der Stimme war ihm noch nie untergekommen. Pepi übertrieb nicht, er hatte ein natürliches Gespür für gewünscht und nicht gewünscht, für das was sich nicht allzu weit entfernte Pepi hatte ein gut entwickeltes Gehör und konnte dies auch umsetzen – ohne weiteres – in Stimme und werden Instrument, regelrecht beklopftes, gestreicheltes, selbst mit Atem vollgestopftes Instrument. Dem Fröschl ein Instrument in die Hände gedrückt und es lebte, der hätt selbst noch einem ausgehöhlten Baumstamm eigene Melodien abgerungen.

nicht gut genug, du durchlöcherst mein Trommelfell, ich prophezeie dir, Johannes, du wirst noch die Sprache der Taubstummen, die Zeichensprache ohne Stimme sprechen müssen, willst du mir etwas sagen, ja! Ein Mensch verleugnet nicht ungestraft sein musikalisches Gehör, alleweil soll ich das Opfer bringen,

das war untertrieben was anging die Wahrheitsliebe, war dies spiegelverkehrt; Pepi schoß manchmal ziemlich daneben, im Beichtstuhl er dann Zerknirschung und Reue: »Ich habe mir genehmigt einen: nicht unpeinlichen Selbstbeweihräucherungs-Akt...«

Etwas mußte sein Seelenarzt und Richter Pepi wie Johannes bescheinigen: sie kamen sich relativ rasch selbst auf die Schliche, hier lag wohl eine sie verbindende Begabung vor.

nur, weil in deinem Ohr nicht die Spur von Musikalität, geschweige in der Stimme.«

»Dich würden sie ohne weiteres, heute noch, im Donaublauer Chor der Knaben aufnehmen, mich nie, Pepi. Ist das nicht eine Entschädigung für dein Dulderlos?«
»Kann ich dafür, daß ich musikalisch bin und du nicht? Explodieren, nur: weil ich mich auf jeder Tonleiter zurechtfinde, du aber auf keiner? Lebensverzicht muß ich üben, deinetwegen Lebensverzicht!

Stritten, wie sich in seinem Elternhaus stets die Eltern stritten es kaum Unterschiede gab; Gott läutere sie: selig, beide. Der Spiritual schlug das Kreuz, betete drei Ave Maria.

Auf sämtliche musikalischen Jugendfreuden verzicht ich, nur, damit ich dich ja, nicht singen hören muß!«

Ganz die Stimme seiner Mutter, litt sich tot an der Unmusikalität ihres Gatten; Migräne peinigte sie, nicht nur, einiges peinigte sie so sie hörte die Stimme ihres Gemahls.

»Du möchtest alles, was ich dir während den Schulstunden mitteile, auflösen, in einem Reim für Taferlklaßler, und den – ewig trällern! – wer da wessen Säge ist erhellt nur ein Fröschl'scher Gedankenblitz, deine Übersicht in meinem Kopf und ich könnt ballspielen mit fixen Ideen, wie du, könnt von einem Gedankenspiel ja, zum nächsten hüpfen, und wenn die Welt rund um mich in Trümmer geht. Mich plagt die Zeichenwut? Du bist ein Kindskopf.«

»Was sonst? Als wärst du die gekreuzigte Weisheit, weise Menschen lachen, trällern, singen und sind fröhlich, mein lieber Johannes.

Schlag auf Schlag, was sollte dies Gekeife. Das Hin und Her, ein Wortgefecht, ein Schattenboxen. Was ließ sie marschieren mit Worten gegeneinander. Wenn das nicht schon war, ihre Unnatur.

Blickte auf die Uhr. Doch neugierig, wieviele Minuten dieses Hakkeher, Hackehin dauerte.

Nur die Dummheit meint, trägt sie Trauer, wird sie klug. Du plagst, dich selbst, übst bis zur Selbstaufopferung Leichenmienen, und willst mich fragen: Pepi, wer plagt mich, daß ich mein, ich sei eine Trauerweide und kein Mensch?«

»Die Schreib-und Zeichenwut, lieber Pepi, aber nicht: fixe Ideen.«

»Bist du ein Stier, führ ich dich auf den Schlachthof? So brüllen; nur; weil.. ich eine neue fixe Idee probier, soll ich alleweil leiden so mir eine fixe Idee passiert? Sing ich sie, fühl ich mich vogelleicht,

Das Lachen des Johannes Todt einerseits funktionsgebunden, zerrütten sollte Pepis Konzentration, andererseits klang es sehr echt, als hätte Josef erzählt den Witz; was war daran so witzig?! Josef trug nur dem Umstand Rechnung, das Christentum war vor allem mit dem Evangelium geworden Frohbotschaft.

bin halt ein Schwalbenschwanz. ICH mag deine Schulnachrichten, blieben sie aus, brrr! – mir wird's kalt.

Merkte zwischendurch, er war nackt. Zeit wär's gewesen, höchste auch noch; sich wieder anziehen, hm? Wie die Empfehlung werden, ohne ein Wort. Wenn's nicht die Kälte wurde, wurde es in dieser Nacht niemand. ER nicht, keinesfalls; kam nicht in Frage. Und wenn sie sich die Lungenentzündung anverkühlten. ER meldete sich nicht. Abgesehen von der nicht unberechtigten Erwägung, so leicht, starb es sich, auch wieder nicht; nicht mehr.

Du ohne Schreib-und Zeichenwut, was mach ich dann. Johannes, was passiert dann mit mir? Ich bin ja dann noch allewweil: der Josef? Was fang ich dann mit dem Josef an?«

»Deine fixen Ideen: steigern sich, Pepi. Baust du mir, jetzt schon die Himmelsleiter, bist du mein Gewissensführer, ich dein kleiner Heiliger der liebe Gottlieb Kreuzfels? Begrab die Hoffnung – lieber Pepi – ich hab: nicht die kleine große Sehnsucht in mir, so jung, mich selbst nie gelebt, ungelebt, in den Himmel kraxeln lassen, auf deiner Leiter! –

Ach, das wußte er noch gar nicht! Sich der gnädige junge Herr, auch darüber Gedanken gemacht, wie er den lieben kleinen Heiligen ... Hinderung werden sollte bei diesem Unternehmen, bei dieser entschlossenen Seele? Den zog es mit jeder Faser fort von der Erde, hinauf himmelzu, wie den festhalten: festbinden? Die Nuß geknackt und der bekam von ihm den Kuß, natürlich: Johannes Todt wäre nicht gestanden Gottlieb gegenüber ratlos, auch verdutzt und nicht genau wissend, es also nicht ging mit Spott nicht mit Hohn nicht mit Strenge und selbst schon ausprobiert den Blitz wie den Donner, allesamt probiert Gottlieb aber strebte himmelzu. Das Forum der guten alten Zeit war: auf der Seite, des Seelenarztes nicht, war auf der Seite Gottliebs, was da machen; was da machen! Schnappen mußte, mehrmals, nach Luft.

nur, damit du die Freud hast, einmal mehr, den Beweis geliefert zu haben, daß deine fixen Ideen mehr sind: als fixe Ideen?«

»Ich versteh kein Wort.«

»Meine kleine große Sehnsucht ist nicht himmlisch, irdisch Pepi, wie der.....

Das Schweigen trug die Nacht, doch wie lange er: blickte auf seinen Minuten-Anzeiger: Ruck, wieder ein Ruck, Ruck. Und wohin ruckte sich der – Zeiger. Das war nicht mehr christlich.

schwarze Gehrock, den ich tragen muß, und der gewöhnliche Sakko, den ich nicht tragen darf.«

»Du halluzinierst: wir sitzen nackt unter einer Trauerweide, im Dorf der Toten nackt, und sind nicht Schwalbenschwänze.«

Johannes und das Lachen. Nichts beunruhigte seinen Seelenarzt so konstant und tief wie das Lachen des Zöglings Johannes Todt. Er

und das war auch schon aufgefallen Ihm: selbst Dr. Storch wurde schon einige Male von diesem Lachen nachdenklich gestimmt: »Eine eigenwillige sonderbare Begabung; findest du nicht?«, hatte Er gesagt und war nicht hiezu aufgefordert worden vom Beichtvater des Zöglings.
»Möglich.«, hatte er geantwortet dem nicht wenig die Augenbrauen, in die Stirn hineinschiebenden DDr. Storch. Regelrecht Wulste, sich bildeten und auf den Wulsten die dichte Behaarung; buschige Augenbrauen. Und das Gesicht: ein Kreuz und Quer von Falten in der Haut, das Oberfläche und in ihr eingeschrieben viele lang anhaltendes zermürbendes und in letzter Instanz in tiefer Zuneigung zum Alkohol überwunden gewähntes Laster, das: wiederum überwunden und der ganze Mann erzählte, erzählte und erzählte in seinem: zerschnittenen Gesicht, an der Oberfläche zerschnittenes Gesicht, so nach und nach hatte er begonnen erfolgreich sich selbst überwinden. Das Ergebnis ein markant wirkender Schädel, dies das äußere Ergebnis, nach innen das Ergebnis die Annahme eines Sieges der in letzter Instanz seine größte Niederlage geworden war.
Das Institut war für DDr. Storch gewissermaßen ein Rückzugsposten es war sehr sonderbar, ihr erstes Zusammentreffen; auch schon her, eine Ewigkeit die bald aufhörte. Wahrscheinlich gab es einen anderen Rückzugsposten, hatte Ihn schon mehrmals reden gehört, nicht wirklich Er glaubte, daß Gott Ihn hier haben wollte, in diesem Labyrinth, in diesem seinen Möglichkeiten wenig Entfaltung anbietenden Institut.
Auf jeden Fall war er als Übergangs-Lösung sicherlich die Langeweile dämpfend. Gewissermaßen Studienobjekt, eines unnatürlichen Vorganges, hatte sich gelöst vom Alkoholteufel löste sich sicher aus der unartigen Zuneigung zu irgendsoeinem Priester; gewiß. Wollte hiefür bestimmen selbst den Zeitpunkt; noch war es etwas früh. Die Wahl des Erklärens das Nie-Wieder und des Redens sinnloser Artigkeiten, wie sie sicherlich Seinem Wesen entsprachen, Er war ein überaus reizender, ein überaus reizend werden könnender Mensch. Wie wann und wo, Er reizend wurde, ganz eine Frage der momentan gegebenen Interessensstruktur Er hatte ein ausgeprägtes Sensorium für Macht-und Kräfteverhältnisse Er konnte ohne besondere Schwierigkeiten Bewußtseinsstrukturen anpassen binnen kürzester Zeit neuen Macht-wie Kräfteverhältnissen ein Schwimmer im Strom, selbst in der Kloake, wenn der Spiritual es so: denken zumindest durfte. Bewußtseinsstrukturen – im Sinne von Bewußt-Seins-Strukturen unterordnen – die sich unterwarfen sklavisch einer gewissermaßen Sache mit ihren Möglichkeiten. Macht. DDr. Storch

hatte eine gewissermaßen nicht von Erotik frei seiende Beziehung zu dem Phänomen, das allgemein genannt wurde Macht. Was sich: dahinter, alles – darüber hatten sie viele Stunden gemeinsam zerredet – subsumieren ließ, es war ungeheuerlich und erstaunlich war es auch. Trotzdem Er konnte sich dieser Sache schwer entziehen: Im Gegensatz zu früher – es gab ein früher – aber, fand Er dies immer weniger störend, lebte hiemit und die Gedächtnislücken nahmen zu, es waren sehr praktische Gedächtnislücken. Mehr Einheitlichkeit: hätte er nicht gekannt, den anderen DDr. Storch, es hätte ihn weniger berührt, es hätte weniger

»Der Auserwähltenkoller freut mich nicht, ich mag nicht auserwählt werden. Auserwählte gibt es, wo es: Nicht-Auserwählte gibt, Gnade dort, wo die Ungnade regiert, entweder jedes Menschenkind auserwählt oder keines; Pepi, ich hab… meinen zukünftigen Beruf aus meinem Gedankenprogramm herausgestrichen, nur, Uhrmacher wie mein Vater. Alleweil katzbuckeln und die Kronen zählen, die Geschäftslogik mir die Sympathiefrage regeln soll? Mit meinem an die Geschäftslogik geketteten Haß, zumindest träumen dürfen, einmal gibt es das gleiche Recht – für alle: die Gerechtigkeit, die nicht ein Menschenkind vergißt? Will ich aber… meine Hoffnung nicht in die Zukunft schießen, bei mir behalten, gestatt ich Pepi, gestatt ich mir einen eigenen Kopf, zumal der… die Uhren reparieren darf: jetzt, und nicht irgendwann einmal, bin ich – ruiniert?

…. und der gelehnt, mit geschlossenen Augen am Grabstein, berührt wurde nicht unangenehm vom Zerschnittenwerden seiner Gedankenwelt – zwei Zöglingen war es eingefallen, mit ihm die Nacht zu teilen?! – durch die Galgenstricke; einen Galgenstrick Er ja schon betrachtete mit Argusaugen, witterte im Johannes Todt, gewissermaßen Konkurrenz, auch bot sich die Eifersucht an als wunderbares Ablenkungsmanöver – im Schattenboxen war Er ein ganz großer Künstler – von dem, daß Entfernungen in ihren Lebensentwürfen wurden unüberbrückbar, es fehlte eigentlich nur mehr das ausgesprochene Nie-Wieder. Das Türzu fehlte noch: das offen bekannte Türzu. Dem standen entgegen einige, gerade für DDr. Storch noch ungeklärte Verhältnisse; mehr eigentlich nicht. Das war ungeheuerlich wenig, natürlich.

Mir fehlt der Beruf, Pepi, in dem ich meinen eigenen Kopf behalten darf. Nicht halbieren, vierteilen, sechsteilen möcht ich ihn, geschweige amputieren.

Und hörte währenddessen die Stimme dessen, der schon geworden diese bedenkliche Gestalt in den Augen des DDr. Storch: Johannes Todt. Es ein Schneiden war hinein in seine Gedanken, der mähte eine hoch und immer höher geschossene Wiese zu einem Stoppelfeld, es war diese erlösende Wiese, die wirkliche Erlösung: betrachtete den Strick, ewig hängen bis Fäulnis, Zerfall fallen ließ die Reste und düngen Dünger werden wenigstens für den Boden innerhalb des Dorfes der Toten. Die Spekulation war doch sehr gewagt, ihn zurücknahm zu sich diese Erde, schweigend und nicht geschwätzig zudeckte so nach und nach ihn Gras, wuchs, schoß hoch und niemand wußte, wer da mitgeholfen düngen. Nie gewesen nie gefehlt nie geboren nie gestorben. War es nicht, besser wenn man ging, wenn man erkannte den eigenen Lebensentwurf als doch alles Mögliche, nur was hatte dies alles noch mit ihm zu tun, nicht allesamt.... nicht allesamt; sich nicht zurück hineingerufen sollte empfinden. Es waren dies Blitze, es war die Scheu vor dem letzte Erinnerung an sich selbst sein und die Enttäuschung war es, dies also es dann gewesen, hiefür wurdest du geboren, hiefür, daß du eines geblieben bist: ein in letzter Instanz gescheitertes Experiment, es mehr nicht war, mehr nicht.

Kennst du einen Beruf, der mir meinen Kopf läßt, meine kleine große Sehnsucht, den behalten dürfen, ihn nicht: verstecken müssen. Er ist so gewöhnlich, Pepi, einfach und gar nicht kompliziert, will nicht viel, nur, was will er nur?«

Fragen, wie sich da hinausgewurstelt Pepi; solche Fragen stellt man nicht und falls, zugedeckt sofort mit dieser raschen Wendung, jener Wendung und sich gezupft am Ohr.

Der Spiritual fuhr nach der Linie, konvex gebogen, sicher; das also war nicht gelogen. Warum nicht, ein letztes Mal sehen die eigene Nase. Dieses ungemein beschränkte Riechorgan; schnupperte. Sollte werden er die Stimme eines sich nähernden, im Dorf der Toten verlaufen sich habenden Vorstehhundes? Sich nähern als erstaunter Seelenarzt? Sich nähern als der, der er war. Änderte nur allesamt, blieb nicht anwesend, es war die höflichste Lösung. Ein Zöglings freundlicheres Betragen fiel ihm so blitzschnell nicht ein; durfte sich die mangelhafte Flexibilität als Entlastungszeugen zur Seite stellen, zu, allzu rasche.... natürlich, war das eine jämmerliche Ausrede; selbstlosere Verleugnung der eigenen Fähigkeit sich selbst zu erkennen, gab es.... sicher, gab es die noch.

»Den Walnußbaum mit blauen Nüssen, den kriegst du, Johannes. Sobald sich, die Nüsse vom Baum: heruntergeschlagen lassen, steh ich mit einem Stecken da, schlag sie herunter, allesamt! Und wenn ich ewig malen muß, ich mal dir alle blau an. Du mußt dich nur: etwas gedulden, Herbst ist bald.«

»Ich red von meinem Alpdruck, der Zukunft heißt, und du –? Ach was!«

»Schnurr nicht so sanft, brrrr! – mich deucht, ich mein: verstehst? – der Letzte ist unterwegs.«

»Ein bisserl die Haut einer gerupften Gans na und meine fühlt sich nicht anders an. Laß mich das machen, du kannst dich ja nicht einmal richtig zudecken, alles muß ich tun, alles. Hör auf nach Luft schnappen, was wahr ist, ist wahr. In der Nacht deckst du dich ab im Dorf der Toten kannst du dich nicht zudecken tu dich nicht rausreden, du wüßtest nicht was du im Schlaf tust. Wer deckt mich zu wenn ich mich abdeck'?«

»Ich, wer sonst. Aber du deckst dich ja nicht ab!«

»Du, selbstverständlich du! –

Redeten miteinander, wie ein altverheiratetes Ehepaar. Es sonderbarer kaum denkbar war, hielt geschlossen die Augen, waren doch viele Jahre immer beisammen; mehr oder weniger. Und für solche Auseinandersetzung erwählten sie sich das Dorf der Toten. Hiebei er zusammenbehalten mußte seine Sinne, sich konzentrieren und so war das doch nicht, alle Tage starb man doch nicht; dies war doch keine Kleinigkeit, gehen. Dies die beiden nicht berücksichtigten, eine Frechheit! Diese Leichtigkeit und ihm regelrecht flatterhaft schwätzten seinen Ernst, seine letzten Überprüfungsbemühungen ob er auch wirklich alles erwogen überprüft gewissenhaft genug. Es doch schauerlich, nie mehr sehen die beiden vollendeten Galgenstricke, diese lieben Spitzbuben waren ihm ans Herz; zumindest nicht sehr ferne stehend.

du schlafst wie ein Ratz, dich könnten, laute Poltergeister stehlen samt dem ja, samt dem Bett, du wärst befähigt, deinen eigenen Diebstahl zu verschlafen, lüg' nicht den Tatsachen so schamlos ins Gesicht.«

»Wer lügt?! ICH bin aufgewacht!«

»Auf dem Gang, eine geschlagene Stunde später?! Weil ICH aufgewacht bin, ICH gemerkt habe: neben mir, das Bett fehlt samt dem Josef.«

»So? Eine geschlagene Stunde später?! DU warst der Kopf meines Diebstahls!

Das hatte ihm, Johannes gebeichtet; es war, nicht gelogen. Hatte Pepi empfohlen seine Spekulation in die Richtung hin, für sich zu behalten und zu warten, bis Johannes es Pepi selbst gestand. Johannes hatte er empfohlen, sein Wissen zu teilen mit seinem Opfer, dem: sehr erschrockenen Pepi. Hatte die Buße angenommen, sie dann vergessen? War nicht mehr zurückgekommen auf die Sache; nachgefragt hatte er nicht. Dieses vielleicht tun hätte sollen, unterstützen diese merkwürdige Lücke, eine Gedächtnislücke.... Jesus vergab ihm sicher, daß er sich einverleibt trotzdem den Gottsohn; natürlich: Johannes hatte spekuliert, wähnte Jesus gnädiger als die menschliche.... der Galgenstrick!

Lüg nicht! Nur stehlen, das durften die anderen.«
»Das hast du mir verheimlicht.«
Sehr praktisch die Lösung: der Täter warf dem Opfer vor, es habe den Täter gekannt. Das war hinterhältig Johannes; du bist ja ein Falott! Wenn Johannes nicht noch weiterging und noch immer blieb
– Nein.
»Ich?! Du hast mich nie gefragt. Glaubst, ich merk mir deine Gemeinheiten für die Ewigkeit vor?!«
»Wer hat geplaudert!
ER nicht, ER hatte sein Wissen zwar: eingebaut, in der Ratgebung für Pepi. Nicht bestätigt, keinesfalls bestätigt den Verdacht des Josef. Aber weitergegeben hatte ER sein Wissen nicht; niemals verletzte ER: das Beichtgeheimnis, verdächtigte IHN.
Ich mein: verstehst? – das ist gar nicht mehr wahr, so lang ist's her. Wieviel Jahr? – War's der Glatz?«
»Der ist doch schon ewig lang nicht mehr im Institut.«
»Die anderen, wart einmal, die sind ja alle...!«
»Ausgeschieden? Bis auf einen, ja – das wär möglich, durchaus möglich! Geistige Exerzierübungen dieser Art ihm nicht vergönnt, zumal er unglücklicherweise neben mir sitzen mußte, nicht durfte sitzen neben dem Glatz. Das kommt davon, wenn man ein Jahr später ins Institut kommt: einen Fröschl schlucken? So ein Kreuz.«
»Ich?!«
»Du hast soeben gestanden, so könnt's wahr sein, hmhm. Wie man, sich so täuschen kann, ich hab gemeint, nur mir ist kalt, brrrr! –
Die gesteigerte Empfindungsbereitschaft eines Johannes Todt für diesen neutschen Allgeist Glatz hatte reguliert die Entlassung einer – ganzen Klasse – kunstvoll zu giftigen Vipern und Nattern herangezüchteten und dem Elitewahn verfallenen Klasse. Soffen während der Exerzitien, diese Entgleisung noch eine der mildesten Varianten, wußten nicht wohin, mit ihren Erleuchtungen derartig niedriger Art! Und der Spiritual es: rückblickend nicht einmal faßte, weshalb ein Todt den in höherer Klasse befindlichen Glatz, achGott! Würgen, ihn würgen hätte können; die gottgefällige Art seines Vaters, der Sohn ganz gleich.
Die Bemühungen schaffen eine brauchbare Ordnung, die Institut-Ordnung: der Fetzen Papier, allesamt lächerlich und im übrigen das Institut hegen sollte dankbarste Empfindungen, hätscheln, daß es haben durfte: einen Glatz in diesem Bau. Was gilt, es gelten durfte, es war: selbstverständlich? Für die Masse. Konnte nie und nimmer, niemals – hievon war schon durchdrungen der Kerl, als er kam ins Institut – vermutet werden als Verbindlichkeit für einen Glatz! Sein

Selbstbewußtsein litt Mangel nicht, aus seinem Selbstverständnis ließen sich ableiten Sonder-Rechte noch und noch. Und bald gab es den Glatz-Gang, den Glatz-Blick, die Glatz-Handbewegung und den Glatz-Schwung im Gang, den Glatz-burschikosen-Ton, ach Gott, es gewissermaßen alles zu glatzen drohte, eine Vorlage für ihr Ich gefunden hatten schon die ganz Kleinen begannen eifrig werden wollen ein über alles und jeden erhabener Glatz. Größenwahn wurde Mode, sehr modern, selbst strenge Überwachung der Zöglinge nützte nichts, das Vorgehen mit unerbittlicher Härte gegen ohne Unterlaß erfolgende Schmähungen und Verhöhnungen der Hausordnung und der Statuten drohte von der Oktava belächelt zu werden. Was sie dann verstand, die Klasse, ihre Entlassung. Geschlossen hinausgeworfen aus dem Institut, plötzlich: schlagartig, es war interessant irgendwie, das wurde verstanden. Schon am Beginn des Schuljahres, hatte der Rektor entschieden eine Gangart, die sich auf sämtliche untere Klassen segensspendend auswirkte. Die Belehrung Entlassung wegen Disziplinlosigkeit, eine sicher auch Staunen wie Befremden auslösende Maßregel war rückblickend gesehen die Erleuchtung des Rektors es war schon der Heilige Geist, der ihm hier weiter geholfen. Der überall belächelte Gottlieb Kreuzfels, wurde der neue gute Ton im Institut. Der Kreuzfels-Charakter begann als mögliches, brauchbares auch nicht gewöhnliches Vorbild Anziehungskraft entwickeln, sehr bald ungemein bald; zumindest unter den Zöglingen.
diese Schulnachricht hast du mir unterschlagen. Johannes. Die fehlt mir eindeutig in meiner Sammlung.«
»Wie?! – zwickt der Auserwähltenkoller eines Glatz dich?«
»Der neutsche All-Geist? Nicht eigentlich, nur, er deucht mich so alltäglich. Merkwürdig, sehr merkwürdig; heilt sowas: nie?«
»Der ist ein geistiger Ideenlieferant für die ökonomischen Interessen seines Vaters!«
»Na und? Er wird wohl ein wohlgeratener Sohn sein dürfen? Eine so harmonische Arbeitsteilung in meiner Familie, ich. Gott sprach: Josef, das ist nix für dich. Für dich habe ich mir etwas Besonderes ausgedacht. Dein Vater will dich erschlagen, du ihn. Er dein Skorpion, du sein Skorpion.
Übersichtliche Verhältnisse, ich will es gar nicht leugnen.«
»Ich habe seinem neutschen All-Geist geantwortet, eindeutig.«
»Ich weiß, du kannst so etwas. Einen Menschen ausradieren, als wär der: nur ein falsch gesetzter Gedankenstrich.«
»Ich habe nur ein Fragezeichen korrigiert.«
»Du bist ein Barbar, und, du bleibst ein Barbar.«

»Das Fragezeichen war falsch, der Punkt richtig.«
»Brrrr! – mir gruselt deine Grausamkeit die kleine große Sehnsucht fort.«
»Dann geh! – was ist? Erheb dich! Schleich dich fort,
Möglich, daß die noch in ihm nachschwingenden Erregungen – sehr wahrscheinlich – einige Fälschungen vornahmen: gewiß Vereinfachungen; so einheitlich war ein Glatz auch wieder nicht. Der Seelenarzt und Richter gewesen auch eines Glatz-Sohnes wußte eines gewiß, geliebt haben dürfte der Glatz den Zögling Todt, der nicht in seiner Klasse saß besonders; ganz besonders und wahrscheinlich aufrichtig. Einige Maßnahmen des Glatz junior wohl geschahen nur deswegen, hoffte wohl, werde hiemit endlich ziehen den Todt vollkommen in seinen Bann. Das war es, ganz verkehrt spekuliert; der nicht verstand die Glatz-Wünsche, dies... eben dies... seine Phantasien kannte, diese Umarmung niemals los geworden war, diese Umarmung durch eine Phantasie, die sich kümmerte nicht im Geringsten um das, was sein sollte und was nicht. Den, also den Glatz kannte nur der Spiritual. Falls Glatz junior nicht schädigte die ökonomischen Interessen des Vaters, dann haßte er diesen, wußte nicht wie leben mit einem solchen Vater. Glatz junior kannte machte sich auch keine Illusionen darüber kannte seinen Haß gegen den eigenen Vater. Nannte ihn den Entkräfter jeglicher sittlichen Über-Zeugung, den Knierutscher vor dem modernen Baal, den Götzendiener einer Sache namens Geld, Geld und wieder Geld, das Kriechtier vor dem grauenhaften Götzen aus Erz und Marmor, die menschenbeleidigendste Erfindung an sich, das war für Glatz junior Glatz senior. Ein Rebell, ein Aufwiegler gegen alles, was sich nicht beugen wollte seiner Vernunft, und die Vernunft des Glatz senior? Das waren Zahlen, der sah diesen feinen Unterschied zwischen Zahlen und Menschen nicht. Es zusammengefaßt Glatz junior war aufgebrochen ein ganz anderer zu werden, alles Mögliche, allem ähneln nur einem nie: seinem Vater. Hieß ihn, seinen verhinderten Mörder, hieß ihn, seinen am Seelenmord des Sohnes durch den Sohn behinderten Vater. Und wischte sich mit Händen, die nicht ruhig waren, die Glatze. Die Stirn. Die inneren Handflächen. Eine menschliche Enttäuschung, die besonders arbeitete hiedurch, weil genaugenommen gerade eher ungünstige Tendenzen in dem Knaben... zumindest nicht gehemmt wurden um nicht gleich zu denken gefördert.
ich soll mich zu meiner Geschichte bekennen, nur, damit du endlich.... meiner kleinen großen Sehnsucht ungeniert ins Gesicht spucken darfst? Ich, das grausame Scheusal, item meine kleine große Sehnsucht scheußlich, zumal so grausam?!«

»Mit einer Drohung die Wahrheit niederbrüllen. Merkwürdig, sehr merkwürdig; wie sich im Dorf der Toten deine Möglichkeiten steigern, das heiß ich Aufklärungsunterricht. Man müßte Exkursionen ins Dorf der Toten: der studierenden Jugend, geradezu als Medizin verordnen, nicht nur den Zöglingen des Instituts.«
»Das ist es – Pepi – was ich alleweil sag: Ein Ochs' ist ein Ochs'. Und so der zum Schlachthof den Weg finden soll, ihm sogar die Fahrtspesen bezahlt werden, ist es das Mindeste, daß er: Dankeschön sagt, indem er eine Ruh gibt und nicht: brüllt! Der Undank des Ochsen, ein Problem der Menschheit, was sonst. Die Wahrheit niederbrüllen wollen, ein Ochse! Das ist die Rebellion des Ochsen gegen die gottgewollte Ordnung!«
»Lieber Ochs, du – das tut wirklich weh! Mit deinen Fäusten den Rücken schlagen, wenn ich wehrlos bin? Johannes, hör auf!

Das ging zu weit; blickte auf die Uhr. Das ging nun wirklich zu weit: sich schlagen, balgen und Raufhändel suchen auf geweihtem Orte. Diese Sache mußte er beenden; so ging das nicht!

Und blieb sitzen. Herzen explodieren nicht.

Ich laß mich nicht fortboxen, nur, weil ich nicht der Glatz bin!«
»So.«
»Du hast seinen ersten und letzten: Brief zerrissen? Erzähl das einem Ochsen!«
»Pepi Fröschl sucht mit Eifer eine Sucht, nur welche?

Ob ihn diese Wendung recht freuen sollte; zweifelte, dann doch wieder. Sich besser gebalgt hätten noch mehr in Hitze und gekränkt, wie beleidigt aufeinander zurückmarschiert ins Bett. Nie-Wieder unternehme ich mit dir einen nächtlichen Ausflug, Nie-Wieder pflege ich, mit dir den Meinungsaustausch... ob die Richtung nicht doch gewesen wäre brauchbarer. Schwitzte sich noch klatschnaß; der Schlag, das hatte – geklatscht. Wer da wem geworden mit der Hand die Ohrfeige?

Pepi, du bist eifersüchtig.«
»Ich?! Auf einen neutschen All-Geist?!

Den Stimmen nach beurteilt war der Schlagende gewesen Pepi. Johannes wirkte allzu sanft, allzu ruhig.

Für so einen Aberglauben fehlt mir der Nährvater. Einen neutschen All-Geist umarmen, so etwas passiert mir nicht einmal im Traum. Wodurch unterscheidet sich ein Kopffüßer vom neutschen All-Geist?! Das ist ein Rätsel, das biologisch ja, ein Glatz lösen kann, ICH nicht. Der ist mir ZU lächerlich. Schau mich nicht so an! – als könntest du mich noch ausziehen, ich bin ja: nackt!«

Die Logik Pepis hatte, oft etwas Rührendes, etwas Bewegendes an

sich. Ob sie ihn rühren sollte, bewegen? Bedenklich stimmte sie ihn. Dies doch lästig war; allesamt entzog die Trauerweide seinem Blick. Eine Schweigerei das wurde; bedenklich. Das steigerte sich, wohin. Aufstehen, werden sichtbare Gegenwart; vielleicht war es das Beste. Übererregt man nicht reagieren sollte, abwarten. Hatten schon länger geübt das Schweigen; näherten sich erst der neunten Minute.
Vergriff sich etwa er an seinem Körper, tat es auch nicht. Und diese sollten plötzlich nichts Wichtigeres entdeckt haben als entdecken, ihre fleischliche Natur. Und der Spiritual zog an den Enden seines Strickes, einmal an dem einen Ende, einmal an dem anderen Ende und so Hin und Her, Her und Hin: spürte, dort, wo aufhörte der Kopf begann der Nacken das Scheuern, irgendwann es zu spüren begann, dann hörte er auf ziehen an den Enden seines Strickes.
»Zumal mich: eine neutsche Mutter geboren, war mein Blut, nicht hundertprozentig verseucht; meinen Vater strich Er gnädig aus seinem Gedächtnis heraus, zumal ich ihn mir nicht aussuchen hatte dürfen: Ein Milderungsgrund, der Ihm ja, diese Gedächtnisoperation gestattete. Es war: eine Art, unglückliche Liebesgeschichte. Den Milderungsgrund für meine Allergie gegen den neutschen All-Geist war Er bemüht in immer komplizierteren und komplizierteren Gedankenoperationen zu finden, zumal die einfachen, mich in keiner Weise eines Besseren belehrten: Er an meine Besserungsfähigkeit so stur glauben wollte, wie ich – an seiner.«
Ach; das vergaß berichten der Todt seinem Beichtvater. Das auch vergaß der Todt berichten einem Glatz denn von einem Glatz er dasselbe gehört aber schon ganz anders; sehr sonderbar. Hier einiges weniger zusammengestimmt als er ursprünglich angenommen? Sich auf die Reue eines Glatz nicht stützen hätte sollen oder wie. Er besser mögliche Variante es ja war besser getan hätte daran, die Worte des Glatz zu diesem Fall, zu diesem Problem erachten als Versuch, sich einzurichten in gewissen Gegebenheiten, die wiederum weniger bekannt gewesen dem Seelenarzt und Richter? Tatsache war, Johannes Todt, mit einer gewissen Hartnäckigkeit dem lauten Nachdenken gegenüber seinem Richter und Seelenarzt ausgewichen war, was anging den Glatz. Pepi also brauchte mit Johannes nur marschieren ins Dorf der Toten und der sofort wurde der Wasserfall, auf jeden Fall nicht nähren wollte nämliche Sucht, die Pepi gepeinigt haben dürfte, wie lange schon?
»Liebe heilt doch alle Wunden!«
»Kindskopf, nicht die Wunde Kindheit. Meine neutsche Mutter verordnete mir das Institut, zumal mein Vater die neutsche Tochter eines neutschen Vorgesetzten ehelichen hatte dürfen, er der künftige Uhrma-

chermeister und hiemit das Brüllen eines Ochsen, der erben sollte dürfen, in keiner Weise, der ihm eröffneten Perspektive entsprochen hätte, zog es vor: zu brüllen, im übrigen sich zu erinnern, daß er schon alleweil die gekreuzigte Weisheit gewesen, sodaß dieser eine Nagel in sein Gehirn, durchaus auch noch hineingeschlagen werden konnte, durchaus!«
»Ich bin deinem Vater ewig dankbar,
    beurteilt die Stimme Josefs, er war es wirklich, der war also gefallen in Regionen wo Dankbarkeit regierte, dem unbekannten Mann gegenüber; dessen häusliche Diplomatie geführt Johannes, in das Institut. Auch eine Neuigkeit; so viel ER gewußt, verdankte das Institut das Samenkorn Johannes Todt: diesem Großvater, vor allem dem Raume der großen Denker? Hatte Uhrmachermeister Todt gekämpft um die Zurück-Erhaltung seines Sohnes, war verwiesen worden der Vater an den Seelenarzt und Richter des Johannes Todt junior. Erinnerte sich, noch
da hat ihm der liebe Gott etwas ins Ohr geflüstert, zumindest die Karten: zu deinem Gunsten gemischt, anders ist ein Brüllochs' – ich weiß das, nicht zur Vernunft, geschweige zu einem Opfer zu zwingen.
    sehr genau an dieses Gespräch mit dem Vater. Er dachte gekommen einen günstigen Moment im Hause der Todt, er dachte das Institut müßte ein Einsehen haben, Johannes Todt war das Produkt und vor allem sein Aufenthalt im Institut einer überaus komplizierten und schwierigen Familienpolitik. Der Sohn wollte nicht, es wurde ihm aber empfohlen aus gewissen familiären Rücksichten heraus sein Nichtwollen wenigstens so lange zu vergessen bis der Boden bereitet war für seine Heimkehr in das Haus des Vaters. Der Seelenarzt und Richter kannte die Väter, die plötzlich wieder zurück erhalten wollten ihre Söhne. Konnte überzeugen den Mann, es sollte vielleicht einmal der Versuch mit Ferien zuhause versucht werden? Wissend, daß Johannes den Nirgendwoer Ferienaufenthalt zurückweisen wird; das dann auch so gewesen. Die diplomatischen Bemühungen des Vaters um den Sohn scheint
Johannes, mich deucht, deine Wunde Kindheit war ein Paradies. Hätt' nicht Aloysius Graf Transion meinen Traum gekannt, von mir hätt' sich mein Vater keinen Nagel ins Gehirn schlagen lassen, nicht einen!«
    dann doch beantwortet zu haben der Sohn mit einem entschiedenen Nie-Wieder. Hatte appelliert – nicht ohne Erfolg – an das Nichtpatriarchalische-Wertkoordinatensystem des Vaters. Es geschah, wie es wollte der Sohn. Johannes Todt blieb im Institut. Es war eine diplomatische Meisterleistung, das zumindest hatte er, nicht schlecht gelöst: vorbildlich, mustergiltig. Sich nicht ungerne erinnern ließ gewissermaßen aufgefordert von der für Pepi vollbrachten Erinne-

rungsbemühung eines Johannes, die indirekt ihn lobte; auf wirklich bemerkenswerter Art und Weise, sehr geschickt er das vater-bestimmende Element bekommen in den Griff, gezähmt die Gefühlsaufwallungen des alten Todt. Er
»Ich mein: verstehst?! Der Auserwähltenkoller meiner Mutter hat ihr, nicht gestattet, meinen Vater anders zu lieben als: mit Haß!«
»Die tote neutsche Mutter kehrt nicht wieder, die muß im Grab bleiben, wie alle Mütter, so sie einmal gestorben sind. So neutsch kann das neutsche Familiengrab gar nicht sein, als daß in dieser Frage der liebe Gott eine Ausnahm' dulden tät.
   war auch dankbar gewesen dem Seelenarzt und Richter seines Sohnes sogar überschwenglich fast vor Dankbarkeit. Eigentlich so alles, alles ging absolut nicht schief! Sich dies sagen durfte, selbst bei distanziertester Selbstbetrachtung: alles war nicht verkehrt, alles nichts gewesen, nichts Brauchbares, das war einfach übertrieben. Und der er war weniger für das Übertriebene, betrachtete die Strickenden, inwieferne er sich die Sache wohl überlegt, welches Maßband er eigentlich verwendet, womit er nachgemessen, inwieferne diese Sache durchaus angebracht war. Sich nicht hingab einer etwas länger andauernden deswegen doch nicht gleich den Kopf verlieren brauchte Verstimmung, diese doch wiederum korrekt betrachtet auch sein könnte die Prüfung Gottes, prüfte den Gottesmann gewissenhaft, streng und das schmerzte. Mehr?
Und wenn sich in dieser Frage, dein Vater – nicht selbst den Punkt setzen kann: so schreibe ihm, ein Witwer, der vor seiner wiederkehrenden toten Frau Ruhe zu bekommen hofft, möge sie durch Setzen eines Leichensteines im Grabe einschweren. Und du hast deine Ruh.«
»Und das Rezept – kommt aus unserem Jahrhundert?!«
»Du hast die Jahrhundertmanie. Ob aus diesem oder jenem, wichtig ist, findet er den Seelenfrieden, oder findet er ihn nicht.«
»Du weißt es nicht, sag's gleich! Du kennst: meinen Vater nicht, der fragt, bei jedem Rezept wie entstanden, wo und wann.«
»Was im Siebzehnten Jahrhundert einem Witwer den Seelenfrieden gebracht, soll einem Witwer in unserem Jahrhundert zu alt sein?! Seelenfrieden ist Seelenfrieden.«
»Dem helfen?! Ich nicht.«
»Sag's gleich, ihm ist: das Siebzehnte Jahrhundert, nicht intelligent genug.«
»Der hat meinen Seelenfrieden für seinen verkauft! Und ein Jahrhundert? Ist weder intelligent noch sonst etwas, merk dir das. Intelligent? So ein Wort kennt mein Vater nicht, für ihn sind Menschen aufgeklärt, oder – nicht aufgeklärt.«

»Der hat einen begrenzten Sprachschatz, hätt ich mir von deinem Vater.... nicht gedacht.«
»Seine Denkfähigkeit: ist nur, jahrhundertmäßig begrenzt! Beleidig meinen Vater nicht!«
»Lob ich ihn, freut's dich nicht, kritisier ich ihn, freut's dich nicht, was eigentlich willst hören?! – in dem Gefühlsdschungel find ICH mich nicht zurecht!«
»So. Meinst ich.«
War dies eigentlich mehr als die Versuchung des Teufels? Warum der Höllenbube immer operieren sollte mit den Reichtümern dieser Erde? Warum nicht einmal mit dem Hineinsteigern einen zweifelnden Gottes-Mann in die Verzweiflung? Nein!Nein!Nein! Sich nicht drücken wollte vor dem Ergebnis einer langwierigen Selbstüberprüfung. Es schon sonderbar war, gemessen an der Kürze der Tat und ihren Folgen, die Vorbereitungszeit geradezu die Ewigkeit.
Die Version des Todt-Vaters klang glaubwürdig: der Vater wollte eines nur verhindern. Das Verrücktwerden seines Sohnes, der wurde ihm: noch verrückt. Deswegen und nur deshalb entschied er sich für das Institut als gewissermaßen das kleinere Übel.
Wenn er ging, wußte niemand mehr, wer Johannes Todt am wahrscheinlichsten gewesen sein könnte. Mit ihm ging doch auch die Geschichte, denn Johannes war gewiß und blieb es ein Schweiger. Bis zu dieser Nacht es zweifellos so gewesen; wenn er ging nahm er mit das Verständnis, dies wohl auch, für den Zögling namens Todt.
Johannes wußte gar nicht, wie gut ihn sein Richter und Seelenarzt kennen gelernt; dankte es ewig dessen Vater. Ein überaus kluger und merkwürdig sympathisch gestalteter Vater. Hatten sich irgendwie, ziemlich bald verstanden, getroffen und waren zur Einsicht gelangt, man sollte vielleicht die Entscheidung überlassen: der Jugend, also dem Johannes selbst. Dies Zugeständnis der Vater auch dann nicht zurückzog, als er sah, er war geblieben der Verlierer, trug es, sagte: »Schade.«, nicht mehr.
»Diese Schulnachricht hast du mir unterschlagen, Johannes, die fehlt mir eindeutig in meiner Sammlung.«
»Meinen Vater? – zu dem habe ich mich alleweil bekannt, obwohl er mich – !«
»Verkauft hat, ich hab's schon gehört. Der hat nur getan, was den lieben Gott sehr gefreut hat, und du – bist ein undankbarer Sohn!«
»Der Glatz schwärmt für die neutsche Mutter, du schwärmst für den Opfersinn des Vaters, das Opfer: der Sohn, wundervoll – der Kreis schließt sich.«
»Deine Wunde Kindheit kannst du MIR nicht verkaufen. Spekulationen

können gelingen, ich leugne es nicht, die ist: nicht gelungen, merk dir das. Mich vergessen machen was in meiner Sammlung fehlt, du hast mir einen Fetzen Papier unterschlagen.«
»Unterschlagung?! Eine Würgerei, die mich – das Leben hätte kosten können, den Preis klag ich nicht an, nur: wie du das ausdeutest. Pepi, das war mein letztes Wort.«
»Wer das erste Mal in seinem Leben Papier schluckt, darf wohl den Gedanken, den er ursprünglich mit Hilfe nämlichen Papiers transportieren hatte wollen, vergessen, zumal das: so trocken und irgendwie stekkengeblieben, weiß ich – wie?! Johannes, ich habe geweint.«
»Und ich den Knödel Papier geschluckt.«
»Ich gezittert um dein Leben und gebetet. Du solltest meine drei Ave Maria nicht verhöhnen, gebettelt bei meinem Schutzpatron, sodaß er es hören mußte, zumal ein Josef Fröschl selten so bettelt.«
»Und Johannes erhörte dich. Dieses Wunder: ein Josef Fröschl wird, einmal in seinem Leben erhört, wie oft hast du mir das erklärt?!«
»Falsche Verdächtigungen erfinden, auf daß: die eigentliche Verdächtigung, an Scheinfronten, so nebenbei miterledigt wird, die kleine große Sehnsucht fehlt in meiner Sammlung.«

Gut Pepi; sehr gut. Zwinge ihn gesprächiger, das Türzu gewöhne dies nur ab dem Freund, er kann es brauchen.
Als gewissermaßen das kleinere Übel das Institut. Der Sohn zwischen den Fronten, er mußte verrückt werden, es wäre ihm nichts anderes – konnte das unmittelbar nachvollziehen, sofort – übrig geblieben. Es war der Ausweg den verhinderte der Vater.
Sein Weib wollte den kleinen sehr auf den Vater blickenden Johannes entziehen dem Einfluß, dem unzumutbaren Einfluß des Vaters, den sie geehelicht in schwacher Stunde.
Der Vater wiederum wollte den kleinen sehr dem eigentlichen Familienhaupt unterworfenen Johannes, es war zweifellos der Großvater diese bestimmende und alles prägende Gestalt, es war zweifellos der Vater seines, gewissermaßen erst sekundär mit ihm lebenden Weibes, primär: sie lebte, ganz ergeben ihrem Vater, dieser also wollte den kleinen Johannes modellieren dürfen. Johannes sollte werden, ein großer Denker. Sein Enkel, sein Ein und Alles, seine Gegenwart Zukunft wie so auch Vergangenheit sollte im Enkel verschmelzen, ihn beglückende Zukunft werden, Einheit werden, Harmonie und Vollendung, es auf einen Nenner gebracht, sein Ein und Alles sollte werden alles, nur nie absolut ähnlich diesem sonderbaren Schwiegersohn. Das nichtgroße, winzige Element: im Hause, das nichtneutsche Element, das nichtdenkerische Element, das Eingeschlichene und nur von wegen schon geschehen geduldete Ele-

ment. Die Schande war hiemit draußen geblieben und der Todt hatte seine Tochter führen dürfen vor den ordentlichen, die Beziehung christianisierenden, legitimierenden Trau-Altar. Inwieferne Johannes die kluge Entscheidung seines Vaters zu würdigen wußte, er zweifelte sehr; den Hader hatte sich der Mann am allerwenigsten verdient von seinem Sohn. Wenn ER auch einmal meinen durfte, als dürft im Dorf der Toten ein Meinen sein nur zwischen Zöglingen; ihn regelrecht vergaßen. Nichts Brauchbares erfuhr über sich selbst, als wär er in seinem Herzen kaum vorhandene Gestalt. Es ließ ihn nicht kalt, das wäre allzu dick auftragen die Butterschicht auf trockenes allzu trockenes und hartes Brot. Zum sich ausbeißen die Zähne. Und in den Zahnspalten sich hinaufschob die Butter, wer schmierte so dick sein Brot, konnte es nicht lassen; gewöhnte es ihm nicht ab! Und sah vor sich DDr. Storch mit Genuß vertilgen ein: Butterbrot.

»Ribiselmarmelade«, sagte es genüßlich, pampfte. Ein gräßlicher ihn anwidernder Anblick. Beutelte sich. Und schlief jetzt tief und voll der besten Meinung über sich selbst.

»Milderungsgrund: in den Schulstunden sind solche Mitteilungen zumindest, schul-ordnungs-widrig.

Deshalb fraß er ja: den Knödel Papier hinunter, weil er sich rechtzeitig daran, erinnert fühlte vom Professor. Scharf die Logik, die Schärfe eines längerer Schleifprozedur unterzogenen Messers. Merkte es, Pepi nicht? Sich der noch nie gekümmert um schulordnungswidrig oder weniger ordnungswidrig, die Frage doch nur war, wollte er wirklich: Mitteilung werden, wollte er nicht.

Milderungsgrund: weiß ich, was dir passiert, wenn du vor dem Elefantenohrwaschel den unwiderstehlichen Drang in dir verspürst, alles zu beichten, nix aber auch – gar nix, zu vergessen: nicht einen Fetzen Papier?

Wie: elefantös? Befühlte sein Beichtohr. Das wußte er noch gar nicht. Doch erschrocken war. So schlechten Eindruck gewann Johannes von eher freundlicher eingestuft geschätzten Ohren? Wie, hatte ausgehöhlt die Bereitschaft des jungen Menschen.... wie, glaubte eigentlich Johannes; hatte denn der nicht mehr: den Funken Glauben, in sich. Nicht möglich!

So ein bußfertiges und reuiges Seelchen, eine billigere Auskunftei gibt es nicht. Ich möchte mir, nur einmal, genau errechnen können, wieviele Wachhunde, auf diese Weise eines möglichen Brotberufes, beraubt werden, degradiert, streunende Köter sein dürfen, die jeder abknallen darf. Weißt du wie sich so ein Hund fühlt, der keinen Herrn hat, der ihn ernährt, das ist ein armer Hund.«

»Das sind Beichtstuhlangelegenheiten, die darf nur mehr der liebe Gott mithören, sonst niemand.«

    Gut geantwortet; Pepi, dafür gibt es eine ausgezeichnete Betragenseinschätzung durch deinen Gewissensführer. Eine Sittennote, die du: ohne Schamröte betrachten darfst, das sei dir hiemit versprochen. Hiefür – ein Schwur – stehe ich dir höchstpersönlich gerade.

»Und der sagt nix. Das deucht mich so hintersinnig wie, Wissen ist Macht, Schweigen läßt sich in Gold verwandeln. Unterschätz' das Beichtstuhlwissen eines Gewissensführers nicht, das ist ein Leckerbissen, schwer erhältlich und irdisch, item vergänglich, da könnt ein jeder daherkommen wollen, mitnaschen, Pepi; wenn

    Ja keine Ahnung! Was wußte der, wie schwer ihm gerade wurde dieses, im Beichtstuhl gesammelte Wissen; was wußte der Lümmel!

das sich einmal als Idee in die Gehirne frißt, ein Bandwurm, der mich

    beglückt, den Bandwurm kenn ich nun; Bube! So mich täuschen, in die Irre führen. Du Natter in meinem Busen, du bist die schlimmste Viper, es ja unglaublich!

nicht schreckt? – das wär so einer: die Macht degradiert zu einer Nuß, die

    Als wär sie mehr; was phantasierte sich der alles in seinem Kopf zusammen und niemand hatte es bemerkt! Der phantasierte sich noch vollendet heimatlos, vollkommen heimatlos! War ja höchste Zeit, daß sie gegangen ins Dorf der Toten einmal nachdenken, ja höchste Zeit! Und der Richter nicht nur war auch Seelenarzt befaßte sich mit den inneren Handflächen, seiner Glatze und dem Nacken. Schwül die Nacht, im übrigen sehr ihn anregend: einiges betrachten von ihm bis dato unbekannt gebliebenen gewesenen Standpunkte aus.

jeder knackt, ein Spielball, mit dem: jedes Menschenkind spielt, ein Alptraum, der niemand mehr plagt, und Schweigen läßt sich nicht mehr in Gold verwandeln; das Beichtgeheimnis hilft, zumindest ein bißchen, die Machtfrage regulieren.

    Der sollte froh sein, daß sein Richter und Seelenarzt etwas mehr weniger ohnmächtig war als er. So ein Glück, es schmähen, höhnen und eine Ansammlung von Irrtümern, der war bald nur mehr ganz Irrtum.

    Ja ein Glück, daß sie hier zusammentrafen. Dachte sich der Todt, fort aus der Welt und merkte es selbst nicht einmal.

Und du? – du darfst die himmlische Kost schlucken, Jesus Christus in der Hostie, das ist sublimierte Menschenfresserei, hiemit bewiesen: man gewöhnt sich an alles, geschweige, daß dies ein erhebendes Gefühl ist, den Gottsohn schlucken dürfen.«

»Ich soll: geschützt werden, ich! Der Pönitent, doch nicht –!«

Gut Pepi; du hast es erfaßt.
»Das sag ich, nix anderes, einen Köter schützt die Hundeleine, an der er erkennbar wird als Wachhund.«
»Ich versteh: kein Wort.«
Das klang nicht glaubwürdig; allzu verzagt. Pepi! Wo bleibt deine umwerfende Logik! Entwaffne ihn mit deiner Logik, achGott. Wenn er Helfer nicht war beim Denken, wohin sich die verirrten; unglaublich. Er gehen wollte, leichtfertig gehen und sich nicht bekümmert zeigen, justament Johannes geschah die Qual; justament und Pepi, es war zu vieles auf einmal verlangt. Konnte nicht verlangen von einem Jo-
sef Fröschl, in letzter Instanz doch sehr jung und vor allem ohne Erfahrungswerte, die erst mit sich brachten die Jahre. Gott, ich hörte sie, ich höre sie. DU hast so wahrgesprochen, die Frage: sehr berechtigt, der Vorwurf auch. Du großer allgütiger Gott! Die beiden Galgenstricke brauchten einen Halt, irgendeine Rückendeckung, was geschrieben stand in ihrem weiteren Leben, so er gegangen vor der Zeit? Die Entlassung irgendwann, so knapp vor dem Ziel?! Das denkbar war, keinesfalls unwahrscheinlich!
»Der gibt dir die himmlische Lossprechung, merkt's sich aber irdisch.«
»Das muß er, sonst wär er kein Mensch. Den zweiten Milderungsgrund laß ich gelten, den ersten nicht. Obwohl schul-ordnungs-widrig, hab ich nicht einen Fetzen Papier verloren? Allesamt aufbewahrt, das füllt bald einen Koffer, den muß: ICH, einmal schleppen, das weißt auch: nur DU nicht! Hast du meine fixen Ideen gesammelt, die ich im Laufe der Jahre verbraucht habe? Na eben; mich deucht, du bist mein Kreuz.«
»Sei froh, daß ich deine fixen Ideen nicht sammel, alleweil muß ich hinter dir herwetzen mit einem Radiergummi, und sie ausradieren. Bin ich: ein Radiergummi?«
Warum sollten sie in dieser langen Nacht nicht auch es versuchen einmal mit zwischendurch Schweigen; doch kein Grund zur Beunruhigung. Alles in Ordnung kam, in bestmögliche Ordnung gebracht wurde, sich merkte dieses und jenes und ein bißchen nachgedacht, sich schon finden ließ ein, auch für Johannes ins Leben gangbarer Weg; nur nicht den Kopf verlieren, nur nicht sich beschränken so maßlos auf nur den eigenen Kopf.
»Johannes?«
»Ich bin beleidigt, Pepi.«
»Nur jetzt nicht beleidigt sein: jetzt dürfen wir uns nicht auseinander dividieren lassen. Pst! Johannes – Er ist unterwegs.«
»Wenn's nicht der Uhu, ist's das Käuzchen, merk dir das.«
»Buh, buhu, ein Uhu – brrr! Johannes, der Uhu hat einen Schnupfen, Johannes! Der Uhu ist: naturwidrig? – er niest!«

Ein Wunder, sich einmal selbst lehnen sollten an diese Kälte und nicht pflegte so lange nachts zu sitzen auf steinernem Untergrund. Und hielt die Hände so, daß Niesfortsetzungen unterdrückt blieben. Nie Schwierigkeiten hatte mit dem Unterdrücken derlei profaner Lebensäußerungen nie, dafür in dieser Nacht; sehr wohl. Natürlich, das gehörte sich so. Dies brauchte: ihn, nicht aufregen; entspräche nicht seiner Lebenserfahrung, wäre es einmal ausnahmsweise anders.
»Nimm meinen Schwalbenschwanz auch noch. Gib doch eine Ruh: ein naturwidriger Uhu, so ein Blödsinn!«
Dankeschön; Johannes, ein gutes Wort von dir, ich merke es mir. Seltene Gnade, schon ein Akt der Gnade. Wirklich nur die Frage, wen er verteidigen wollte, den Uhu oder seinen Gewissensführer.
»Johannes, klär mich auf: bebt ein Mensch?
Kam ganz darauf an, was sollte die Frage. Eine sehr sonderbare Frage eine beängstigend merkwürdige Frage.
Wie die Erde bebt, wenn sie nicht anders kann?«
»Sich sowas fragen, als wenn's die wüßt, wie schön's auf ihrer Rinde krabbeln ist und stehn und gehn und liegen und den Walnußbaum sehn mit den blauen Nüssen, auch: wenn der nur eine Trauerweide ist.«
Der zog ihn an den Ohren; Johannes zog seinen Beichtvater an den Ohren: »Willst dich drücken, zurückziehen; gehen? Du Höllenbube!«, und nickte der Spiritual. Sehr wahr, sehr begründet die Mahnung und Erinnerung des Zöglings an das Wundervolle in der Nacht. Einen Tag früher, die Nacht davor und er hätte niemals erfahren, was er nun erfuhr. Sein Werk, es schon so war: sein Leben es war nicht sinnlos, er konnte ihnen werden noch sehr nützlich.
»Vorausgesetzt, ich bin ein Kindskopf, dann muß ich es erst recht wissen dürfen, wissen will ich's, sonst hab ich die nächste fixe Idee im Kopf.«
»Was mußt du wissen, nix – gar nix. Gib eine Ruh; du, ich warne dich, Pepi; wer alleweil und alleweil mit einem Radiergummi hinter einem herrennen muß und alleweil und alleweil: radieren, der wird, früher oder später, noch radieren wenn's nix mehr zum Radieren gibt.
Ein wahres Wort; auf die Dauer hielt das niemand aus, sein Radiergummi, allesamt angleichen einer abstrusen Instituts-Ordnung.
Niemand! Johannes verstand das Problem, hatte es erfaßt.
Bist du die Ausnahme: du darfst ungestraft Menschen ein Leben lang verdonnern zum Ausradieren deiner fixen Ideen?«
»Ich versteh kein Wort.«
»Dann bin ich geworden: ein Radiergummi.«
»So – und weiter nix?«
»Das ist alles.«
»Und du?«

»Pepi: sonst gibt's da nix zu verstehen.«
»Wo bist du dann?«
»Im Radiergummi, wo sonst.«
»Du meinst, ich soll mir dann meine fixen Ideen selber ausradieren? Johannes, ich geb keine Ruh.«
»Ich mein, Pepi! Dann weinst du um mich, das sag' ich dir, heut schon! Ich werd dir fehlen, sehr. Dann hast: ein Loch im Kopf.«

Ganz gewiß; das hundertperzentig. Zweifel ausgeschlossen. Und der Seelenarzt und Richter der beiden Galgenstricke nickte; es nicht so gewesen, daß seine eigenen Lebenserfahrungen mit ihm niemand teilte. Dies war es nicht, so war es nicht. Er war nachvollziehbar, Johannes hatte regelrecht eine Kommunikation zu ihm hergestellt, als wüßte er ihn anwesend, als wüßte er. Und Pepi? Hatte es ihm heimlich zugeflüstert? Spielten die ihm vor, ein Schauspiel, eine Komödie, die ihn: zurückgeben sollte seiner Funktion, seinem Leben im Institut? Den Zöglingen: er erhalten bleiben sollte, wollten sie das und aber schonen den Anwesenden, verschwiegen ihm ihr Wissen von seiner Gegenwart?!

»Das weißt du doch, ich kann's nicht lassen. Wenn ich: eine fixe Idee, verlier, find ich die nächste, ganz bestimmt. Und drohen sollst DU nicht, da wirst DU lächerlich.«
»Pepi?! – O heiliger Josef, der ist mein Kreuz.«
»Tu mich nicht boxen.«
»Tu dich offenbaren, hörst. Offenbaren sollst dich! Soll ich ewig hören müssen, ich sei schuld an der fixen Idee, du tätest sie: nur mehr ausbrüten?«

AchGott, es wäre wirklich zu viel verlangt von ihm, so er die beiden Galgenstricke nicht ganz besonders mochte.

»Beben Menschen, wie die Erde bebt, wenn sie nicht anders kann? Über so etwas Nebensächliches, eine Kinderei meinerseits – ich versteh kein Wort.«

Und der Seelenarzt und Richter der beiden Galgenstricke hatte gewußt, in dieser Nacht starb er nicht. Betrachtete den Strick, seine beiden Enden; schüttelte den Kopf. Es nicht faßte, dies aber faßte: es waren zwei Zöglinge, nicht angewiesen auf seine Gegenwart, der er zurückgegeben sein sollte dem Institut als Hemmung, die auch erfreulicherweise Gang genannt wurde, dies konnte sein doch kein ignorierbarer, ihn nicht zum Gehen auffordernder Zufall. Die beiden fanden sich zurecht auch allein im Dorf der Toten, im Institut war ER dann, ihr Schutzengel, richtiger irdischer Schutzpatron. Konnten seine Machtfülle noch sehr gut gebrauchen, verwenden und konnten auch für sich verwerten – ohne weiteres – seine

Erfahrungswerte, sein Wissen. Er war nicht der Mann der Schweigen verwandelte in Gold für sich. Einmal abgesehen obwohl es schwer war hievon abzusehen, Gold und Menschen, es doch eine schwer überbrückbare Verschiedenheit, nicht sehr verschiedene Angelegenheiten, eine rhetorische Frage, natürlich.
Den sich Entfernenden hörten sie nicht.
»Pepi: wenn, sobald – die ...«
»Schnurr nicht so sanft, brrrr! – mich deucht, das Dorf der Toten ist eine Medizin, die mir nicht schmeckt.«
»Sich fortpflanzende Erschütterung erreicht: die Erdoberfläche, entstehen hier eigentümliche Bewegungserscheinungen ...«
»Wo?«
»Senkrecht über dem Orte der Erregung.«
»Was passiert? – Johannes, ich geb keine Ruh!«
»Lose Gegenstände werden fortgeschnellt, Gebäude stürzen zusammen, Felsmassen lösen sich – los, im Boden bilden sich Risse und Sprünge, Spalten öffnen sich, Quellen versiegen, andere Quellen – verstärken sich; auch Schallphänomene werden wahrgenommen, nicht unbedingt, aber doch.«
»Erinner mich nicht an unseren Geologieprofessor, da werd ich so müd, möcht verschlafen dürfen, grad auch noch die Ewigkeit.«
»Dort liquidiert sie in fünfzehn Sekunden ...«
»Die Zeit stoppen kann nur der, du solltest es erst gar nicht probieren, DIR gelingt das nicht.«
»Siebzigtausend Menschen, woanders: zweihunderttausend Menschen.«
»Na und?«, und bohrte seinen Zeigefinger in den Nabel seines Nachhilfelehrers, Johannes Todt.
»Willst du Mutter Erde vorwerfen, daß ihr der liebe Gott ihre Bewohner nicht erklärt hat?!«
Und Johannes Todt, lehnte am Stamm: die Trauerweide, sein Walnußbaum mit blauen Nüssen, die Hände der Kopfpolster, die Augen geschlossen, sprach er irgendwohin. Kümmerte sich nicht um den Nabelbohrer. Aufstehen nie mehr, gehen nie mehr, wie lange hielt er es für wünschenswert; war neugierig irgendwiedoch. Die Nacht war seine Nacht, die Nacht gehörte ihm, die Nacht gehörte Pepi. Fühlte sich friedlicher gestimmt, ruhig wie schon lange nicht mehr. Das war also der Blick über sogenannte Friedhofsmauern des Nurgeschichtlichen.
»Du sagst es: das braucht sie nicht zu bekümmern, auf daß sie nicht Mitleid plagt, hat ihr der liebe Gott verordnet: DU bekommst kein Gehirn, Nerven ruinieren dich.«
Und Pepi bedeckte sein Antlitz, spielte Mutter Erde, wackelte mit dem Kopf, äffte nach die Trauer der unbekannten Mutter namens Erde, ob

diesen gnadenlosen Schicksals-Schlag, den ihr hiemit zugefügt Gottvater. Nie sollte sie erfahren niemals! Was dies sei, Trauer.
»Es hätte ihr nicht viel genutzt, zumal sie in IHRER Entwicklungsgeschichte, in letzter Instanz, in der Tat!«, und Johannes streichelte der Trostlosen dies weg, die Kummerfalten, den Schmerz ob der fehlenden Fähigkeit zur Trauer. Erd-Mutter Pepi ließ sich trösten rasch; blickte Johannes an als käme aus seinem Mund dies, eine Blutwurst ohne Ende. Erd-Mutter Pepi liebte Blutwurst. Staunte diese Länge an, hörte auf die Blutwurst denn nie. Wurde länger immer länger, staunte Erdmutter Pepi, wagte nur anzuschauen ehrfürchtig die Blutwurst, nach ihr greifen, empfahl sich nicht, denn wie greifen Worte? Erd-Mutter Pepi war schlau, schauten aus den Augen heraus pfiffige Tendenzen, zwinkerte auch, in Summe gesehen: Pepi war nicht gestimmt trübe.
Und Johannes Todt erklärte also Erdmutter Pepi ihre Schande, hielt ihr vor, ihr Sündenregister. Das staunte sie an, es tröstete sie, Erd-Mutter hörte nicht aufrichtig erschrocken von ihren Leistungen, ihre Leistungen schmeichelten sie, im übrigen mischte Pepi in seinen Gesichtsausdruck einmal dies hinein und dann das Gegenteil. Ließ er nicht die Dummheit Pfeffer werden dann war das Salz mögliche Beimengung, das Salz Staunen und Verwunderung, es gab viele Mischungen, die ein Pepi in seinem Gesicht unterzubringen verstand: der Wechsel, die Verschiebungen, die Schwergewichtsverlegungen geschahen unter Umständen sehr rasch, Johannes es dann und wann schwer hatte, zu wählen den strengen Ton mit dieser Erd-Mutter Pepi, in der ein explosives Gemisch von höllischen wie himmlischen Eigenschaften: angereichert schien, diesen versuchte Erd-Mutter Pepi nicht unbegabt gerecht zu werden.
»Das Gewurl auf ihrer Rinde, nicht wirklich berücksichtigen könnte, zumal der Mutter Erde das Programm ihrer Selbstverwirklichung nicht irgendwer verordnet hat, sondern Er, der liebe Gott. Ergo, hat sie der All-Weise erst gar nicht? Mit so Unnötigem belastet, wie Ge-Wissen. Sie weiß nicht, was das ist –
> Und Pepi bedeckte sein Gesicht, zwischen den Fingern schaute er hindurch; schloß sofort die Wand, wenn er sich wußte angeschaut von Johannes, dem Menschen, der Erd-Mutter Pepi unterschob sie wisse also nicht, obwohl Johannes wußte. Wackelte Erd-Mutter Pepi mit dem Kopf, links der Schulter zu, rechts der Schulter zu; bohrte auch in ihrer Nase. Kindisch war sie auch, voll der Einfälle wie Ausfälle, es war geschrieben hinein in Pepis Gesicht.

ein Mensch, und weiß nicht, daß sie es nicht weiß. Eine äußerst glückliche Konstruktion.
> Kicherte, als fehlten ihr einige entwickelte, einige geraubte, nicht entfaltete Sinne.

Daß die, gerne leben, weder von ihr: noch von sonst irgendjemandem, gemeuchelt werden mögen, das ist nicht IHR Problem.«

Und die Rückverwandlung in den Pepi Fröschl geschah auch sehr schlagartig; und dann schloß Johannes – ganz ergeben seine Fügung zu tragen willens, die zweifellos Pepi hieß – die Augenlider. Breitete sich aus in seinem Gesicht der merkwürdige Friede gespielter Resignation, eine Art passiver Widerstand, der Pepis Eifer steigerte, es vertiefte dies, genau dies, was Pepis Eifer gesteigert hatte.

»Du denkst an unseren Geologieprofessor nur mehr der Tonlage nach: den Spott hat er sich nicht verdient – absolut nicht, Johannes! Er am allerwenigsten! Zum ersten

schnappte nach Luft, dies war Spiel, war es nicht Spiel? Johannes wußte die Grenzen nie so genau. Auf jeden Fall Pepi setzte fort.

ist er ein gottesfürchtiger Mann, zum zweiten naturwissenschaftlich vollkommen der Neuzeit zugewandt eine äußerst seltene Konstruktion von Professor zumindest an unserem Gymnasium, einen Freund als alten Trottel hinstellen, das ist der Spott, der sich wider die Tatsachen richtet, zumal er eigene Wege geht: das sollt er nicht!«

Nickte Johannes; eifrig nickte. Noch eifriger nickte, bis er verstand: Pepi dürfte dies wirklich so gemeint haben. Da löste er sich vom Stamm, die Hände aufgestützt auf gutem Boden, starrte er den Eiferer an, Pepi war verrückt. Der wußte echt nicht, was er wollte.

»Die Bewegungen an der Erdoberfläche sind unterscheidbar, durchaus ...unterscheidbar!«, wer war Pepi jetzt wieder.

Erd-Mutter Pepi natürlich; blickte Johannes treuherzig an, die gefalteten Hände auf dem nackten Schoß, Beteuerung Erd-Mutter Pepi sei die Offenheit in Person, ganz großes Ohr, nur Ohr und geneigt zu hören, einiges über sich selbst, vollkommen und völlig Aufgeschlossenheit, die bestimmt nicht böse war, so man ihr einiges nachsagte, zwinkerte. Johannes wußte nicht so recht, inwiefern er, Erd-Mutter Pepi trauen sollte. Etwas unberechenbar. Der Mund verzog sich, lächelte sehr breit, eifriges Nicken. Natürlich war sie unberechenbar, das Berechnen war ein zutiefst menschlicher Akt. Zwinkerte, wirkte pfiffig wirkte auch bereit entgegenzunehmen einige zusätzliche Informationen bezüglich ihrer mütterlichen Existenz, bezüglich ihrer Wenigkeit.

»– aufstoßende wie wellenförmig schwankende, so auch drehende? Ja, meine lieben Kinder, das hättet ihr nicht gedacht – soll ich dir noch erklären, mit welchen Apparaten die Art und Richtung der stattgehabten Bewegung bestimmt werden kann? Interessieren dich vielleicht –

Erd-Mutter Pepi wußte nicht, Finger in den Mund, Augäpfel himmelzu sie dachte nach; beteuerte auf diese Weise auch ihre Unschuld.

die Erdbebenmesser mehr? Willst du wissen, wie das ist, wenn unterirdische Hohlräume zusammenbrechen, interessieren dich räumlich beschränkte: Ortsbeben? –

Erd-Mutter Pepi staunte, dies alles in ihr drinnen, hielt sich fest an ihrem eigenen Bauch und begann wackeln, blies auf die Backen, blies in Richtung Johannes, spielte Wind.

oder mehr, die eigentlichen Erdbeben: die verursacht werden durch innerliche, in ihren Wirkungen bis an die Oberfläche reichende Verschiebungen und Störungen des Zusammenhanges in der Erdkruste?! Willst du wissen, wer, wie, wo und wann

Erd-Mutter Pepi hob abwehrend die Hände, den Kopf seitwärts gewandt es anmerkte stumm und keusch, dieses »Nicht doch!«, wobei ihre Augen voll waren der Neugierde und die Blutwurst, was war das für eine endlose so ganz ihren Geschmackssinn treffende Blutwurst: Johannes, der Mensch, befaßte sich mit Erd-Mutter Pepi. Wer da mit wem mehr Geduld hatte Johannes wollte die Frage nicht voreilig entschieden haben.

und weiß der Teufel, was noch?! – welche Detailfragen bewegen dich? Seit wann, und warum, und warum nicht, und, o Gott!

Erd-Mutter Pepi wirkte gekränkt, diese Detailfragen waren doch menschliche Angelegenheiten, wie sollte die dümmste aller dummen Mütter, es wissen: das sollte ihr ja mitteilen, Johannes, der Mensch. Und Johannes hatte sich erhoben, gesagt, o Gott! Und sich erhoben und sich festhielt den Kopf. Sprach hinauf zum Mond; sich zog selbst fest an den Ohren, wuchs bis er auf den Zehenspitzen stand und war ganz unterstützende Körpersprache. Erd-Mutter Pepi staunte an den Nackten er war nicht ohne Namen, hieß, auch sie hieß, hatte sie erfahren von also so gebautem Leben, schaute schamlos, kam aus dem Schauen nicht heraus. Erd-Mutter Pepi durfte, zwinkerte dann und wann und schaute, auch ein für ein O geöffneter Mund, das O blieb aber ungesprochen, denn es hätte sagen für die nicht Sprechbegabte der Mensch, Johannes nicht hergeben wollte seine Stimme, er nicht herleihen wollte, nicht einmal für das O der Erd-Mutter Pepi die Stimme. Sie war gekränkt. Schrieb dies auch ein lesbar in ihr Gesicht.

Heilige Maria Mutter Gottes, das darf doch nicht wahr sein. Wieviele Leichen? – was sie heut nicht wieder alles geschluckt hat!«

»War ich jemals in einer Erdbebengeschichte verwickelt, weiß ich, was ein Erdbeben ist? Derlei habe ich gelernt, aber, nie verstanden!«

Wenn Johannes richtig verstand, hatte das Schulmaterial Pepi geliehen der Erdmutter Pepi die Stimme; wahrscheinlich war dies ungefähr, ungefähr war es sicher so.

»Wie erfreulich, meine Leich nicht dabei, Gott muß mit mir Großes planen, zumindest läßt er: mich leben, Gott sei es gedankt!

Und im Hört, Hört vieler Menschen, spielte Johannes die Fortsetzungen, die Auswirkung des Erdbebens unter der ganz bestimmten Gattung. Spielte viele Menschen, wechselte Körpersprache, wechselte die Stimme, Haltung einnahm, die eines Gebückten. Haltung einnahm, die eines an sein eigenes Herrenmenschentum ergebenen Gläubigen. Haltung einnahm, diese Liebenswürdigkeit in seinem Gesicht sich entfalten ließ, die alles in sich und an sich hatte nur eines nicht, das Echte; eines aber war, irgendwie doch echt an dieser dargestellten Liebenswürdigkeit, die Freude am Schaden, der einen selbst nicht getroffen hatte.

Schade, du warst nicht dabei. Und Überlebende – gab es auch noch? Daß Gott mit mir Großes plant, ist klar, seit diesem Erdbeben besonders klar.

Und wandte sich zu einem imaginär anwesenden Dritten.

Bei DIR wundere ich mich, zumal es schade ist, um nicht zu sagen äußerst merkwürdig. Hätt' so gern um dich getrauert. Glaubst du es nicht, nichtsdestotrotz, ist es wahr: ich hätte dich Unglücklichen geliebt, wie noch nie.

Und wandte sich zu einem anderen imaginär Anwesenden.

Und DU – ist es nun Legende, oder ist es wahr, so wie der Leibhaftige wahr ist, daß du im Erdbebengebiet warst, dabeisein durftest und – wiederkehrtest?! Ich meine, wer so etwas erleben darf, soll, zumindest nicht wiederkehren dürfen.«

Pepi Fröschl spürte das Bedürfnis, sich distanzieren von Erd-Mutter Pepi; sehr stark. Er mußte diesem Bedürfnis nachgeben.

»Na eben, genau das mein ich. So etwas von Primadonna wie die Erde – ich mein: darf ich etwa explodieren, wann ich will? Ihre Eigenheiten muß man respektieren und studieren bis zum Geht-nicht-mehr. Wer respektiert mich, meine

Pepi Fröschl hatte den Eindruck, Johannes Todt glaubte nicht, Josef meinte dies, was er sagte; hörte ihm aber höflich zu. Auch Pepi hatte den Eindruck, es könnte ihm nicht schaden, so er sich selbst höflich zuhörte.

Eigenheiten? Verschluck ich ganze Städte, ruinier, woran – weiß Gott wie viele? – Generationen gebaut haben, in ein paar Sekunden? Das sind Fragen, die keinen interessieren, aber mich: bittschön, dürfen sie wohl, zumindest bewegen.«

»Warum sagst du nicht was dich wirklich bewegt.«, fragten die Todt-Augen.

»Bist du verrückt!«, antworteten die Fröschl-Augen.

Und Johannes Todt sagte, stehend vor jenem, der sich gelehnt an

einen Stamm, die Hände im Nacken, die Ellenbogen gewissermaßen die Flügelenden, spitzwinkelige Flügel aus Fleisch, zugedeckt mit Haut, geschützt alle innerhalb gut eingebetteten Transportwege für den und jenen, für jeden Kreislauf, was anging die biologische Naturkunde, dürfte das System, das mit Haut zugedeckte System gut funktionieren.
Spitzwinkelige Dreiecke, angefüllt mit Fleisch, dazwischen schaute etwas hindurch, die Nacht; was sonst. Löcher schauten nicht. Augen, ausgenommen den eigenen Augen waren im Dorf der Toten keine Augen. Schlangen waren froh, so sie Ruhe hatten vor ihrem Erzfeind, dem Zweifüßler mit den vielen Plänen, sich zunutze machen Schlangenhaut, sich zunutze machen ihr Gift wie ihren Schlangenleib. Johannes zuckte dann es wußte, dies waren die Äste der Trauerweide, mehr spürte er absolut nicht, niemand berührte ihn, die Kälte hatte keine Hände.
»Wohin, ich meine: verstehst? – wer der Naturordnung Gottes entkommt, der muß unzweideutig eindeutig, mit dem Teufel ein Bündnis gewagt haben, anders ist es doch nicht möglich?!«
»Wie schaust du mich an.«, fragten die Fröschl-Augen.
»Gar nicht; ich habe mich nur über mich selbst lustig gemacht. Wegen der Angst, den Ästen hinter mir.«, antworteten die Todt-Augen. Nicht, verstand Pepi nicht? Blickte über die Schulter nach hinten und Pepi, ihn anstierte, düsterer es nicht denkbar war. Als wollte er Johannes durchbohren, als suchte er seinen Nabel, als wollte er seinen Nabel: an der Schnur ziehen so lange, bis diese riß. Dann saß er auf dem Boden und war pepimäßig zufrieden, in der Hand die Nabelschnur des Zöglings und voll des Staunens, der hatte wirklich noch eine Nabelschnur an der er gezogen werden konnte. Es spätestens bemerkte, so sie gerissen, vorher nicht.
»Ich hasse dich! O Gott, du weißt ja gar nicht, wie ich dich – hasse!«
Und Johannes Todt nickte; ließ sich nieder neben Josef Fröschl, diese Antwort stand zu erwarten. Immer wenn Pepi nicht weiter wußte, konzentrierte er sich auf eine spezifische Empfindung, damit verschaffte er sich wieder den Überblick, kannte sich wieder um einiges besser, sich auch verstand. Pepi mußte sich verstehen dürfen, immer, am besten das ganz geschwind, Pepi fürchtete nichts mehr als das sogenannte, einmal abwarten und nicht allsogleich suchen den Bock, der ihm: mitschlachtete die eigene Ratlosigkeit, die vielen ungeklärten Fragen, das Dunkel in dem zu wenig gekannten Selbst, das Dunkel rund-um-ihn, das gut allzu gut, unheimlich gut erzogene Gewissen und wußte Johannes was, noch alles Pepi fürchtete. Ihm erging es nicht, gar nicht anders. Nur: hassen deswegen, sich hinein-

steigern, Haß die vorübergehende Lösung allemal, die vorübergehende Erlösung, Erleichterung, die hatte? Johannes nicht: die Hoffnung Haß, der Illusion konnte er sich, etwas schwerer hingeben als Pepi. Dafür gewiß anderen Illusionen leichter.
»Ach, ich bin der geborene Umstandskrämer, ein Kreuz. Dich bewegt ja nicht eigentlich die Erde, die Natur des Menschen bewegt dich: die ihm von seinem Schöpfer angewöhnte Unnatur: die Natur.

Pepi plagte das Niesen; hoa-atschij ging es in einem fort: Johannes rauben mit Niesen den Monolog gegen diese Stille, die Johannes ihm gegönnt, aufrichtig nicht. Er kannte diese Stille, er fürchtete diese Stille. Es war keine gute Stille. In ihr bereitete sich hinterrücks vor höchstens: die Fortsetzung, die er nicht wollte, absolut nicht. Natürlich nicht es endet mit dem Loch im Kopf, anders nie.
Seine unnatürliche Neigung bewegt dich, seine ihm: vom Schöpfer höchstpersönlich, entwickelte, körperliche Konstruktion – ihm mehr passierte als gewollte: mehr gewollte als passierte? – diese unnatürliche Neigung, nicht und nicht, dem wagemutigen Abstraktionsdrang seines Gehirns, nicht des Gehirns,

Gelehnt an den Stamm spürte seine Schulter, sprach mit geschlossenen Augen hinein in die Nacht, hörte sich selbst mit großer Höflichkeit, viel Geduld zu und spürte die Nähe Pepis. Dies keine Sünde war! Natürlich es war keine Sünde.
vielmehr dem wagemutigen Abstraktionsdrang seiner Ideen, das Gehirn bietet ihm diese Möglichkeit ja: nur an? – nicht der Ideen, der wagemutige Abstraktionsdrang ja nur eine Art Benotung, Zeugnisgebung, Benennung, Bewertung dessen, was aus dem: Gehirn herausquillt gewissermaßen als Idee?

Folgte Pepi seinen Ausführungen, folgte Pepi nach in die Gedankenwelt eines Todt, interessierte sie ihn eigentlich. Johannes zweifelte: Pepi das unruhige Wetzen hatte, als suchte er eine brauchbarere Sitzhaltung. Dies die nackte Sabotage, der sabotierte ihn andauernd!
Wer da was und wie bewertet, benennt und warum so und nicht anders? Wer wem: antwortet, wie und wann und warum und warum so und nicht anders? Das möcht ich, wissen: die Ideen dem Körper antworten, der Körper den Ideen? So oder so, ich bin

Der gab keine Ruh; schluckte und schloß die Augen, war steckengeblieben. Immer wieder steckenblieb.
kein Philosoph: mich bewegt, zumal es DICH bewegt, wer da wen bewegt, wie das messen, wie es lesen? –

Der Kerl gab nicht die fünf Minuten: Ruhe, Ruhe; Ruhe! Dies Johannes dann nicht brüllte, lieber nicht. Kratzen, das war's, Pepi mußte seinen Körper rundum kratzen, fühlte sich gebissen da, fühlte

sich dort gebissen und das wurde noch die Kratzmanie. Johannes schloß seine Augen, willens zu schweigen, kein Wort mehr, blieb und rührte sich, bewegte sich nicht. Die Hände verschränkt vor der Brust. Stupste Josef ihn? Stupste ihn: Nickte, setzte fort.
zurück zur unnatürlichen Neigung des Menschen: seiner körperlichen Konstruktion, um nicht zu sagen der Natur des Menschen, den Gehorsam zu verweigern, nicht und nicht, dem wagemutigen Abstrahierungskünstler; der im Gehirn eine Art Experimentierküche hat, in der er liebevollst Rezepte probiert, einmal das, taugt es: weniger, so ein anderes: mit dem es ihm doch irgendwann einmal, wirklich gelingen müßte, seine körperliche Konstruktion, endlich zu sprengen, ganz Geist zu werden, die primitive Krücke Fleisch endlich ruiniert, eine Freud! zu früh gehofft, das nächste Rezept probiert; nicht und nicht, dem: irdisch schwer, zu fassenden Abstraktionsdrang seines Gehirns mit all den erquicklichen Veränderungen seiner Struktur, bis zur Selbstauflösung! – ein äußerst tollkühnes Experiment, im Vergleich dazu Leut wie Herkules schwindsüchtige Vorläufer, um nicht zu sagen Gott, und er darf sich dafür als ...«
»Wer?!«
»Der Körper, wer sonst: der menschliche Körper, kennst du ihn nicht? Na eben – wo bin ich mit meinen Verdächtigungen hängen geblieben?«
»Daß er sich darf ...«
»Also: er darf sich dafür, was darf er nur? ach ja, als Experimentiergegenstand zur Verfügung stellen und weiß es nicht zu schätzen; der undankbare Primitivling! – nicht und nicht, dem ihn schmerzenden Abstraktionsdrang seines Gehirns; der ihn von jeglichem Schmerz erlösen täte, würde der Widerspenstige nur nicht, alleweil und alleweil den Gehorsam verweigern; das Herrschaftsrecht zuzubilligen, sodaß er sich alleweil, geradezu rachsüchtig und unversöhnlich gegen den ihn, vernünftigerweise sublimieren wollenden Kopf wendet, und zu diesem Behufe nicht einmal Foltermethoden scheut, sich selbst in eine Folterküche verwandelt, jedes Organ, jeder Nerv ihm ein nützliches Folterwerkzeug, dem einen den Gehirntumor, dem anderen die ruinierte Lunge entwickelt, dir zum Beispiel, dein: Asthma, um nicht zu sagen heimtückisch und hinterrücks verordnet, sich alleweil rächt, regelrecht
»Kratzen, nur kratzen muß ich mich, lieber Johannes«, entschuldigten sich die Pepi-Augen.
nicht einmal so etwas, wie christliches Mitleid und christliche Barmherzigkeit als linderndes Balsam in seiner Folterküche gelten lassen will, nicht ein Korrelativ? – unzumutbar in seinem Machtanspruch, frag mich bitte nicht: wer, der Körper, wer sonst, den tollkühnsten Experimentator auf dieser Erde abzuschütteln trachtet, indem er ihn – biologisch liquidiert? Sind das – Methoden?«, und boxte wenig um Schonung bemüht dem Quecksilber neben ihm den Ellenbogen in die Pepi-Galle-Gegend.

»Du bist verrückt, ich versteh kein Wort! Das ist allessamt: widersinnig, Johannes. Wie kannst du nur solche aberwitzige Fragen in deinem Kopf hin und her wälzen, sowas denkt ein Mensch erst gar nicht, und sowas noch als Worte aus dem
>Johannes hielt geschlossen die Augen, verdächtigte Pepi, er glaubte? Sich selbst nicht ein einziges Wort; Pepi blieb sich gegenüber höflicher Mensch, Johannes wollte nicht hintennach hinken, blieb auch höflich.
Mund hüpfen lassen, wie? Allein, daß du es gewagt hast, hat dir die Grammatik durcheinandergewirbelt. Wo der Anfang, wo das Ende deiner Sätze? Johannes! Allein die Grammatik deiner Sätze widerspiegelt, daß du nicht mehr so denkst wie ein Mensch denkt, so er denkt! Glaub mir: das sind Verdächtigungen, die sich der liebe Gott nicht gefallen lassen kann, es sind eher Symptome eines handfesten
>Welche Symptome; Pepi mußte nachdenken, er war bei irgendwelchen Symptomen; Johannes nickte, ganz so er gemeint, wie Josef, nicht anders.
Verfolgungswahns! Du konstruierst einen tödlichen Widerspruch zwischen dem Kopf, ich mein: seinen Möglichkeiten und der Natur: jener Natur, die diesen Möglichkeiten unterzuordnen ist.
Nur, leugne es nicht, damit du den lieben Gott als Verfolger und Hasser seiner eigenen Schöpfung verleumden kannst? Das ist eine fixe Idee, Johannes, die mußt
>Und blickte ihn an, ganz die Frage, was mußt du Johannes? Johannes beantwortete die Frage, weiß ich's; zuckte die Achseln, schloß die Augen, Pepi verstand auch so: Johannes hatte mitgeteilt, ich höre.
du irgendwie aus dem Kopf herausoperieren, sonst sitzt du eines schönen Tages zu Donaublau, in: der Festung! Ja! – dorthin kommen solche Leut, die vergessen, daß der liebe Gott sie liebt, nur solche Leut entwickeln einen Verfolgungswahn, glaub mir das, nur solche! Doch nicht – du? Johannes, wenn du mir das antun möchtest, ich mein: verstehst? – ich kann dich besuchen, o ja, mir wär's lieber: ich besuche dich einmal in deiner Pfarrei, und wir studieren gemeinsam: Theologie? Und wenn du verrückt sein mußt, ich bitt dich: sei so verrückt, daß es nur wir zwei wissen, auf daß dieser Umstand uns nie wirklich auseinander dividieren kann.«
>Pepi schien das, schon so zu meinen. Teils teils gewiß; auch wenn das in sich hatte viele Für und Wider, nicht einheitlich war, tendenziell meinte er so gewiß: tendierte am ehesten in diese Richtung. Sollte Johannes Reue empfinden, vielleicht gelassen hätte besser alles drinnen in seinem Kopf; wußte doch selbst, wie er dachte, dachte man wohl besser nicht. Man dachte nicht so.

»Ich mein: verstehst? – versteh ich's nicht: der Knoten im Strick um den Hals eines Menschen erhebt ihn zwar vom Erdboden,
Betrachtete seine Hände, streckte sie gerade aus, sie waren der handfeste Beweis, zitterten. Sie rasch an sich zog, gepreßt an die Brust, zugedeckt mit den Armen, diesen zittrigen Abschluß der Arme, fast geworden wären die Hände, die Hände eines Mörders, die Hände, die also gegriffen nach der Kreuzotter, gegriffen nach dem Strick für sich es sonderbar war, erkannte sich, bald selbst nicht wieder.
nur: soll das ein erhebendes Gefühl sein, ich weiß nicht.«
Und der zurückgekehrt war, nicht wissend warum er noch einmal seinen Platz: in der Nähe, der beiden Galgenstricke, aufgesucht hatte, sich erwählt denselben Grabstein, es war ein günstiger Platz zum mithören ohne allzu leicht und allzu rasch zu werden die sich selbst verratende Geräuschquelle, nahm an, er konnte nicht viel versäumt haben nahm an, er dürfte ziemlich das ganze Gespräch gehört haben, nahm an, das dürfte gewesen sein Gott, der ihn zurückgeführt und gesprochen, höre
»Jetzt weiß ich, du spottest dir deine eigene Verrücktheit fort, der Spott gilt alleweil dir selber? –
ihre Stimmen Gottesmann, bleibe bei ihnen, verstehe sie, fasse diese Innenwelt der beiden nicht als allzu nebensächlich auf, kennst du so wenig deine eigene Innenwelt, dieses Vorbereiten und Werden von ungewünschten Wirklichkeiten. Unterschätze diese Innenwelt nicht, wie allesamt in dir geworden erst so nach und nach: der Strick, um deinen Hals, warum wähnst du diese Nichtlösung nicht als Irrtum in dem Todt, könnte nicht einiges hiefür sprechen?
das ist ungeheuerlich, du raufst um deinen Verstand, willst ihn mit allen Mitteln retten und ich muß erst, zur Mitternachtsstunde mit dir über die mannshohe Institutsmauer klettern, querfeldein rennen, über die mannshohe Mauer klettern, das Dorf der Toten betreten zu verbotener Zeit, bis du bereit bist, mir zu offenbaren, daß nicht ICH zum Verrücktwerden neige, sondern DU?«
»Lieber Pepi, lieber, lieber Pepi! – ach was.
Ob Gott so mit ihm gesprochen oder anders, nicht weit weg, es nichts gewesen was ihn gezogen zurück auf den unmöglichen Lauscherposten so aber doch alles ihn dorthin gezogen wider sein Empfinden von dem: Begriff der Freiwilligkeit, wider all den in ihm lange gewachsenen und sich gefestigt habenden Wertvorstellungen, allem zum Trotz war er zurückgekehrt, voll der Scham dem Gefühl von Niederlage und aber unmöglich es ihm war, zu gehen, ehe gegangen waren die beiden Galgenstricke. Panik es gewesen, ein

panikartiger Zustand, er könnte etwas Wichtiges eminent Wichtiges versäumen und was es auch immer gewesen sein mag, er saß wieder dort, war zurückgekehrt nach wenigen Minuten, wußte nicht, was gleichzeitig geschah, war froh, ihre Stimmen zu hören:
Es ist wahr. Manchmal fragt mich irgendjemand, ich kann's nicht sein, wer wessen Geschöpf ist. Zumal es mir immer wieder passiert, so verkehrt herum: lese ICH
ein winziger Ausschnitt aus ihrer Wirklichkeit war es, wieviel? Das war ungeklärt. Viel bekam er nicht mit, einiges doch. Mehr als er erfahren hätte, ohne zu sein ein großes weit geöffnetes Ohrwaschel, es immer war. Daß er nichts mitbekam, nichts in sich aufnehmen konnte – er mochte Übertreibungen nicht – einfach gelogen gewesen wäre, diese Nagerei inwendig vollkommen überflüssig. Sollte in Worte nicht allzu viel hineinlegen. Nicht Kombinationen riskieren, deren Ergebnis sein konnte nur unnötige Beunruhigung. Überreizt: war er, voll der Unruhe.
Jahwe Gott und die Bibel, deucht mich, ich weiß mehr von Raubzügen der Menschen, ihren Gemeinheiten Brutalitäten und Grausamkeiten, ihren Hoffnungen und Sehnsüchten und ihren Ideen, als? Von der, allen irdischen Instanzen übergeordneten Instanz: Gott. Ich kann mir nicht helfen, Pepi! Es ist grauenhaft: ich sehe
Die äußere Umwehrung des Dorfes der Toten, Konstruktion und Gestaltung war ungefähr angepaßt dem Zweck auch dieser Einfriedung: dienen sollte der Sicherheit innerhalb der Einfriedung gegebener, vorhandener, lebender Wirklichkeit. Die mannshohe Mauer kannte der Spiritual noch in dem Zustande, als sie weniger geprägt von Verfall, dort und da schon gebrochen heraus gleich mehrere Steine, aber nur dort, wo die Mauern aufhörten: die begehbare Fläche bildeten, es war eine ziemlich breit und füllig mit vielen Steinen aufgeführt wordene Mauer. Nicht einheitlich und schon in vielen Einst, hatten Menschenhände Reparaturen an diesen sehr alten Mauern vorgenommen. Sprechen von flächiger Wirkung dürftiger und der Kostenfrage: zum Nachteil der Einfriedung, unterworfener Schwindelzäune, spätestens bei erfolgter Anschauung der Mauern hätten sich sämtliche Lästermäuler überzeugen dürfen, diese alten Mauern könnten aufgeführt worden sein vor vielen, vielen Einst und vielen, nicht leicht zu fassenden Damals und von einem Einzelnen schon: gar nicht, zu erfassenden vielen Damals, auf derartig stabile und auf Solidität bauende, auf Ewigkeit sich einrichtende Weise, daß fast sämtliche Mauern der Baumeister neuzeitlicherer Art bei noch so großer Überzeugung von ihren eigenen baumeisterlichen Qualitäten eingestehen mußten: beim besten Willen, mit

diesen auf Ewigkeit sich einrichtenden Konstruktionen und Gestaltungen kamen sie nicht mehr mit: es waren ja auch die Baumeister, die sich mehr eingerichtet auf das Schnell, Schneller-Noch, Noch-Schneller, dies aus dem Wertkoordinatensystem, das schon längst beherrschte die Neuzeit, kaum Herausbrechbare. Genau so wenig herausbrechbar wie die Kostenfrage. Die Kosten-ersparnis-Frage. Dies nannte der Spiritual, wie er sich es selbst bestätigte: nicht zu Unrecht, die Geburtsstunde der haufenweis entstehenden Schwindelzäune.

nur Raubzüge der Menschen, alleweil spricht Jahwe Gott, der Raubzug ist erlaubt, der andere nicht, er hilft ihnen dabei, nur: warum teilen das alleweil Menschen anderen Menschen mit? Nicht ER selbst? Was da alles im Namen: Gottes passiert, nur, warum ähnelt er

Die Trennung der Totenstadt vom Weltgetriebe, hier war sie zweifellos ein Totendorf, das getrennt vom Marktgetriebe Dreieichen. Weder durch Einblick noch durch Ausblick abgelenkt, hier wurde noch gestillt, das Verlangen nach ungestörter Ruhe. Lagen doch einige Gründe vor, die einen Abschluß wünschenswerter erscheinen ließen als den Ausblick – die brauchten ein Zeugnis, ohne ordentlichen Abschluß, was sollten die machen in der Welt: so, wie sie waren, waren sie in der Welt verloren – auf die Straße. Warum sollte man die von der Gemeindeverwaltung verluderte Kommunikation heißen eine Straße. Er litt nicht darunter, im Gegenteil! War froh, daß diese Gegend vergessen hatte, die Dreieichener öffentliche Hand. Eine intakte Friedhofsordnung hätte ihm noch einige zusätzliche Nüsse gegeben zum Knacken, dann noch vielleicht der wache und von Schlaflosigkeit sowieso gepeinigte Friedhofs-Schutzmann, eine Summe von Verwicklungen hiemit zumindest allen Dreien, erspart geblieben. Wie überzeugen, hier geschah nicht Schändung, nicht Frevel, hier fand statt ein dem üblichen Getriebe entzogener Meinungsaustausch, es mehr nicht, niemals war.

in seiner Sprache und in seinen Anordnungen, Anleitungen, Geboten und Verordnungen so sehr den Interessen jener, die in seinem Namen sprechen? Eher die Sprache irdischer Machthaber und ihren Vorschlägen zur Verewigung ihrer Machtansprüche? Pepi, mein Seelenheil, ich meine: es ist absurd, will ich meinen Glauben retten, darf ICH die Bibel nicht mehr lesen: sie vermenschlicht mir den lieben Gott so grausam. Wie –

Die letzte Konsequenz aus der Forderung, aus dem Bedürfnis, zu schaffen eine: die Durchsicht verwehrende Umfriedung, war natürlich diese geschlossene Mauer: man sah ihr auch gleich an, den Eindruck verwehrte sie bei Gott nicht der erhöhten Sicherheit und Wehrhaftigkeit, gewissermaßen erfolgreich bewältigter Abschluß

hier hergestellt worden war, die sich von der übrigen Welt und ihren
Narreteien, abschließenden Toten, genaugenommen von den Lebenden aus dem Weltgetriebe, fortgejagten Toten, fürchteten die Lebenden die Furchtlosigkeit der allewiel es ihnen mitteilenden Toten:
Wie seid ihr doch gepeinigt von so vielen Ängsten, was hetzt ihr so,
was flieht ihr, dauernd die Stille. Einmal mehr durfte der Spiritual
feststellen, es gab sehr wohl Orte in dieser Welt, in denen auch er
zuhause war.

ein Priester ohne Bibel? Mir fehlt der Glaube, ich mein: verstehst? –
Die Durchbrechung der Mauerfelder war hier vollzogen worden
geschaffen worden durch Bogenöffnungen mit Gittereinsätzen. Die
Kronen für dieses Dorf der Toten fehlten, natürlich kostete die
Umfriedung, in ihrer weiteren Unterhaltung einiges nicht nur in
ihrer sowieso, vor langer Zeit erfolgten ersten Anlage. Eine Mauer
über die jeder meinte hinübersteigen zu können war es nicht.

der Glaube, daß der liebe Gott nur im entferntesten: die Ähnlichkeit hat,
mit diesem launischen und machttrunkenen, alles und jeden dirigieren
wie besitzen wollenden Monster, das mir –
Alles sprach hiefür: es gab keinen Grund für Unruhe, trotzdem
wuchs sie im Seelenarzt der auch der Richter war der beiden
Galgenstricke, wurde wildes Pochen und der kaum beherrschbare
Wunsch, sich erheben, nähern, auseinander die Äste der Trauerweide zwingen und sehen, was

die Bibel als lieben Gott offerieren möcht? Eine Art von All-Liebe und
All-Weisheit und All-Güte und All-Macht, die allewiel mit der Zuchtrute
in der Hand beteuert, wie sehr sie ihre Geschöpfe liebt? –
geschah, während sie sprachen, ob sie auch ganz gewiß nur waren
ein Hin und Her der Worte und nicht mehr. Viel gemeint, wenig
getan, es war selbstverständlich mehr nach seinem Geschmack, aber
es gab auch diese langen, ewigen Pausen, diese Schweige-Akte, es
gab so viel es gab so wenig, empfand sich selbst zerrissen von
einander Wider-Rede leistenden Stimmen, ein Kampf der vielen
Stimmen in ihm, der diesen Nachteil hatte, er spürte wie sie wirksam
wurden in seinem ihm absolut nicht gehörenden Körper, selbst,
wenn er sich gesagt hätte, Gottesmann steh auf, greif ein, werde
Handelnder, er wäre liegengeblieben: gelehnt am Grabstein, wie
gelähmt.

deucht mich eher, verdient den Namen ganz bestimmter, irdischer, ich
mein: verstehst? – Lebewesen.«

»O Gott, mit dir kann ich nicht einmal mehr – Mitleid haben. Du bist
nicht verrückt und nicht wahnsinnig, du bist der Teufel selbst! O Gott,
du weißt ja gar nicht, wie ich dich – hasse!«

»Na endlich, das hat etwas gedauert.«

Erwachte: ausgestreckt auf der Bank liegend, wenn ihn so jemand gesehen hatte. Nahm würdevolle Sitzhaltung ein, kontrollierte die Uhr, es war schon so. Man sollte den Teufel nicht herausfordern. Eindeutig – die Bank war nicht sein Bett im Institut. Und überhaupt, wo befand er sich? wie sollte er den Weg zurückfinden ins Institut, wenn er nicht wußte, wo er sich befand? An einem Haus, in der Nähe Sturm läuten: »Gestatten? DDr. Storch, können Sie mir bitte den Weg ins Institut sagen.«, er war doch kein Ortsfremder auch nicht ortsunbekannt. Warten bis es Tag wurde? was da noch alles passieren konnte? wie ein Gespenst, durch das Kommunikationsnetz Dreieichens eilen. Befand er sich denn in Drei Eichen? die Straßen begannen sich »zu gabeln und die Gabelungen: wieder, zu gabeln und es gabelte und es gabelte und es gabelte....«, in einem zu DDr. Storch das Wasser, denn er war gefallen in den reißenden Fluß, mußte schwimmen: Brustschwimmen, denn er war, sich allzu weit gebeugt über das Geländer gefallen in einen anderen Weg hinein, in eine andere Kommunikation hinein, dort hatte er entschieden, bewegte man sich am besten schwimmend. Und saß, auf der Bank, aufrecht und schwamm Brust, die Hände nach vorne wie, ein Pfeil, dann auseinander, schwamm und ging nicht unter. Wurde hievon erfrischt und murmelte dabei in einem fort: »...und gabelte und wieder gegabelt und gabelte...«

»Deine Gleichgültigkeit erschüttert mich, ich hasse dich – und du? Machst nicht einen Nackler.«

»Pepi. Hör auf! Nicht, du weißt doch: auf einmal werd ich grob und dann bin ich eben grob. Du bist ein Dickhäuter, die sind so empfindlich.«

»Und was tust du? Ha?!«

»Du täuschest dich, Pepi, was du zu sehen meinst, siehst du nicht.«

Die Dammstraße stellte sich vor ihm, rechtwinkelig auf, der Plankenzaun verschwamm, er hatte es doch zu tun mit einem Plankenzaun, DDr. Storch erhob sich, schwankte, fiel nicht hin, schwankte der Bank zu, schwankte dem Zaun zu, hiebei kam er sogar vorwärts. DDr. Storch es mit Freude zur Kenntnis genommen hatte, seine Gliedmaßen gehorchten, ohne weiteres gehorchten sie.

»Du bist verboten!«

»Als wenn ich das nicht wüßt.«

»Ich weine mir deinetwegen noch die Augen aus dem Kopf, und du –?«

»Weiß ich, wie ich mir meine unglückliche Konstruktion abgewöhnen soll?! Ich frag ja: dich!«

DDr. Storch beugte sich über das Geländer, er spürte keinen Boden? keinen Boden mehr unter den Füßen, der Oberkörper, baumelte auf der Flußseite, über das Geländer: »Wasser, Wasser«, sagte DDr. Storch? Hörte sich zu, hatte richtig gehört. Das war Wasser. Und DDr. Storch staunte hinunter, das war ja Wasser! Kicherte, war dem da drunten gekommen auf die Schliche, Wasser, das war Wasser, nickte eifrig, fast sich hineingesteigert hätte in Jubelstimmung, wäre ihm nicht eine Erinnerung passiert: hatte er nicht von irgendwoher gehört er habe es zu tun mit Wasser? Erschrak, wenn er noch das Gleichgewicht hielt, war es günstig; wenn nicht, was dann.

DDr. Storch turnte sich wieder in die Höhe, turnte sich fort aus einem solch unangenehmen Schwebezustand, spürte Boden unter den Füßen.

»Ich bleib hier sitzen, im Dorf der Toten, ich steh nicht mehr auf.«

»Es regnet nicht, schneit nicht, hoffnungslos Pepi. Die Temperatur ist nicht unter Null, der Teufel kommt nicht: hoffnungslos.«

»Der? Und so verrückt sein, dir den Glauben zurück bringen, Gott sei der, den: du eigentlich kennen müßtest, zumal er sich oft genug geoffenbart?

DDr. Storch war sehr gerührt, fühlte sich beschützt von einem allgütigen Vater, stutzte. Die Hände auf dem Rücken, konzentrierte er eine geballte Aufnahmebereitschaft auf das Geländer. Die Augäpfel verließen ihre Höhlen nicht.

Das entspricht doch gar nicht seiner Interessenslage, Johannes! Das ist es! Er darf nicht kommen, sobald Glauben zu Wissen wird, glaubt doch: bald einer! Ich weiß nicht, Johannes. Ich weiß nicht. So nackt fühl ich mich trostlos, so elendig trostlos.«

DDr. Storch sah zwei Geländer, DDr. Storch sah drei Geländer, warum vermehrten die sich so. Konnte sich nicht entscheiden, ging zu zwei Bänken zurück, ging zu drei Bänken zurück und verharrte in Steh-Haltung: welche war seine Bank?

»Komm, wir gehen – das Dorf der Toten ist nix für die Lebenden: da werden, wir nur verrückt.«

»Bist du verrückt? – laß mich sitzen... ich will sitzen bleiben! Mich alleweil boxen, spotten und weiß Gott wie zwiebeln; im Dorf der Toten mit dem Glatz, das wär halt was!«

Zuerst hatte DDr. Storch sich niedergelassen auf der falschen Bank alsodann sich getastet zur richtigen Bank, erfreut seinen Orientierungssinn bestätigt erfahren, zufrieden und ließ sich auf ihr nieder, nahm einen kräftigen Schluck und würdevolle Haltung ein.

»O Gott! – was bist du für ein Kindskopf, du gehörst, ja: verboten! Weißt nicht: was du willst!«

»Als tät mir ein bisserl kraulen schaden! Es schadet – mir nicht – ganz bestimmt nicht! Im Gegenteil, ganz im Gegenteil, Johannes. Ich mag das sehr gern. So

DDr. Storch sah zwei Dammwege, drei Dammwege, hatte vier Hände? Und fühlte sich orientierungslos. Welche Hände waren seine Hände.
etwas passiert mir ja nicht oft, wer streichelt mich im Institut? –
DDr. Storch blieb stehen, so konnte er nicht in den Fluß stürzen, sich nicht verlaufen nicht verloren gehen nicht stolpern und sich nicht zwischen zwei Bänke setzen.
na eben. Wer duldet meine Hände um seinen Hals, legt den Arm um mich? Affenkinder dürfen das, ICH nicht!«
»Du bist, kein Kind mehr, Pepi. Das ist verboten, absolut verboten: naturwidrig, verstehst! Naturwidrig!«
»Ich kann nix dafür, Johannes. Wirklich nicht! Wenn mir: der liebe Gott, das Naturwidrige anwundert, muß er es mir wieder wegwundern, ich selbst: kann mir
DDr. Storch taumelte, hielt sich am Geländer fest, rutschte mit Gehorsam verweigernden Füßen über die Dammkrone hinaus, konnte sich gerade noch am Geländer halten, erschrak. Rappelte sich hoch, schwankte, zurück zur Bank.
DDr. Storch entkorkte: die Flasche, roch am Korken, verschloß die Flasche, eine unheimliche Flasche. Sie war?! Und betrachtete die sonderbare Flasche. Mehrere Hälse, in der Tat. Dachte angestrengt nach, wie war gekommen die Flasche zu mehreren Hälsen. Studierte dem rätselvoll gestalteten Geschenk nach. Eine mehrhalsige Sache, die er gewähnt einhalsig, interessant. Und DDr. Storch schüttelte langsam den Kopf sehr sonderbar. Murmelte Unverständliches, vor sich hin, hörte sich zu und verstand nicht ein Wort.
nicht helfen.«
»Dann beben und Rotz und Wasser rinnen lassen, ach was. Ich erschlag dich! Beben darf die Erde, wenn sie nicht anders kann: sie weiß es nicht besser, ist
DDr. Storch entkorkte die Flasche, nahm einen kleinen Schluck, mehrhalsig: so er sie anschaute; einhalsig, so er aus ihr nahm den Schluck?! Dachte angestrengt nach, verschloß die Flasche. Wußte nicht, an wen er zweifeln sollte, an seinen Verstand oder an der Flasche. Irgendetwas? Ganz richtig. Irgendetwas war falsch.
etwas anderes, etwas ganz, ganz – absolut anderes als ein Mensch!«
»Ich möcht jetzt: sterben dürfen, Johannes. Schlag mich tot, und ich bin erlöst. Und das sag ich dir: den Walnußbaum mit blauen Nüssen, hast DU dir
DDr. Storch entkorkte die Flasche, nahm einen größeren Schluck, trank nur er?! Hörte sich zu, war nur eine Stimme, sehr gut, verschloß die Flasche. Nur einer hatte mehrmals ordentlich ge-

schluckt, also es klargestellt hatte hiemit, etwas nicht stimmte mit der Flasche, seine Aufnahmefähigkeit, sein Sehvermögen war in Ordnung. Hoch erfreulich fast es ihn erschütterte, stärkte sich: brauchte dringend eine Stärkung es ja sowieso gewußt, daß mit seinen Augen gewesen noch alles in vernünftiger Ordnung, trotzdem, eine Bestätigung war immer etwas Schönes.

DDr. Storch nahm einen sehr kräftigen Schluck; gurgelte und beutelte sich; verschloß die Flasche.

nicht verdient, DU nicht! Die Nüsse schlag ICH DIR nicht vom Baum, nicht eine Nuß gönn ich dir! Nicht eine! Kannst dir alle selber blau anmalen, weil ICH bin im Herbst tot. Daß du es weißt.«

DDr. Storch erhob sich von der Bank, ging? Zum Geländer. Beugte sich darüber, drohte fast in den Fluß zu kippen, erschrak, das wollte DDr. Storch natürlich nicht, ging wieder zur Bank zurück.

Dachte nach; er nicht gesehen etwas schwimmen aufgehört im Fluß? Und war es nicht ein Mensch, war es nicht ein Kopf ohne Haare, war es ein Alpbild oder wie. Hatten sich die Köpfe nicht vermehrt auf dem Wasser: allein daran er sah, es konnte nicht so gewesen sein. Denn Er hatte? Nachgerechnet: vollkommen richtig zusammengezählt, nur einen Kopf und also konnte er nicht sehen so viele Glatzen auf dem Wasser, so oft Er nicht ertrunken sein konnte es gab Ihn doch nur in einfacher Ausfertigung. Das war messerscharf geschlußfolgert, nickte, streichelte diese fremde Sache im Gesicht, die Nase. Ertappte sich hiebei DDr. Storch – wer war der Lümmel! – und klopfte sich den eigenen rechten Zeigefinger weniger eifrig, weniger hastig.

»Pepi, hör auf. Ist ja schon gut. Beruhig dich.

Und war aufgestanden, unverzüglich retten gehen mußte, er mußte einen nicht mehr schwimmenden Menschen retten gehen, reckte sich, strafften seine Gesichtszüge sich, blickte ruckartig um sich, einmal dahin, einmal dorthin und auch himmelzu geschaut, sich bekreuzigt, dann in Eile, erkannte sich DDr. Storch in Eile. Mußte retten gehen einen Mann, der gewählt die verkehrte Kommunikation, nicht den trockenen Damm, unten! Unten! So tief unten, was trieb Er im Wasser?!

»Das geht nicht«, murmelte DDr. Storch, es mehrmals wiederholte, dies ging so nicht, dies hatte nicht seine Genehmigung, sein Zeigefinger – wieviele Zeigefinger hatte er? – sich nicht aufhalten lassen, war in Eile; er war ja in Eile!

DDr. Storch zwängte Kopf und Oberkörper: zwischen den Planken des Zaunes hindurch, verloren das Gleichgewicht. Hielt sich mit den Füßen am Geländer fest, während der Oberkörper flußwärts baumelte.

So er die Lage richtig überblickte, dürfte der Rettungs-Aktion ein
Ereignis dazwischen gekommen sein. Eine gewissermaßen Zwi-
schenetappe unvorhergesehener Art. Besorgt empfand sich DDr.
Storch nicht.
Sei nicht so beleidigt. Pepi! – anschauen sollst mich!«
»Nicht einmal mehr schau ich dich an, das war: mein letztes Wort.«
Der sich zurückgeturnt mit einem: geheimen, ihm selbst nicht
bewußten, bewußt nicht gewußten, Kompaß ausgestattet, in die
brauchbare weniger selbstgefährdende Ausgangsposition. Die
Grenze wiederhergestellt, die Grenze zwischen den beiden Kommunikationen. Rüttelte am Geländer, das Geländer gab nach. Drohte
mit ihm in den Fluß zu stürzen, pendelte?! sich wieder aus, DDr.
Storch ging zur Bank zurück. Was tat er im Fluß. Dort war
niemand, nur das Wasser. Er im Fluß, dann kam ER und schaute
und schaute und sah schwimmen DDr. Storch im Fluß. Dies war ein
durchaus vermeidbares Mißverständnis, nickte. Kein Grund zur
Besorgnis, es gab auch in pünktlich laufenden Uhren manchmal
Unpäßlichkeiten, regelrecht Verspätungen die sowieso nur bildeten
die äußerst seltene, aber dann geschehen müssende Ausnahme, wenn
DDr. Storch auf Ihn wartete natürlich.
Und der Spiritual blickte auf die Uhr; irgendwann verging auch
diese Nacht. Wo begann das Spiel, wo begann: also wirklich, dies
wurde ein langes Schweigen, dies wurde eine bedenkliche Stille.
Zitterten, ihm so sehr die Hände, daß die Uhr in seiner Hand, auch
zu schwimmen das begann: zuerst der eine Zeiger, dann der andere
Zeiger, dann die ganze Uhr, dann die ganze Hand und alles verschwamm; allessamt, auch eine Trauerweide, die: angeblich war, ein
Walnußbaum mit blauen Nüssen.
»Pepi.«
»Schnurr nicht so sanft – brrrr!
Steh auf, erhebe dich, Gottesmann. Was wartest du noch, kennst du
etwa diese Sprache nicht. Nickte, natürlich stand er auf, ging hin und
brach ein, zertrümmerte zwei Galgenstricken die Nacht, das machte
er, führte sie allsogleich zurück, sofort, unverzüglich, allsogleich, ja,
selbstverständlich; denn es war richtig. Blieb aber sitzen. Wie dies
fassen. Nicht ein Glied, nichts gehorchte ihm; blieb der Gelähmte
angelehnt an einem Grabstein. Konnte sich durchaus beschränken
auf werden lassen die Ränder seiner Augen entzündet. Und was
schüttelte den Gottesmann, wußte er, was es war? Er wußte es nicht.
Erlös mich lieber: schlag mich tot.«
Das die Antwort gewesen des Pepi. Der Seelenarzt auch war, nicht
nur der Richter zweier Galgenstricke, erinnerte sich und wußte sehr

wohl, er hätte es: niemandem, vergeben, der eingebrochen wäre damals, anno dazumal, ihm zerstört hätte die Nacht. War er jener Mann, der besitzgierig war, war er jener Mann, der erlauben wollte: Johannes Todt zu lieben selbstverständlich seinen Gewissensführer, nicht aber den ihm in letzter Instanz näher stehenden Pepi, diesen Kobold mit der allessamt entwaffnenden Logik, der lehrte Johannes das Lachen, der lehrte Johannes einige das Leben im Institut erträglicher gestaltende Mechanismen, die ihm abhanden gekommen, nie wirklich in ihm selbst; nicht aber gefehlt dem anderen; gewesen. Und der Gottesmann erhob sich, er ging, ahmte nach den Ruf des Käuzchens, es war sein Abschiedsgruß es war sein: So sei es.
Und hatte verlassen das Dorf der Toten vor den beiden Galgenstrikken, schaute hinauf, das Morgengrauen war noch etwas in Ferne, nickte. Es schon so war, aber näher, das auch wieder. Als die beiden es sich gedacht. Verließ sich auf ihre Sinne, verließ sich darauf, daß sie fanden rechtzeitig genug den Weg zurück ins Institut. Und blickte um einiges ruhiger geworden hinüber zum Institut.
»Gibt's dich oder träum ich – dich.«
Und mit einigen Stunden Verspätung, ging der Spiritual, seinen durchaus von DDr. Storch richtig berechneten Weg.
Ging entlang der Pappelallee, überquerte die Straße der Totenbretter, ging geradeaus, durchquerte Dreieichen und erreichte sehr bald, eine Stunde Weg war es, den Damm.
In Gedanken hineinverquollen seine ganze Aufnahmefähigkeit, bewegten sich die Füße wie Ackergaul, auf die sich verlassen durfte der eingeschlafene Kutscher.
»Sag mir lieber, wer du bist.«
Hörte dann, etwas auf der Dammkrone gehen. Blieb stehen. Schaute und schaute und schaute. Blieb stehen, trat nicht näher.
DDr. Storch erhob sich, ging merkwürdig gestelzt, setzte sich?! Auf das Geländer. Blickte in den Fluß, kämpfte um sein Gleichgewicht. Er war doch kein Lümmel – der Gesichtsausdruck es mitteilte dem relativ guten Storch-Kenner: war nun beleidigt auf sich selbst und sein ungebührliches Betragen, vorsichtiger Weise war Er stets auf sich selbst sehr böse, erst hintennach – setzte sich auf die Bank. Blieb sitzen: nicht lange.
DDr. Storch erhob sich von der Bank, ging zum Geländer, beugte sich: über das Geländer, wippte in sehr labiler Lage Oberkörper flußseits, Füße dammseits; drohte jeden Augenblick in den Fluß zu stürzen, faßte sich und ging zur Bank zurück. Blieb sitzen: nicht lange. DDr. Storch erhob sich von der Bank, ging zum Geländer, beugte sich darüber, drohte fast in den Fluß zu kippen, erschrak, ging wieder? Zur Bank zurück. Und dies, wie lange schon.

Und war gekommen in seinen Bewegungsapparat etwas Flinkeres, stürmte zu auf DDr. Storch, faßte ihn, sagte: »Du!«
Zwinkerte, blickte ihn an, vollkommene Unschuld. Roch und wußte, das war nicht wenig: der Blick zur Bank, daneben die Flasche, sagte, ihm alles. Der Rest, die Ergänzung stand dort, war stummer Zeuge und ausgeleert. Ging der Spiritual, hob auf die Flasche, roch daran, drehte die Flasche um; nicht ein Tropfen mehr in ihr, ausgeleert.
»Also.«, konnte nicht den rauhen Beiton heraushalten aus seiner Stimme. Es war auch schwer, wirken wirklich streng, wenn Er so vor einem nicht Betrunkenen stand, bemüht, besonders nüchtern zu wirken. Blickte auch an die Flasche in seiner Hand, fragte: »Hast du, die also gefunden?«, sehr erstaunt, saß schon so lange hier und hatte noch gar nicht entdeckt die Flasche.
Der Spiritual warf sie in den Fluß, DDr. Storch schluckte, dann weit aufriß die Augen, entzündete und völlig übermüdete Augen. Deutete Er auf den Strick, folgte der Blickrichtung: schneller war der vollkommen Betrunkene, wankte, schwankte und fiel aber nicht hin, weder die Drehung um die eigene Achse noch das sich Neigen sehr weit, unheimlicher es nicht mehr ging, sehr weit zurück geneigt den Oberkörper und wieder nach vorne, auch seitwärts. Ihm wurde schwindlig, allein beim Zuschauen des ständig um Gleichgewicht Bemühten und hiebei diesen besonders würdevollen Gesichtsausdruck beibehalten wollte zumindest so nach und nach entfalten und entwickeln im Gesicht: einen Ausdruck also, der angemessen einem DDr. Storch. Kichern behinderte ihn dabei – vorübergehend – denn DDr. Storch mußte kichern, den Strick erwischt: Triumph in seinen Augen: »Ha!«, hüpfte im Kreis, »Ha!«, hatte selbst vergessen abstreifen Spuren einer vorübergegangenen Nacht, »Ha!«, kicherte und hatte große Freude mit dem Strick, Herr DDr. Storch, rief in Kichern und Kudern eingebettet immer wieder »Ha!« und nahm die einem Betrunkenen, besonders Ihm anhaftende Neigung an, der Stetigkeit, des Beharrungsvermögens, der Hartnäckigkeit, der hüpfte, bis Er, entdeckt hatte einen neuen Gegenstand, an dem sich entzünden konnte seine Phantasie.
Der Spiritual gab dem sinnlos Betrunkenen einen sanften aber kräftigen wie gezielten Schlag auf den Kopf, nahm den Strick, warf ihn in den Fluß und versuchte noch vor es wachwerdende Seelen gab, den DDr. Storch ins Institut zu transportieren. Es gelang ihm. Der Schlag hatte eine ziemlich ernüchternde Wirkung. DDr. Storch es nicht vergaß, er hatte nüchtern zu sein, auch in entsprechend würdevoller Haltung Dreieichen zu durchqueren.

Tiefschwarz, die Pupillen des Johannes Todt, Sehlöcher nur in der Regenbogenhaut des Auges. Leicht gewölbte Scheiben, Spiegel: auch und nicht, für Pepi Fröschls Ebenbild. Riesengroß die Öffnung und so tief, Saugnäpfe ohne Arme, Saugkraft ohne Namen zog ihn an, oben weit unten eng, Trichterbahn, oben eng unten weit, Krater des Vulkans. Nicht mehr zugedeckt mit Rechten-Pflichten, Empfindung es sei groß und nicht begrenzt, nicht gebunden er und frei, nicht Zahl so auch nicht Ziffer, nicht Zeugnis und nicht festgestellt, ohne Namen, Pepi Fröschl, nackt und bloß, nur Moment, der ewig währt und schon nicht mehr ist: Das »Für-immer-und-nie-wieder.«
Wenn's nur die Erde wüßt, wie schön 's auf ihrer Rinde krabbeln ist und stehn und gehn und liegen und den Walnußbaum sehn mit den blauen Nüssen, auch wenn der nur eine Trauerweide ist. Wenn's nur die Erde wüßt, das Dorf der Toten weiß es nicht.

3
»Genau den such ich, genau den!«

A
Erforderte eine andere Gangrichtung

Gott sei es gedankt, Josef Fröschl war: im dunklen Blaugrün des Meeres sich ausdehnenden, so abgrundtief schwarzen wie kreisrunden Löchern in etwas hervorquellenden Augäpfeln verschwunden es gab ihn nicht wirklich auch die papageienschnabelartige Nase hatte er nur geträumt, er war: jenseits von Anfang und Ende angelangt, und die Linie, irgendwo in der Ferne, an der sich Himmel und Erde scheinbar berührten, wann? war in Wirklichkeit nur ein Punkt gewesen, der ohne Namen, Josef Fröschl, sich Punkt für Punkt, immer: weiter und weiter, entfernen durfte, was war ihm noch die Gegenwart geschweige die Zukunft eben ein Punkt vielleicht nicht einmal mehr das.
Die kleinen Spott-Teufelchen, die: aus den Augen des Gewissensführers, blitzten, blitzten vergeblich, und dieses ein wenig spöttische Lächeln; ihre herrische Erhabenheit über all das was vielleicht auch einen Punkt bewegen könnte, ihre Verachtung und ihr Haß ja ihr Haß gegen die kleine große Sehnsucht, die sie mit allen Mitteln ausradieren wollten; was ihnen angetan: wohin damit? –
hineingestopft in die nächste Generation, eine Qual: der Mensch dem Menschen sei und ewig bleibe: wer nur konnte Menschenkinder so verachten, ihre Wünsche so hassen, ihre kleine große Sehnsucht vernichten wollen? Was nur: konnte es Wichtigeres auf dieser Erde geben als die kleine große Sehnsucht stillen? –

ihre Sprache der ewigen Wahrheiten und des ewigen Rechtes, so weit, weit weg, im übrigen ein bißchen lächerlich, war es die Aufgabe eines Punktes, Größenwahnsinn zu verstehen, seit wann?! sobald sich die Zukunft vermischt mit Vergangenem und die Gegenwart hinweggeschwemmt, großzügig war das Meer und tief: der Meeresgrund gehört wohl allen.

Der Zögling des Instituts, Josef Fröschl, hatte den Beweis geliefert, daß es den eigenen Aktionsradius sehr wohl gab, zumal 's Fröschl vorübergehen hatte dürfen, um nicht zu sagen, es sei sehr erfolgreich bemüht gewesen so zu schleichen, daß selbst: das Riesenwaschel von Ohr, nicht den Hauch von Gegenwart, an das Gehirn des Gewissensführers weitermeldete: das sollte seine Gedankenspinnfäden nur weit, weit fortspinnen, zumindest so lange bis 's Fröschl ums Eck, um dann die drei Meter lange Unterbrechung, das nächste Eck und die lange Gang-Fortsetzung, pfeilgeschwind zu bewältigen, sodaß, falls: Er, Seine Weisheit allzu früh gekreuzigt empfand, sodaß Er Pepi rief, eine gewisse Taubheit, allein durch die Entfernung bedingt, durchaus dem Gehör-Sinn entsprechen konnte, durchaus: dem Josef, nicht zugemutet werden durfte, daß Pepi willens gewesen sei, den Ruf seines Gewissensführers, nicht zu hören, geschweige, daß es nicht Seiner Neigung entsprach, die laute Stimme zu wählen – gemessen an der eigenen sportlichen Leistung, die Fluggeschwindigkeit eines Vogels langsam, äußerst bedenklich: so langsam, auch wenn die Schwalbe draußen flog und mit Flügel, er im Gang und ohne Flügel, war ein Schwalbenschwanz des Instituts, im Wettrennen mit der Schwalbe, so eindeutig der Sieger geblieben – kaum sich verloren in so größenwahnsinnigen Hoffnungen, sich wieder gefunden: auf dem Boden der Tatsachen, die sich nicht einmal um das scherten, was ihn gefreut hätt'. Und wenn, war es, ganz bestimmt, verboten; was sonst.

Den Zeigefinger gespürt auf seiner Schulter, der eingedrungen regelrecht in sein Inneres, sodann der Pfeil geworden, der in seinem Rücken steckte. Gott sei es gedankt, nur die Wilden kannten den Giftpfeil, in diesem kulturvollen Umfeld: konnte ihn, kein hungriger Wilder erspähen, geschweige jagen, samt Kopf und Füß' mürbe braten, zweimal hätt der Pepi F. schon getroffen, zuerst in der Schulter, als nächstes? gleich im Rücken, besser zweimal tot als einmal, wer weiß, erhob sich der, der sterben sollte in seinem Revier und rannte: mit dem Gift im Leibe, gerade dieses bedenkliche Stücklein weiter, sodaß der nächste Wilde behaupten konnte, das ist mein Revier, der gehört mir, Gott sei es gedankt. So aussichtslos war die Lage auch wieder nicht. Josef Fröschl hatte, sich: so getröstet, umgewandt, nicht nach Luft geschnappt, absolut nicht; nicht einmal. Nur den Atem angehalten, bei Gott: es war nix passiert, absolut nix, der Spiritual hatte Pepi dirigiert, nur zum Fenster: war zu diesem

Zweck mit ihm, ums Eck gebogen, vis-a-vis eigentlich nur die Mauerwand, nix Aufregendes, und das große Kruzifix vor dem eine Kniebank stand, ein bißchen näher noch stand der Gewissensführer, sicher, sicher; das war sein gutes Recht, er mußte ja, irgendwann einmal, auch für die Seele eines Josef Fröschl, Rechenschaft ablegen, so ihn Gott fragte: »Herr Gewissensführer, haben Sie mir diese Seele auch gewissenhaftest verwaltet?«

Keine falsche Vertraulichkeit, wir sind im Himmel; hier wird klargestellt, wer wessen untergeordnete Instanz ist. Hier zumindest: durfte sich, der liebe Gott die Duzfreunde selbst aussuchen.

»Im Buche des Lebens lese ich: Fröschl. Der aber deucht mich reif, für die Höll. Josef, warum bist du reif für die Höll?

Macht nix, wenn du das Fegefeuer kennst, bist du reif für den Himmel, dann interessiert dich die Höll gewiß nicht mehr. Ich mag nicht, wenn ein Name im Buche des Lebens geschrieben steht, auch wenn's nur irrtümlich passiert ist, daß mir der Name wieder durchgestrichen wird. Der bleibt drinnen, so er schon einmal drinnen steht: das Buch des Lebens ist ein ordentliches Buch, da wird nix durchgestrichen. Im Himmel darf sich ein Federfuchser eben täuschen. Johannes, begleite den Pepi ins Fegefeuer, damit er dort nix anstellt, weiß ich, wie dem das alleweil so verkehrt passiert, laß ihn nicht los, hörst? – er ist ein Tolpatsch, sonst nix. Sei gut zu ihm.«

O Gott, wie vernünftig war doch Gott. Aber schön war es doch, daß Er genau so nach oben zittern mußte, wie Pepi: dafür durfte Er, zumindest auf Erden, nach unten treten. Wen, wen durfte er treten, ach ja: Gottlieb Kreuzfels, und vielleicht eine Mücke zerquetschen und eine Ameise. Und die nach ihm ins Institut eingetreten waren plagen, zumal die ihn auch plagen hatten dürfen, die vor ihm ins Institut eingetreten. Wie aber einen treten, der es nicht spürte? – Gottlieb ach als könnte ich dich treten: du bist ja – genaugenommen eine mir übergeordnete Instanz, der Herr Zelator, schon jetzt, reif für den Himmel; Pepi F. blieb nur mehr der Meeresgrund, dem entkam Pepi nicht, wer aber bezahlte: die Fahrkarte, wo das Meer und wo: Pepi F. und – Johannes?

Die Donaublau hinunterschwimmen, das wär's.

Nach Donaublau konnten sie marschieren, nachts ein zweites Mal den Weg durch das Fenster wagen, durch den Garten, und klettern über die mannshohe Mauer des Instituts, hinüberwinken zum Dorf der Toten »buh!buhu!einUhu!«, und ehe zwei Zöglinge des Instituts: irgendwie, als doch fehlend vermerkt, waren sie schon weit, weit weg und stiegen in die Donaublau Hand in Hand in einer Nacht voll Mondhelle, unbedingt: einmal mußten sie den Vollmond noch sehen dürfen, wenigstens einmal ihn als Kulisse brauchen dürfen, für ein Stimmungsbild, ein schö-

nes, auf daß er versüßte, was irgendwie doch bitter, zumindest naß und weiß Gott wie, kalt. Ob Johannes auch so kälteempfindlich wie er und, wasserscheu? Und wenn Gott sie wirklich in der Hölle haben wollte? bitteschön, Gott dreinreden wollen, sich verteidigen: zwecklos; der verzieh ihnen diese Nacht nie, sie aber konnten Ihm diese Schöpfung nie verzeihen: niemals. Die große Verbotstafel, mitten im Garten Eden, und gleich – die Todesstrafe. Den eigenen Sohn massakrieren lassen, als wär das für den lieben Gott ein Opfer gewesen: Er im sicheren Himmel und der Sohn? auf Erden. Alleweil opferte Er die anderen, sich selbst: nie. Schaute zu wie die Lebenden sein Ebenbild verhunzten, als hätten sie nur seinen Sohn gekreuzigt. Dem passierte doch nur das Alltagsschicksal eines Sklaven, falls der sich erinnerte: die Herren Juristen irren sich. Ich bin keine Sache. Eine solche Erinnerung wurde den Sklaven regelrecht aufgezwungen, wer erinnert sich freiwillig an so etwas, wenn er doch weiß: die Erinnerung könnte mich noch ans Kreuz nageln: ich vergesse sie lieber. Süßes Leiden, so eine Idee passierte auch nur einem Gehirn, das damit spekulierte, das süße Leiden anderen verordnen zu dürfen, nicht unbedingt der eigenen Wenigkeit. Da hätt sich der liebe Gott schon selber opfern müssen, Er es verkünden und den Preis der Erlösung selber zahlen. Armer Gottsohn, so einen Vater, mich deucht, ich hätt dieses Angebot nicht angenommen, Ihn vom Thron gestürzt, mich mit seinen natürlichen Feinden verbündet: den Höllenbuben. Der hätt sich selber regieren sollen. Nein, auf diese Gnade konnte Pepi verzichten. Ein für allemal. War das etwa ein Beitrag zur Erlösungsgeschichte: wollte Pepi den himmlischen Vater lieben und dem himmlischen Sohn folgen, mußte Pepi seinen irdischen Vater erschlagen? Der dem lieben Gott alleweil grad gut genug als Samenspender? Die ganze Schöpfung Seine Leistung, nur: die Irdischen mußten sie halt – vollbringen? Die Sünde eine irdische Angelegenheit, die Erlösung eine himmlische? Warum sollten sich die Irdischen nicht selber erlösen können dürfen, was schnatterte Er ihnen alleweil vor, sie könnten es nicht: ohne Ihn?! Wenn das so unmöglich, weshalb mußte Er jahrtausendelang, alleweil und alleweil, ausnahmslos jeder Generation beteuern, daß es: so unmöglich. Fürchtete Er, daß: wenn seine Geschöpfe die Erbsünde vollbringen hatten können, sie – wußte Er wie – auch noch frecher werden könnten, ihre Erlösung vollbringen, sodaß die Frage für Ihn virulent werden mußte: wollen Meine Geschöpfe Mir die göttliche Funktion rauben, nimmermehr zu Mir in den Himmel kommen, lieber unten bleiben auf ihrer Erde? Bilden die sich ein, sie können ohne Ihren Schöpfer genau so gut unglücklich werden und glücklich sein?
So oder so. IHRE Sünde hatten sie ohne Ihn vollbracht, weshalb sollten

sie sich nicht erlösen, auch OHNE Ihn. Nix mehr: Seht ihr? ohne Mich seid ihr verloren. Lieber Herrgott, wir sind auch mit Dir verloren. Daß Du es weißt, ein für allemal.
Josef Fröschl wußte nichts von Tränen, die über sein Gesicht rannen: der Spiritual hatte zuerst sein liebenswürdigstes Lächeln verbraucht, das durch eine metallisch hart klingende Stimme seine gegenteilige Funktion ausgedrückt, hatte: als nächstes dies ein wenig spöttische Lächeln gewählt, das hinlänglich die gegenteilige Funktion der sanften und melodisch klingenden Stimme ausgedrückt, auch die kleinen Spottteufelchen aus den Augen blitzen lassen: offenkundig, äußerste Strenge und Unnachgiebigkeit einerseits verkehrt, andererseits äußerste Milde und Nachsicht, mit all den nuancierten Nebeninformationen. Der von einer schweren, inneren Krisis geschüttelte und gebeutelte Josef Fröschl, suchte das Halt seiner Unnatur nicht mehr in den Augen seines Gewissensführers, hatte: regelrecht den denkunmöglichen Fluchtweg probiert, als wären seine Augen nur eine Tür, die, so verschlossen, gewaltsam geöffnet werden konnte, ein Rempler und er war hinter der Tür, als hätte Pepi seine Augen als Ausgang benutzen können, als könnte er durch ihn hindurch gehen, auf eine Linie zu in der Ferne, an der sich Himmel und Erde berührten, selbst diese Linie?! mit einem Blick durchschneiden, als wäre sie nur ein Bindfaden, weiter gehen, immer weiter und ihn zurücklassen in einer Gegenwart, die ihn nicht mehr berührte.
Weder Trauer noch Zorn.
Geschweige Reue.
Nicht einmal mehr Auflehnung gegen die gottgewollte Ordnung?!
Als müßte die explodieren und nicht er, als wanderte er jenseits von Gesetz und Ordnung, Gott als armen, alten Mann in Fetzen sehend, der seiner vermurksten Schöpfung nachtrauerte, und wußte, der jetzt des Weges kam, ist der Erdensohn und könnte dich erschlagen, doch der Erdensohn war nicht willens, Ihn zu erlösen, ging vorüber, als berührte ihn die Trauer Seines Schöpfers nicht, ging weiter, immer weiter, bis ihn nicht einmal der arme, alte Mann in Fetzen sah als Punkt; und wartete auf den nächsten Erdensohn, der Ihn vielleicht doch erlösen könnte, einmal nur: nie gewesen, nie gefehlt.
Der Skizzenentwurf der Seelenlandschaft des Josef Fröschl erforderte zweifellos eine andere Gangrichtung, nur: welche?
In die Zukunft übersetzt die Vergangenheit, in die Vergangenheit die Zukunft, die Gegenwart, komprimiert in einer Nacht, transformiert, auf daß der Galgenstrick die Brücke sehe, die ihm sein Gewissensführer gebaut: er sah sie nicht.
»Auf der ersten Seite eines Merkheftchens sah ich jenes Kreuz, dessen

unterer Arm, der Kreuzesstamm, länger ist als die drei anderen Arme. Lieber Pepi, hörst du?«
»Ehrwürdiger Spiritual, das lateinische Kreuz.«
»Du sagst es: das Passionskreuz. An seinen Balkenenden jeweils ein Buchstabe eingezäunt mit einem Kreis: am linken Ende des horizontalen Querbalken eingekreist das L, an seinem rechten Ende das E eingekreist, am unteren Ende des Pfahls eingekreist das E, an seinem oberen Ende das U eingekreist. Vier Kreise, der fünfte Kreis, es war eine Art Reflex meinerseits, ich dachte: der fehlt vielleicht, so oder so, ich mußte es einmal probieren, nahm also einen Zirkel und kreiste die vier Kreise ein; der fünfte Kreis erinnerte mich an eine Uhr, sodaß ich es mir gestattete, ein bißchen zu kombinieren: im Uhrzeigersinn L-U-E-E, ich fand den Schlüssel nicht zu seinem Sinn, eine mir fremde Buchstabenkombination, kombinierte weiter, alle Variationen im Uhrzeigersinn, bis ich es einmal anders herum probierte: die gedachten Uhrzeiger einmal in die andere Richtung kreisen lassen, warum eigentlich nicht? –
und siehe: ich fand ein mir altbekanntes Wort: Eule. 3-12-9-6 ist E-U-L-E, kombinierte ich falsch? So oder so, wider den Uhrzeigersinn fand ich ein Wort, im Uhrzeiger-Sinn fand ich es nicht.
Ich gestehe, lieber Pepi, meine Kombinationsgabe entzückte mich, die Scham des Knaben rührte mich, sein Eifer, die Eule einzukreisen, bewegte mich. Kaum das Wort gefunden, störte mich der Kreis: zuerst der fünfte, dann auch die anderen vier. Ich radierte ihn aus, verband die vier Balkenenden des Kreuzes mit einer nicht gekrümmten Linie: einen Drachen steigen lassen, hinauf zum Himmel.
›Wind, Wind, laß den Drachen fliegen.‹
Weshalb sollte nicht er fliegen, zumal ich nicht fliegen konnte.
›Uhu-buh-buhu!‹, rief die Eule, ›E wie Eigensinn, U wie Unaufrichtigkeit, Leidenschaften wie L, Eigendünkel wie E, uhu-buhu! – das ist mein Geheimnis nicht, nicht mein Kreis, vergiß es nicht.‹
Und Ich erinnerte mich, daß die Eule nichts anderes als mein Knoten im Taschentuch, der mich erinnern sollte, eine Eule bist du nicht, und das Kreuz ist nicht der Drachen, den du im Bündnis mit dem Wind steigen lassen kannst. Eine gewisse Ernüchterung meinerseits, deucht mich, war natürlich. Du siehst, lieber Pepi, ich sah ihn im schwarzen Gehrock, dessen Rückenteil nach unten zu halbiert, beim Gehen etwas flatterte: der Schwalbenschwanz sein Alptraum, den er träumte, nicht nur nachts, entwickelte eine Art Suchmanie nach Schwalbenschwänzen, sah er keinen, wandte er den Kopf, auf daß er den eigenen sehe, und mit Hut, in der Rechten Merkheftchen, in einer ganz bestimmten Reihenfolge übereinander geschichtet.
»Malo mori, quam foedari«, der erste Titel,

»O Maria, mamma mia, fate mi santo«, der zweite Titel,
»Die Eule«, der dritte Titel.
Der vierte, mich deucht, ist mir entfallen. Wie heißt er nur – weißt es du, lieber Pepi?«
»Wer?«
»Der Titel: den vierten Titel, lieber Pepi, suche ich. Mich deucht, ich vergaß ihn.«
»Ehrwürdiger Spiritual, ich weiß es nicht.«
»Kopffüßer! Ach ja, der Kopffüßer seine Leidenschaft, ich wollte sagen: die Zoologie im allgemeinen, die Weichtiere im besonderen, vor allem die, mit einem scharf in Kopf und Rumpf geschiedenen Körper. Warum so unersättliche und grimmige Raubtiere? – Muscheln, das könnte ich noch, aber wie gesagt, allgemeinst gesprochen, ist die Zoologie für einen künftigen Priester eine durchaus würdige Neigung, nur sollte sie nicht wuchern. Ich kenne das, wenn Neigungen wuchern: ein Kreuz. Ich könnte stundenlang Uhren reparieren und darob meine eigentlichen Pflichten vergessen.«
»Ehrwürdiger Spiritual, hiezu kann ich nichts sagen, ich bin nicht informiert über die Neigungen der anderen, und was den einen anbelangt: der ist ein Schweiger.«
»Wer? – wer, lieber Pepi?«
»Er – der er halt ist.«
»Wer ist – er?«
»Johannes Todt? – ich dachte, der ehrwürdige Spiritual ...«
»Ja, er ist es. Nur er selbst kannte die Entstehungsgeschichte dieser Merkheftchen: ihren Sinn, mit ihnen eine Sprache zu entwickeln, die niemand verstand, zumindest nicht IHREN Sinn, nur die Ausnahme: der andere, der, wie er selbst, auf der Suche gewesen nach einer Sprache, die niemand verstand, nur die Ausnahme: der andere. Wer? – wer, lieber Pepi, ist der andere?«
»Der liebe Gott, wer sonst. Ich weiß es nicht, ein Schutzpatron heißt: Josef. Die anderen kenne ich nicht. Er ist ein Schweiger, ich kann nix dafür! Daß ich DAS weiß, ist mir passiert, wie? – das weiß ich nicht, absolut nicht! Ja, er murmelt manchmal, das ist es: beim Beten neigt er zum Murmeln. Alleweil und alleweil; heiliger Josef; was soll ich machen? – auch wenn ich weghör', irgendwie hört man so etwas dann halt doch, weiß ich: wie? Aber die Sünde des Belauschens innerster Angelegenheiten, ehrwürdiger Spiritual, die darf Er mir nicht anlasten. Das wär absolut verkehrt, absolut!«
»Du neigst beim Beten nicht zum Murmeln? Alleweil und alleweil, heiliger Johannes, was soll ich machen? –

auch wenn er weghört, irgendwie hört er so etwas dann halt doch, weiß er: wie?«

»Ich? Ehrwürdiger Spiritual, ich?! – seine Andacht stören, ich weiß es nicht, ich hör mir nicht selber zu. Möglich, durchaus möglich: alles ist möglich; irgendwie.«

»Die Sprache der anderen berücksichtigen empfahl sich: sie mußten dieselben beruhigen, einen Sinn finden lassen, der ihnen bestätigte das Recht auf ihren Seelenfrieden, auf daß sie nicht weiterforschten: nicht IHREN Sinn fanden, zumal die anderen mit größter Wahrscheinlichkeit niemals bereit gewesen wären, den zu verstehen, geschweige in der Art und Weise, daß sie ihn: nicht verfolgten, indem sie die beiden, nicht stellvertretend für den Sinn zur Rechenschaft zogen, zumal der ANDERE Sinn den anderen den Seelenfrieden geraubt hätte.

Du verstehst offenkundig kein Wort, lieber Pepi, das beruhigt mich, ich dachte es auch gar nicht anders: Sie brauchten eine Geheimschrift, in anderer Hinsicht ist eine Geheimschrift, die als Geheimschrift gedeutet werden könnte, keine eigentliche Geheimschrift mehr, entzifferbar: entsprechende Kombinationsgabe gestattete, sie zu lesen wie jede andere Schrift, eine den Inhalt letal verändernde, um nicht zu sagen offenbarende – nur das nicht.

Am besten wohl die Geheimschrift, die nicht als solche verdächtigt, irgendwie als so bekannt und vertraut vorausgesetzt werden könnte, daß sie deutbar wird als alles Mögliche, nur nicht: als Geheimschrift. Kurzum, sie mußten an liebgewordene Denknormen, Mustervorlagen der anderen anknüpfen, um nicht zu sagen unaufdringlich an den Seelenfrieden der anderen appellieren, indem sie bestätigten ihre Vorurteile, die: regelrecht heiligsprachen.«

»Heiligsprechen – Vorurteile heiligsprechen? Ja, kann man das. Unglaublich, das hätt ich mir nicht einmal im Traum zu denken gewagt.«

»Ich habe es nicht anders vermutet, lieber Pepi, deine Keuschheit im Denken rührt mich auch, nur: warum, lieber Pepi, wählen sie den Weg: die Sprache, die niemand versteht, die Ausnahme: sie selbst. Wie kommt es zu einer derartigen Verwirrung des eigentlichen Sinnes der Sprache: sich zu verständigen? Warum tun sie das?«

»Waaas tun. Ich verstehe kein Wort. Ehrwürdiger Spiritual, ich kenne keine Geheimsprache, ich bin kein Experte, ich weiß gar nicht, was das ist … Spione brauchen so etwas, aber doch nicht – ich? Wie das vor sich geht, das müßt man einen Spion fragen: halt einen, der sich da zurechtfindet, weiß ich, wer sich auskennt. Ehrwürdiger Spiritual, ich kenne die Probleme eines Spions nicht, wahrscheinlich darf ihm keiner draufkommen, daß er ein Spion ist, etwas wissen möcht, was er nicht wissen soll, absolut nicht wissen darf! Der Zweck der Spioniererei, ich denk mir,

etwas wissen, was man nicht weiß, auf daß man mit diesem Wissen einem anderen den Schädel eintätschen kann. So irgendwie? Wieso soll ich mich bei jedem Beruf auskennen, mich hat ja, hinkünftig nur – ein so ein Experte zu interessieren, insofern er wieder einmal kommunizieren möcht mit dem lieben Herrgott, dann interessieren mich seine Sünden, aber doch nicht: sein Beruf? Wenn sein Auftrag lautet, tätsch dem oder jenem den Schädel ein, muß er ja folgen, ich kann ihm ja nicht sagen: mach Befehlsverweigerung, und dann kommst wieder zu mir? Ich mein, er wird ja von seinem Brotgeber nicht ernährt, auf daß er tut, was ihn freut? Geschweige, daß alle Obrigkeit, hiemit auch seine Vorgesetzten von Gott eingesetzt sind. Der kann gar nicht anders. Wirklich, wozu Geheimsprachen gut sein sollen, das Rätsel kann ich nicht lösen.«
»Lieber Pepi, das beruhigt mich, ich dachte es auch gar nicht anders: Im schwarzen Gehrock, dessen Rückenteil nach unten zu halbiert, beim Gehen etwas flatterte, und mit Hut, ein Zögling des Instituts, das erklärt er sich Tag für Tag: jetzt nicht mehr, damals erklärte er sich, daß er das sei, in der Rechten Merkheftchen, in seinem Gedächtnis offenkundig ein Loch, zumal die Reihenfolge seiner Handlungen in keiner Weise der Institutsordnung entsprach, sehr wohl aber der Zielorientierung des Knaben: die Kniebank vor dem großen Kruzifix. Ja, die gab es schon damals.
Du siehst, lieber Pepi, auch deinen Gewissensführer plagen schlaflose Nächte. Was tun?«
»Ich bin kein Mediziner, ich weiß nicht, wie man Löcher im Kopf stopft. Nähen? Dazu müßt man ja erst einmal das Gehirn auf ... halt die Schädeldecke ... weiß ich wie? – ehrwürdiger Spiritual, ich ...!«
»Ich habe es nicht anders vermutet, lieber Pepi: du bist kein Experte für Löcher im Kopf. Einen Chirurgen fragen – zufälligerweise wird: zur selben Zeit, der andere Primaner in einem der Museensäle seufzen, und sich erinnern an jenen Primaner, dem am ehesten: die Gabe gegeben sein könnte, einerseits kollegial zu empfinden, andererseits in der Lage zu sein, ihm wirklich zu helfen?«
»Ja, wie soll der ihm helfen. Ist ja paradox: ein Loch im Kopf reparieren, das kann doch keiner ... höchstens es ist draußen, ich meine: nicht im Gehirn? Ich versteh kein Wort.«
»Ihm wirklich zu helfen, die edlen Gedanken, die nun einmal auch die heidnischen Klassiker in der heidnischen Finsternis leuchten ließen, aus der einen oder der anderen toten Sprache hinüberzuretten in die lebendige Sprache seiner Mutter, wird sein Pult räumen und sich sogleich gestatten, die Erinnerung in die Tat umzusetzen, kurzum?«
»Wer? – was tun.«
»Er – lieber Pepi, er – ich rede nur von ihm.«

»Ehrwürdiger Spiritual, ihn selber fragen?«
»Er liegt im Dorf der Toten begraben: wie soll ich ihn befragen?«
»Ihn ausgraben, ehrwürdiger Spiritual, mich deucht ich red einen Blödsinn.«
»Kurzum: sich auf Suche begeben nach dem Septimaner, der zufälligerweise: halt, der einzige Zögling im ganzen Institutsgebäude, dem es in der Tat gegeben, sein jugendliches, so merkwürdig wie wundervoll feuriges Interesse für alles – regelrecht seine Wenigkeit von halt-doch-ein-Proletenkind, wenn nicht gerade erlösend, so doch beseligend – glücklich zu verbinden mit gerade seinen spezifischen studentischen Problemen?«
»Da war er vernünftig, auch wenn er tot ist: das hat er mustergiltig gelöst.«
»Tote Sprachen verursachten ihm nun einmal heftige Kopfschmerzen, ganz so – wie die Eule, ja: die ist uralt, um nicht zu sagen Schmerzen zum verrückt werden, das wa.. war, ein bißchen stottern schadet nicht, waren wiederum biologische Tatsachen, durchaus wissenschaftlich, naturwissenschaftlich bittschön, exakt nachweisbare Phänomene, undsoweiterundsofort in jenen Sätzen, die den Zelator verwirren mußten, zumal sie ihn verwirren sollten, es freut mich, daß du beipflichtest, lieber Pepi, deine Meinung teilen dürfen, ehrt mich, und genau genommen?«
»Ich, ehrwürdiger Spiritual, ich weiß nicht was genau genommen, genau genommen ist.«
»Doch nur Haken schlugen, wie Hasen, so sie sich verfolgt empfanden: zweifellos Getriebene, in letzter Instanz getrieben?«
»Wer?«
»Die beiden – lieber Pepi, die beiden – ich rede nur von ihnen.«
»Ich dacht: nur einer?«
»Du täuschest eben, wärst du nicht so zappelig, könntest du einmal zuhören, könntest du auch hören.«
»Getrieben, ehrwürdiger Spiritual ...«
»Ach ja, getrieben von dem nicht zu bändigenden Willen, dem oder jenem Jäger, nach dem Prinzip, Jäger ist Jäger, zu entkommen, wenn nicht so, dann eben anders. Und so hatte der eine Zögling des Instituts, einerseits jederzeit: bei sich, so mit größter Wahrscheinlichkeit: die Merkbüchlein des Primaners für die Vokabeln der klassischen Sprachen, den Titel in gotischer Schrift geschrieben: Vince te, auf daß er vorweisen konnte, was die Worte offenkundig, nicht gerade alleweil und immer wieder – erfolgreich nachweisen konnten, um nicht zu sagen, zumindest mit den Fakten in großer Not beweisend, was die Worte zweifellos nicht glaubwürdig genug: eben nicht zu beweisen vermochten, andererseits den oder jenen heidnischen Klassiker, zur Erhärtung seiner Theorie, bei sich: an dieser und jener Stelle, da und dort, dort und da, alleweil und

alleweil, seinen, akkurat seinen, doch im christlichen Gedankengut zweifellos gut gebetteten Kopf ohrfeigender heidnischer Klassiker: ein Beweis mehr, wie sehr er bei seinen Studien NUR mit einem SOLCHEN Nachhilfelehrer die äußerst unangenehmen Kopfempfindungen auf eher angenehme, da dieselben eindämpfende Weise bewältigen konnte: konnte etwa der Zelator ihm diese Geduld garantieren? Eben nicht.
Wie gesagt: im Dorf der Toten liegt er begraben, mit ihm: der andere. Die Mauerwand, die keiner liebt, sie sehen nur die Sonne, wenn sie untergeht: mich deucht, ich habe die beiden Galgenstricke sehr geliebt.«
»Hoohoa-ha-hajtschi!«
»Du bist etwas verkühlt, mein lieber Pepi, sich irgendwie die Vergangenheit vermischt mit der Zukunft, hinweggeschwemmt die Gegenwart – das zu exportieren grammatikalisch einem Zögling des Instituts passiert sein wird, warum, lieber Pepi? Nicht bedenkend, daß dies benotet werden wird: nicht von ihm selbst? Sich selbst den Kniefall verordnen wird, wem wird das passieren und – warum? Welchen Kniefall wird dieser Kniefall verhindern sollen?«
Auch ein bißchen die grammatikalische Zeitenfolge gezaust: durchaus bedacht, daß die grammatikalische Zeitenregelung nicht unbedingt deckungsgleich mit der Wirklichkeit, eher dieselbe regelrecht einfangen sollte: normieren, um nicht zu sagen zensorieren, zugegebenermaßen ein unaufdringlicher Regulator der Wirklichkeit, aber doch ein bemerkenswert erfolgreicher. Und sah das Abendland wanken, so etwas von Blödsinn, den einmal Blödian heißen dürfen, nur einmal. Johannes Todt übte brav seinen Kniefall vor dem grammatikalischen Sittenrichter von Neutsch-Professor, revidierte seine grammatikalischen Ausfälle als idiotische Einfälle, und bat den Ehrwürdigen inständigst, hinkünftig die grammatikalischen Spielregeln nicht mehr verletzen zu dürfen.
Eigentlich hatte er indirekt Partei ergriffen für Johannes Todt, war Josef Fröschl taub für Informationen auf dritter Ebene? Vielleicht hätte er vor dem Forum der erleuchteten und begnadeten Pädagogen offen ein Plädoyer für Johannes Todt wagen müssen, wenn sein Kopfschütteln auch so oder so gedeutet werden konnte, wie die Herren Kollegen es deuten mußten, er wußte es doch: selbstverständlich zu ihren Gunsten. Da half nur mehr der Holzhammer, und für den waren sie allesamt zu sensibel: sie hätten den Gebrauch desselben als Diebstahl empfunden, zumal er ihr Werkzeug, und nicht entwendet werden durfte auf die Weise, daß sie ihn einmal zu spüren bekamen. Zumindest hätte er sagen können, irgendetwas; daß es eigentlich, auch wenn die Wurzel des Widerspruchsgeistleins ein etwas hilfloser Versuch; aber doch niemals Frechheit, geschweige Rebellion: er als Gewissensführer mußte doch die Seelenlandschaft eines Johannes Todt am besten kennen; ein einmal gesetztes Nicht-Genügend

zu revidieren: ›Warum, ehrwürdiges Forum, soll es einem Johannes Todt nicht einmal passieren, sich blödsinnig zu verteidigen, daß Niederlagen unbedingt geistreiche Gedankenblitze fördern, steht doch in keinem Lehrbuch geschrieben, wenn, dann wissen wir doch alle – einmal offen gesprochen, daß es Weisheiten gibt, die nur bei oberflächlichster Betrachtung mit der Wirklichkeit in ein harmonisches Verhältnis zu zwingen sind: etwas anderes ist es allerdings, so wir es uns gestatten wollen, die Wahrheitsliebe, selbstverständlich unsere Wahrheitsliebe mit Hilfe einer Gedächtnislücke zu einer Art winzigen Notlüge pädagogischen Charakters umzuinterpretieren? – sodaß wir es uns gestatten können: die winzige pädagogische Notlüge zu erkennen als im Dienste – einer höheren Wahrheit, sodaß wir am Ende unserer Gedankenoperationen, so oder so, wieder angelangt sein werden und glücklicherweise uns vereint finden mit unserer Wahrheitsliebe. Die einzelnen Schritte der Gedankenoperationen dem ehrwürdigen Forum allgemeinst vorzutragen, ein schulmeisterlicher Ton, mit dem, das ehrwürdige Forum möge mir vergeben, ich mich nicht behemden möchte....‹; nein, unmöglich; entweder wählte er den Weg des Schweigens oder er mußte früher oder später vergessen, daß er den erhabensten Beruf dieser Erde gewählt: eine Gratwanderung, und der? erkannte seinen Freund nicht: kaum maskiert war er ihm gegenüber getreten, hatte weder ein Gleichnis noch die Sprache der Andeutung gewählt, den inneren Flächenbrand eher löschen helfen wollen als: anfachen. Das; in der Chronik des Instituts im mildesten Fall als Sittenverfall oder als himmelschreiender Skandal eingeschrieben worden wäre, in der Weise, daß zwei Zöglinge des Instituts durchgestrichen worden wären als ausgeschieden vor der Zeit, einerseits aus dem Institut, andererseits aus dem Gymnasium, hätte er sein Wissen um diese Nacht dem Forum der Sehnsucht nach der guten, alten Zeit geoffenbart, das wäre es geblieben, vorausgesetzt, die Institutsöffentlichkeit hätte den öffentlichen Skandal mehr gefürchtet als den Untergang des Abendlandes, aber auch an diese Ängste appellieren: es war zu spät, sie hätten in ihm nur das Lamm erkannt, das man schlachten könnte für die ihnen übergeordneten Instanzen: den Sündenbock, bei Gott: ein Fehler, und er stand selbst vor diesem Tribunal; entlockte ihm höchstens ein »Das-ist-alles«-Lächeln, alles andere doch eher unzweideutig eindeutig Maskerade, als hätten die eine Ahnung, wie eingezwängt in seinen Masken, er atmen konnte, kaum, daß die beiden ihren wahren Freund nicht kennen wollten, es schmerzte ihn: selbst bei aufrichtigster und distanziertester Selbsterforschung durfte sich der Spiritual Mitgefühl zubilligen, aufrichtiges Mitgefühl. Wirklich, er erkannte, daß es höchste Zeit sei, die Notwendigkeit zu erkennen, wieder einmal mit sich selbst, im Mitleid schwimmen zu probieren; es war ein irgendwie erhebendes Gefühl, nur:

es wäre ihm lieber gewesen, Josef Fröschl hätte sich als weniger umständlich erwiesen, den geraden Weg gewählt: zu Buße und Reue.
»Deine Blutzirkulation könnte eine anregende Zwiesprache mit dem lieben Gott als die einzig adäquate ärztliche Hilfe benoten: du bist so blaß, lieber Pepi. Findest du den Weg nicht direkt zum lieben Gott, probier es einmal mit einem Umweg? – ich denke: der heilige Johannes könnte ein wirksamer Fürsprecher sein. Knie nur ruhig nieder, auf dieser Kniebank. Was äugst du so mißtrauisch? Ich täusche mich gewiß nicht, lieber Pepi. Der heilige Johannes wird dich hören: er liebt dich.«
»Ehrwürdiger Spiritual, ich ...!«
»Du mußt etwas Geduld haben, lieber Pepi. Ein Schutzpatron der Unschuld kann nicht alleweil nur an dich denken, bedenke doch auch du einmal: wieviele Knaben es gibt, die in ihren kritischen Jahren den heiligen Johannes rufen? Nicht: nur du.«
»Ich ...!«
»Irgendwann werde ich es mir heute noch gestatten, im Garten zu lustwandeln, ein Spaziergang könnte dir nicht schaden, du bist wirklich etwas sehr blaß, lieber Pepi. Nur: laß dir vorerst einmal deinen Kummer dividieren. Was äugst du so ungläubig? Selbstverständlich läßt sich jede Not durch Divisionen dividieren: eine der Not durchaus adäquate Operation.«
»Ehrwürdiger Spiritual, ich ...«
»Das möchte ich auch hoffen, der heilige Johannes und ein General? – militärische Rechenoperationen, es hätt ihm das Herz gebrochen, ich denke: die künftige irdische Befehlsgewalt eines Glatz ließe ihn donnern, regnen und blitzen, vierzig Tage lang. Die irdischen Exerzierübungen vorziehen den himmlischen? Exerzitien, lieber Pepi, was meinst du?«
»Ehrwürdiger Spiri ...!«
»Ach ja, und: knie hier nicht zu lang, der heilige Johannes ist sicherlich nicht beleidigt, wenn du die Fortsetzung einer innigen Zwiesprache im Garten suchst, zumal er dich nicht martern möcht'. Ich vermute in Gottes schöner Natur, hört er ganz besonders gerne deine Stimme. Es lenkt dich nix ab, item erhöht deine Glaubwürdigkeit, lieber Pepi. Weshalb soll nicht der heilige Johannes auch einmal mißtrauisch sein dürfen? Alleweil, nur: du?«
Einem das Rückgrat verkrümmen, der eh keines mehr hat, ist das eine Kunst; nur: Johannes – den zwingst Du nicht auf die Knie, der hat ein Rückgrat, merk Dir das. Die Laufrichtung des Ganges: ein Stuhl, dem die Hinterbeine abgesägt. Jetzt nur eines nicht: niederknien und weinen.
Ihn hatte das Hohe Lied der Liebe nicht blindgeschlagen, vielmehr hellsichtig, bei Gott: Er kannte ihre Sünde, ehe sie dieselbe kannten. Nur: Johannes – diese Nuß knackst Du nicht, der hat einen noch härteren Schädel als ich, merk Dir das.

Die Augen des Spirituals brannten und erhellten wie noch nie seine Trauer, entkleidete ihn vor dem großen Kruzifix im ersten Stock des Instituts, nur mit dem Blick, von Ewigkeit zu Ewigkeit, die Zeit stand nicht still.
Josef Fröschl kniete rückgratsteif auf der Kniebank vor dem großen Kruzifix, wenn Du dem Johannes das Rückgrat brichst, ich schwör es Dir, bei allen Heiligen, dann verschreib' ich meine Seel' dem Luzifer, unwiderruflich, merk Dir das: Ich tu's wirklich, der Spiritual war ums Eck gebogen: es war gut so knien, von Ewigkeit zu Ewigkeit, brenne nur du große Fleischwunde, Gott läßt Säure, Pech und Schwefel regnen.
    Lieber Schwertlilien,
        ein Feld von Schwertlilien.
    Blende Ihn das Schneegestöber,
        das Er noch nie sah,
    Blind.
    Geflügelte Göttin des Regenbogens, leih mir
        deine rotschimmernden Flügel
    Eile mit mir
        von einem Ende der Welt
    Zum andern, windschnelle Botin
        alleweil nur der Götter? –
    Schämst du dich nicht,
        nimm mich mit,
    In die Tiefen des Meeres.
Sich nicht verlieren im Blick des Spirituals, schmallippig gepreßter Mund, die Winkel leicht nach unten gebogen, der Spiritual wird nicht vorübergehen, sah eigentlich nur einen wuchtigen Glatzkopf mit hoher Stirn, nicht Muscheln auf dem Meeresgrund: Ohrknorpel, fibrös die Hülle Haut, durch elastisch fibröse Bänder an das Schläfenbein befestigt, nicht ein Tier ohne Kopf und Gliedmaßen, den Körper umhüllt von einer zweiklappigen Schale, eigentlich sichtbar: doch nur die äußere Sphäre, nicht die mittlere, geschweige die innere: das Labyrinth. Paukenhöhle hin, Labyrinth her, er sah nur enganliegende Ohren, was sonst: etwas große Ohrmuscheln, na und? sah etwas aber, gewiß nicht: im dunklen Blaugrün des Meeres sich ausdehnende, so abgrundtief schwarze wie kreisrunde Löcher in etwas hervorquellenden Augäpfeln.
In der linken Mauer rechteckige Löcher: geschlossene Fenster.
In der rechten Mauer rechteckige Löcher: geschlossene Türen.
»Ich sah einen Knaben, im schwarzen Gehrock, dessen Rückenteil nach unten zu halbiert, beim Gehen etwas flatterte, und mit Hut?! in der Rechten Merkheftchen, und hätte ein gewöhnliches Sakko lieber getragen, in seinem Gedächtnis offenkundig ein Loch, klopfe ich«, und der

Spiritual hatte geklopft an die Stirn des Johannes Todt, »so tönt es hohl: die Reihenfolge seiner Handlungen in keiner Weise der Institutsordnung entspricht. Dem schärfsten Denker des Instituts deucht die Institutsuhr wohl widersinnig. Uhren nähren seinen Vater, auch den Sohn: als hätt der Sohn es nötig, seinen Scharfsinn aufzuopfern für Rechenoperationen so alltäglicher, um nicht zu sagen beleidigend gewöhnlicher Art.«
»So lächerlich; o Gott, du weißt ja gar nicht, wie du – lächerlich bist.«, antwortete der Augen-Blick des Johannes Todt, »Ehrwürdiger Spiritual –?«, drückte ihm die Merkheftchen in die Hände, der erste Titel: ›Malo mori, quam foedari‹, bückte sich, »Ich denke:«,
    ein merkwürdiger Krieger, sich jetzt nur nicht kindisch in Siegerpose diebisch freuen, es wird dich noch reuen, und sah das Abendland wanken, der Blödian: auf den Kniefall kann ich verzichten, der bewegt mich nicht, mein Lieber, da kannst du noch lange warten,
»ein Knabe, der sich würdig erweisen soll des erhabenen Berufes dieser Erde«,
    war aus dem Schuh geschlüpft, die Eitelkeit verletzt: gut so, sollte Johannes etwa vor ihm im Staube kriechen, wie die Schlange,
»hat Anbiederungen an den Zeitgeschmack zu widerstehen und zwar entschiedenst«,
    hatte ihn umgestülpt, sich jetzt nur nicht reizen lassen, stülpte ihn wieder um, fauchen,
»stumme Verachtung für die hoffnungslos verblendeten Fälle«,
    hatte ihn geschnürt, die Schuhmasche beäugt, erstaunt einerseits, so neugierig andererseits wie mißtrauisch, mit der Zunge die Oberlippe befeuchtet, den Kopf, offenkundig voll des Widerwillens, geschüttelt, die Schuhmasche geöffnet,
»und milde Nachsicht«,
    schnürte ihn,
»für die noch nicht geklärten Fälle«,
    ihm entwendend, noch in Bückhaltung und ohne Wort, die Merkheftchen,
»das ist mein Rezept«,
    stand vor ihm, bei Gott: aus den Augen züngelt die Schlange Haß,
»Ein Steinchen?«, den Gehörsinn verweigern, als wär die Antwort schon der Höfling,
»nicht nur«,
    die Merkheftchen wider das Herz gedrückt, den Augen-Blick regelrecht übend schamlos des Unschuldigen,
»aber auch in der Schwalbenschwanzfrage«,
    so keusch – wie reinen Knaben, als wäre ER: nur sein Spiegel.
»Bei aller Geduld«,

der Ruhepunkt der Augäpfel sein Nasenrücken,
»die dem gärenden Wein zukommt«,
ausdruckslos das Gesicht,
»bei aller der Jugend geschuldeten Nachsicht und Milde: ehrwürdiger Spiritual –«,
metallisch hart klang die Stimme,
»müssen nicht gerade Knaben, die sich würdig erweisen wollen«,
wann hatte sich seine Nase zu einem Papageienschnabel ausgewachsen, unmerklich, so nach und nach,
»des zweifellos erhabensten Berufes dieser Erde«,
entwendete ihm seine offizielle Stellungnahme, kehrte sie regelrecht als Speerspitze gegen den, der ihn retten könnte: wenn Johannes Todt ihm nicht den Krieg erklärt, wer dann? – absurd,
»gerade in einer Zeit«,
etwas hervorquellende Augäpfel, als wüßte Johannes nicht, daß er einen Waffengang wider ihn, so oder so, verlieren mußte,
»des immer tieferen leiblichen und sittlichen Verfalls«,
die Augenfarbe nicht unähnlich dem Blaugrün des Meeres,
»üben«,
pyramidenförmig zugespitzt der Kopf,
»üben und –«,
hohe Stirn,
»wieder üben: den Weg«,
noch die Glatze, und er sah sich selbst: verwirrte die äußerliche Ähnlichkeit des menschlichen Antlitzes mit dem Gewissensführer den von einer schweren, inneren Krise Geschüttelten und Gebeutelten? – möglich, auch möglich, daß er sich selbst gesehen in den Augen eines Zöglings, namens Todt,
»der Selbstverleugnung«,
durchaus möglich,
»und Bewährung?«,
wollte Johannes die Tür zuschlagen, verriegeln; ehe er dieselbe öffnen konnte von innen, sie von außen zumauern mit Worten? Bei Gott: ein Kindskopf,
»Sechs Schritte vor, sieben zurück:«,
wählte seine Sprache, nicht die seine,
»das ist der Kampf des Menschen mit der Natur«,
wohl wähnend Worte könnten eine Schlacht entscheiden,
»in die er Einblick gewinnen will. Doch was sie dem Menschen enthüllt: nicht selbst«,
die er doch schon verloren, ehe er sie begann,
»das zwingt er ihr ab: nicht mit Zangen und nicht mit Schrauben.«,

du Skrupulant und Träumer, als könnte das Netz, das du mit
Worten spinnst, dich schützen: den Freund haßt du, den einzigen
Freund, der dir das Netz spinnen könnte, das dich schützt,
»Es läßt sich nicht leugnen, ehrwürdiger Spiritual –«,
wähnst mich das Schwert: zweischneidig und scharf, du Narr, mit
dem Kopf gehen, das kostet dich den Kopf,
»es ist eine unumstößliche, jahrtausende alte Erfahrung: die Natur«,
willst wohl, daß dein Gewissensführer sich öffentlich entkleidet,
nackt und bloßgestellt, sich regelrecht selbst köpfe: was dir nützt, ist
MEINE Amtsgewalt, du Blödian, wach doch auf,
»läßt sich abringen – nur zögernd, um nicht zu sagen widerwillig«,
du Tor, als wärst du brotlos noch Herr deiner kleinen großen
Sehnsucht,
»auf jeden Fall widerstrebend – gerade vom gefallenen Menschen: ihre«,
wart nur, in ein paar Jährchen ist auch deine Nase papageienschnabelartig gekrümmt, meine Glatze, mir hat sie die Natur freiwillig
geschenkt, wirst du dir noch künstlich schaffen, wart nur,
»Geheimnisse. Doch eine von vielen Erkenntnissen«,
du magst stocken wie du willst, spazierengehen auf meinem Nasenrücken, meine Ruhe bringst du nicht zum Kochen, Undank-Klagen
und Sittenverfall-Gestöhn, bin ich das Forum der Sehnsucht nach
der guten, alten Zeit? – ich kenne meine Macht und ihre Grenzen,
kenntest du nur deine Ohnmacht, wie ich sie kenne, du würdest
deinen Freund erkennen, bei Gott: dich schlucken, ein Kreuz, wer
schluckt es, um das sich ringelt eine Schlange,
»ward ihr ein für allemal abgerungen.«,
deine Stimme zittert, mich deucht, du schwitzest, deine Augenlider
flattern, Umstandskrämer, eine links und eine rechts, daß es schallt
weithin, das hättest du wohl gerne,
»Ehrwürdiger Spiritual –, ist der Himmel«,
hast du nicht lange genug mit mir verstecken spielen dürfen, jetzt
eine Träne, und ich schlag dir die Nase blutig, »erst ganz umzogen,
so bricht sich schwerer das Gewölk. Rechtzeitig ein kräftiger Donner, ein
von fern drohender Blitz, welcher – nötigenfalls – dazwischenfährt,
macht am schnellsten den Himmel wieder klar. Das gestatte ich mir,
selbst zu ergänzen, zumal ich eindeutig feststellen durfte, du hast es dir
gemerkt, auf verblüffend exakte Weise: Wort für Wort. Es bewegt mich,
rührt selbst dem Hartgläubigen Tränen in die Augen. Siehst du meine
Tränen?«
»Nein, ehrwürdiger Spiritual, ich seh sie nicht.«
»Die Ursache könnte erkennbar sein: du bist zu sehr mit deinen eigenen
beschäftigt.«

»Ehrwürdiger Spiritual, belieben zu spotten.«
»Johannes – du wählst eine etwas außergewöhnliche Sprache: ich wähne, irgendwo mehrere Schrauben locker, das soll vorkommen; soll ich sie anziehen?«
»Ich bin angezogen, ehrwürdiger Spiritual, ausziehen, das ist möglich: durchaus möglich, aber: angezogen bin ich.«
»Johannes – ich möchte dich nur eines bitten, wähle diese Tonlage möglichst dann, wenn du witterst, es sei möglich, es hört niemand zu: sie ist etwas zu ungewöhnlich.«
»Ehrwürdiger Spiritual, meine Tonlage ist gewöhnlich, ich finde es eher für außerordentlich ungewöhnlich, wie –«
»Schon gut, schon gut; beruhige dich, mein Lieber. O Gott: deine Stirn brennt, die Augen Flammen, hast du etwas Fieber?«
»Nein, ehrwürdiger Spiritual, nicht das bißchen Fieber; mich wundert nur: weshalb dürfen meine Augen nicht Flammen sein, zumal ich, irgendwann einmal doch sein werde eine der vielen, ungezählten – Gott zählt sie sicher – Brandfackeln Gottes?«
»Sicher, sicher; beruhige dich, mein Lieber. Es wird ja alles wieder gut, komm schon.«
Und trockne, dir auch noch die Tränen, ich Blödian. Kochst dich selbst in deiner Wut, als wärst du für derlei geboren, dich an den Ohren ziehen, du merkwürdiger Höllenbube, einmal wirkliche Daumenschrauben spüren, bei Gott: den Gefühlsdschungel roden, mich deucht, du bist ein Urwald, Natur im Rohzustand, zumindest nicht wirklich über das heidnische Zeitalter hinausgewachsen, weiß Gott – wie du möglich wurdest, im aufgeklärten Jahrhundert.
»Ich, ehrwürdiger Spiritual – habe es mir nicht gemerkt.«
»Selbstverständlich nicht, so etwas lernst du – auswendig; mein lieber Johannes, dir eine hervorragende Merkfähigkeit zuzumuten, das wäre mir, nun wirklich noch nie passiert.«
»Ich, ehrwürdiger Spiritual – habe sehr lange üben müssen, bis ich mir das auswendig Gemerkte – «
»Auch wirklich gemerkt, du wiederholst dich.«
»Nein, ICH wiederhole mich nicht, geworden bin ich nun meine zweite Natur, ich muß noch etwas üben, ich will es nicht leugnen, ehrwürdiger Spiritual, aber irgendwann werde ich meine Unnatur, ich meine: meine erste Natur wegstudiert haben. Darf ich das hoffen? – das Auswendige muß doch auch inwendig wachsen, daß es mir nur nicht bei den Ohren wieder herauswächst.«
»Johannes – Haß ist ein schlechter Ratgeber, du spekulierst dich wund, suchst Zacken, Kanten an einer spiegelglatten Felswand? – willst dich dort festhalten, irgendwie wird es schon möglich sein, wo nichts anderes

zu finden ist als ein Schatten? – bewegt dich die Quadratur des Kreises, du täuschest dich, Johannes: Wo findet der Nackte seine Stätte. Kennt der Mensch den Weg zu ihm. Die Urflut sagt: In mir verweilt er nicht. Das Meer gesteht: In meinen Tiefen ist er nicht. Man kann nicht Feingold für ihn zahlen, und wägt nicht Silber dar als Preis für ihn. Nicht kann ihm gleichen Gold und Glas, noch ist ein Goldgefäß sein Tauschwert.«
»Genau den such ich, genau den!«
»Des Nackten Stätte, wo ist sie. Selbst Unterwelt und Tod bekennen: Von ihm vernahmen wir nur ein Gerücht. Der Wind heult: Der Nackte, was das wohl wieder ist? Selbst der Regen staunt: Den kenn ich nicht. Die Lawine rollt: Wen und was, ich zugedeckt, weiß ichs?«
»Kennt nur Gott den Weg zu ihm, weiß nur Er allein um seinen Fundort. Das ist die Schandtat ohnegleichen und ein Verbrechen, das des Richters wert ist.«
»Johannes – du entkommst Ihm nicht. Bestimme deinen Zeitpunkt selbst: die Institutsuhr bedenke bei deinen Berechnungen.«
»Was Er wünscht, führt Er auch aus? – kann jemand Gott denn Einsicht lehren, da Er doch: selbst, die Engel richtet. Ehrwürdiger Spiritual, ich hasse Gott: wer richtet den, der richtet? – niemand. Was Er beschlossen hat, wer kann es wenden?«
»Ich werde da sein.«
»Ich nicht.«
»Es ist die Seelenhaut in Fetzen, Johannes: nackt und bloß, ohne Ämter, Rechten-Pflichten. Den du suchst, wirst du niemals finden. Den gibt es auf Erden nicht, der ist: Gott.«
»Gott, der Nackte?«
Der Spiritual zog aus seiner rechten Uhrentasche eine echt Silber-Remontoir-Uhr mit drei starken Silbermänteln und einer Silber-Panzerkette, kunstvoll ziseliertes Silbergehäuse, römische Zahlen auf dem Zifferblatt, Johannes Todt schluckte, was sollte diese Uhr in seiner Hand. Rufen zwecklos, der Spiritual drehte sich nicht um, als wüßte Er. Pepi, diese Reue vergeb' ich dir: nie. Johannes Todt schüttelte den Kopf, niemals: unmöglich, ein Zufall, sonst nix; nur ein Zufall.
Auf der Kniebank vor dem großen Kruzifix kniete Pepi Fröschl, erstarrt zur Kerzensäule, der Kopf eine glühende Kugel, befühlte seine Stirn, brennheiß: über seine Wangen rannen Tränen, schwieg, schluckte, schwieg: Wenn der nicht die wahre Offenbarung ihrer Unnatur für den Spiritual gewesen, dich erschlagen: Einen Esel von Frosch lieben, passierte auch nur ihm.
Johannes Todt kniete sich nieder, der schwamm in Reue, erhob sich, legte seine Merkheftchen auf das Fenstersims, die Uhr des Spirituals, schwer wie Blei, zumindest hatte dieses unmögliche Kleidungsstück auch seine

praktischen Seiten, nichtsdestotrotz: in einem Sakko ... ach was; Johannes Todt schluckte, kniete sich am äußersten rechten Bankende nieder, Gott, und der Nackte, so ein Blödsinn. Die All-Macht und All-Liebe und All-Weisheit und weiß der Teufel, was noch – alles, nackt.

»Der hat dich eingewickelt. Pepi, leugnen ist zwecklos.«
»Nein, Johannes. Das hat er nicht, eben nicht!«
Josef Fröschl staunte in die Augen der harten Nuß, die sich den Schweiß von der Stirn wischte.
»DICH hat er um den kleinen Finger gewickelt? Johannes, DICH!«
»Entkleidete mich, nur mit dem Blick, wie üblich.«
»Du lügst! – schamlos glüht unsere Nacht, unleugbar, in deinem Gesicht! – du riechst regelrecht nach Blutwurst, du und eine Nuß, erzähl das: einem Ochsen.«
»Schwalbenschwanz, das kann ich nicht schlucken, das nimmst du – zurück, auf der Stell.«
»Johannes, ich bitt dich! Du darfst es nicht leugnen. Ihn hat das Hohe Lied der Liebe nicht einmal blindgeschlagen, alleweil hellsichtig, alleweil! Ich sag dir, ER erkannte unsere Sünde, ehe wir dieselbe kannten. Willst du? das wirklich so genau wissen: vielleicht hat er Beziehungen zum Dorf der Toten?«
»Und zum Mond, wie zum Pluto und zur Venus. Du Dalk! Das Märchen glaube ich dir sofort, falls du... ihm die Beziehungen zum Dorf der Toten ermöglicht hast.«
»Ich? Johannes, ich? Ich denk nicht an mich, ich denk an so einen! Und so einer hat sich gedacht, wart nur, eine Watschen? gönn' ich euch gar nicht, ich geh tratschen, das wird euch noch leid tun, mir beim Spazierengehen auf die Zehen steigen. Vielleicht hat sich das ungehorsame Kind gerächt, weiß Gott wie – so oder so, der Teufel holt uns, Johannes, ich spür's: nur anders, als wir es uns auskalkuliert haben.«
»Vielleicht der Adam, oder gar – die Eva. So ein Blödsinn. Du hast mich am Rock gezupft, Pepi.«
»Nur beim Stehen, Johannes; nur: beim Stehen. Beim Gehen wär mir so etwas nicht passiert. So oder so. Johannes, wir müssen sterben.«
»Am besten in einer vollmondhellen und sternenklaren Nacht. Pepi, ich will: leben, hörst du, das kommt gar nicht in Frage.«
»Tzzzst!«
»Wer?«
»Die vierköpfige Natter, wer sonst.«

B
O Gott, die Himmlischen waren unglaublich sensibel

Im ersten Stock des Instituts, auf der Kniebank vor dem großen Kruzifix, kniete der Zelator.
Ihm zur Linken Josef Fröschl.
Ihm zur Rechten Johannes Todt.
Beide andächtigst im Gebet vor sich hinmurmelnd, einmal der, dann der andere, die Andacht störend des Dritten. Der Zelator, Gottlieb Kreuzfels, erinnerte sich, daß es gut sei, streng gegen sich zu sein, sanft gegen andere und niemals ihr Gegner. Auch Jesus war lieb und heiter, Satan aber ein mürrischer Kerl, item zeigt mürrisches Wesen, daß man mit Gott nicht gut steht, und das nichts mit der Heiligkeit zu tun hat.
Hielt es aber für angebracht – noch am selben Abend – seinen Groll bezüglich dieser Art und Weise, seine Bemühungen heilig zu werden, so offenkundig nachzuahmen, in seinem Merkbüchlein, Titel: Vince te, schriftlich festzuhalten, indem er – wieder einmal – nachdachte, inwiefern das Amt des Zelators, zumal unreifen Knaben gegenüber, sein Streben nach Vollkommenheit auf das Beängstigendste hemmte, vor allem aber, weshalb es ihm, genau genommen nicht zu irgendeiner Art innerer Unruhe Anlaß geben durfte. Der Spiritual hatte ihn bei dieser Gedankenarbeit unterstützt, zumal der Zelator zu seinem Gewissensführer geflohen, gepeinigt von einer Abneigung gegen zwei Zöglinge des Instituts, die er eigentlich lieben sollte. Ein Punkt in seinem Punkteprogramm, der ihm eine schmähliche Niederlage nach der anderen bereitete.
»Du bist nur der Anzeiger, die Institutsvorstehung wird Öl zugießen, wo es not tut, wird ein stehen gebliebenes Rad antreiben, die Schraube wieder befestigen, und alles geht dann wieder gut.«, hatte ihn sein Gewissensführer belehrt.
»Lieber Gottlieb – dich hat nun einmal die Institutsvorstehung zum Zelator gemacht, also bist du Gottes Stellvertreter, sage daher nicht: du kannst dieses Amt nicht verwalten. Natürlich kannst du es, selbstverständlich. Gott gibt dir die Gnade dazu, wozu er dich erwählt. Weißt du das nicht? Erhebe dich nur nicht und vertraue auf?«
Und der Spiritual hatte mit dem rechten Zeigefinger den Fingerzeig himmelwärts geübt, dabei den Zelator gewissermaßen entkleidet mit dem Blick, steile Unmutsfalten der Enttäuschung zwischen den Augenbrauen, auch ein wenig blaß geworden, als er bis auf den Grund der Seele des Zelators geblickt.
»Gott.«, hauchte der. Und der Gewissensführer nickte mehrmals bekräftigend.
»Du siehst, du kannst ihm nicht verbieten, dich auszuwählen.«

So angeregt zu einer erhellenden Denkweise, die auch sein Gemütsleben irgendwie angenehm anregte, spann der Zelator – am Abend – in seinem Merkbüchlein, Titel: Vince te, den nicht fertig gesponnenen Gedankenfaden seines Gewissensführers fertig:
»Denke dir, du bist angestellt über eine Maschine, ein organisches Werk zu wachen und solltest anzeigen, wenn etwas nicht klappt, etwas kann ja knarren, eine Schraube locker werden oder ein Rad kann ja stehen bleiben: es wäre eine Torheit, wenn du unwillig werden wolltest oder gar ärgerlich über diese Maschine und dieselbe verachten wolltest. Nun gut! Auch solche Zöglinge, ausnahmslos alle Zöglinge sind Werkzeuge Gottes und bilden, zusammen mit den ihnen übergeordneten Instanzen einen geordneten Organismus, ein Maschinenwerk. Zeige also ihre Mängel und Fehler an, ohne auf die Person zu sehen, sie gar zu verachten und gering zu schätzen. Besonders, werde ich vonjetzt ab, Demut und Nächstenliebe zu üben mich beeifern. Heiligkeit besteht nun einmal nicht darin, daß ich mich einerseits im Wunderwirken übe, andererseits in Weissagungen, das ist etwas für die großen Heiligen, kleine Heilige verbrennen sich nur, insofern sie kühnen Gedanken nur irgendwie sich nähern möchten, auch große Taten und fortwährende Gebete taugen eigentlich nichts für einen kleinen Heiligen, item... kann mein Hauptwunsch nur sein, daß ich in allem und mit allem nur das will und auf das genaueste tue, was gefällt: demjenigen, der uns allesamt erschaffen hat. Gusto di Dio!«
Der zur Rechten blickte empor zum Kreuz, regelrecht schamlos zur Offenbarung werdend, so innig versunken im Zwiegespräch mit dem Schutzpatron der Unschuld, dem heiligen Josef. Item, fand noch nicht direkt den Weg zu Jesum Christ, nur: war derlei noch Gebet, durfte ein Mensch so mit einem Heiligen sprechen? Der Zelator, Gottlieb Kreuzfels, bebte.
»Eule, ewige Eule, niemals höre ich deine Stimme, niemals verführst du mich. Mir graut vor dir, du vierköpfige Natter! Malo mori, quam foedari! Das Hohe Lied der Liebe schlägt dich nicht einmal blind? Alleweil hellsichtig, alleweil!
Heiliger Josef, Hüter meiner Unschuld, hörst du mich! Malo mori, quam foedari? Du selbst, mein Schutzpatron, hast meine Ohren: geöffnet, ich vergesse es nicht: Die Lilie wächst im Dornengestrüpp, wo sonst? – keusch will ich sein, auf ewig keusch. Bleibe ich keusch, bin ich ein Engel, bin ich unkeusch, werde ich Unnatur, was sonst! Wie Satan. Wo bleibt da noch: die Wahl?
Heißgeliebter, hilf mir, heiliger Josef; daß ich es nicht vergessen kann, hörst du: niemals, wo sie wächst: die Lilie. Die Stadt der Toten, Innigstgeliebter, ist groß; hörst du mich, mein Schutzpatron! Kümmere dich um meine Keuschheit, heißgeliebter Wächter, wache über mich; heiliger

Josef, ich will nicht: fallen! Du lehrtest mich doch den Weg, in den Himmel will ich kommen, irgendwie, antworte! Heiliger Josef, wenn du nicht direkt mit mir sprechen kannst, so wähl doch eine Sprache, die ich irgendwie doch deuten kann, nur: antworte!«

Meinte er es so, meinte er es anders? – wann nur kraxelte diese All-Gegenwart von Gottlieb Kreuzfels endlich wirklich in den Himmel, ein Grund mehr, den umgekehrten Weg zu wählen. Der arme Aloysius Graf Transion, o Gott! – den hatte er ganz vergessen. Nein, den Weg zurück, nach Transion fand er nicht mehr. Als könnte der alte Brüllbär, niemals. Die Mutter, die Brüder.

»Pepi, z'erst willst mit aller Gewalt den himmlischen Hokuspokus studieren, und jetzo – bist so einer?«

Der brüllte, sie schwamm in Tränen, und die Brüder –? Diesen verlorenen Sohn, der heimkehrte ins Vaterhaus, mit – Johannes. Bei Gott: unmöglich.

»E wie Eigensinn, U wie Unaufrichtigkeit, L wie Leidenschaften, E wie Eigendünkel: O Maria, mamma mia, fate mi santo! Sieh dein Kind an, welches nun anfängt, dir nachzufolgen und abzulegen die Fehler. Mutter, du kannst es ja nicht ansehen, daß ich zugrunde gehe. O Maria, mamma mia, fate mi santo!«

Meinte er es so, meinte er es anders? – Pepi, es bleibt uns nur ein Weg: raus aus dem Institut, fort; irgendwohin: Nein, den Weg, zurück nach Nirgendwo, gab es nicht.

»Vater, ich möcht Uhrmacher werden.«

»Mein Name, Josef Fröschl.«

»So. So.«

Und weiter? – niemals! Der verkaufte den Seelenfrieden des Sohns nur einmal, ein zweites Mal nicht. Der sah ihn: nie wieder. Bei Gott: kaum die neutsche Mutter begraben, und der neutsche Großvater, erinnerte sich die Allgüte von Vater, daß er einst in vordenklichen Zeiten seinen Sohn so sehr geliebt, daß er sich eigentlich, immer wieder Brüllanfälle zwecks seiner Verteidigung gestattet hatte, der Tollkühne, und der liebe, liebe, ach, so liebe Sohn vielleicht doch mehr tauge als Uhrmacher, denn als Brandfackel Gottes. Nein, mein lieber, lieber, ach, so lieber Vater, akkurat dir zum Trotz: niemals. Der Sohn verkäuflich, auch käuflich sei: der zum Mann gewordene Sohn das Angebot zu schätzen wissend genug, die sowieso verlorene Kindheit akzeptiere als das unumkehrbar nie Wiederkehrende. Im vorhinein liquidierte Schuld, sodaß künftige Schuldentilgung dem Sohn erspart blieb, der Preis die Kindheit, schon bezahlt. Einmal entschuldigst du dich noch mit deiner Formel-für-Alles: Kampf ums Dasein, einmal. Einmal lehrst du mich noch die kleine, große

Sehnsucht, um sie, dann: selbst zu vergessen, samt dem Sohn zu verkaufen; den Seelenfrieden kenne ich: der eigene Herr sein wollen, Herr Uhrmachermeister Johannes Todt, sonst nix; und dann – katzbuckeln, o Gott, du bist der wahre Skorpion. Nie wieder siehst du mich, hörst du: nie wieder. Der zur Rechten, wie der zur Linken, die Andacht störend des Dritten, irgendwie anders: offenkundig Zuckerbübchenneigungen wie er selbst, unglaublich: so schamlos, das Gefühl verloren für Ort und Zeit, ganz so, wie es sich nicht gehörte, als könnte man sich seine Tränen nicht ein bißchen einteilen, raten-mäßig weinen: zivilisiert zumindest, so es für mehr nicht reicht, nicht..... so heftig, weibisch; als wär: das Meer der Augen, ohne Anfang und ohne Ende, als müßten die Perlen, die kostbaren Perlen der Augen nicht geworfen werden sparsamst in die Waagschale Gebet: am besten eine Perle in die linke, eine Perle in die rechte Waagschale, und die dann erst über die Wange kollern lassen, eine über die linke, eine über die rechte Wange, wenn sie: ganz bestimmt gleich groß, auf daß die Symmetrie gewahrt blieb, das freute die Himmlischen besonders: der geschmackvolle, harmonische Mensch deutet sich selbst in seinem Schmerz eben nur an; nicht die Vielzahl, die nicht mehr zählbare Vielzahl zählte, vielmehr wirkte: die Einzahl. Bescheidenst den Tränenfluß regulieren, selbst, unaufdringlich Ihr Einfühlungsvermögen betonen, o Gott, die Himmlischen waren unglaublich sensibel, allsogleich ihr Feinempfinden und Ihr hochentwickelter Geschmack-Sinn verletzt, sodaß Sie taub wurden, kein Wunder: blind, als entspräche es einem künftigen, kleinen Heiligen, als wäre es für ihn schicklich, den vierzig Tage dauernden Regen, auf so himmelschreiend geschmacklose Weise nachzuahmen bis zur Lächerlichkeit; Seelenschmerz, der sich nicht geschmackvoll offenbart war doch niemals wirklich Seelenschmerz, ihm fehlte das heroische und das tragische Element, die Größe; das war es: den beiden fehlte der Geschmack-Sinn einerseits, andererseits der Geruch-Sinn für die Größe, die wurden nie: Heilige, weder kleine und schon gar nicht: große; widerlich verstrickt in den niedrigen Leidenschaften nicht zivilisierter, geschweige kultivierter Menschen: halbe Wilde, Dschungelmenschen, alles Mögliche, nur: niemals befähigt, zu herrschen über die Natur, die beherrscht sein sollte, wollte sie den Himmlischen ähnlicher werden, zumindest: Ihnen gefallen. Ein hoffnungsloser Fall die beiden, vielleicht aber – probierten sie es, auf diese Weise: übten das, sich kurzsichtig weinen, auf daß sie ihrem Muster für alle Lebenslagen ähnlicher wurden: endlich auch Wintergläser tragen durften. Eine merkwürdige Verirrung seiner Jünger, o Gott, sie liebten ihn so, und er liebte sie nicht so, der Punkt im Punkteprogramm: die Quadratur des Kreises, Gottlieb Kreuzfels floh zu seinem Gewissensführer: noch am ehesten

half ihm dessen Spott und Strenge, die Mannwerdung doch noch zu bewältigen.
Entsprechenden Respektabstand wahrend, erhoben sich die Jünger des Gottlieb Kreuzfels erst, als dieser im Treppenlabyrinth des Instituts den Weg suchte: vergeblich zum Allgegenwärtigen, denn der Allgegenwärtige wollte für Gottlieb Kreuzfels erst findbar sein, nachdem er die Einleitung des psychologischen Heilungsprozesses, zumindest für diesen Tag, vollbracht: Die Begegnung mit den, gegen die gottgewollte Ordnung Rebellierenden, die offenkundig auf das Recht der Jugend pochen wollten, nicht: schlag-artig zurückkehren zu müssen zu Reue und Buße, plante er, im Garten des Instituts, kurz zu gestalten.

C
Sie dienen andererseits zum Ergreifen der Beute

»Ein Alptraum; Johannes, wir haben heute nacht denselben Alptraum geträumt.«
»So? – das wache Denken unsere Nacht als fremdartig beiseite schiebe, verstümmelt werde in der Erinnerung und ausgelöscht: was wahr gewesen, nur für eine Nacht. Ich merk's mir. Wähnst wohl, Er wisse: nicht, was Träume sind: die psychische Leistung vollbracht weder die Himmlischen noch die Teuflischen, lieber Pepi: 's war unsere Leistung. Gleich einem, der haschet nach dem Schatten und nachläuft dem Sturmwinde, ist auch der, welcher acht hat auf trügerische Träume: Pepi, du täuschest dich, an diesem Gedankenspinnfaden bleibt kleben, niemals Er, nur: du selbst, und – ich. Und der Walnußbaum mit den blauen Nüssen.«
»Bekennen wir den Traum, den Rest vergibt Gott, ganz bestimmt! – und wir sind: erlöst, Johannes! – ich bitt dich, fehlen wir bei der Kommunion, sind wir: verloren, die Frage wird virulent: warum fehlen akkurat? die, merkwürdigst Unzertrennlichen. Bin ich eine Blutwurst? – na eben. Spiel nicht die beleidigte Leberwurst, alleweil soll ich krumme Wege gerade biegen, der Lohn der Arbeit: du sinnst Düsteres wider mich, willst MICH wursten, wohl mit aller Gewalt – wegen einer Nacht! – unseren künftigen Beruf riskieren. Daß du es weißt: Ich hab alpgeträumt, merk dir das.«
Johannes Todt hielt die Merkheftchen nicht mehr in der Rechten, übte den Fingerzeig himmelwärts. Josef Fröschl bückte sich, Johannes Todt lächelte sein liebenswürdigstes Lächeln, schüttelte verneinend den Kopf. »Die kannst du dir behalten, ICH brauche sie nicht mehr.«, drehte sich um, offenkundig willens, den Weg zurück: zu gehen, sah den Spiritual, und wußte: die Quadratur des Kreises ... der Nackte. Wenn Pepi nicht gelogen hatte, wer dann.

»Johannes!«, Mund auf Mund zu nur fehlte Pepi die Fortsetzung, Worte fehlten Pepi sehr, hiefür heuchelte er gekonnt, »Nichts wissen, bitte, ich tu nichts plaudern«, beteuerten seine Augen in einem fort.
»Suchst du ein verlorenes Schaf, im Garten des Instituts, auf daß Er es nur mehr in den Stall zurücktreiben muß? Hat sich das eine schwarze Schaf mit dem guten Hirten verbündet, auf daß das andere schwarze Schaf sehe, es habe sich allein verirrt, blöke am besten selbst um Hilfe?«
»Ein Zufall, weiter nix, bei Gott: ein Zufall. Johannes, du verdächtigst mich, daß ich?«
»Du kannst es nicht leugnen: mit ihrem mächtig entfalteten Nervensystem und ihren trefflich entwickelten Sinn-es-organen stehen die Tiere geistig sehr hoch! – weshalb«, Johannes übte den Fingerzeig himmelwärts, »willst du, ausgerechnet ihnen vorwerfen, daß sie sich von Raub ernähren? Warum soll ich mich nicht für, gerade die Bewohner des Meeresgrundes begeistern dürfen; es sind doch wirklich imposant erfolgreiche Räuber. In ihrer Gefräßigkeit übertrumpft sie wirklich, nur mehr, der Mensch.«
Der Spiritual und, der Gehör-Sinn: Ein gewisses Entgegenkommen war durchaus angebracht. Johannes Todt hatte: die Tonlage gewählt, die eine gewisse Lautstärke gestattete: der Zuhörer mußte die beiden in einem Streit verwickelt wähnen, allein die Körpersprache hatte sie verraten, sodaß es ihrem Richter, der auch ihr Seelenarzt war, gegeben sein müßte als Vermittler zwischen die Kampfhähne zu treten. Josef Fröschl, willens gewesen zu fragen: »Wer?« hatte die Frage geschluckt, Johannes Todt die Merkheftchen in die Hände gedrückt; Er, wer sonst; alleweil und alleweil, Er. Wenn das nicht wieder die Kombinationsgabe beflügelt hatte, der Augen-Blick des Johannes Todt: »Den hast du in den Garten dirigiert.« Josef Fröschl verdrehte die Augäpfel, reckte die Hände himmelwärts, hielt sich den Kopf fest, die rechte Hand wider das linke Ohr, die linke Hand wider das rechte Ohr gepreßt, sodaß Er nicht, weiß Gott wie, Löcher in seinen Hinterkopf bohren konnte. Eine unmögliche Körperhaltung für einen Zögling des Instituts, nichtsdestotrotz korrekt; sehr korrekt den Hinterkopf mit Hilfe der Arme etwaigen Bohrversuchen entziehend. Ignorierte die Mahnung, andauernd ihm vorschreiben wollte Johannes, wie er, sich zu schützen gedachte und bedenken und berechnen alle Eventualitäten: hiefür fehlte Johannes jegliches Verständnis, sah es an seinem Blick.
»Ich mag sie trotzdem nicht, absolut nicht! Ich finde – dein Interesse – für die furchtbaren Riesen barbarisch, eines künftigen Priesters nicht unbedingt angemessen, könntest du naturwissenschaftliche Neigungen nicht für andere Meeresbewohner entwickeln, ich meine: verstehst? – zum Beispiel, die Muscheln.«

»Der kann keine Löcher in deinen Kopf bohren, laß das Händetheater!«, zischte Johannes Todt, »Pepi, du bist die Inkarnation schlechten Gewissens!«

»Johannes, mein Hut? Mir fehlt: mein Hut!«

»Den habe ich aufgehoben, tzzzst! Die Entfernung dürfte sich jeden Moment in unmittelbare Gegenwart verwandeln.«, setzte Josef Fröschl den Hut auf: ihn musternd von allen Seiten; nickend; benutzte die Merkheftchen als Fächer, zischte: »Wechsle die Gesichtsfarbe, schleunigst; hörst du! Du sollst die Gesichtsfarbe neutralisieren, wenigstens ein bißchen, tzzzst!«, tippte sich die rechte Schläfe so, daß es der Spiritual sehen mußte. Suchte Johannes Todt: konzentrieren den Spiritual, auf seine Körpersprache, bis sich wieder angepaßt den Umständen, die Körpersprache Pepis, der geraten in weinerliche Verfassung. Sich dumpf erinnerte, es könnte der Spiritual tatsächlich irgendetwas gesagt haben, irgendetwas von wegen... was hatte der Spiritual eigentlich mit ihm geredet, was hatte der Spiritual nur alles gemeint, nicht auch etwas gesagt von Spionen, nicht auch irgendetwas rund-herum-geredet um den heiligen Johannes. Er jetzo: gesprochen vom heiligen Johannes oder gesprochen vom Johannes.....›wenn du die Fortsetzung suchst im Garten‹? was?! welche Fortsetzung, was war das nur für eine Fortsetzung, aja. Da war eine Fortsetzung ... ›innigen Zwiesprache‹! Das war, die Fortsetzung im Garten. Hatte Er empfohlen den Garten. Pepis Augen auf der Suche waren nach irgendeinem ruhigeren Punkt, etwas Konstantes, etwas, das man anschauen konnte gelassen, also, Johannes war es nicht.

»Die furchtbaren Riesen, wie sie die: Sage unter dem Namen Kraken erwähnt, dürften nicht vorkommen; lieber Pepi, wenn manche zu: gewaltigen Dimensionen, heranwachsen, sodaß sie inklusive der langen Arme erreichen: die Länge eines Qual-Fisches, eines Walfisches, so wird eines Tages beherrschen doch ein ganz ein anderer den Meeresgrund; abgesehen davon, gibt es sowieso nur mehr an die zweihundert lebende Arten, denen gegenüberstehen: mindestens viertausendfünfhundert fossile. Das ist eine Ungleichgewichtigkeit zu Gunsten der Versteinerten und Vorweltlichen, daß du mein Interesse für die, noch die Gegenwart betreffenden als eine Art Wehgesang werten könntest, zumal mich deucht, daß auch die, früher oder später nur mehr Erinnerung sein werden«, und Pepi nickte, hatte verstanden, es konnte sich nur mehr um Sekunden handeln, dann bildeten sie wieder, nun beide, das zu untersuchende Zöglingsmaterial und Pepi hatte sich wieder selbst eingefangen, aufhörte dieses grauenhafte: Wenn Nase, Ohr, Auge und Mund wie Kinn, wenn Johannes in seine Bestandteile zu zerfallen beginnt und er unterdrücken mußte mit allen Mitteln, mit auf jeden Fall einigen Schwierigkeiten fertig werden mußte, bis er es regelrecht unterdrückt, zudecken

mit seinen Händen dieses Gesicht, es fest glauben, daß in diesem Gesicht noch nichts abhanden gekommen war, alles noch da, es eine närrische panikartige aber auf zweifellos eindeutiger Weise zurückweisbare Furcht, das Gesicht des Johannes könnte vor seinen Augen zerfallen in seine verschiedenen Bestandteile, die Nase dorthin, dies Ohr woandershin und so, sich Johannes verflüchtigen, er die Sache melden gehen mußte, niemand ihm glaubte, niemand und alle ihm sagten, die Augen der Institut-Vorstehung es sagten, der könnte verloren haben den Verstand, falls er nicht Grenz-Verrückungen vorgenommen? nicht der Fröschl gemeint, er könnte bei seinen Streichen nicht manchmal völlig verloren haben das Gefühl für Geschmack, das Gefühl hiefür, welcher Scherz noch erlaubt und wo wurde der Scherz eine kaum wieder gut zu machende Frechheit. Hinstellen Nicht-irgendwelche-Menschen als wären es lauter Dalke, als hätte er, einen gleichberechtigten Zögling vor sich, den man manchmal für dumm verkaufen erachtete als erlaubt. Wenn Johannes: in seine Bestandteile, zu zerfallen beginnt. Dasselbe ihm schon geschah, wenn er sah, die große Institutuhr, es nicht fassend wie das möglich sein sollte, allessamt zerfiel, nicht verschwamm, einfach auseinanderfiel, sich zerlegte, dann stehen bleiben ganz ruhig oder gehen als wäre, alles wie immer, als wäre nichts geschehen, nicht greifen mit den Händen, wieder – die Versuchung war sehr stark – zusammensetzen, was zerfiel. Obwohl Pepi es, allgegenwärtig war, es zerfiel nichts, es war alles ganz. Der Rest Phantasie, einen Phantasie-Überschuß hatte, sonst nix, was sonst!
Auch dies Pepi geschah, Johannes sprach, er wähnte es spräche mit Pepi sein ureigenster Tod. Was sehr sonderbar war. Er wußte, das ist Johannes, aber nie und gerade Johannes zu allerletzt, sein Tod.
Dieser Phantasie-Überschuß hatte wenigstens nicht nur seine Schattenseiten, Pepi lenkten sie ab von der Neigung wieder werden selbst Auflösung: hatte aus vollkommen undurchsichtigen Gründen einen ausgesprochen weinerlichen Tag erwischt, eine weinerliche Verfassung als wäre Pepi jemals gewesen Gottlieb.
Weinen lag Pepi nicht, er hatte Derartiges immer eher empfunden als äußerst peinlich. Was noch weinen konnte, war Pepi, in der Regel eher zutiefst und das immer suspekt gewesen.
»ich behaupte: marine Weichtiere mit saugnapfbesetzten Fangarmen sterben aus. Von den Vierkiemern ist nur mehr der eine Kopffüßer eine rezente Erscheinung: der Nautilus. Und was die Zweikiemer anbelangt ...«
»Johannes, verrate mich nicht!«, und Pepi Fröschl wählte den Ton, daß auch ja keine Schwierigkeiten hatte, ihr Richter, der auch ihr Seelenarzt war, beim Zuhören.

»Ich alpträumte heute nacht: so einer habe mich umarmt. Er hatte einen Rumpf, ich meine: verstehst? – einen vom Rumpf deutlich abgesetzten Kopf mit zwei sehr großen Augen.«, blieb stehen und sprach dozierend, Johannes hörte ihm zu, natürlich merkten beide seine Gegenwart nicht. »Um den Mund herum; bewaffnet der mit einem starken, einem Papageienschnabel ganz ähnlichen, aus Ober-und Unterkiefer«, gingen weiter, »gebildeten Hornschnabel?«, blickte fragend und interessiert Johannes an, als könnte ihm dieser in dieser Sache weiterhelfen, der aber schwieg, »Einmal abgesehen von der Reibplatte oder Radula; fleischige Arme – brrr! Ein grausliger Alptraum, zu allem hin hieß dieses Ungeheuer: Johannes.«

Johannes blieb Stellung einnehmend des völlig Überraschten und auch Erschütterten, der nicht wußte, wie er dazu kam, in den Träumen eines Kollegen zu werden der Alptraum Kopffüßer, stehen.

»Die Schlaflosigkeit läßt mich zum Wanderer in der Nacht werden, daß meine Lieben gerade das nicht wissen sollen? Das sind die großen Zufälle des Lebens, wahrhaftig.«

Akkurat, das hatten sie nicht gewußt, und so, allzu leichtfertig Geräusche merkwürdigster und doch, eigentlich: alarmierendster Art, wider die irdischen Tatsachen, naturkundlich der Tierwelt zugerechnet: vermutet das Käuzchen den Uhu und so hin und her, weiß Gott, was noch alles, nur nicht: Seine Nähe. Die Nähe des Spirituals brannte, nun im Garten des Instituts, in seinem Gehirn als großes Fragezeichen, was wußte der Spiritual wirklich; Johannes Todt blickte Josef Fröschl an, so interessenverkehrt die Farben wechseln, als hätte: der Esel von Frosch noch nichts von den wundervollen Nebeneffekten inszenierter Scheingefechte gehört; der aber senkte den Blick: Johannes glühte das, was in der Nacht passiert sein könnte, so offenkundig von innen nach außen, geradezu schamlos, um nicht zu sagen himmelschreiend verkehrt herum: Schamröte. Eine wahre Offenbarung ihrer Unnatur für den Spiritual, was sonst. Statt etwaige Zweifel des Spirituals anzustacheln, vernichtete er sie.

»Nein, meine Lieben – so weltabgewandt eingesponnen in einem Netz von Träumen, unfreiwilligerweise mußte ich, wählte ich diesen Weg, Zeuge intimster Aussprachen werden: ich erinnere meine Lieben deshalb an meine Gegenwart, weil – dieselbe offenkundig von vollkommen in zoologischen Auseinandersetzungen Verwickelten beschwerlich zur Kenntnis genommen werden kann: dafür – habe ich, vollstes Verständnis. Nichtsdestotrotz fühle ich mich verpflichtet, zur Kenntnis zu bringen, daß ich Opfer eines außerordentlich hoch entwickelten Gehör-Sinns bin.«

»Ehrwürdiger Spiritual, Josef Fröschl überprüft gerade meine zoologischen ... und kam dabei auf einen merkwürdigen Traum ...«

»Mein Gedächtnis bezüglich des Kopffüßers ist etwas löchrig, sodaß ich es lexikalisch ergänzen mußte: ich gestehe, das Tier langweilte mich, wie ist das nun wirklich mit den fleischigen Armen, Johannes?«
»Sie dienen zum Kriechen, Schwimmen, Tasten einerseits andererseits zum Ergreifen der Beute.«
»Habe ich das richtig gelesen: in der Unterhaut der Kopffüßer finden sich merkwürdige kontraktile, mit verschiedenfarbigem Pigment gefüllte Zellen? Johannes, mögest du so gütig sein, meine geistige Hilflosigkeit gegen diese Meeresbewohner tolerieren: sie sind mir etwas fremd.«
»Chromatophoren, ehrwürdiger Spiritual.«
»Ach ja, Chromatophoren ... die durch ihre abwechselnde Ausdehnung und Zusammenziehung irgendetwas zu Wege bringen, nur: was – daß ich mir die Fähigkeiten dieser Biester nicht merken kann.«
»Ein lebhaftes Farbenspiel, ehrwürdiger Spiritual.«
»Ach ja, ein lebhaftes Farbenspiel, das, so ich es richtig gelesen habe, die psychischen Erregungen zum Ausdruck bringt, nur: in welcher Weise?«
»Ehrwürdiger Spiritual, wirksamst.«, sagte Josef Fröschl.
»Ja, das war es: wirksamst.«
»Vermag andererseits die Körperfärbung anzupassen der Umgebung.«, sagte Johannes Todt.
»Das auch noch, genau. Jetzt erinnere ich mich wieder. Ein neben dem After in der Mantelhöhle mündender Sack? Irgendwie ist mir seine mögliche Benennung durch: irgendetwas regelrecht blockiert.«
»Ehrwürdiger Spiritual, der Tintenbeutel.«, und Josef Fröschl schluckte.
»Sondert, so die Tiere verfolgt werden, eine dunkle Flüssigkeit ab, die sie entzieht dem Auge nachstellender Feinde.« sagte Johannes Todt, ausdruckslos das Gesicht, geradeaus blickend, metallisch hart klang die Stimme, zitterte nicht das bißchen: eindeutig, Johannes Todt, wollte die Brücke nicht betreten, während Josef Fröschl schon ein kleinwenig schwankte.
»Die Geschlechter sind getrennt, bei den männlichen ist stets ein Arm zum Begattungsorgan umgebildet? doch findet bei einigen Formen, so ich das richtig gelesen habe, KEINE DIREKTE Begattung statt: es füllt sich vielmehr der besonders modifizierte hohle Arm, wie heißt der nur? Red' ich einen Blödsinn, Johannes: wie ist das.«
»Hektokotylus.«, sagte Johannes Todt.
»Mit was füllt sich der nur, mit irgendetwas füllt sich der?«
»Mit der in Hülsen?«, so Josef Fröschl.
»Ach ja! – mit der in Hülsen? – was weiter.«
»Spermatophoren.«, so Johannes Todt.
»Samenpatronen.«, so Josef Fröschl.
»Ach ja, der in Samenpatronen befindlichen Samenflüssigkeit; reißt sich

los, bei den gewaltigen Umarmungen, bewegt sich selbständig, eine Zeit lang, und gelangt: in die Mantelhöhle des Weibchens, oder – des Männchens.«

»Nein, ehrwürdiger Spiritual, nicht: des Männchens. Kopffüßer sind weder heidnisch noch christlich: Raubtiere, sonst nix. Gehorchen vollkommen der ihnen von Gott angewöhnten Natur.«

»Hmhm. Wo sich dann die Befruchtung vollzieht; so ich das richtig gelesen habe, bildet sich an der Stelle des abgerissenen – ?«

»Hektokotylus«, so Josef Fröschl.

»Ja, genau so heißt das Ding – bildet sich: ein neuer. Wie gesagt, ich habe so ein Tier des Meeresgrundes nie gesehen in natura; dein Interesse für dasselbe, es hat mich bewegt, ich bemühte mich sehr, Johannes: es nachzuvollziehen, nur: mein Interesse für die Zoologie ist offenkundig auf das Äußerste beschränkt, offen gesprochen, null Komma null: einmal abgesehen von der heimischen Tierwelt und den seltenen Zoo-Besuchen.«

»Ehrwürdiger Spiritual, ich kenne Interessensbeschränkungen durchaus, und kann sie auch als nur vernünftig empfinden.«

»So. Das freut mich: eine Meinung mit dir teilen dürfen, passiert mir so selten; lassen wir das.

Ich beschäftige mich im Grunde mit der Frage: was passiert? Wenn das Wort der Religion bloß an Mund und Ohr haften bleiben, wenn nicht der hohe Sinn, der Geist des Wortes eindringt, und sich vermählt mit: dem Geist?«

»Ehrwürdiger Spiritual konnte die Frage sicherlich beantworten.«

»So ist es, lieber Johannes.«

»Wahrhaftig, die äußere Offenbarung und die innere: die Vernunft in ihrer höchsten Entwicklung, meine Lieben – sind die beiden Strahlen, die sich um so mehr NÄHEREN, je mehr sie von allem Menschlichen, was BEIDEN anhaftet, GELÄUTERT werden, bis sie ENDLICH in EINEM Punkte, dem Punkte der VOLLSTÄNDIGEN Verschmelzung, ZUSAMMENTREFFEN.«

Wie das in ihr wohlgeordnetes Seelengebäude einordnen, ohne dafür das Beichtohr des Spirituals unbedingt in Anspruch zu nehmen, geschweige: seinen seelenärztlichen und richterlichen Rat, bei Gott: es war unmöglich.

Während sie am schmiedeeisernen Tor des Dorfes der Toten gerüttelt, dürfte der Spiritual das schmiedeeiserne Tor des Instituts geöffnet haben, und zufälligerweise, scheinbar zufälligerweise gegangen sein; in letzter Instanz hatte ihn der Allwissende dirigiert, wer sonst: querfeldein.

Die Augen des Spirituals brannten und erhellten wie noch nie, nur seine Trauer, bei Gott: allgütig nannte er ihre Unnatur nicht wirklich beim Namen, erinnerte nicht mit einem Wort, daß sie in der Tat das Unmögliche gewagt, das nicht ohne Konsequenzen bleiben durfte: Zweifellos, das Unmögliche war geschehen; wirklich; und der eine Frevel hatte den anderen Frevel regelrecht mit sich gezogen, wie die Geburt den Tod. Josef Fröschl spürte die Eiseskälte, wie sie: förmlich, von innen nach außen, irgendwie angenehm, die Hitze Wallungen eineiste; so nach und nach.

Johannes blickte geradeaus, ausdruckslos das Gesicht, wie: nie gewesen, nie gefehlt; traumwandelnd im Garten des Instituts.

Johannes! Wach auf, es ist sinnlos leugnen; sinnlos; allessamt. Josef Fröschl schluckte, blickte auf zum Spiritual, als wär der, der liebe Gott, fast.

Zumindest war er der, der sie retten konnte: vor dem Tribunal der Institutsöffentlichkeit sie einhüllen mit dem Schweigemantel des Beichtvaters. Wer befahl ihm denn, die Buße sei: es werde öffentlich, doch: niemand.

Ein Walnußbaum mit blauen Nüssen, so ein Blödsinn.

Nachtgedanken, Spinnereien, die nur im Dorf der Toten passierten, wo sonst.

»Es ist nun einmal sehr wichtig, meine Lieben: es bildet das Fundament der Stimmung fürs ganze Leben, daß ein Menschenkind jede grundlose Übellaunigkeit, trübe oder gar schmollende Stimmung als etwas durchaus Verbotenes betrachte, umgekehrten Falles, wenn man der Laune die Zügel läßt und ihr Austoben PASSIV abwartet.«

Und der Spiritual herausgezaubert hatte aus einer seiner inneren Taschen den Würfel: in diesem Augenblick wußte Johannes, daß Er mehr wußte, es waren ihm zu viele Zufälle: drehte in seinen Händen den kleinen Würfel auch für das Würfelspiel und der Würfel war Johannes immer gewesen die Miniaturausgabe des Elternhauses. Parterre, Erster, Zweiter Stock und im zweiten Stock gab es
keinen Gang.

»Wächst die Macht sehr bald, bis zur: Unbesiegbarkeit. Lieber Johannes, auch das sind Umarmungen, nur nicht auf dem Meeresgrund: nicht die Umarmungen des Kopffüßers. Was aber die anfangs unschuldige Laune, meine Lieben, SCHEINBAR unschuldige Laune auf ihren nicht vermerkten Entwicklungsstufen für ein lebensfeindlicher Dämon ist, das – könnt ihr noch nicht wissen; so hätte ich es, fromm gewünscht.«

Und Johannes lachte; begann lachen wann hörte er auf: es war dieses Lachen, das der Spiritual sehr fürchtete. Das ihn schon mehrmals, nachdenklich gestimmt. Äußerlich betrachtet nicht immer gleich, hörte sich nicht immer gleich an: dieses Mal waren es Lachtöne eher leiserer

Art, es wirkte auch nicht so, als bemühe Johannes sich, um mehr Ernsthaftigkeit.
Der Spiritual bohrte seinen Zeigefinger in den Rücken eines von Lachen geschüttelten Zöglings, dirigierte ihn Richtung Bank, Josef das nicht mehr verstand, es sagten seine Augen, seine Augen fragten den Richter es wissen wollten vom Seelenarzt, was hat er nur. Sodaß auch die Gegenwart anregte Johannes, Pepi wollte wissen, was Johannes hatte, Johannes mußte sehr lachen.
Der Spiritual unterbrach den, wie von einem gelungenen Witz gebeutelten Lacher nicht; wirkte auch keinesfalls beleidigt, wartete, holte aus seiner inneren Uhrentasche eine andere Uhr, die Uhr der Nacht und zählte die Minuten. Wie lange lachte Johannes.

D
»Bedaure; ein Mißgeschick.«

»Johannes; es ist Zeit!«, das war gewesen die Stimme der Mutter.
Und die Mutter hatte kontrolliert, ob Johannes – in seiner Sonntagskleidung auch kein Staubfinkelchen übersehen hatte.
Ihn noch einmal abgebürstet von oben bis unten, die Achsln, die Ärmel, die Hosenbeine, noch einmal aufgeknöpft seinen Rock, auch inwendig alles in Ordnung? Noch einmal die Bürste für das duftende Haar, roch daran, schloß die Augen, »hm« sagte die Mutter, »das riecht er gerne« und war zumeist mehr aufgeregt als Johannes selbst.
Noch einmal begutachtet die Ohrmuscheln die Augenwinkeln, Zähne fletschen, auch dies getan; dann ein Klaps und Johannes durfte marschieren, klopfen an sein Zimmer und rufen mit lauter Stimme: »Großvater; es ist Zeit!«
»Was willst du!«
»ICH WILL in den Raum der großen Denker; dorthin zieht es mich mit aller Gewalt.«
Von drinnen wurde hörbar das zufriedene Seufzen des Großvaters. Geöffnet die Türe und betrachtete mit Wohlgefallen: der wohlgeratene Enkel.
Und verließen das Haus beim Haupteingang und gingen ums Eck und dann noch einmal ums Eck betraten den Rundturm, der hier angebaut worden war in vordenklichen Zeiten und betraten das Stiegenhaus: die Wendeltreppe hinauf, in den zweiten Stock. Großvater war schon bekleidet gewesen, Großvater hatte eindeutig schon gewartet auf den Enkel, so schnell, wie er gewesen bei der Tür, auch den Schritten nach: dürfte Großvater gelauscht haben an seiner Tür, ihn Klopfen gehört, sich sofort

fort begeben von der Tür, auf daß die Stimme wie von weither klänge für seinen Enkel; dann so gegangen, auf daß es ordentlich knarrte, hörbar wurde, Großvater durchmaß den ganzen Raum, denn sein Enkel hatte ihn gerufen, Großvater hatte zurückzulegen einen weiten Weg, bis er angekommen bei der Tür, aber was alles tat man nicht für so einen Enkel.
Der Raum der großen Denker, alle Kupferstich, schwarz gerahmt, alle dasselbe Format: im goldenen Schnitt.
Und auf dem Dachboden, Truhen voll großer Denker, wurden dann und wann nach einem vom Großvater ausgeklügelten, für den Enkel nicht durchschaubar gewünschten, auch nicht vom Enkel erfaßten Plan ausgetauscht, eingepackt. Und wieder und wieder ausgewechselt.
Eingepackt jeder einzeln, jeder großer Denker für sich: umwickelt mit Packpapier, verschnürt, beschriftet mit Inventarnummer, Datum der Anschaffung des großen Denkers, Anzahl der Aufhängungen ... darüber zwei starke Pappendeckel, darüber: wieder Packpapier und damit die Schnüre den großen Denker nicht verletzten, vor allem nicht seinen Rahmen, befanden sich Kartonunterlagen zwischen der inneren und der äußeren Verpackung. Für die innere Verschnürung gab es zusätzlich Kartonstreifen, die gelegt wurden über die – auf beiden Seiten – kreuzweise zu vollendende Schnürung.
Das Auswechseln der großen Denker: er durfte die Verschnürungen öffnen, die kaum lösbaren Knoten, dies war eine Ehre, die nur zustand im Hause dem Enkel.
Und der Großvater führte den kleinen Johannes Todt in den Raum der großen Denker. In dem Raum hatte zu herrschen, Ehrfurcht, Schweigen und immer wenn Johannes, in den Raum kam, mußte er husten: »Irgendetwas geschah mir, das störte die Stille, das störte das Schweigen, das störte die Ehrfurcht.«, sagte Johannes, niemand hörte es, denn es sprach der Spiritual.
Und Johannes hatte begonnen ein eigenes System entwickeln, wie er sich merkte die großen Denker. Der eine hatte ein Auge, das mit dem Monokel, Nasen, auch Perücken und Vatermörder, hochgeschlossene Vatermörder um den Hals, Halskrause. Ach, es gab viele Gedächtnisstützen. Auch die: in der fünften Reihe, der Dritte von links her gezählt ... und flankiert war er von auch einem, der war, DER große Denker und unter ihm und über ihm und Johannes ganze Reihen schon auswendig kannte. Großvater hatte es offenkundig: bedauerlicherweise auch erfaßt.
Als dieses System der Großvater erfaßt, hatte der Großvater gewußt, es war höchste Zeit einige Veränderungen, Verrückungen vorzunehmen.
Hiebei durfte Johannes nicht anwesend sein. Wußte noch immer wie das gewesen anno erste Verrückung und wie er schockiert entdeckt, hier stimmte alles nicht mehr zusammen, seine Reihenkenntnisse, links,

rechts, in der Mitte, oben neben und unten: diese Stützen waren weggefallen. Er kannte: nichteinmal alle Denker, die im Raum gehängt, geschah ihm zwecks Vertiefung, Großvater hatte verrückt.
Wie zuvor weggefallen war die Stütze: Nase, Auge, Ohr und dergleichen, spezifische äußerliche, Johannes zum sich Merken anregende Merkmale. Es waren Brustbilder, die großen Denker hörten auf unter der Brust, allesamt: dort abgeschnitten und begann der Rahmen, die Umrahmung, die Einfassung. Die wurden einfach: wieder in ihre angestammten, ihnen nach einem System, das der Großvater keinesfalls von Johannes entziffert wissen wollte, zugeordneten Truhen zurückgelegt, neue aufgehängt. Begann er sich diese merken, begann wieder dieses durcheinanderwirbeln, durcheinander von Neu und Sehr-alt bis Noch-nicht-so-alt, die Verrückungen, einige verschwanden gänzlich, andere wiederum blieben, wurden zwischen frisch Geholten aufgehängt oder schlicht irgendwohin verrückt.
Großvater verstand das: war ein wahrer Meister, ein großer Künstler im Ausdehnen: den Unterricht seines Enkels, denn er liebte – nicht seine Sinn-Aufgabe – er liebte selbstverständlich den Enkel, deshalb gab er sich ja so viel Mühe, ihn ständiger Anregung auszusetzen, ihn ständig in Verwirrung zu versetzen, dies hieß, der Großvater, hervorragende Gedächtnisschulung, auch Mühe hiefür, daß sein Johannes nicht nur Teilbereiche des großen Denkers erfaßte sondern den GANZEN, hiefür, betonte der Großvater, brauchte man keine Gedächtnisstützen, der ging einem über in Fleisch und Blut und wenn er dort beheimatet – nicht der Großvater, all diese großen Denker – dann war er wirklich erfaßt worden, zu diesem Behufe und nicht! es besonders betonte der Großvater, und nicht um Johannes zu sekkieren; erklärte ihm dies auch. Merkmal: zusammengeschobene Augenbrauen, dicke Wulste und sehr tiefe Narbe auf einer der beiden Wangen, der sogenannte Schmiß war das, der hatte einen Schmiß. Ein schlagender großer Denker. Der neben dem schlagenden großen Denker wirkte schwerelos, um nicht zu sagen sehr erheitert und ein wenig: angetrunken? vollkommene betrunkene Seele, so wässrig: wie sie herabblickten auf ihn, die Augen, dachte Johannes selbstverständlich nicht. Berichtete sich das auch sofort, daß er sich das von dem großen Denker nicht und nie! niemals gedacht hätte. Und der andere: auf der anderen Seite des schlagenden großen Denkers, schwerblütig, fast: so herabblickte zu ihm als wollte er sagen: »Johannes, tröste mich, tröste mich, ich fordere Trost für meine Trauer.« Der erboste Johannes besonders, so nahe den Tränen und der über dem; Johannes hätte ihm entschieden den Trost verweigert; der mit dem Blick in den Himmel, in die Ferne blickte, sagte: »Siehst du, Johannes: ich kann in den Himmel hineinschauen; wenn du übst, kannst du das auch.«, es Tagesge-

spräche waren, die ablenken sollten hievon, daß die großen Denker ihm nur dann zusagten ihre Unterstützung, wenn es Nacht war, kaum aber wußten sie sich ihrem großen Verehrer gegenüber, wurden sie: der Mittelpunkt dessen Enkels, vergaßen alle die Herrschaften ihre in der Nacht versprochenen Unterstützungserklärungen.
Der eine sagte es Johannes am Tag ungeschminkt: »Wer bist du, wer bin ich.«, hiebei die Sache klar war, die Antwort fiel zu Ungunsten dessen aus, der zu dem großen Denker hinaufschauen durfte und raten, wer der sei.
»Ich bin verbrannt; was klagst du. Ich hatte ein ganz anderes Feuer rund um mich, das waren andere Zungen! Junge!«, das war der Denker, siebente Reihe, dort einige hingen: »Du sollst nicht stehlen, dem Volke den Seelenfrieden.«, sagte der gleich daneben und wiederholte sich in einem fort, begann auch den Kopf schütteln, diese Tatsache selbst jetzt noch nicht faßte, wie das gekommen war mit ihm, er geworden ein Stehlender beim Nachdenken und gestohlen: dem Volke, den Seelenfrieden, wirkten hievon seine Gesichtszüge: weniger aufgehellt, eher verdüstert, als wäre er, nicht befähigt gewesen zu fassen wie er im hell erleuchteten Mittelalter werden konnte: der düstere Geselle.
Die Reflexionen des Enkels mit den Bildern bedurften nicht der großväterlichen Ergänzung, deshalb blieben sie in seinem Kopf.
Und mit solchen Sachen kam er dann heil aus jeder Stunde entlassen wieder in die anderen Räumlichkeiten des Hauses, durfte verlassen den zweiten Stock und Mutter bestätigen, welche Fortschritte er, schon wieder gemacht.
»Und dann begann der Großvater Bilder verhängen: die Bilderverrükkungen. Der Dritte von links her gezählt; in der fünften Reihe und es war ein Raum ohne Fenster.«, sagte Johannes, niemand hörte es, denn es sprach der Spiritual.
Und Großvater stieg auf die Leiter, holte den großen Denker von der Wand, übergab ihn Johannes und er mußte: halten, den großen Denker, und ihn anschauen, auf daß er sich in ihn vertiefe. Den er sich nicht merkte, das war J.G. Fichte.
Die Strafe: Großvater setzte sich in den Lehnstuhl; und Johannes mußte den großen Denker in seinen Händen halten und anschauen; unter Umständen eine geronnene (Sanduhr) Stunde: Uhren, die im Hause waren und hatten die Fähigkeit zu sprechen, eine Stunde habe ich soeben nun geschlagen, sie ist nicht mehr, duldete der Großvater hier nicht; zu laut. Solche schlagbefähigten Uhren befanden sich in den – die Mitte des zweiten Stockes bildenden – angrenzenden Räumen.
Eine Sanduhr, eine große Sanduhr half dem Großvater beim Feststellen, die richtige Dauer, das richtige Maß für das Vergessen und Verwechseln einen großen Denker mit einem anderen großen Denker.

»Man muß Ihn doch kennen, den großen Denker, stell dir vor, Johannes, der ginge an dir vorbei, und du würdest; ihn nicht wieder erkennen, den großen Denker; sag, könntest du dir das jemals vergeben, ihn nicht gegrüßt zu haben?«
Die Frage befahl geradlinige Antwort, Johannes sehr erschrocken abgewehrt; natürlich nicht, natürlich nicht.
»Der Mensch begann für Ihn erst und das war ich nie, werde ich nie sein, wenn er ein großer Denker war.«, sagte Johannes, niemand hörte es denn es sprach der Spiritual.
In dunkel gebeizten Eichenrahmen der Kupferstiche ... ein großer Denker wird zurechtgerückt: dirigiert den großen Denker in eine horizontale Lage, kontrolliert, ob der große Denker auch schön gerade hängt. Johannes auf der Leiter stand, führte die Verrückungen aus. Sagte der Großvater.
»Etwas mehr nach rechts.«, mit gedämpfter Stimme; in angemessener Entfernung und immer wieder dasselbe und immer wieder:
Der Großvater holt (zaubert) greift, aus (s)einer Innentasche seiner Kleidung eine winzig kleine Wasserwaage und nähert sich Richtung Bild großer Denker.
»Er muß im Wasser hängen, etwas nach links.«, wieder: »Etwas nach rechts.«
»Nicht so viel, so; jetzt möge es genug sein.«
Und manches Mal geschahen Neuerungen, die eingeführt der Vater, es waren stets bedauerliche Mißgeschicke des Vaters: keine Unterstützungsoperationen für eine Unterbrechung in dem anstrengenden Unterricht.
Einmal hörte er draußen gehen den Vater: Türauf Türzu, Türauf Türzu, eine Knallerei im Uhrzeigersinn, eine Knallerei wenn er die umgekehrte Richtung: Türauf Türzu, Türauf Türzu ging. Es aber allweil zu berücksichtigen schien, voll Sorge bedachte: die Harthörigkeit des Großvaters und also besonders um Lautstärke bemüht. Und im Raum der großen Denker, stand mit dem Großvater sein Sohn, betete eifrig nach draußen: »Bitte, hör nicht auf knallen; bitte, bitte hör, hör ja nicht auf.« Und spürte den Herzschlag besonders heftig, wenn es schien, als sei gegangen der Vater, aber dann: es wieder, hörte. Türzu. Türauf Türzu. Türauf in umgekehrter Richtung. Zwei Türen die Ostfront, zwei Türen die Nordfront, zwei Türen die Westfront, zwei Türen die Südfront. Ging Großvater der Sache nach, mußte Johannes erfahren, ihm zuliebe es nicht geschah.
Es herrschte Durchzug.
»Bedaure«, entschuldigte sich der Vater, »ich bedachte nicht«, schlug sich die Stirn, sofort aufgehört das Türauf Türzu: »Ich brauchte selbst, bis ich dieses Knallen verstanden, mir war die Ursache nicht gleich geläufig.«,

sich erklärte dem Großvater und wirkte wirklich nicht besonders schlau, eher dem anderen dem entgegengesetzten Begriff dieser Eigenschaft entsprechend. Seinen eigenen Sohn sah er hiebei, nicht einmal an. Und wenn, dann sagte er höchstens: »Entschuldige, ich wollte... nicht...«, selbst Tränen ihm schon gekommen waren so bedauerlich er empfand das Mißgeschick; so entsetzlich bedauerlich.
Johannes kletterte die Leiter hinunter, entfernte sich vom großen zurechtgerückten Denker, als derselbe große Denker – einer von vielen sich zu erinnern beginnen schien, was auch Er, auch Er versprochen hatte in der Nacht Johannes: nicht ohne Rührung und nicht ohne Herzpochen konstatierte der Enkel, endlich ein sogenannter großer Denker, der ihn nicht vergaß, nicht seine: ihm gemachten Versprechungen vergaß – fiel von der Wand, dumpfes, dann klirrendes Geräusch, zerstört auf dem Boden lag.
Ein großer Denker lag zerstört auf dem Boden. Dagegen war das Hostienschlucken ein unfeierlicher Akt. Das Glas war: zertrümmert, der Rahmen verzogen, der Bilderhaken mit dem winzigen Messingk(n)opf lag auch, auf dem Boden. Großvater rang um Fassung, schluckte, auch Johannes rang um Fassung, sofort Falten des Unmuts, Falten der Revolte zwischen den Augenbrauen hineingeschoben als Grenze zwischen sich und seiner Freude ob diesen Fall. Den Vorschlaghammer in seiner Hand, das war der Vater und er stand im anderen Raum. Johannes im Raum der großen Denker mit Kehrschaufel, die Falten des Unmuts ob diesem Mißgeschick des Vaters wurden dann echt: zuvor aber.
Zusammen noch kehrte die Scherben, den Staub, die Ziegelbruchstücke, Verputz es war einiges hintennach gefolgt dem großen Denker, auf ihm gelandet, auf daß der sich ja nicht wieder erhob: Beschwerung und Zerstörung, ein vollendeter Akt, Johannes wähnte, jetzt explodierte es, es explodierte dann nicht, pochte nur besonders heftig und als es sich herausgestellt wiederum nur als Mißgeschick, stiller es geworden, es aufzuhören schien schlagen.
Trotzdem.
Es war eine seiner liebsten Erinnerungen geworden, eine, die er regelrecht pflegte, die er hätschelte und der er Huldigungen erwies, auch Ausschmückungen. Johannes konnte sich nicht entziehen: der Strahlkraft, der faszinierenden Strahlkraft, der Energieaussendung, die von diesem Ereignis ausgegangen war und also holte er sich dieses Ereignis ganz besonders gerne: und immer wieder, zurück in die Gegenwart, ob in der Nirgendwoer Schule, ob beim Hostienschlucken, ob im Garten, sich hingebend unter großväterlicher Anleitung körperlicher Ertüchtigung, immer wieder, gestattete er sich die Wiederholung dieses allzu seltenen Ereignisses.

Ziegelsteine und Verputz prasselten zu Boden. Ein Loch in der Wand. Uhrmachermeister Todt blickte hindurch: »Ich wollte einen stabilen Haken für eine Wanduhr anbringen. Bedaure.«
Auch dieses Bedaure; war es gestanden nur als mögliches Wort in den Augen des Vaters, hatte er es gesagt; strich er dann fort, das hatte der Vater, nicht gesagt. Weder durch entsetzten Gesichtsausdruck, geschweige durch Worte.
Und Johannes hätte geschworen – eine Zeit lang – sein Vater hatte ihm heimlich zugezwinkert, aber es dürfte gewesen sein eine ihm selbst Huldigung erweisen sollende Erinnerungsarbeit: durch Phantasie erweiternde und andere Sachen erweiternde Vorstellung, die er angedichtet seinen Erinnerungen an den Raum der großen Denker. Hatte schon erlebt, daß die großen Denker heruntergeklettert von der Wand und sekkiert den Großvater so lang bis der geflohen aus ihrem Raum und ihn nie wieder betrat, also auch Johannes nicht mehr betreten hatte müssen den Raum und die, in gestochener Handschrift, fein säuberlich auf Karteikarten festgehaltenen: wichtigen Tatsachen aus dem Leben der großen Denker auswendig wissen, auf daß er, jeden besser kannte als der sich selbst. Diese Karteikarten hatte allesamt aufessen müssen der Großvater und hiezu trinken dürfen nicht den Schluck Wasser.
Und rund-um-Großvater gestanden die großen Denker und allesamt so gewesen, daß Großvater erschrocken sehr, dann mußte, denn sie waren sehr böse auf seinen Großvater, allesamt aufessen, die gehängt an der Wand samt den Nägeln mußte er hinunter – auch meinten, er solle nicht so zaghaft nur beginnen knabbern am Bilderrahmen, hineinbeißen kräftiger, ordentlicher und etwas flinker! denn es waren viele Truhen, die gefüllt mit gleichem Inhalt, bei dieser zaghaften Beißerei wurde der Großvater, ja nie fertig! also nicht so zaghaft, nicht so zurückhaltend, schneller, etwas schneller und nicht zu kleine Bisse – würgen allesamt. Schön brav und ordentlich, einen nach den anderen. Und zu guter letzt mußte Großvater ganz allein sitzen mit seiner Sanduhr und dem Bambusrohr im Schaukelstuhl; ausgeleert die Truhen, alle leer; im Raum der großen Denker und die Wände waren leer.
Eine Strafe, die angemessen vorgekommen, dem kleinen Johannes.
Bei weiterer Entfaltung seiner Phantasie, wurden die Strafen noch härter. Die Türen waren zugemauert, der Großvater kam nicht mehr heraus, essen konnte ihm: bedauerlicherweise niemand mehr bringen, also aß der Großvater den Sand auf, der in seiner Uhr, später begann er essen seinen eigenen Stab für die Erziehung, den Bambus ...
Eine Strafe, die angemessen vorgekommen, dem kleinen Johannes.
Nachts ihm versprachen die großen Denker, sie kämen und die nächste Stunde er erleben werde, wie sie ihm zur Seite standen.

Schwätzten, waren alles Schwatzmäuler, in der nächsten Stunde war Johannes wieder allein mit dem Großvater im Raum und die gafften wie immer besonders: um Würde bemüht, sehr streng und andere Blicke übten sie auch, besonders klug und freundlich blickten sie herab auf ihn, fast gütig und schauten durch ihn hindurch. Lächelten auch dann noch, der große Denker und jener große Denker, als Johannes: wieder stehen mußte mit so einem großen Denker und der Großvater geschaukelt im Schaukelstuhl, den Bambusrohrstab in seinen Händen, geschlossen die Augen, und Johannes mußte sich: vertiefen, vertiefen, vertiefen und immer wieder wurde die Sanduhr umgedreht und Johannes mußte sich vertiefen vertiefen vertiefen vertiefen und immer wieder vertiefen.
Trotzdem, den einen merkte er sich unter anderem auch nie: obwohl es absurd war, Fichte, der hieß wie ein Baum, das dürfte es gewesen sein. Er hieß J.G. nicht nur, er hieß glatt: wie ein Baum. Das kam ihm ungeheuerlich vor, das kam ihm frech vor und er mochte den Fichte nicht.
Der zertrümmerte Denker auf dem Boden, den hatte Johannes sich ewig gemerkt. Es war auch jener Denker, der schon vom äußerlichen Standpunkt her besonders, ohne Schwierigkeiten von Johannes festgehalten, festgenagelt wurde im Gedächtnis. Also der, der ausschaut, wie der Großvater, das ist der Schreber. Es war der, von der Wand gefallene große Denker der Schreber. Gerade der.
Das Glas (war) zertrümmert, der Rahmen verzogen, der Bilderhaken mit dem winzigen Messingk(n)opf auf dem Boden Ziegel mit dem Adler ... Bröselhäufchen: ein bißchen Verputz. Andere große Denker hatte er bei seinem Fall nicht mitgerissen, etwas verrückt, aber die konnten zurechtgerückt werden.
Der Großvater schluckte, staunte die Wasserwaage an.
»Ein wahres Präzisionsinstrument.«
Das hatte sein Vater gesagt, das hörte er immer: gerne weg in den Erinnerungen. Was brauchte sein Vater loben dem Großvater die Wasserwaage.
Johannes mit Kehrschaufel und Besen, kehrte nicht ohne tief empfundene Schadenfreude Staub und Scherben zusammen.
»Da«, der Großvater zeigte mit seinem zwei Meter langen weiß lackierten Bambusstab auf einen übersehenen Splitter.
Wer war würdig den freigewordenen Platz einzunehmen, der Vater gewiß nicht. Seinen Kopf aus dem Loch in der Mauer zurückzog, hinüberzog in den anderen Raum und hätte geschworen Johannes, er hätte es geschworen sein Vater hatte ihm heimlich zugezwinkert aber es dürfte gewesen sein eine Phantasieerweiternde und andere Sachen erweiternde liebgewordene Vorstellung, die er angedichtet seinen Erinnerungen an den großen Raum: quadratisch, den Raum der großen Denker,

auch in Dreieichen es wieder genoß, immer wieder, dieses wundervolle Bild, wie der große Denker gelegen zerstört auf dem Boden; nämlich gerade der.
Und kam ihm der Spiritual mit Schreber-Worten, Schreber-Weisheiten, er hätte aufhören können, nie mehr lachen, wäre es ihm dann nicht selbst schon zu viel geworden, so lachen, das tut man dann doch wieder nicht. Wischte sich die Augen, hatte Tränen gelacht.
»Bedaure; ein Mißgeschick.«, sagte Johannes und blickte geradeaus, mit ausdruckslosem Gesicht. Vollkommen abwesend, der völlig Anwesenheit war.

E
Der Hausgeist pflegte ihn

Johannes lachte – mit kurzen Unterbrechungen – zusammengezählt die Minuten, es waren zwölf Minuten. Der Spiritual versorgte wieder: die Uhr, die ihm in der vorhergehenden Nacht wieder geoffenbart ihre Vorzüge; wirklich; nur bestens zu empfehlen allen im Verkehrsdienste Stehenden, Preisklasse fünfzehn, das Gehäuse: aus Metall-Tula, selbst bei denkbar schlechtester Beleuchtung die Augen schonend, dauerhaftes vorzüglich gearbeitetes Werk und antimagnetisch, in jeder Hinsicht solides Zeitmeßinstrument, fünf Zentimeter der Durchmesser des Zifferblattes ermöglichten entsprechend große Ziffern; gut leserlich.
»Wie lange.«, fragte Johannes.
»Zwölf.«, antwortete der Spiritual; auch Pepi. Es war Pepi sehr peinlich. Zwinkerte; das Flattern der Lider uminterpretieren helfen in gekonnte Nachahmung eines Schelmes, Pepi hatte hiebei Schwierigkeiten.
Der Spiritual brauchte für den winzigen Würfel zwei Hände, auf daß er ihn drehe, sowie wende. Pepi schielte; schräg seitwärts; der Würfel schien Pepi keine Ruhe zu gestatten, immer wieder, der Blick nach rechts, ganz so nicht Johannes, den Blick riskiert nach links. Pepi saß sehr aufrecht, der Würfel beunruhigte ihn: konnte es lassen nicht, man sah ihm an die guten Vorsätze, den Würfel vergessen und aber schnell, unglaublich flink die Augäpfel in Schräglage gerieten. Es war schwer nicht mehr werden der Lachende, Pepi betrachtete den Würfel als wende: in seinen Händen der Spiritual einen Kopffüßer oder einen Skorpion, gar eine Kreuzotter. Traute dem Würfel einige Attentate zu, wider seine irdische Existenz. Auch es probierte, mit dem freundlichen Blick, dann wieder, als wollte er den Würfel hypnotisieren. Der Spiritual es zumindest; ignorierte. Ihm glauben, er sähe es nicht, Johannes konnte es nicht. Der hatte nicht zufällig den Würfel geholt aus seinen inneren Taschen, nicht zufälliger

Weise Schreber höchstpersönlich als Ratgeber für die Einleitung eines wohl psychologischen Heilungsprozesses? verwendet.
Johannes sprach sehr leise, kaum hörbar, wer vorüberging: nahm mit sich mit, nichts. Der neben ihm saß, den Kopf etwas Johannes zugeneigt, als nähme er ab eine aus tiefsten untersten Schichten heraufkommende Summe von Geständnissen, die im Zögling, Johannes Todt sich angereichert habende Sündenlast, von der er sich so schwer trennen konnte, aber wollte. Voll des guten Willens der Pönitent Todt. Zwei Galgenstricke berieten sich mit ihrem Gewissensführer wie sie sich bessern könnten. Johannes es sah, daß Pepi es sah: hatte auch unmerklich genickt sein Ja, im Garten befand der Hausgeist sich; wie lange schon; das kaum merkbare Achselzucken Pepis sagte es Johannes, weiß ichs? Auch der Spiritual: wirkte manchmal so, als blicke er sehr in die Ferne, hielt hiebei die Richtung ein, in der sich bückte und dann und wann eine Kopfwendung wagte der Hausgeist. Johannes hörte sich selbst zu, der sprach war eher ein Automat als er; der sprach, es war ein Johannes Unbekannter und die Stimme von dem Fremden empfand er unangenehm, So leiernd, monoton, ohne jegliche Betonung, die ihm Freude gemacht hätte, es fehlte das genüßliche jedes Wort mit einem brauchbaren Akzent Ausgestaltende.
»Die Inkarnation pädagogischer Weisheit, ihr Name: Dr. Daniel Gottlob Moritz Schreber. Neutscher Arzt und neutscher Pädagoge in einer Person. Arzt wie Lehrer, Diätetiker wie Turner, Anthropologe wie Heilgymnastiker:
das, was die neutsche Nation.
Was die Menschheit an ihm verloren, Blätter aller Richtungen haben es der Welt in beredten Worten verkündet: die staunte nicht, zumal es schwarz auf weiß, gedruckt zu lesen stand: dieser Mann, mußte geboren werden, gerade in einer Zeit des immer tieferen leiblichen und sittlichen Verfalls...«, ertrug seine Stimme nicht mehr; brach ab. Auch das Zittern in den Lippen verriet ihn noch – wendete den Kopf nach rechts; sich konzentrierte, ob von dorther niemand näherkam – der Spiritual drehte seinen Würfel. Was Pepi anging, hatte Johannes den Eindruck.
Pepi redete mit sich selbst sehr höflich und empfahl sich andauernd nicht aufspringen, sitzen bleiben und nicht so verkehrt herum wähnen, laufen könnte haben, einen tieferen Sinn, ausgenommen jenen, ihn katapultieren in noch peinlichere Lage. Wenn Pepi nicht schon in Reue schwamm, war er zumindest verstrickt in nüchternen Rechenoperationen, inwieferne es nicht günstig sein könnte, sich üben wenigstens, werden der schwimmen konnte in Reue und in Buße ohne daß deswegen gleich Schaden entstand, ohne deswegen gleich mitzufällen ihren Walnußbaum mit blauen Nüssen.

»Ehrwürdiger Spiritual, Dr. Schrebers: Erleuchtungen, um nicht zu sagen Heimsuchungen, bezüglich Kindererziehung und andere Gegenstände wie die neutsche Nation Gott und andere Größen haben schon meinen Großvater beeindruckt.«
»Ach.«, sagte der Spiritual, blickte nicht auf. Drehte, seinen Würfel; was er redete, sich jedes Wort aufbewahren hätte können für andere Sätze und Inhalte. Tragbar gestalten Haß, indem er wurde Spott und Hohn, ein Verfahren, das er übte manche Tage gab es schon in denen er hiebei sich selbst berichtigten Haß produzieren konnte. Wäre ihm selbst nicht die Funktion dieser Übung bewußt geworden, wäre Johannes, um einiges hievon beglückter gewesen. So aber blieben ihm regelrecht vorenthalten die Freuden dieses Verfahrens; ganz selbst schuld; warum kam er sich auch selbst, alleweil auf die Schliche, Narr der er war. Redeten ihn andere, sprach er selbst? Sei still, sagte sich Johannes, was schwätzt du, sei still und redete weiter.
»Daß mein Großvater auch ein großer Verehrer des neutschen Philosophen und Erziehers Johann Gottlieb Fichte, wird den ehrwürdigen Spiritual...so wenig zu erstaunen: vermögen, wie das uralte Wissen der Menschenkinder, daß ein Kreis aus nicht, nur einem Punkt besteht.«
Der Spiritual nickte: »Ganz richtig; aberja natürlich erstaunt mich das nicht.«, Er erstaunt anblickte Johannes, dann Pepi: »Erstaunt dich das?«
»Keinesfalls; ja absolut nicht!«, hob abwehrend die Hände, froh, wenn das Interesse des Spirituals mäßig war, besser noch Pepi vergaß; im voraus festgehalten, das Fröschl blieb lieber unentdeckt, lieber blieb den Brummer in das eigene Maul steckender Frosch als wurde: der gelandet, im Maul eines anderen. Und Johannes gedachte, den nächsten Geburtstag Pepis besonders zu würdigen, ging auf Froschjagd, den in ein Glas, das zugebunden, ein paar Löcher hinein und ihm ganz herzlich Gratulation werden: »Ich bin sehr glücklich, ob deiner Geburt...«, eine gute, eine ausgezeichnete Einleitung. Eine bessere ließ sich sicher noch finden; vielleicht diese: »Damit du nie vergißt, wer die gequälte Kreatur ist, der du verdankst deinen tierfreundlichen Namen.«
Dann verstehen wir uns – ja wieder einmal – blendend; sagten seine Augen: zuerst es sagte dem Pepi alsodann erfuhr dasselbe Johannes und wandte sich wieder zu dem kleinen Würfel, diese Miniaturausgabe seines Elternhauses: als wüßte Johannes nicht selber am allerbesten, Nirgendwo, dies war nicht der Ausweg.
Wäre er nicht gewesen Teil der Institutsvorstehung, Johannes hätte sich gesagt, dem Spiritual war nicht nur der Unterschied zwischen neudsch und neutsch bekannt und er empfand: nicht nur den Unterschied, nicht weniger qualvoll; als die beiden Zöglinge, als Pepi als Johannes? Es hinderte ihn niemand daran, wenn der gymnasiale sogenannte neutsche

Geist im Institut Einzug halten wollte, dagegen erheben seine ja mit Autorität genug ausgestaltete Stimme. Oder fürchtete er, er könnte hiemit diesen, vor allem auch den Rektor und doch einige Präfekten veranlassen, ihn zu betrachten, ähnlich einem, der wohl mit aller Gewalt mit seinem Kopf unterstützen wollte den Untergang des Abendlandes? So hatte man den Gewissensführer noch gar nie betrachtet, es nicht faßbar! Selbst diesen ausgezeichneten Kopf hatte erfaßt diese Völker gleichmacherische Hirnschwindsucht? Hätte dem doch entgegenhalten können: »Verehrtes, hochverehrtes Forum zur Rettung des Abendlandes vor seinem Untergang. Es gibt nur einen Garanten, daß das Abendland nicht untergeht: es dürfte genau dies Garant sein, dies gleichmacherische Phänomen, wie es die großen Denker unseres Forums zu nennen belieben. Herrenmenschentum garantiert uns den Untergang des Abendlandes...«, achGott es undenkbar. Der kam gar nicht weit, ein paar Worte und schon fertig der Tumult, dies auch wieder wahr; trotzdem. Und redete und redete, was redete Johannes. War er, der Sprechende. Als könnte er mit Worten schnüren die unzähligen Geschichten, als könnt diese Art Zusammenfassen jemals genau so trocken, genau so leer reden was geschehen, sich wiederholend in vielen Varianten und totrekapitulieren die eigene Geschichte? Totformulieren mit Worten, was einst getanzt auf jedem Nerv, ihn erfaßt und absolut erfaßt. System gewordene Erziehung, natürlich wußte er das. Johannes, was redest du, sei still, sei doch endlich still.

»Das Hauptziel meiner Mutter: die meinige bestmögliche Erziehung. So ist es, mir, zum besser Merken auf vielfältigste Weise, einmal so, dann wieder, ganz, ganz anders in mein Erinnerungsvermögen eingeschrieben worden. O, ich war das Lieblingsobjekt meines Großvaters.«, sei still, hör auf, hör endlich auf. Jedes Wort überflüssig, dem ist doch viel wichtiger, die eminent hauptsächliche Frage, was denn geschah unter der Trauerweide im Dorf der Toten. Dort fand doch statt die furchtbare Begegnung von Unnaturen, nicht wahr? Und drehte seinen Würfel, dann blickte Richtung Garten, wo arbeitete noch immer der Hausgeist; auch nicht vergaß stillen die Neugierde. Saßen die Drei noch auf der Bank; noch immer? Was redest du, noch immer, du sonderbarer Narr. Natürlich war Johannes ein Narr, als wüßte er das als jene Neuigkeit, jene Art Nachricht, die sich Menschen mitteilte, wie das Einschlagen eines Blitzes. Eher dieses Wissen um seine eigene Torheit etwas gewesen durchaus langsam und kontinuierlich Gewachsenes, trotzdem gab es in Bruchteilen von Sekunden sich unterbringen lassende Eindrücke, wo ihm besonders gewärtig wurde, wie sehr er ein Tor war und ein Narr. Eine nüchterne Selbsteinschätzung regelrecht etwas als Zusatz bekam, das besonders unangenehm war. Gefühlsmäßige Unterstützungen die Erkenntnis be-

kam; als wäre das Wissen darum nichts anderes als eine Art Stromleiter, die gefühlsmäßigen Unterstützungen aber der durch den Draht gejagte, Wirklichkeit werdende Strom; weitergeleiteter, gelieferter Strom, transportierter und wirksam werdender Strom. Der feine Unterschied für den einen Defekt reparierenden, für Überlandleitungen besonders ausgebildet wordenen Fachmann, wenn er reparierte und nicht unter Starkstrom geriet und wenn er reparierte und jemand vergaß, falls nicht er selbst, den reparierenden Fachmann, der fiel dann, kam an, war tot. Auch der Spiritual war höflich, nicht nur Johannes hörte sich selbst höflich zu, beziehungsweise jenem, der aus ihm heraussprach mit dem er aber nicht eigentlich, kaum etwas anfangen konnte; ließ ihn schwätzen, sinnlos, dem hineinreden wollen, warum sollte der nicht sinnlos daherreden. Als wäre das wichtig, ob der redete oder vernünftig war, schwieg.
»Er bewies sich an seinem Enkel, daß sein ausgeklügeltes Erziehungssystem auf das exakteste berechnet war. Als hätte ihm meine Mutter, seine Tochter, nicht als: Beweis genügt. Ich kann es ganz gewiß, nie mehr vergessen, daß der Mensch unter dem Willen Gottes stehe, und daß er: ohne Gehorsam nichts sei, und eigentlich...«, es sprach fertig den Satz der Spiritual.
»Gar nicht da ist.«, Johannes nickte, genau das hatte er gemeint, gar nicht? Und blickte den Spiritual an; wer war der Spiritual.
»Die Erziehung muß die Kunst besitzen, alle Menschen: ohne Ausnahme, unfehlbar zu dieser Einsicht zu bringen. Der ehrwürdige Spiritual weiß es besser, als ein, nur Zögling des Instituts, daß die Erziehung diese Kunst beherrscht.«, wie?! Der Spiritual wackelte mit dem Kopf, der linken Schulter zu, der rechten Schulter zu, einige Bedenken hatte? Ernsthafte Bedenken auch noch?! Johannes schluckte. Folgte der seinem sinnlosen Gerede, konnte der Spiritual hiemit, etwas anfangen? Selbstverständlich, ihn warm laufen lassen, wie einen Motor. Vielleicht ließ sich? Auf Umwegen leichter ein Weg finden zu dieser unnatürlichen Sache unter der Trauerweide; sei still, Johannes, sei doch endlich still. Steh auf, geh, durchquere dieses paradiesische Fleckchen Erde, öffne die Tür, das Tor und geh. Lege dich auf deine Erinnerung an einen Ausflug zu den Totenbrettern, lege dich auf das Totenbrett es steht dort geschrieben »Auf diesem Brette ruhte bis zur Beerdigung die Unschuld.« Als ließe sich ein Totenbrett nicht herausziehen, wieder umlegen, sich selbst auf das Totenbrett hinauflegen, Augen zu, Hände gefaltet auf dem Bauch, warten. Gewiß explodierte es inwendig, sodaß es möglich war zu erkennen auch den medizinisch Toten. Seinem Begrabenwerden nichts mehr im Wege stand. Auch auf diese Weise, sehen konnte noch einmal zwei Nußbäume die eine gemeinsame Krone bildeten. Sodaß es werden könnte ein wunderschöner Tod, allesamt da oben in den Blättern lebte, wiegte

sich und zitterte und tanzte und spielte der Wind mit: Johannes verzichtete blies nicht voll die Backen mit Luft, spielte nicht Wind, ließ weiterreden den sonderbaren Schwätzer, der scheinbar aus ihm herauszusprechen schien, nicht aber Johannes war.

»In meinem neutschen Großvater, den anderen kenne ich, nicht wirklich: nur vom Hörensagen, ist das unerkannte rechnerische Genie gesteckt, um nicht zu sagen: nicht wirklich zur Entfaltung zugelassen worden, der Kampf ums Dasein zwang ihn sich nur mit Uhren zu beschäftigen, bis meine Geburt: ihn erlöste.«, brach ab. Was Johannes nur daherredete; schloß die Augen.

Weiße Marmorbüsten aus Zeiten noch, wo es ihnen besser ging. Und es gab im Zweiten Stock keinen Gang. Die Raumkommunikationen stellten Türen her.

Und im jeden Raum stand man: wieder, in einem Würfel. Neun Würfel hatte der Zweite Stock. Drei Würfel in einer Reihe, alle Räume verbunden, begehbar durch Türen, ein Raum, der die Mitte bildete war ohne Fenster, hatte aber: jede Wand, einen Ausgang, und es war genau festgelegt, bei welcher Tür sie hineinzugehen hatten. Und bei welcher Tür wieder hinaus.

Der Raum der großen Denker hatte einst Fenster in jeder Wand eines. Schwere Vorhänge verhinderten, daß die Denker ausschossen: unansehnlich wurden, auf ihrem vergilbten Papier.

»Nicht zu viel Licht, das mögen sie nicht; hat ER gesagt.«, sagte die Mutter. Dies sie oft gesagt. Es zusammengefaßt, der Vater erfuhr, die Vorhänge verdunkelten ihm noch immer zu wenig den Raum.

»In der Dunkelheit bleiben sie immer – halten sich gut – weiß und eine Augenweide, das Papier wie neu ... hat ER gesagt. Die Anschaffung sollte: noch künftige Generationen erfreuen, ein Haus ohne gebrochene Traditionen«, und die Lippen geworden ihr, schon wieder so schmal, »Traditionen rufen nach Fortsetzung, was sagest du – Johannes?«, so hatte es in der Tat schon gehört mehrmals der Junior.

»Sehr wohl, Großvater.«, ein Klaps auf die Wange, Großvater liebte seinen Enkel, Großvater plante mit dem Enkel Großes. Größe schrie nach systematischer Vorgangsweise, also ging Großvater systematisch vor, überließ nichts dem Zufall und vor: allem nicht, diesem sonderbaren Schwiegersohn.

Chronologisch gesehen, es so war: Die Vorhänge wurden so lange benörgelt bis seine Tochter, benörgelt lange genug ihren Gemahl, mit ihrem ewigen »Hat ER gesagt«, was so viel hieß, wie: Vorsorge zu treffen, daß endlich die Vorhänge aus dem Raum gebracht werden konnten, es wurde renoviert: der Raum der großen Denker war, nach der Renovation ohne Fenster neu gestrichene Wände, Großvater wußte

seiner Tochter zu sagen: »Werden bleiben wie neu und ansehnlich, man muß sie ansehen können. Und immer ansehen können...«, schluckte der Großvater.
Kam manchmal auch er aus dem: Gleichgewicht, um nicht zu denken ihn fast hinweggeschwemmt hätte eine Rührung wäre nicht hinzugetreten, dieser sonderbare Schwiegersohn. Da war es mit der Rührung vorbei. Großvater stand stramm, straffer die Züge, die Blicke es sagten dem Mann, der sein Vater war: »Was bist du nur für ein sonderbarer Schwiegersohn.« und legte sofort die Hand auf die Schulter des Enkels.
Der Vater sagte nicht: »Komm her!«
Und zwischen weißen Marmorbüsten aus Zeiten noch, wo es ihnen besser ging, stand der Vater, auch Uhren waren im Raum, ganz so: in den anderen Räumen, die umgaben rund-um-alle-vier-Wände-herum den Raum für die großen Denker. Im Uhrzeiger-Sinn, wie gegen den Uhrzeiger-Sinn, Türauf Türzu, Türauf Türzu, das war aber dann, nur der Durchzug, das Loch in der Wand, der zerstörte Denker auf dem Boden, den gerade zurechtgerückt hatte Johannes, der Schreber hing dem Großvater nicht exakt genug, nicht gerade genug an der Wand, der überlebte also die Mühen des Vaters aufhängen eine Wanduhr nicht: schlug den Aufhänger, schlug die Aufhänger für diesen Wanduhrkasten in die Wand mit dem Vorschlaghammer, ging Vater Aufhänger ... aber bedauerte; entsetzlich bedauerte. Dann noch zuschlagen so zaghaft; als hätte der Vorschlaghammer nicht noch einige große Denker hintennach befördern können einem allweil nicht gut genug hängenden Schreber, der war der Augapfel seines Ihn verehrenden Großvaters, ausschauen dürfen ganz gleich wie ein großer Denker, das erschütterte den Großvater, das machte ihn ganz besonders: empfänglich, für dessen Botschaften an alle, die sich berufen fühlen wollten beizutragen zur strahlenden Zukunft der neutschen Nation. Gestrahlt wurde ja sowieso in einem zu, in dem eifrigen Nachfolger des Schreber wimmelte es nur so von Strahlen, Strahlkraft, wie dergleichen. Großvater konnte sich stundenlang vertiefen in den Schriften seines Vorbildes, das ihm so verblüffend ähnlich sah. Es konnte kein Zufall sein. Natürlich nicht. Tochter bestätigte es ihm, auch Enkel.
Der sonderbare Schwiegersohn:
»Es fiel mir an meinem Schwiegervater immer eines besonders auf, er war für dies Äußerliche nicht empfänglich, sehr für die: Vertiefungen....«, dies erachtete eine gelungene Bestätigung zu sein für den sich im Spiegel betrachtenden Großvater. Erst als Vater bemerkte, Großvater fühlte sich von diesem Lob nicht ergriffen in gewünschter Weise bedauerte sein Vater die offenkundig nicht richtig verstandene Formulierung: »Ich beherrsche die neutsche Sprache zu wenig...« sich entschuldigte, allweil sich entschuldigte.

Und Johannes redete schon wieder, wer redete, schnabelte aus ihm heraus, das war nicht er; absolut nicht er. Wann hörte der auf drehen und wenden den Würfel, was sollte der Würfel. Dasselbe schien sich zu fragen sein Seelenarzt, der auch sein Richter war. Wenn er sich das auch fragte, warum hörte Er dann nicht auf.

»Seine Pädagogik, basierend auf den Denkergebnissen großer neutscher Denker«, bestätigend nickte der Spiritual, was hatte der zu bestätigen? Sprach Johannes akkurat trotzdem weiter, der unterbrach ihn noch, der explodierte noch, den brachte er zum Explodieren; wart nur.

»belehrte selbst meinen Vater eines Tages, und immer wieder, daß er als Erzieher eine Null: die lausige Null, die besser schwieg: Freiheit ist Gehorsam gegenüber der Autorität; nichts anderes.« Auch Pepi nickte, wenn der jetzt nicht gemurmelt hatte »nichts anderes« dann war Johannes nicht mehr Johannes; was reizte ihn nur so, es war doch alles wie immer.

»So ist mir auch vollkommen bewußt«, was redete er nur, das wußten die beiden neben ihm doch auch; darüber brauchte man doch nicht reden, was doch so war, schon immer; seit er, sich erinnern konnte, war es so; und nie anders, »daß Ungehorsam größere Sünde ist denn: Totschlag, Unkeuschheit, Stehlen, Betrügen und was darin mag begriffen werden.«, sei still, hör auf, hör endlich auf, »Das hatte...« wann unterbrach ihn jemand, warum unterbrach ihn niemand, »schon drei Jahrhunderte zuvor Luther gesagt: zumindest hat mir mein Vater das so erklärt.«, der Spiritual blickte kurz auf, dachte nach, dann nickte: es bekräftigend, oder wie, wie lange wollte der noch drehen den Würfel, das war doch immer der gleiche Würfel, der änderte sich doch nicht; was verstand der an dem Würfel nicht, Ihn verdächtigen Er wußte nicht was beginnen mit seinen Händen ohne diesen wunderbaren Würfel? Eine Beschäftigung brauchte, das wars: der wußte nicht wie beschäftigen seine Hände? War ihr Richter, der auch ihr Seelenarzt war, ratlos?!

»Ich habe das alleweil so verstanden, da kannst nix machen, Bub, schluck's.«, Pepi nickte, der Spiritual nickte; Johannes schluckte. War nicht die Rede von einem Vater; irgendeinen Vater, der zufällig sein Vater war?

»Schluckst es nicht, sind wir zwei arme Schlucker.«, nickten wieder, beide. Hatte die beiden erfaßt eine Art stillschweigendes Übereinkommen: alleweil dasselbe meinen und mitteilen auf die Weise? Die nickten wirklich; und so ernsthaft.

»Bittschön, lieber Bub, tu das verstehen, die Mamma wär' ja nicht so, es ist: nur ihr neutsches Erbe, das ist: so.«

Warum versuchte Er nicht in das Zentrum zu rücken die Nacht, die Trauerweide, das Er doch wissen wollte, was geschah unter der Trauerweide. Eines nach dem anderen: sehr genau erläutern die Sünde, erläutert mir was tut die Natur, wenn sie wird die Unnatur. Nichts von alledem. Johannes schluckte, schloß die Augen. Sich anlehnte, nicht ungerne: die Bank hatte eine Rückenlehne, zwei Planken, streichen, vielleicht durften sie in den Ferien ein bißchen pinseln und mit Farbeimer einigen Pinsel dort und da färbeln, witterungsbeständiger anstreichen. Der schweigsame Zimmermann, eigentlich der Mann für alles, wofür nicht in Frage kamen, die Hausgeister, was aber auch rief nach Betreuung und aber nicht Seele war, nichts fürs Elite-Werden Bestimmtes, nichts fürs Gottesmann-Werden Auserwähltes, trotzdem aber wichtig war, auf daß die künftigen Gottesmänner umgeben waren von kaum sie ablenkenden Gegenständen, Wirklichkeiten, die am allerbesten so funktionierten, daß die Auserwählten dieselben nichteinmal bemerkten, so perfekt, so ohne Reibung und ohne Defekt.

»Schwalbenschwanz! Schwalbenschwanz!«, rief er; nichtsdestotrotz; weigerte sich, Pepi, stehenzubleiben.

»Schwalbenschwanz. Warum wartest du nicht auf mich, wenn ich rufe?«

»Wie oft habe ich dir schon erklärt: die Schwalbenschwanzfrage interessiert mich nicht.«, die Antwort, während er ihm: Stirn und Wangen, wie Nasenspitze und Kinn mit seinem Taschentuch abtupfte, vorsichtigst und wirklich, sehr behutsam. Warum hatten sie so leichtfertig ihre üblichen Streitigkeiten aufgegeben. Ja fast eine Idylle; aufs Spiel gesetzt. Allessamt auf eine Karte und dies nichteinmal nicht eigentlich bemerkt geschweige gewußt.

»Kein Wunder, der Sieger geblieben: die Schwalbenschwanzpartei.«

»Ich verstehe nicht, weshalb wir über so eine läppische Frage zum Streiten kommen; schau dir mein Gesicht an, bin ich: ein Erdapfel? Wieviele Beulen, zähl' sie einmal und: schäm dich!«, natürlich hatte er lachen müssen, konnte gar nicht aufhören, Pepi schillerte wirklich. Und Einbuchtungen in seinem Gesicht sich gebildet hatten durch die Ausbuchtungen. War geworden die bucklige Landschaft.

»Und du schillerst nicht anders. Blau und grün und gelb! Der ganze hitzig ausgefochtene Streit Schwalbenschwanz oder Sakko hat im Grunde nur die Institution beleidigt! Jawohl! Beleidigt!«

»Und der Rektor nicht? Hat nicht ER vorgeschlagen, nach unserer letzten Schlacht, daß wenigstens die Zöglinge des Untergymnasiums anstatt des Gehrockes ein gewöhnliches Sakko tragen dürfen. Und die Debatten hinter verschlossenen Türen; die haben: gestritten dschängderängtängtäng! Als sei es ein Kampf um, weiß Gott, weshalb die so? Ich sage dir, nicht einmal Gott weiß es!«

Pepi wich mit abwehrenden Handbewegungen zurück; seine Augen feucht, die ewige Anklage: »Du versündigst dich.«, hauchte er.

»Ich weiß, ich weiß. Du hast dich ja erst nach einigem Hin und Her, Her und Hin entschieden: Keine Neuerungen schaffen, am Überlieferten festhalten; die Allgegenwart göttlicher Weisheit versteht halt noch alleweil deine Denkwut in die richtigen Bahnen zu lenken: Ein Zögling, der gehorsam ist, wird von Siegen erzählen.
Wart nur, du wirst dem Gottlieb Kreuzfels eines Tages so erstaunlich gleichen, daß es das kaum lösbare Rätsel sein wird, wer eigentlich der Pepi und wer der Gottlieb ist! Euch wird man austauschen können, als wäret ihr nicht mehr: als Schrauben oder, weiß Gott was!«
»Johannes, du kannst es drehen und wenden wie du willst, es ist nun einmal entschieden! Kann ich dafür?«
»Hybris wäre es, da noch anders meinen: ich weiß. Zumal die Einzelerscheinung Mensch nur wichtig ist als Beispielfall; als Illustration eines Allgemeineren, Typischen, über die Einmaligkeit Hinausweisenden. Alles andere an ihm ist der Fettfleck auf dem Gehrock, der Tintenklecks: auf der Totentafel, kurzum: Ornament im verspielten Falle, ordnungswidrig im wahrhaftigen Falle. Die Zäune des Nurgeschichtlichen niederreißen wollen, der nackte Wahnsinn. Wie soll dann der über die Zäune des Nurgeschichtlichen Hinausschauende demonstrieren, daß er sehr wohl in der Lage ist, über die Zäune des Nurgeschichtlichen hinauszuschauen?! Eine so mühselig erworbene Fähigkeit soll sinnlos werden, na eben nicht.«
»Ich erschlag dich, Johannes. Ein Wort noch, und ich –«
»Das ist die Lösung. Schwalbenschwanz, der Blitz zündet mich an.«
»Mir tut noch alles weh!«
»Mir nicht. Ich bin nur müde.«
»Das freut mich. Johannes, du hast mich verbeult.«
»Du mich gewürgt, Pepi.«
»Das war ein anderer, nicht ich!«
»Mein Hals ist Zeuge, leugne es nicht!«
»Trotzdem, ich war's nicht. Den ICH gewürgt, das war ein anderer. Das weiß ich, ganz bestimmt.«, sagte es mit der Bestimmtheit, die eigen dem wirklich gläubigen Pepi, der sogar so weit gehen konnte, Ereignisse die ihm bedenklich allzu frevelhaft vorkamen zu streichen aus seinem Gedächtnis wie nie gewesen nie gefehlt. Pepi konnte lügen und glaubte, es sei die Lüge nichts anderes als die Verteidigung der Wahrheitsliebe, der Aufrichtigkeit. Auf sehr vertrackte Weise, auf hintersinnige Weise dürfte sogar das Gelogene entsprochen haben einer Art komplizierteren sich Annäherung den tatsächlichen Ereignissen. Das änderte nichts daran, daß der ihn gewürgt hatte, auch wenn er dachte allgemeinst zu würgen, erwürgen können am allerbesten die Idee Sakko statt Gehrock, wenn er rund-um-würgte allessamt, jede gestaltliche Verkörperung, die nach

Sakko her, Gehrock weg roch: hinstreckte, es würgte bis es keinen Laut mehr gab von sich. Denn dies stand fest, eröffnet wirklich körperliche Kampfansage waren geworden die Gehrockler, auch wenn dies dargestellt worden war als die Schuld der Sakko-Verteidiger, zumal die angegriffen einen Gehrock, der nie angegriffen den Sakko! Eine komplizierte Logik hiebei geworden war regelrecht Zustand, wie anders sollten sie auch verteidigen ihren heißgeliebten Gehrock.
»Irgendeiner, weiß ich, wen? Du aber warst es: nicht einmal! Als kennt ich dich nicht. Johannes, wirklich niemals: ich! Als wüßt ich nicht, was ICH tu. Tut's noch weh?«
»Nein.«
Alle Räume, deren parallel zu den Außenwänden befindlichen Mauern, angrenzten an: die gemeinsame Mauer bildeten mit dem Raum der großen Denker, waren vollgestopft mit Uhren verschiedenster Machart und weißen Marmorbüsten noch und noch. Anderes war in diesen Räumen des zweiten Stockes nicht geduldet. Denn es waren die Schau-Räume, eine Art Galerie.
Wohnräume umgewandelt in einen Rundgang: in insgesamt acht Abteilungen zerfallender, aufgegliederter Gang. Die Mitte im zweiten Stock bildete der Raum der großen Denker. Natürlich war hier genaugenommen nichts rund, alles hatte Ecken es war eine Würfel-Bau-Konstruktion und innerhalb dieses Würfels der zweite Stock für Besucher, was anging die Räume rund um den die Mitte bildenden Raum der großen Denker, denn der nicht geöffnet wurde, das war kein Schau-Raum. Es war: der innerste Raum des Großvaters: sein Herzenswunsch es möge werden Johannes ein großer Denker. Derlei war nicht gedacht für Fremde. Schade nur eines war, daß Johannes ihm nicht es vorführen konnte. Justament das, akkurat das, war er nicht geworden, nie! Niemals, hätte ihm dies Mißgeschick passieren können, dem noch werden die Bestätigung, wie sehr er gehabt haben könnte nicht Unrecht mit seiner systematischen Ausrottungsbemühung seines Enkels, an Stelle dessen ein kleines Monster anstaunen als die vollendete Verkörperung seiner Idee, seiner durchgesetzten Idee. Und hievon sich noch füllen lassen die Augen, gerührt das gelungene Meisterwerk betrachten und Verdächtigungen wider sich selbst nie loslassen, einiges dürfte bei seinem Experiment anders sich entfaltet haben als Er gewollt. Sodaß Johannes sich das mit Gewißheit – einiges ging doch gerade und nicht schief – aufschreiben durfte als Leistung, den Plan des Großvaters hatte er durchkreuzt und zwar auch: systematisch, bei Gott er in letzter Instanz fertig geworden mit dem Großvater, geworden er selbst, geschlagen sich nicht empfinden brauchte von überdurchschnittlicher Intelligenz, Unnatur sogar in sich anzureichern verstand, Unnatur! Wenn das nur gehört hätte der große

Pädagoge, ausgraben: nach Nirgendwo fahren, den Großvater ausgraben, aufmachen einen Sarg und hineinbrüllen: »Unnatur! Großvater! Der kleine Johannes ist; unnatürlich geworden; was sagst!«, Deckel zu, Erde hinauf schaufeln und warten bis der polterte und aber unten bleiben mußte. Völlige Ohnmacht gegen den Unnatur gewordenen Johannes; nicht einmal Rettungsaktionen denkbar, bleiben mußte in seinem Sarg. Eine angemessene Strafe. Daß er dies noch zur Kenntnis nehmen mußte; gerade hier, typische Reaktionsgeschwindigkeit Gottes auffiel: Ihn rechtzeitig sterben ließ, sodaß der starb und nichteinmal zur Kenntnis nehmen brauchte, sich selbstzufrieden und mit tiefem Seelenfrieden vorbereiten konnte auf seine Auferstehung. Dies Ihm noch werden, Hölle auf Erden, offene Kampfansage, Grund genug: zurückzukehren ins Haus seines Vaters, aber so? Nie mehr, niemals Nirgendwo.

Und hatte geschlossen gehalten die Augen, der Spiritual sprach, warum sollte Er nicht sprechen; Johannes verstand kein Wort. Was ihm gekommen, aus den geschlossenen Augen, rann wider seinen Willen, hatte nicht seinen Segen hiefür Johannes sich nicht verantwortlich fühlte, höchstens es waren die Folgen der Nacht, es waren die fehlenden Schlafstunden, doch schon einige Zeit weniger schlief, sich öfters wiederfand in seinen nächtlichen Träumen, in dem Raum der großen Denker und einmal hatte ihm Großvater sogar eröffnet, einmauern sollte man in dem Raum vielleicht den Widerborst, der Spiritual hatte sich gezupft am Ohr, achGott, es fast unglaublich war wie viele Alpbilder, Alpzustände sich hinübergerettet hatten und mit ihnen kam mit selbst der tote Großvater, nach Dreieichen und dann war Großvater sogar aufgenommen worden in den hochbegnadeten Kreis der erleuchteten Pädagogen des Instituts und zwar deswegen, denn die Institutsvorstehung gedachte einen Mann zu loben, der vorbildlich Vorarbeit geleistet hatte. Auch schon als Kopffüßer gekommen war und nur an seiner Stimme erkannte ihn Johannes, er war gerannt: entlang den Gängen, hintennach geholpert etwas umständlich aber trotzdem so ungemein, erschreckend geschwind der Kopffüßer und rief: »Was willst du!« Johannes? Was tat er, er rannte, Großvater mußte doch sehen, was er wollte, ihm entkommen: Großvater aber rief »Was willst du!« und die Krakenarme, so lange, spürte diesen saugnapfbesetzten Arm um seinen Hals, wurde zurückgezogen und schrie: »Nein!« so es Pepi behauptete, er habe geschrien Nein. Johannes wußte hievon nichts, denn – im Traum – endete es damit, daß der Kopffüßer ihn an sich zog und bevor er Gegenmaßnahmen ergreifen hatte können, begann seine Verdauung und er schrie im Traume, hatte aber keine Stimme.

Hiebei dachte er die Träume überwunden; kamen diese Gfraster wieder. Nachts, ihn heimsuchten. Regelrecht nicht totzuschlagen, warum glaubte

er eigentlich so stur an, gegen alle ihm zugebilligt wordenen Erfahrungen, warum glaubte er noch immer, dies könnte nicht gewesen sein das ganze Leben, einmal käme etwas, das sei: ganz anders, kannte es nicht, aber es war ganz anders und er brauchte nur genügend Geduld, Beharrlichkeit ... und derlei Bemühungen mehr, mit sich wieder kommen, ins Gespräch, mit diesem in einem hinein irgendwohin sich verschloffen habenden Unbekannten finden Modalitäten, die den wieder ein bißchen weniger mürrisch, weniger mißtrauisch und ... halt irgendwie stimmten.
Wann hörte das auf rinnen, das war ja entsetzlich; seit wann plagten ihn, derlei Sachen. Das war doch Gottliebs Revier. Obwohl dem so war, rann es weiter. Der Gewissensführer sprach, hörte seine Stimme, wie von unendlich weit her, wieso, dessen Stimme so gerückt in die Ferne. Was redete der? Verstand kein Wort. Aber Er sprach, es war gut hören seine Stimme, Ruhe, welche Ruhe doch ausging von diesem Mann neben ihm. Wartete auch mit ziemlicher Ungeduld auf den Enkel und war voll der Sorge – so erklärte es die Mutter dem kleinen Johannes; immer wieder; welche Sorgen er gemacht dem Großvater – er könnte? Nicht pünktlich oder mißgestaltet eine Mißgeburt herauswachsen aus dem Bauch seiner Tochter.
Von wegen sonderbarer Schwiegersohn: Mutter blickte Vater nicht eindeutig an. Vorwürfe noch und noch in ihren Augen; jeder stumm.
»Das Blutmischen hat aber nicht geschadet?«, gestattete sich der Sohn die höfliche Nachfrage. Auch besorgt; wer hatte: schon gerne, eine höllische Blutmischung, als Erbe in sich, dem man nicht entkam.
Der Vater sprang der Mutter bei: »Woher er die Ausfälle hat, gegen den, der nicht unbeteiligt war bei der Geburt. Ohne mich wärst du nicht geworden! Zumindest, merke es dir, an deiner Vorbereitungsgeschichte habe ich: nicht geringen, nicht unwesentlichen Anteil!«, erhoben den Zeigefinger. In seinen Augen: der Spott für die Mutter.
Die Mutter sprang dem Sohn bei: »Es steht im Mittelpunkt der Nachweis, wie sehr ihn liebt der Großvater; dränge dich nicht immer in die Mitte!«, das war deutliche Zurechtweisung für den Vater, hingeworfen die Serviette, Stuhlrücken, Türzu, das war ungehobelt: »Unmöglich; der Mann. Unmöglich!«, die Tränen. Über ihre so bitterlich enttäuschte große Hingabefähigkeit: »Wirft man das beste was man, in sich hat, einem solchen ...«, die Ohnmacht war nahe, ließ sich dann vermeiden.
Johannes tätschelte der Mutter die Hand: »Du hast ja mich; du hast ja mich!«, er es sagte sehr leise.

In Dreieichen noch hatte Johannes, Schwierigkeiten mit dem Hilfszeitwort Haben, zweite Person, Einzahl, Gegenwart. Stets wurde aus dem s ein scharfes s, ein ß:
du haßt und du hast unterscheiden lernen, es faßte sein Neutschpro-

fessor kaum. Weshalb Johannes sich raufte und balgte gerade mit diesem s und scharfem ß und hatte ihm Fleißaufgaben verordnet noch und noch »sabotier mir das nicht mehr, lieber Johannes. Du sabotierst.«, damals war der Zeigefinger des Neutschprofessors noch scherzhaft gehoben, damals schwor er, Johannes Todt und seine Aufnahmefähigkeit, seine Fähigkeit Vorgekautes nachzukauen verrate den künftigen großen Denker. Das war ein Schock, Johannes mußte dann eine Weile das Bett hüten. Der Hausgeist pflegte ihn. Kaum kam er wieder in die Schule, fühlte er sich schon wieder derartig erschöpft, daß er sich fragte, inwiefern er nicht allzu früh verlassen hatte sein Bett und inwiefern ihn betrogen sein Vater, denn der hatte ihm dies zu bedenken gegeben.
»Im Gymnasium hört das auf; das ist der Vorteil. Im Institut wird es niemand geben, der dich führt in den Raum der großen Denker.«
Hiebei geschah ihm hier dasselbe, Johannes schwor es, es war nichts anderes. Sagen konnte er das niemandem; nichteinmal – dem Glatz geschweige dem Gewissensführer.
Auch Pepi nicht.
Denn hier war alles anders, alles aufgeklärt; aber das war sein Großvater auch. Der war voll der Gläubigkeit an die Aufklärung, wollte diese garantiert wissen und garantierte sie auch: der Enkel hatte sich trotzdem irgendwie warum sollte er es abstreiten: Gleichgültig war ihm sein Vater, ja auch, gerade wieder nicht.
Auch wenn der ihm mit völlig falschen Versprechungen Zusagen abgetrotzt hatte, die basierten auf Voraussetzungen, die dann aber schon gar nicht eingetroffen waren.
Hatte es ihm gesagt; nach langem Hin und Her sich aufgerafft, es gesagt dem Vater. Und der?
»Was willst du, schau dein Zeugnis an, ist das eine SCHANDE?! Damit hast du etwas Handfestes, etwas, womit man etwas beginnen kann, anfangen! Das ist die wahre Aufklärung!«
Er hatte dann, nur mehr gelacht; sich der Sohn so aufschlitzen ließ die Ohren vom Vater. Der Sohn, der sich selbst eingeschätzt geradezu größenwahnsinnig als Skeptiker und überaus vorsichtig gewordener Mensch.
»Das ist wahrlich ein Trost!«, sagte die Mutter, saß aufrecht bei Tische und hatte wieder, sich selbst gefunden.
Und in ihren Augen, sehr viel gebündelt, zur Tür blickte, die geschlossen hatte der Vater.
Wurde die Tochter unterworfen – so erklärte der Vater dem kleinen Johannes; immer wieder – einem Reglement vieler Vorkehrungen, auf daß dem kleinen Johannes alles ordentlich angewachsen war, nicht zweiköpfig und so ...

Die Ängste des Großvaters – so die Mutter – waren deckungsgleich mit seinen ureigensten Lebenserfahrungen ihnen durchaus angepaßt. Denn der Sohn war geworden eine nicht üblich ausgestaltete männliche Nachfolge, starb auch sehr bald, die Mutter erholte sich: die Mutter, die gewesen wäre seine Großmutter, erholte sich nie mehr von der erledigten aber: gestaltlich, mißlungenen männlichen Nachwuchsfrage. Die Frage – so der Vater – war erledigt, die Frau auch. Sie starb sehr bald; es nahm sie in ein besseres Jenseits – so die Mutter – hinüber das Kindbettfieber. Die Erklärungen mit entsprechenden
Nachdruck vorgetragen; was nicht gesprochen wurde, konnte Johannes nachlesen in den Augen, unglaublich was sich in Augen alles bündeln ließ.
Und die gewesen im Garten des Instituts, hier gearbeitet hatte schon eine Weile lang: einige Stunden, sich erhob dann und wann, blickte und fragte sich, wo hingekommen waren die drei Spaziergänger.
Und der Spiritual hatte angeboten den beiden jungen Herren im Gehrock, mit Vatermörder um den Hals, in den Händen die Merkheftchen, auf den Köpfen, jeweils: ein ordentlich aufgesetzter Hut, doch Platz zu nehmen an seiner Seite, er bildete natürlich die Mitte. Jeder der zufällig vorüberging, sah ein: idyllisch anmutendes Bild, zwei Zöglinge lauschten den Ausführungen ihres Gewissensführers in aufrichtiger Zuneigung und Ehrerbietung befangen aufmerksam und wirkten allesamt irgendwie entrückt in eine andere Welt. Wurden geleitet in die andere Welt zwei Zöglinge und folgten bereitwillig dem Spiritual, dem es gegeben war, Herzen anzuzünden junger Menschen.
Immer wieder, sich aufrichtete der Hausgeist, einiges Wurzelwerk in die Schwinge gelegt, einiges für das Abendmahl dem Garten entwenden schon konnte. Und mit dieser Schwinge, in der anderen Hand ein Wägelchen: für zusätzliche Gartenhände, gezogen, so sich genähert der Hausgeist. Das Knirschen der kleinen vier Räder konnte sie nicht gut vermeiden; bedauerlich, sehr bedauerlich. Störte die Andacht die hier geübt nun wurde auf der Bank zu Dritt. So sah es auf sich zukommen der Hausgeist, so es dann auch gewesen war.
In der linken Hand die Schwinge, gefüllt mit Gartenausbeute, in der rechten Hand das Wägelchen gezogen, die zusätzlichen Gartenhände stießen aneinander, zu holprig fürs ruhig aufrecht stehen: Haue, Stichschaufel, Krampen wie Gartenhändl und so auch Gartenstecher wie anderes mehr.
Das Wägelchen, ein eckiger Holztopf auf Rädern, die Holzwände an Bohnenstangen angenagelte Bretter. In den Ferien der Behälter erfunden worden war, sodann die Idee ausprobiert und als verwirklichbar dargestellt hatte ein zufriedener Johannes Todt. Hatten gewerkt Pepi und

Johannes in der Werkstätte für den Zimmermann. Der sie ihnen zur Verfügung gestellt ohne weiteres, der schweigsame Mann redete ihnen auch nicht dauernd hinein, ließ sie probieren, auch sich irren. Und beantwortete nur Fragen, die ihm gestellt worden waren von den beiden Zöglingen. Hatten sich von ihm auch nicht kontrolliert empfunden. Es war das Problem nicht der eckige Holztopf, das Problem war, wie soll der rollen, sich vorwärtsbewegen und »probieren« sagte der Zimmermann des Instituts; kratzte sich den Hinterkopf »das geht schon«, sagte er und also auch entstand das erste Rad, das zweite Rad, das dritte, vierte Rad.

Und probierten und irrten sich; aber es kam zustande, es lief, es rollte, erhielt auch eine Handhabe zum sich Festhalten und besser ziehen lassen für den Hausgeist. Das Werden des Behälters für die Gartengeräte, wurde aufmerksam beschaut und auch bewundert vom Hausgeist des Gartens; ein O und A und U und ein Kichern und Kudern und sich großes freuen. In jenen Tagen waren die beiden Herren mehr stolziert von den Schlafsälen in die Werkstatt, den tieferen Grund: warum der Mensch essen sollte verstanden sie lieber mit Verspätung und aber waren pünktlich, Strafpunkte sammelten sie in jenen Tagen nicht einen.

Der sich erwies als stabiler, als man ursprünglich annehmen hatte dürfen und als es ursprünglich zu hoffen gewagt kaum zwei Zöglinge, rollte dahin, wenn er holperte störte das kaum. Er bewegte sich rollend vorwärts; das Problem hatten sie tatsächlich gelöst.

Pepi schaute dem Wunderwerk auf Rädern nach, die Hände gefaltet, auf dem Schoß, etwas aufrechter saß und fast schielte, noch immer es ihn erfaßt, so er dies Meisterwerk sah; diese tiefe kaum versteckbare Rührung. Pepi schluckte. Ein wundervoller Handwagen, und so brauchbar. Blickte in die andere Richtung; als er wieder vorsichtig gewagt nachzuschauen dem rollenden Wägelchen mit den Gartengeräten, war der Hausgeist nicht mehr zu sehen. Hatte sich erfolgreich zurückgezogen in andere Regionen des Instituts. Pepi seufzte; hörte sich seufzen, erschrak. Seufzte nicht mehr; lächelte, das Lächeln sollte beeindrucken den Spiritual. Es beeindruckte ihn auch; weniger die Freundlichkeit, es war kläglich, jammervoll. Ein Lächeln eines fast verloren sich Empfindenden. Ein Gartengerät, das irrtümlicherweise vergessen, stehen gelassen der Hausgeist; ganz so und nicht anders lächelte Pepi.

Es war schwer, manchmal, ernst zu bleiben, bewahren den Charakter einer situationsbedingten Ernsthaftigkeit.

Auch Johannes hatte nachgeblickt dem Davonrollenden auf Rädern; sich kaum lösen konnte von diesem kleinen Wunderwerk, staunte und der Spott verunzierte sein Gesicht, beleidigte sein eigenes Werk. Es so empfand der Spiritual.

Der Hausgeist der es kommen gesehen hatte, er werde hier nicht vorbeikommen, ohne zu stören wurde bestätigt, bewegte sich sehr leise vorbei an den drei Herren, wollte es versuchen ganz leise, aber wurde doch gehört, auch angeblickt von Johannes – stockte der Hausgeist – erschrokken kurz wirkte, dann er es hatte mit dem Kichern: »Ach«, sagte er und klopfte sich selbst auf den Kopf, fußelte geschwind weiter und dies Ach gesagt, so obenhin es gesagt, als wollte er sagen, was habe ich nur schon wieder so einen lachigen Tag. Aber wirkte sehr erschrocken und Johannes hatte: auch sofort, wieder gesenkt den Blick, Pepi durch den Hausgeist regelrecht hindurchgeblickt es sowieso klar war, der Spiritual lächelte nachsichtig.
Und der Seelenarzt und Richter erhob sich. Auch die Zöglinge aufstanden; unverzüglich.
Die Zeit steht nicht still. Nur die Uhr kann stillstehen. Die Zeit kann sich nicht wissen, die Uhr nicht. Er aber wußte sich, stand vor ihm; groß stand Er da und fest und sicher. Wahrlich, Rückendeckung macht stark.
    Ehrwürdiger Spiritual,
  Das Dorf der Toten kenne ich
    nicht. Ihr Sterben
Und es blieb die ziellose Leere. Gesättigt
    steht auf die Schwere,
Wirft den Schatten.
    entweder-oder. Es hängt
In der Luft träge und schwer wie
Die sommerliche Schwüle. Und ich sah
    den, der da lebte fremd. Und fragte nicht
Die sich wissende Stimme, wie
    kann man Atem begehren heiß und innig, ohne dabei zu
Verbrennen. Gestorbene leben dreist weiter,
    wenn sie zu müde sind. Und
Der Gestorbene wußte sich
    schauernd dem Lebenden
Gegenüber und entschied sich,
    oder. Greis du,
Mit den toten Augen, dir ins Gesicht lachen, innig und herzlich
    und treu.
Entweder-Oder.
Johannes Todt schluckte und lächelte: La pace, den Frieden suche ich.
Das hatte den Spiritual in das Dorf der Toten geführt; nicht zwei Zöglinge des Instituts.
Was wußte der Spiritual wirklich.
Entkleidete ihn, im Garten des Instituts, nur mit dem Blick: was ist die

Ewigkeit, wie lange dauert sie? Genaugenommen Pepi nicht, und auch ihn nicht wirklich zur Rede gestellt, regelrecht geschützt, um nicht zu sagen den Skandal vermieden und ihren Ausschluß aus dem Institut. Stellte sie eigentlich, wie einem ungeschriebenen Gesetz folgend, nur in Gleichnissen zur Rede, spielte auf ihren Seelen Klavier, wundervoll und sanft, ein Blick genügte, eine Handbewegung; und wenn Er sprach, so sprach Er tausend Sprachen. Bei Gott: Er sang das Hohe Lied der Liebe ohne Peitsche, nur mit dem Wort.

    kennte ich mich nicht,
    ich wär erlöst,
    könnte endlich verfolgen
    die anderen, die so sind, wie
      Ich bin.
    fühlte ich mich nicht,
    ich wär erlöst,
    könnte endlich quälen
    die anderen, die so sind, wie
      Ich bin.
    wüßte ich mich nicht,
    ich wär erlöst,
    könnte endlich erschlagen
    die anderen, die so sind, wie
      Ich bin.
    liebte ich mich nicht,
    ich wär erlöst,
    könnte endlich hassen
    die anderen, die so sind, wie
      Ich bin.

»Ich protestiere, ehrwürdiger Spiritual. Ich erkläre hiemit: Ich bin nicht würdig, ein neutscher Sohn zu sein. Das ist das eine. Ich bin nicht würdig des erhabensten Berufes dieser Erde. Das ist das andere.«, was redest du, was sagst du da?! Johannes bist du verrückt.

»Das sind eben die fünfzig Prozent«, Johannes hör auf hör endlich auf, du beutelst den nie aus seiner Ruhe, dich schwätzt du aus dem Institut, »verdorbenes Blut, da«, sei still bitte sei still, »kannst nix machen. Ehrwürdiger Spiritual, ich bin nicht da, ich bin: unmöglich.«, nahm Haltung an: eines Soldaten, der Melde gehorsamst, Bericht erstattete seinem Offizier; wahrheitsgetreu, pünktlich, zuverlässig, disziplinär tadellose Erscheinung.

»Johannes? – du! Das ist nicht der Glatz, das ist – Er!«

»Pepi, laß das!«, und schlug Pepi mit seinem Hut dessen Hut vom Kopf, »Zupf mich nicht am Rock!«

»Lieber Johannes, du bist«, zupfte sich am rechten Ohr, räusperte sich, betrachtete seine eigenen schwarzen Schuhspitzen, »da, offenkundig auch: möglich.«, und wollte Johannes natürlich das Unmögliche wieder einmal faßlich machen, ER akzeptabel Johannes fand, der Heuchler! Den zwang Er noch Bekenntnis werden, genauso ein Bestandteil des Forums zur Rettung des Abendlandes vor seinem Untergang, der auch nur andere Methoden hatte; sonst nix!
»Ich bin kein Jünger des Gottlieb Kreuzfels, niemals gewesen und will es sein: niemals.«
»Johannes? – du!«, tätschte ihm die linke Wange, tätschte ihm die rechte Wange als wittere Pepi in seinem Kopf den Sonnenstich. Das vergab er noch, nicht; dieses Zerren, dieses ewige Gezerre.
»Ich mag das nicht leiden, wenn man mich am Rock zupft!«, und hielt ihn fest, dies hatte Er, den Zugriff, daß es schmerzte. Gegen Ihn die Hand erheben zum Schlag, etwas rief, tue es, etwas folgte nicht: es dürften gewesen sein die Hände, die waren folgsam nicht.
»Ja, es stimmt: Ich sah Gottlieb Kreuzfels, niemals zu schnell gehen,
    und meinte, er sollte nicht hoffen das Totenbrett es sei die Lösung,
    er sollte sich besser nicht verlassen auf das Explodieren von etwas
    so: Unzuverlässigem, wie es eine Pumpe immer war, egal welche
    Pumpe. Verdacht auf ihm lastete, er könnte! Der konnte lange
    warten; lange. Freiwillig! Ein Johannes, nie! Dir zum Trotz nicht
    DIR zum Trotz bin ich da, jawohl.
niemals träge schleichen,
    träge war sie nicht, bei Gott nicht: ausgesprochen erzürnt, dich
    fragen, ob die Schlange uns über dem Weg gekrochen, freiwillig; das
    möchte, ich noch wissen; nur das.
niemals zwei Stufen zusammenfassen, niemals springen; alle Bewegungen geordnet.
    Das willst DU wissen; hast DU eine Ahnung, was Beichtväter nicht
    alles nie erfahren!
Nie saß er mit gekreuzten Beinen, nie lehnte er sich zurück bequem. Ein Muster allezeit, ein Etwas in ihm,
    Was soll die Handbewegung, ist Gottlieb ein Weib?! Wie kommst
    DU überhaupt dazu nur irgendetwas über Gottlieb sagen! Eine
    Frechheit.
sodaß es wohl keiner gewagt hätte, ihn auch nur: zu berühren.
    Lieber Gottlieb als DICH; tausend Mal lieber Gottlieb. Der wird
    für jeden Irrtum zahlen; DU siehst die Irrtümer, zahlst nicht einen
    und was tust DU hiefür, daß sie aufhören? Was! Und zitterte,
    möglich – erschrak doch – wenn hier jemand dem Explodieren nahe
    war, war das eher er selbst, der explodierte, nie!

Manchmal zeigte sich die eine Pupille kleiner als die andere. Kopfschmerzen peinigen ihn, daß er manchmal meint, er müsse närrisch werden.
Und Pepi gestattete sich, ohne Erlaubnis, wieder Platz zu nehmen.
Pepi saß auf der Bank, hielt fest umklammert seinen Hut und wirkte wie geschüttelt von Kältefrost und oder Fieber; sein ganzes Gesicht geraten in Bewegung. Sich sein Mund in die Breite zog, zitterten die Lippen und war, ein erhebender Anblick nicht. Der Spiritual wandte sein Augenmerk nicht zu dem Pepi sich regelrecht belauert empfand: wollte ihm der ziehen die Haut vom Gesicht, regelrecht häuten oder wie. Studiert sich empfand, der ihn studiert, sein Gesicht studiert als wäre befaßt mit einem Studienobjekt, nicht mehr. Diese Kühle, diese Kälte, dieser Gleichmut, es die Gelassenheit und Ruhe dessen, der Halt noch und noch hatte und Rückendeckung. Macht war und wußte, daß Er war begrenzte Macht aber doch Macht und gegen ihn sehr mächtig. Vieles das bemerkte Johannes empfand, nur was war richtig, was entsprach den Umständen? Wer war der Spiritual.
Er meint, man bekomme wohl auch in der Beziehung einen Habitus.
Gottlieb meint oder der Spiritual meint. In welcher Beziehung.
Zweifellos, Gottlieb Kreuzfels ist jener, der es gewohnt war,
Was heißt gewohnt war, ihn transferierte, als wäre er nicht mehr: es gewohnt... ist, ist! Nicht war, war, das war falsch.
jeden Wink der ihm übergeordneten Instanzen, auf das genaueste zu erfüllen; nur: mich deucht, er beherrscht die Lebhaftigkeit seines Naturells – wer weiß, wohin ihn die Fähigkeit führt, ein Muster für alle Lebenslagen zu werden. Der wird
Wie konnte diese Kälte zusammenfassen; schlag zu, schlag in diese Ruhe hinein. Was DU siehst, es ist zugleich das Urteil über DICH, dies ist gewiß, sieht und schweigt; nicht zu fassen, war der zu fassen?! Und die Hand, Hand, hebe dich, warum folgst du nicht. Du willst, Ihn doch schlagen. So tue es.
nicht alt, weil er zu – ja, wie eigentlich ist? Nun gut! Ich hoffe, mein lieber Johannes, du kannst vergessen,
Nein; das kann ich nicht; nie.
wie ich: vergessen kann.
Bin ich DU? Na eben; dich als einzige Möglichkeit für mich und greife unverzüglich zum Strick; merk dir das. Merk dir das! Was zitterte, nur so; das war nicht er, absolut nicht er selbst.
Und was den Auftritt anbelangt,
Auftritt sagt der, wenn's schon ein Tritt, dann ein Abtritt, bitte es korrigieren; bald kannst du es, gutes Händchen, sei artig und Er wird dich fühlen. Schmerz, das faßt auch dieses Gesicht. Schlag zu,

all zu samtpfotig nicht, richtig die Tatze, ja? Folgte nicht, die Hand wollte nicht folgen, die andere Hand; auch nicht. Was war das; Rebellion! Er hatte die Rebellion überall, die hatte beschlagnahmt seinen Körper, das war's: sein Körper gehorchte Johannes nicht mehr.

dein Bekenntnis: soll mich das erschüttern? So weltbewegend neu sind deine Gedanken auch wieder nicht, das meinst nur: du.

> Ach, was Er nicht schon wieder weiß. Spitz den Mund, schließ die Augen. Sei ganz Sprache, küsse mich, was dann wohl geschah? Johannes sich sodann mit dem Schneuztuch den Mund wieder gesäubert von diesem Kuß ganz gewiß; sorgfältig wie die Institutskatzen, setzte sich auf die Bank sodann begonnen die Säuberungsaktion, das schmerzte ihn, gewiß. Statt zu fallen in Sünde, er sich abputzte den Mund und ribbelte den, auf derartig aufreizende Weise, daß der ging mit so einem angeschwollenen, brennenden Kopf und brennenden Ohren in ein stilles Eck irgendwo sich: verstecken und weinen. Das war der geborene Demokrat nach allen Seiten es natürlich war; Gottlieb wollte in den Himmel, warum nicht. Johannes es zog in die Hölle, wenn es ihn freute, warum nicht; manche Menschen werden erst dann selig, falls sie angekommen in der Hölle. Pepi ins Fege-Feuer, achGott, das war ein niedlicher Ort und außerdem ... achGott!

Allerdings empfiehlt es sich

> es empfiehlt sich immer; und Johannes nickte, egal was hintennach kam, es empfahl sich, weil es der Richter empfahl.

vielleicht doch, eine gewisse Vorsicht walten zu lassen. Ich fasse das alles als

> Er faßte das alles, das sah Ihm wieder ähnlich; sehr auch noch. Faßte immer alles und Johannes nickte, als könnte ein Seelenarzt etwas anderes als alles fassen; die konnten das.

eine Art Beichtgespräch auf,

> das Lächeln war obszön, nicht eindeutig; Bube, so ich DIR gefalle, es DIR gefällt und hieße Unnatur in DIR selbst. Das war keck gedacht und frech und dreist, es aber Johannes gefiel; fast besänftigte, friedliche Strömungen in ihm aufnahmen in sich den Zorn und der ersoff. Bei so viel Gedanken habt freie Bahn, blieb kein Zorn zurück.

zumindest als Suche nach einem adäquaten Ansatz. Ich würde an deiner Stelle gar nicht anders reagieren, mein lieber Johannes. Einem Beichtvater blind vertrauen?

> Weder blind noch sehend; niemandem trauen, was sollte das schon wieder. Diese Zitterei in den Lippen; entsetzlich. Als hätte er in sich,

einen Zentimetro nicht von Seele, auf die pfiff er, Nerven gab er ab, allesamt; den Kopf auf. Ihn rührte nichts mehr, bewegte nichts mehr, er war so kalt wie der Spiritual, um keinen Deut weniger. Und wich auch nicht aus seinem Blick; nicht einmal zuckte. Umgekehrt einmal Ihm abziehen die Gesichtshaut; die Ruhe werden, die Er war.

Wofür gab dann Gott den Menschen – Augen?

Das möchte ich DICH fragen. Mich das fragen, obszön! Habe ich sie alsodann im Kopf, schnurgerade mich der Weg ziehen soll in den Reue-Zustand, Buße und Zerknirschung. Kommt nicht in Frage; die Sünde bleibt bei mir, die gehört zu mir, hat in mir ihre Heimat.

Deine etwas eigenwilligen Gedanken sind mir so gut bekannt, wie,

Das wollte der wissen: war er etwa ein aufgeschlagenes Buch?! Na eben. Das war er nicht! Zugeklappt, nichts zu sehen; und zwinkerte unaufhörlich. Übersah sein Talent zum Schelm; das war grausam. Übersah sein Talent zum wiedergeben die gekränkte Seele.

die meinen. Nur: mit dem Kopf durch die Wand?

Und sah vor sich den Kopf des Vaters; als wäre das besonders schwer es nur sein brauchte der Vorschlaghammer, dann verlor Großvater sein unersetzliches Vorbild, lag zerstört auf dem Boden, gerade der. Warum lachte Johannes nicht; Johannes, du sollst lachen, hörst du. Das war, eine Erinnerung, ein wundervolles Bild: warum lachst du nicht.

Lieber Josef, er ist ein Hitzkopf,

blickte Josef nicht einmal an; sprach man so mit einem Menschen?! Das hätte er sich einmal erlauben dürfen. Die Herausforderung es gewesen – unverzüglich – des Abendlandes.

bremse ihn; zumindest um das entscheidende bißchen. Ich will in deinen Augen den Tod nicht sehen, Johannes. Du bist noch, so jung. Vergiß es: bitte nicht.

Der spielte Klavier. Johannes; ruhig. Er verwechselt deine Seele mehr als ein Klavier ist sie Ihm nicht; hast du nicht selbst täuschend ... halt Romeo gespielt, aja. Das war; auch schon wieder; etwas her.

Im übrigen weißt du es: Ich werde da sein.«

»Sie sprechen von Gottlieb Kreuzfels als –«, was ging den an, was er dachte, was ihn störte, was ihn bewegte. Der Redselige niemals Johannes war.

»Ja. Was den lieben Gottlieb anbelangt, gerate ich in grammatikalische Schwierigkeiten: das stimmt.

Wer war der Spiritual.

Das ungelöste Zeitenproblem, meines, nicht das der grammatikalischen Zeitenregelung. Auch wenn ich zugeben muß, daß ich über deine eigen-

willigen, grammatikalischen Ausfälle nachgedacht nur nicht den Mut
gefunden, mein Nachdenken öffentlich zu bekunden. Das hiemit gebeichtet, hoffend, es wird mir die Beichte nicht
 Und reichte ihm sein Taschentuch; nahm es an, nichteinmal widerwillig. Wenn es Feigheit war, er stand zu ihr, in die Knie, umklammern seine Knie: du guter Mensch, leugnest dich nicht immer fort, Unberührbarer bist du nicht, du nicht! Keine höhere Erklärungssucht, die einfacher nicht denkbare Variante wählte, das war Mut, gestand: ich hatte auch Angst, nicht nur du.
der Dolch im Rücken.«
»Ehrwürdiger Spiritual, ich ...!«
»Du bist ein Skrupulant, ich weiß. Fürchtest um deinen eigenen Kopf, als wollte ich den köpfen: welchen Ersatz hätte ich dir anzubieten? – du siehst, lieber Johannes.
 Es war glaubwürdig was er sagte; er war immer glaubwürdig, wenn dies der wollte er sei glaubwürdig war er es; dies nicht vergessen sollte.
Ich bin absolut der Meinung,
 Das war er schon oft; seiner Meinung und dann sollte aber Johannes? Nicht handeln meinungsgemäß.
du sollst ihn behalten, nur: wirklich behalten.
 Nun kam irgendeine Frage; so er das richtig verstand, kam jetzt eine Frage hintennach.
Wie, das ist die Frage.
 Und Johannes nickte; ganz so er gedacht.
Die gilt es, etwas kühler zu lösen, nicht so: hitzig. Außerdem bin ich felsenfest davon überzeugt, daß du durchaus ein Priester der Neuzeit werden könntest:
 Könntest, Konjunktiv, das war neu: früher war es gewesen immer ein eindeutiges du kannst.
der Neuzeit, nur: mußt du auch etwas Geduld mit dir selbst haben, lieber Johannes. Was in dir rebelliert, ist, ich sag's einmal, aber: nur einmal, merk es dir: der einzig wahrhaftig Nackte, Gott.«
»Nein, das ist anders; ganz, ganz anders: ich bin absolut kein Skrupulant, im Gegenteil, ganz im Gegenteil; ehrwürdiger Spiritual, ich bin ...!«
»Du bist? Aber natürlich, selbstverständlich bist du. Ich habe dich nie verdächtigt, daß du: nicht seiest. Lieber Josef«, und Josef erhob sich, blickte den Spiritual an als wäre Er schon: der Erlöser, ganz so, als hätte Pepi seine Auferstehung nach dem Tode schon hinter sich gebracht, »erklär doch du ihm, daß er: ist.«
»Ehrwürdiger Spiritual, er meint ...«
»Natürlich, aber selbstverständlich meint: er, wer sonst? Im übrigen ist

der Garten des Instituts nicht der richtige Ort, das mein: ich, wenn ich auch einmal etwas meinen darf.«, verbeugte sich knapp.
Und hatte sich, im Garten des Instituts, einen anderen Weg wählend, bald den Blicken, die ihm, nicht ohne Staunen, den Rücken gern durchbohrt hätten, auf daß nach innen sie sehen könnten, entzogen.
Der Spiritual schlief in dieser Nacht den Schlaf desjenigen, dem der Schlaf einer ganzen Nacht fehlte. So nicht zwei Zöglinge des Instituts: Johannes Todt und Josef Fröschl. Gottlieb Kreuzfels hatte sich, dem leidenden Heiland zuliebe, angewöhnt, abends im Bette, eine entsprechende Stellung einzunehmen: einzuschlafen, kerzengerade liegend, mit etwas zur Seite geneigtem Haupt, aber nicht, zu sehr; in Erinnerung an die Worte: Und er neigte sein Haupt und starb. Anfangs hatte ihm diese Gewöhnung einiges an Überwindung gekostet, es war ein Punkt in seinem Punkteprogramm, Gottlieb Kreuzfels gab nicht nach.

4
Pappel-Allee

Und hatte geschlossen die Tür; die Räume waren leer. Niemand sah den Zögling des Instituts, Johannes Todt. Der angeblich war bei den Stachelbeeren, angeblich war bei den Ribiseln, schauen: wann sie endlich reiften. Niemand hiebei aufgefallen war, daß die Stachelbeeren und die Ribiseln ja schon längst gewesen: dort wo sie hingehörten, in den Gläsern, Marmelade geworden.
Einmal berücksichtigt, daß sie wähnten Ribisel und Stachelbeeren zu sein Nüsse, denn eigentlich hatten sie gemeint die Nußbäume. Im Kopf es richtig gesehen, deshalb legte niemand viel Wert auf das, daß Worte gemacht *aus* Nüsse Ribisel und Stachelbeeren. Jeder hatte im Kopf die Nußbäume; deshalb hörte das sich auch so an, als hätte niemand gesagt Ribisel und Stachelbeeren; dort irgendwo umeinander der Todt.
Es deswegen.
Nicht bedenklich war: waren unterwegs, Ausflugsziel: der Dreieichener Wald – und Josef, wo war Josef? – Josef Fröschl irrte durch Dreieichen, auf der Suche nach Johannes Todt. Schritt ab das Dreieichener Kommunikationsnetz; denn irgendwo? mußte sein Johannes Todt.
Und Johannes Todt hatte ihn gewissermaßen abgehängt; abgehakt und zugemacht die Türe. Der letzte Pönitent, das nicht fertig gebracht, nahm mit sich wieder mit aus dem Beichtstuhl die Sünde, seine Unnatur. Wollte nicht hergeben die Sünde einer Nacht, gelehnt war an dem Walnußbaum mit den blauen Nüssen: Reue kannte Johannes Todt nicht.

Und der geschwommen in Reue, gewartet hatte auf den letzten Pönitenten Johannes Todt, es war gewesen der vorletzte Pönitent Josef Fröschl. Und der hatte verlassen das Gotteshaus, so leise, es niemand hörte; wartete und wartete Josef Fröschl bis er spürte den Atem eines Menschen, es war der Atem des Spirituals: »Wo ist Johannes?«, es leise fragte. Und da schon geschlagen Pepi F. das Kreuz, verlassen die Kniebank, in Eile, verlassen das Gotteshaus. Stille war im Gotteshaus, das nur war die Kapelle des Instituts. Beim Zählen fehlte der Todt fehlte der Fröschl; DDr. Storch war informiert, aufgeklärt ihn, ein Beichtvater: Fröschl und Todt werden nachkommen zu den Totenbrettern. Verlieren nur jetzt nicht die Ruhe, der Todt, beharrte auf das Vorrecht der Jugend: schwierig sein zu dürfen, sich nicht allsogleich zurück zu begeben auf natürliche Bahnen des Lebens.

Und die Gänge waren ohne Ende, hörten nie auf; Gewölbe, die sich ineinander schoben: Kreuzgewölbe und alle Gänge wurden ein Gang. Blickte Johannes Todt hinauf sah er nicht nur ein Kreuzgewölbe.

Und ums Eck eine Latte, mit Haken. Dort hängten sie hin, ihre Mäntel. Daneben eine Fensternische und unter dem Fenster ein Heizkörper und man sah hinaus in den Park, sah Bäume: Laub, mehr als daß Herbst geworden war, sah Johannes keinesfalls, trotzdem schaute er hinaus, obzwar er schließen hatte wollen, nicht unnötig lang sich aufhalten in dem Raum, die Tür.

Und ums nächste Eck ein Regal, und das war sehr schmal: das Brett war weiß gestrichen. Und auf dem Brett lauter: so Becher, in denen waren die Zahnbürsten, schön gestanden, in der Reihe, wie Zinn-Soldaten, wie ein Regiment mit winzig kleinen Fähnchen, die marschierten Richtung Mäntel.

Öffnete die Augen, kontrollierte seine Erinnerung, richtig: auch seine Bürste für die Zähne ordnungsgemäß marschiert Richtung Mäntel, stand stramm wie alle, allesamt blickten in eine Richtung.

Und unter dem Brett sind Haken gewesen, nicht gewesen sind, waren noch immer: die Haken. Und jeder hatte 2 Haken: Handtuch, Waschlappen, Handtuch, Waschlappen ums Eck dies. Auch ums Eck wie in einer Fleischerei oder wie an einem Galgen, wo Mann und Kind abwechselt.

    Solange ich lebte, hörtet ihr
    mich nicht, vielleicht, hört ihr

Einen Terrazzoboden mit dem Schwartenmagenmuster und zwei riesige Waschbecken; ähnlich einem überdimensionierten Meßkelch; aus Stein: aus demselben Material wie der Boden, Terrazzo.

Und jedes Waschbecken hatte 8 Wasser-Hähne, wie Finger herauswuchsen aus dem Becken. Und der Raum daneben: links anschließend, das war der Schlafraum.

nur Tote, ich greife zum
Strick.
Rohrrahmen, billige Stahlrohrrahmenbetten, wie man sie hatte in Spitälern, beim Militär, im Gefangenenhaus.
    Johannes Todt kannte die Antwort
    Tu es nicht: sie hören Tote
Das Waschbecken war kreisrund; und der Ständer, schlanker, aber auch: sehr dick, auch kreisrund: zylinderartig.
    genau so wenig
    wie Lebende.
Und hatte geschlossen die Tür; die Räume waren leer. In diesen Zeiträumen, des Tages, immer.
    Das war der praktische Pessimist
    Pepi Fröschl; ein
    Überlebensspezialist.
Und Johannes Todt nickte; es war schön sein; ein Überlebensspezialist. Und hatte geöffnet die Tür zum Spielzimmer: schmaler Raum, riesiger Tisch, dies waren die Holzschemerln, falls sie nicht in diesen Raum paßten, Johannes kamen diese Schemerln, ihre schlichte und einfache wie sparsame Konstruktion adäquat, denn ganz besonders aufrichtig vor. Auf ihnen konnte man es üben, aufrecht und ohne Stütze für den Rücken sitzen, hiebei nicht krumm werden, hiebei nicht bucklige Haltung einnehmen: männliche, aufrechte Haltung, ordentliche Haltung, natürlich anmutende Haltung.
Ein sich anlehnen gewöhnte man sich auf diesen Holzschemerln erfolgreich ab. Und saß trotzdem aufrecht. Und Johannes Todt hatte genickt: alles war noch da, alles wie immer; im übrigen vollkommene Kahle; kahle Wände. Man sofort sah, was in diesem Raum geschah oder nicht geschah. Großer Tisch.
Und da waren insgesamt 8 Hocker; 4 Hocker auf jeder Seite Platz hatten, sehr knapp. Und hatten gespielt: ein Würfelspiel.
»Es wird Zeit.«, das die Stimme gewesen, Pepi würfelte, es war eine Eins, die Pepi gewürfelt. Johannes würfelte, es eine Sechs war, die Johannes gewürfelt.
»Wofür.«, fragte Johannes.
»Ich finde, wir waren Opfer einer außergewöhnlichen Situation.«
»Nächte, Dörfer der Toten, was soll daran außergewöhnlich sein?«
»Die Schlange...«, sagte Pepi und durfte würfeln drei Mal.
»Die Kreuzottern sind hier beheimatet, sie haben hier ihre natürliche Heimat. Das brauchst du nicht belasten mit...«
»Was willst du eigentlich!«, und aufgesprungen war Pepi, verzerrtes Antlitz, angeschaut den Todt, war dies Haß; was war dies nur.

»Auch Priester der Neuzeit ...«
»Gerade die!«
»Laß mich ausreden; auch Priester der Neuzeit müssen Muster sein, mustergiltiges: ja? Vorbildliches ja?«
»Halt dich kurz, was willst du.«, fragte Pepi; würfelte und würfelte und würfelte, in einem zu Pepi würfelte.
»Wenn ich das wüßt.«
»Ein Jahr noch; nicht einmal ein Jahr. Dann haben wir das Zeugnis, einen Abschluß. Eine Zukunft. Einen Neubeginn! Weißt du, was dies heißt, haben keinen Anfang, nix halten in den Händen, hiefür haben wir sieben Jahre schon gebracht hinter uns?!«
»Soll das immer so weiter gehen?«
»Bis uns etwas Besseres einfällt; dacht ich mir.«, und Pepi legte in seine rechte Hand den Würfel, hiebei nicht vergessen hatte küssen seine Seiten. Bettelten, wie immer, sehr gekonnt, seine Augen: nur nicht streiten, sei doch friedlicher, lieber – Johannes. Ein bißchen weniger hitzköpfig und irgendwie wursteln wir beide, dies uns doch genehm.
»Es gibt Menschen, die müssen leben mit einem Klumpfuß, andere haben einen Wasserkopf; na und? Meinst du deswegen sollt es sie nicht freuen?!«, ein großer Künstler Pepi: die Kunst der Selbsttröstungen hatte er emporgesteigert zu wahren, merkwürdig funktionierenden akrobatischen ... halt Leistungen, irgendetwas war das sicher; wahrscheinlich eine Leistung.
»Wir haben keine Genehmigung...«
»Hör auf; glaubst du wirklich Spott hilft uns weiter?«, Pepi überzeugte ihn. Das war schon so: nüchtern es besehen, der Spiritual gab ihnen die Möglichkeit, nicht wegen genaugenommen wenig Zeit des Lebens verschlingender Sache hineingehen gewissermaßen zukunftslos in die Zukunft. Zu Schaden war bei: dieser Sache, eigentlich niemand gekommen, nicht gestattete Lustempfindungen, mehr war nicht geschehen. Sodaß der Spiritual nüchtern abwägend, gedachte, mehr sein Seelenarzt und nicht auftreten als Richter. Als Seelenarzt war es seine Funktion, ihnen diese Sache auszutreiben, hiebei befleißigte Er sich humanerer Methoden. Aber Austreibung blieb es. Das stand fest. Warum nur wehrte er sich so, warum weigerte er sich so, dies großzügiger kaum denkbar, gar nicht zeitübliche Angebot anzunehmen. Es war die größer kaum vorstellbare Menschlichkeit. Weder Zeter noch Mordio auch nicht das unbedingte Drängen, der Spiritual konnte warten. Und Er wartete, darüber bestand also ein Zweifel nicht. Und es bestand kein Zweifel, daß sie auch beide: hinkünftig, immer zurückkehren konnten zu Ihm, mit Ihm teilen ihre Last. Immer wieder war sie gekommen die Lust, einmal wach, nicht totzuschlagen; einmal erlebt, es immer wieder erleben wollen. Pepi

erging es nicht anders; trotzdem. Ihm genügte, so er sich katapultierte in die weitere Ausbildung zum Priester, sodann auf einen Pfarrhof, Pepi war überzeugt, Gottsohn vergab ihnen, was brauchten sie den Segen der Menschen?!
»Was ist.«, sagte Pepi. Johannes nickte. Und Pepi war aufgesprungen, alsodann das nicht ging, sich wieder nieder setzte.
»Ich wußte, du wirst vernünftig sein; ich wußte es!«, und es sagte: mit der Innigkeit, daß selbst Johannes ergriffen war von seiner Vernunft, an sie zu glauben begonnen hatte, an sie so: inständig glaubte, im Beichtstuhl noch glaubte, trotzdem hatte er wieder mit sich genommen die Sünde, das stand fest. Er wollte sie werden sehen Scham und Reue, Buße und Zerknirschung und aber es fehlte ihm die Scham. Es fehlte ihm alles; weshalb sie hergeben. Auch Pepi liebte ihre Sünde.
Und Johannes schloß leise die Tür zum Spielzimmer.
Hatte noch einige Räume anzuschauen, ging hinein, viele Geschichten, die er einst gedacht längst vergessen, verschollen in nebelhaft ferner Vorzeit, kehrten wieder.

    Und dann war tot, Johannes Todt;
    Geändert hat er damit auch nix.
So sagte es sich Johannes, denn dies sagte seine Gegenwart hinein in Vergangenheit hinein er sprach, nur im Kopf, seine Zukunft.
    Steig auf den Berg,
    Stürz dich in die Tiefe,
    dann gibt es dich,
Seine Seele kannte kein Gestern, Heute, Morgen. Allessamt war in ihr gleichzeitig; abschließen ließ sich im eigentlichen Sinne nichts.
    nie mehr.
    Irre nicht, der Boden,
    auf dem du gewachsen bist, er blieb.
All dies, sich gesagt hatte, Johannes Todt; immer wieder. Und Pepi lieben, hieß lieben den Überlebensspezialisten, sodaß er genaugenommen gewesen in guten Händen einen besseren Freund sich wünschen; was hatte Johannes nur. Bessere Freunde undenkbar waren. Besseres ihm nicht geschehen konnte als der Wiederbeginn mit dem sicherlich, sehr zuverlässigen Pepi. Konnten gewissermaßen gemeinsam alt werden, jeder seinen eigenen Pfarrhof, sein eigenes Wirkungsbereich erobert und dies?! Was sollte machen der Mensch wenn willig sein Fleisch und aber schwach, umgekehrte Richtung, so war es richtig: wenn willig der Geist und aber schwach das allzu unzulängliche Fleisch. Beichten konnten sie, hoffen, der Spiritual werde mit den beiden Galgenstricken alt. Seine Buße niemals war, seht Euch nie mehr, meidet so denn einander, flieht dem Höllenbuben, flieht vor der Versuchung. Seine Buße das wünschte:

»Gesundet aneinander; ihr seid stark genug ihr widerstehen lernen, der Unnatur, auch wenn sie hat das Angesicht dessen, den ihr liebt.« Mehr in die Weise hin empfahl, Buße sein. Auch betonte der Spiritual, Gottsohn wußte, daß beide Ihn keinesfalls betrügen wollten mit irdischen Liebschaften ob natürlich oder unnatürlich. Gottsohn war befähigt zu heilen noch ganz andere Sachen, dagegen dies nur war die Kleinigkeit. Es gab hiebei nur eines zu bedenken, die Menschen: überfordern man nicht sollte mit derartig, in irdischen Belangen verstrickten Gottes-Männern. Hiefür hatte Pepi vollstes Verständnis; wollte das auch gar nicht. Warum jemand überanstrengen, sodaß er wähnte: verrückt zu werden, Schuld zu sein, so er nicht wurde Schuld und Strafe. Warum sollte Mutter Kirche als irdische Instanz ohne Makel sein, hatte schon verbrannt auf Scheiterhaufen, was sie etwas später als durchaus legitim anerkannt, es denkbar sei, obzwar es einst nicht denkbar und wer es gedacht, sich wiederfand in Folterkammern. Pepi war ruhig und hatte Geduld mit seiner Mutter, der Kirche.

Es sich immer wieder gesagt hatte, Johannes Todt, irgendwann wird es geben, diese Zukunft, in der Menschen leben: die nicht sind eure Richter, die nicht sind diese fixe Idee, was euch Freude war, Lust und niemandes Schmerz, müßte sein der Verführer aus dem Höllenreich, der Höllenbube unterwegs mit Teufels Werkzeug euch wurde Versuchung zur Unnatur; achGott, Kinder, die euch dies sagten wußten wieder um einiges mehr wie der Gottsohn. Und ER aber kehrt wieder und mit IHM die Erlösung es wird das erst ein Schauen werden, wenn sie sehen, der Wiederkehrende, ER kam ohne Höllenstrafen aus und ohne Fegefeuer. Dieses war zutiefst menschliche Spekulation, ohne Hölle und ohne Fegefeuer: sei nicht, denkbar der Gottsohn. Viele Gespräche – auch Johannes überzeugende Gespräche – geführt worden waren.

Trotzdem, er konnte nicht hergeben seine Sünde; er konnte es nicht. Das Knie also gebeugt, auch einiges gebeichtet, einiges an Sündenlast anvertraut und nicht mehr gewünscht in sich; die Sprache gehörte ihm nicht, sagte, sprich, aber die Sprache gehörte ihm nicht; sich erhoben, vorüber gegangen, Pepi es nicht bemerkte, hinausgegangen und sich versteckt bis er wußte, alle waren, mehr oder weniger unterwegs; Johannes Todt sah niemand mehr.

»Wohin gehst du.«, doch erschrocken war.

»Ich gehe ihnen nach, ich muß versäumt haben den Anschluß.«, sagte Johannes Todt und lächelte. Der Hausgeist blickte ihn an, dachte nach, sagte.

»Ob es sich nicht lohnt?«, es sehr sanft sagte, es war der Hausgeist, den Johannes und Pepi geschätzt ganz besonders, »Hier warten.«, blickte auf die Uhr, dies ihm aufgefallen war, war regelrecht hinter ihm her gefußelt.

Hatte aber hiedurch sicherlich das Augenmerk des Hausgeistes, der zuständig war für das Befragen der Ausgehenden wie Eingehenden abgelenkt.
»Ich habe es versprochen; man wäre besorgt, käme ich nicht nach.«, log Johannes: sehr glaubwürdig. Wirkte beruhigt, doch etwas Pflichtbewußtes, Verantwortungsvolles ausging von dem Zögling. Lächelte und rund um ihre Pupillen, das waren sternförmig sich in die Iris hineinfressende verschiedene Schattierungen der Farbe Gelb. In der Regenbogenhaut des Hausgeistes ein Stern untergebracht war, in jedem Auge ein wunderschöner Stern. Wäre es nicht unschicklich gewesen, Johannes hätte gehoben die Hand, auch die andere Hand und festgehalten dieses Gesicht, es war nicht schön im herkömmlichen Sinn aber der Friede in dem Gesicht, der blendete absolut nicht, drängte sich nicht vor, war da, steckte an, gab ihm zurück den Frieden Ruhe und versöhnte ihn mit der Welt; auch wenn er in der Welt gefunden hatte nicht eigentlich einen Platz.
Der Hausgeist kehrte wieder zurück, sah ihn von hinten: dann noch einmal entlang ging. 1 Soldat, 21 Hellebarden. 1 Soldat, 21 Hellebarden. Auf dem Eliteplatz das Gymnasium.
Ums Eck, bis vor zur Institutstraße und hinaufblickte zum Haus der schwer erziehbaren Mädchen: der Vogel stand noch immer in seinem Eck, der steinerne Vogel, erhob sich nicht. Hatte geblickt nach Norden, genickt, abgebogen nach Süden, gegangen entlang der Straße der Totenbretter und dort, wo die Kreuzung, wo nach links, mehr nach Osten die Pappel-Allee begann, bog Johannes Todt ab. Zu seiner Rechten sah er das Haus, dem scheinbar fehlten die Türschnallen. Auch; also das Rätsel – wie einige andere – hatte sich nicht lösen lassen. Das Grün des Gartenzauns, paßte sich an, entsprach vollkommen der Jahreszeit; viel rostbraun und gelb und verschiedene Zwischentöne aber allesamt herbstliche Farben.
Und denselben Weg, wie Johannes Todt, später dann gegangen Josef Fröschl. Dazwischen nur ein Zeitloch.
Direkt in der Tischflucht-Linie, sie in Fortsetzung gedacht, die Fensternische: und Pepi Fröschl sah draußen genau die Spitze: den Turmhelm mit der Uhr: das darunter befindliche Schallfenster sah man nicht mehr. Hätten zu diesem Behufe gehen müssen bis hin zum Fenster.
Rundum, an der Wand, Ölfarbsockel: olivgrün; mit Linierten Abschluß hier nicht Es war hier: mit Abschlußleiste, etwas dunkler wie der Sockel. Neben dem Zögling des Instituts, der wieder auferstanden, stand der Spiritual: »Nun?«, fragte er den Pepi.
Ein Dielenboden: und auf den Schemerln – Pepi hatte geschlossen die Augen, erinnerte er sich richtig? – sind 8 Leute gesessen. Öffnete die Augen, hatte: richtig gezählt.

Es waren 8 Zöglinge. Und spielten, gebannt: Ein Würfelspiel.
Pepi ausgenommen den rostbraunen Haarschopf.
Nichts verloren hatte. Seine Sinne zurückerhielt, auch sein Leben, die spielenden Zöglinge konnten sich überzeugen mit schweigenden Blickkreuzungen versteckter Art. Josef Fröschl war noch etwas schwach, auf den Beinen, sonst wieder der, der er gewesen; fast der gleiche. Ob das wieder nachwuchs?
Und zugemacht hatte der Gewissensführer die Türe, geöffnet die nächste Türe und endlos die Gänge.
Josef Fröschl hatte große Gedächtnislücken, die wieder geschlossen werden mußten. Und der Studiensaal:
Die Wände: kahl; Holztäfelung. Parkettboden hatte das Muster. Ein oft gesehenes, ein zeitübliches Muster. Und an der Wand die Latte mit den Haken: die Garderobe im Raum; und ? auf der anderen Seite der Tür das schwarze Brett: links von der Tür, ging man hinaus; rechts von der Tür, ging man hinein. Gottlieb hatte sich kurz umgewandt, das war doch Gottlieb. Blickte ihn an, voll des tiefsten Mitempfindes, Mitgefühl. Wofür, Pepi verstand nicht. Blickte fragend auf zum Spiritual, der aber blickte: folgend seiner Blickrichtung. Auch diese Wand, hatte sich vollkommen richtig erinnert, hatte eine Tür: die Schmalwand. Während jene Längswand, die gegenüberlag der Wand mit den Fenstern auch nicht ohne Tür war, dies stand also fest: einiges sich richtig gemerkt hatte. Gottlieb war wieder zurückgekehrt in seine Bank, zuvor war Gottlieb gestanden vor dem schwarzen Brett.
Das Kruzifix, links: von der Tür; rechts, die Tafel. Das Kruzifix hiemit, näher der Wand mit den Fenstern, die Tafel hiemit, näher bei dem schwarzen Brett, das ums Eck, in der Fortsetzung die Tür, in der Fortsetzung die Garderobe, in der Fortsetzung es nichts zu sehen gab, nur Wand, die ums Eck wieder wurde die Schmalwand ohne Tür und ohne Fenster und ums Eck aber: die Längswand mit den Fenstern. Und wieder ums Eck? Das Kruzifix.
In der Nähe des Kruzifixes, SEINE MAJESTÄT, DER KAISER.
Und die Tische hatten Leisten und auf jedem Tisch ein Kruzifix und wenn kein Kruzifix, ein Heiligenbild im Rahmen. Und die Tische hatten ein Holzgeländer: die Blende, auf drei Seiten, und auf jedem Tisch Türme von Büchern; bei jedem Tische zwei Stühle mit Rükkenlehne.
Und man hatte auch hier sofort den Überblick: nix zum Verkriechen, nix zum Verstecken. Höchstens Zettel und dergleichen waren schnell entziehbar: dieser Zustand von latenter Ahnung einer Allgegenwart, des immer Gesehen-Werdens machte schöpferisch: Erfinder waren sie mehr oder weniger alle.

Und die Gänge waren ohne Ende, hörten nie auf; Gewölbe, die sich ineinander schoben: Kreuzgewölbe. Und hatte den Eindruck als wären die vielen Gänge nur ein Gang.
Was der letzte Gang geworden für Johannes Todt, war geworden der erste Gang des Josef Fröschl, nachdem er auferstanden; der Hausarzt des Instituts vollbracht das Wunder: zurückgegeben dem Institut, einen Zögling, namens Josef Fröschl.
Fröschl beharrte auf seinen Namen Josef, niemand durfte mehr zu Josef Pepi sagen, diese Instruktion wurde erteilt an sämtliche Zöglinge, ohne Beisein des hievon Betroffenen. Denn der hörte Pepi und wurde geschüttelt von merkwürdigen Bebe-Zuständen. Bekam das Zähneklappern, begann schwitzen und veränderte sich wie ein Mensch, der geraten in Panik, unmittelbar bedroht, wovon?
Pepi, den Namen vertrug er nicht mehr. Wäre gewesen, als hätte man zu ihm gelegt, ins Bett eine Kreuzotter, mehr noch: ein Schlangennest und das voll von Kreuzottern und er mitten drinnen; auch so, sich verhielt, wenn er hörte den Namen Pepi.
Pepi Fröschl hatte in seinem Kopf ein Zeitloch; das sich erst so: nach und nach wieder gefüllt mit Erinnerungen, zurückgeblieben aus diesem Zeitloch: eigentlich nichts, ausgenommen die Glatze.
Der Zögling des Instituts, Josef Fröschl fiel in diesem Jahr auf durch besonders große Stille, sah, schaute um sich, sprach nicht viel.
Sorgen, gab es so viele wie Beschwerden, nicht eine. Josef Fröschl verließ das Institut Dreieichen mit einem Zeugnis, das auffiel: nicht ein Gut alles darunter, alles bemerkenswerte Noten, ein Sehr gut nach dem anderen.
Und dasselbe alsodann, in den vier Studienjahren zu berichten. Josef Fröschl war ein zurückhaltender, junger Mann; lernte auch wieder scherzen und im übrigen mied er Berührungen und hielt sich etwas fern Studienkollegen wie auch sonst bemüht, sich mehr zu konzentrieren auf den Menschensohn, der gestorben, begraben und wieder – auferstanden. Es war das, seiner Meinung nach Entscheidende. Jesus Christus war wieder auferstanden und war wieder geworden, der er gewesen immer: Gottsohn.

DAS DORF DER TOTEN

ERSTER TEIL:
Barbara oder der Vielköpfige

Und da war er also,
sämtliche Türen geschlossen,
nicht unzufrieden,
sollten geschlossen bleiben,
sich nie öffnen und aber;
ein Krachen, ein Poltern, ein Knarren, Knirschen
und viele Geräusche, die es ihm sagten:
gewaltsam wurden geöffnet, sämtliche Türen.
Da floh er
und rannte
im Kreise, denn wo war
der Ausgang,
wo war der Eingang,
nirgends;
und aber dann, sah es,
im Boden,
die Falltür, der Boden hatte noch eine Tür,
blieb ihm die Wahl?
    Aus der einen Tür kamen die Flammenzungen,
das ... wuchs auf ihn zu,
        dort kamen die Tiere und schoben vor sich her den gläsernen Würfel
        und in dem gläsernen Würfel saß der Kopffüßer, klopfte an das Glas
        und hatte also große Freude, denn er wurde nähergeschoben, seiner
        Speise: »Gib Ruh, sei ruhig, ich komme schon«, sagte der Kopffü-
        ßer, »dann werde ich dich umarmen; denn ich liebe dich und ich bin
        immer zu haben, für eine ...«
Und schaute nicht, wohin er lief,
denn in der Tat – aufgemacht die Falltür – er fiel;
stolperte nur
denn die Falltür war kein Abgrund in die Tiefe, dort hinunter ging man
auf einer Treppe, wohin er kam;
wußte es nicht
    und öffneten die Falltür, schaute alles
    hinunter
und nichts war ihm lieb, was ihn suchte auf der Treppe, der
verharrte und stellte sich tot
und erst, als wieder geschlossen die Falltür
hastete er
weiter; fort, nur fort
und noch weiter fort und ankommen
irgendwo.
Schlimmer als in dem Raum oben, konnte es nicht sein.

ERSTES KAPITEL:
Die fremde Kraft, die stärker war als er

I
Zeitenwirbel oder der Fiebertod

Das Klettern der bestimmende Zug seines Wesens geworden: das kommt davon, wenn man sich dem Kletterleben anpaßt, sich nicht erworben den aufrechten Gang, den Kopf nicht frei bekommen und sich nicht ausgebildet zum höchsten Denkwesen. So oder so eine bedeutungslose Verwandtensippe; sicher, sicher. Nur ein Blutsverwandter; nicht mehr. Geradezu fabelhaft die innere Ähnlichkeit mit dem verhunzten Ebenbild Gottes, dem Menschen, im übrigen auf den Bäumen geblieben.
Durfte ihn das wirklich beruhigen?
Als wär die Erde nur ein Erdapfel: staunte durch das Beichtgitter. Im Beichtstuhl kniete ein Orang-Utan, eindeutig: der Affe Gottes.
Pepi Fröschl schnappte nach Luft.
»Alleweil nutzt du die Stunde meiner Erschöpfung für deine triumphalen Erfolgsauftritte. Du wagst das Unmögliche, hinweg! Im Beichtstuhl hast du nix zu suchen, das ist – Gottesfrevel!«
Als könnte der sein wohlgeordnetes Seelengebäude erschüttern, sollte etwa akkurat die Brandfackel Gottes zu Nirgendwo in Denkwut erstarren, wegen so einem, doch nicht wirklich.
Pepi Fröschl blickte einerseits mißtrauisch, andererseits wehmütig gestimmt durch das Beichtgitter.
»Weißt du überhaupt, wer ich bin?«
Der kniete nicht, hockte regelrecht auf einem Stuhl, und das: im Abteil für den Pönitenten, saß regungslos, leicht geöffnet der Mund, ein wenig nach rückwärts gebeugt der Kopf: er horchte.
»Ich bin nicht irgendwer, o nein: ich bin prophetisches Amt. Ja, du hörst richtig. Meine Mutter ist die Hochschule der ewigen Wahrheiten und des ewigen Rechtes. Hohepriesterliches Amt bin ich auch, mehr noch, auch: königliches Amt.«
Zweifellos, der Schädel ähnelte dem eines Menschenkindes in hohem Grade.

»Königliches Amt! Brandfackel Gottes! Schwinge den Knüppel der Lehr-, den Knüppel der Weihe-, den Knüppel der Regierungsgewalt! Wider den Versucher des Menschengeschlechts!«, brüllte Pepi Fröschl, der sich den erhabensten Beruf dieser Erde erwählt, was sonst, schlug mit zu Fäusten geballten Händen wider sein Herz, tätschte den Glatzkopf und schneuzte sich, saß regungslos, leicht geöffnet der Mund, ein wenig nach rückwärts gebeugt der Kopf.

»Pepi, du bist eine Null. Eine jämmerliche und lausige Null.«

Pepi Fröschl preßte die rechte Hand wider das Herz. Der Expansionsdrang seines Herzens war bedenklich.

»So ist es; so ist es.«, murmelte Pepi Fröschl. Zweifellos, das Fieber war wieder gestiegen.

»Fieber hin, Fieber her, Pepi. Was wahr ist, ist wahr. Wie willst denn du die menschliche Natur beherrschen, ohne sie zu zügeln?«

»Warum soll ICH die menschliche Natur beherrschen wollen? Ich bitt dich! Bin ich ein Mensch?

Bring nicht alles in deinem Affenschädel durcheinander: ich bin ein Säbelzahntiger, ich werd wohl noch Hunger haben dürfen; kannst doch von einem Raubtier nicht verlangen, daß es Vegetarier wird. Ich verlang ja auch nicht von dir, daß du Fleischfresser wirst. Deswegen kannst mich doch nicht gleich exkommunizieren, und mir einen Prozeß machen!«

Die alte Truhe nicht zu öffnen, es hätte seinem Seelenheil keinen Schaden zugefügt, um nicht zu sagen es gerettet: besuchte ihn der schon im Beichtstuhl. Er gesucht im Pfarrhof Pepi, vom Keller hinaufgerannt in den Dachboden und wieder hinunter, es wohl nicht fassend. Nun auch das gewagt, das Gotteshaus betreten: die Klette, nicht abzuschütteln. Seit wann fühlte sich der für sein Seelenheil verantwortlich. So es doch nicht geschrieben stand, daß der ihn retten wollte. Wer hätte sich das auch gedacht: Den die Lüge nährte, akkurat der Höllenbube, dessen Auftrag es war, zu lügen, führte ihn in Versuchung mit der Wahrheit.

Pepi Fröschl schluckte.

Der Kopf des Orang-Utan verwandelte sich, wurde alt, älter, jünger, jung, der Schädel eines Weibchens, der Schädel eines Männchens. Ein, genaugenommen: Der Verwandlungskünstler, wahrhaftig, daß er nicht, auch noch neidisch wurde. Und hatte der Affe Gottes gewarnt den Gottesmann, das gar nicht leugnen wollte geschweige vergessen diesen Betrug: Empfahl ihm nicht, öffne diese Truhe o nein weit gefehlt, empfahl ihm: öffne sie nicht. Er mußte öffnen! Neugierde war es nicht, es war Pflicht. Was nicht wollte der Affe Gottes mußte wollen der Mann Gottes natürlich; Neugierde war es nicht.

»Du hast etwas zu verlieren: Pepi, du bist nicht der Johannes. Geh nicht hinauf, sei ja nicht neugierig. Du sollst dich: um die Zeugnisse jener nicht

kümmern, die im Dorf der Toten begraben anders auferstehen wollen als irdisch. Laß es bleiben, Pepi: Staunen ist der Anfang wie das Ende des wahren Wissens. Es kostet dich den Seelenfrieden, Pepi. Staunen wirst du und beuteln wird's dich – brrr!«
Hatte er sich nicht schon als Zögling des Instituts die: so verfluchte, wie unglückselig hartnäckige Neigung abgewöhnt, spätestens dann; Gott sei es gedankt, er war nicht: Johannes Todt, er nicht. Pepi Fröschl schnappte nach Luft.
»Das war der Anfang vom Ende: Pepi, genau das.«, und doch nur ablenken, in einem zu ihn ablenken wollte, daß ER nun auch schon sich erdreistete, wurde der immer dreister.
Hitze-und Kältewelle so abrupt wie heftig: nicht in Zeitenfolge; schön, eines nach dem anderen, nur so nach und nach steigernd bitte, chronologisch wohlgeordnet bitte, sodaß er sich zumindest gewöhnen konnte an den Zeitenwirbel. Das Vorher nicht respektierend und auch nicht das Nachher: Wähnte er die Hitzewelle der Zeit vorausgeeilt, war es nur die Kältewelle.
Wenn ihm der Affe Gottes nicht zu tief in die Augen sah, wer dann. Bei Gott: nicht ein Spotteufelchen blitzte, geschweige Hohnlust; gefüllt die Augen mit dem schweren Mut zur Trauer um den bald endgültig verlorenen Höllensohn, was sonst. Eine Scheibtruhe – dunkelbraune Erde, das Loch zu, und warten auf die Auferstehung.
Ich verbrenne dich und du erfrierst: Verbrannt und die Dürre im Mund; dafür das Wasser aus den Körperporen drang, als herrsche Überfluß an kostbarem Naß; Pepi Fröschl schluckte in einem fort. Verbrannte der Kopf, explodierte das Gehirn. Der Affe Gottes wimmerte, der Heuchler: nicht die eine Träne.
»Die Zeit: eine Sage aus vergangener Zeit!«, brüllte Pepi Fröschl.
So gutmütig wie ratlos die dunkelbraunen Augen des Orang-Utan, wimmerte nicht mehr; immerhin.
»Auf dem Dachboden herumstolpern, während meine Warnung erzwinge regelrecht deine diametral entgegengesetzte Entscheidung. Ich hab: es dir, immer gesagt. Pepi, laß den Deckel zu, da ist nur Papier drinnen, sonst nix. Hoffnungslos vermurkst die Geschichte.«
Sicher, sicher: der beste Arzt die Zeit. Kommt die Zeit, kommt der Rat: bei Gott; möglich, durchaus möglich: Seine Zeit war gekommen.
»Tu mich nicht boxen, Pepi, laß mich sitzen, ich will sitzenbleiben! Pepi, das ist nicht deine Truhe, die geht dich nix an. Sonst gibt's da nix zu verstehen. Pepi, du sollst mich ein bisserl kraulen, nicht boxen! Ich habe dich gewarnt, leugne es nicht, Pepi! So unbedingt in die Truhe hineinschauen, das wird der Anfang gewesen sein vom Ende. Was geht dich die Truhe deines Vorgängers an? Ist denn die, dein Problem?

Im übrigen kugeln dir die Jahrhunderte kreuz und quer, das ist alles. Das Ungleichzeitige gleichwie das Gleichzeitige: Kopfempfindungen, sonst nix. Es explodiert nur in deinem Kopf, Pepi; nicht wirklich.
Bald, Pepi, wirst du im Schweiß deines Fiebers schwimmen. Deshalb sitze ich hier: Du kannst nicht schwimmen, Pepi. In das Dorf der Toten wird dich das Fieber nicht hinüberschwitzen. Genau so wenig wie damals. Weißt du es noch, deine letzte fixe Idee zu Dreieichen: Brekekekex koax koax!«
Der Affe Gottes zog den Mund in die Breite, seine Lieblingsunterhaltung war und blieb: Necken und Balgen.
Seelenleer der Pfarrhof, wart nur, Pepi: mich vergessen, das wagst du nur einmal. Langeweile hatte den ins Gotteshaus getrieben, was sonst.
»Hast du es vergessen: In Dreieichen, du warst das Salz der Erde, und ich hörte deinen Ruf. Willst du es leugnen. Pepi, ich habe dich in das Institut zurück getragen, ich!«
Sich nur nicht täuschen lassen, das war der Affe Gottes. Und nicht: der Orang-Utan. Pepi Fröschl schnappte nach Luft.
»Pepi!Pepi!Pepi! Auch wenn sie noch so studiert sind, diese Vertraulichkeiten möcht ich mir verbeten haben! Ich bin doch ein Säbelzahntiger! Was ist das für eine sonderbare Verquickung von Aberglauben und kirchlich-kanonischem Strafverfahren? Darfst mich doch nicht förmlich prozessieren, aburteilen und wie einen armen Sünder hinrichten: ich bitt dich! Du kannst dich doch mit samt deiner theologischen und juristischen Belesenheit nicht so grausam hirnleer vorbeischwindeln an der irdischen Tatsach', daß Gott mir nun einmal: solche Eckzähn', angetan hat, 15 cm lang! Die hat mir Gott unzweideutig: eindeutig, zur Verfügung gestellt, auf daß ich auch und gerade den Menschen damit reißen kann, was sonst. Kann ich dafür, daß mir Menschenfleisch so gut schmeckt? Ich hab doch Hunger, alleweil wieder – Hunger! Wie soll ich mir den Hunger abgewöhnen; ich kann mir doch nicht abgewöhnen, was mir Gott angewöhnt hat?«
Der Affe Gottes kratzte sich, suchte zweifellos Läuse, und das – im Gotteshaus. Pepi Fröschl schluckte.
Es ließ sich nicht leugnen: in dem furchtbaren Gebiß traten die Eckzähne stark hervor; er war, Gott sei es gedankt, nicht kriegerisch gestimmt, fühlte sich doch geborgen im Beichtstuhl. Den Daumen der Hinterhände fehlten die platten Nägel. Na und? Wenn er sich fast ausschließlich von Obst nährte, gelegentlich auch von Blättern, Knospen und jungen Schößlingen, offenkundig unreife Früchte den reifen vorzog, sauer und bitter schmeckende auch nicht gerade gering schätzen mochte, ihm besonders die große rote fleischige Samendecke einer Frucht vorzüglichst schmeckte, er auch die kleinen Samen einer großen Frucht durchaus

schätzte, durfte ihn das wirklich beruhigen? War das nun eigentlich, wirklich ein Trost, daß der eher: sicher nicht Menschenfleischhunger kannte?
Himmel, Hölle, Fegefeuer, ihm das anbieten? Bei Gott: ist alles möglich, gab es denn solche zivilisierten Affen auch schon? Doch nicht wirklich. O Gott, ein Wunder, das Übliche beeindruckt den doch nicht.
Tierprozeß und Exkommunikation, offenkundig hatte derlei auch der Waldmensch schon gehört, weshalb wußte akkurat der, in welchem Jahrhundert er lebte und wie der die Tatsache ignorierte, daß er doch: ein Priester? Eine ihm doch eindeutig übergeordnete Instanz? Hohepriesterliches Amt, prophetisches Amt, königliches Amt? Selbst entkleidet, war er doch, immerhin noch: ein Mensch? Ihm unzweideutig eindeutig hierarchisch übergeordnet. Fürchtete der so gar nicht den Menschen?
Pepi Fröschl schluckte.
Es mit Weihwasser und Kreuz probieren. Anathemo esto! Vielleicht rang ihm das Respekt ab, insofern er nicht erschreckte, sodaß er das Beichtgitter zertrümmerte, wenn nicht gar den Beichtstuhl und noch mehr: seinen Schädel?
Zweifellos, der verstand nur mehr: das Gewehr, das Beil, die fremde Kraft, die stärker war als er.
Das Gesicht des Orang-Utan begann sich wieder zu verhäßlichen: die Hautlappen an den Wangen zogen sich so nach und nach halbmondförmig von den Augen an ... nach den Ohren hin und zum Oberkiefer herab. Auch das Haar wurde dichter, länger und der Bart nahm wieder zu: ein altes Männchen, sicher, sicher.
Nur: konnte nicht auch das seine Zähne in sein Fleisch wühlen und anderes mehr, so es ihm grollte?
»Pepi, wer sitzt jetzt im Käfig: du oder ich?«, bedeckte mit den Händen die kleinen tiefliegenden Augen, so als schämte er sich des unbeschreiblich eigenwilligen, um nicht zu sagen, erschreckend häßlichen Antlitzes wegen.
Riesige Hände, bis auf die Fingerspitzen langzottig behaart. Hatte der seinen einzigen Feind, den Menschen, noch nicht kennengelernt, sodaß er ihn nicht fürchtete; so gar nicht?
»Denk ich an dich, Pepi, weiß ich, wie ich so melancholisch geworden bin. Was ist nur aus dir geworden? Pepi. Viele Worte, wenig Sinn; ein Strom von Reden und ein Tröpflein Verstand, nur das bist du geworden, Pepi?«
Wußte der, besser Gedanken zu lesen, als der Seelenarzt und Richter?
Der Orang-Utan öffnete den Mund und zog die Lippen zurück, sodaß die Zähne sichtbar wurden, kicherte und das, nicht leise; kratzte sich am Schädel.

»Pepi, was zitterst so? Natürlich, Pepi. Selbstverständlich, ich bin doch der Affe Gottes. Denk doch nach, Pepi: wie kommt ein Orang-Utan in deinen Beichtstuhl? Kläre mich auf.«
Pepi Fröschl schluckte, wischte sich den Schweiß von Stirn, Glatzkopf, atmete tief, um nicht zu sagen seufzte erleichtert, wischte sich die Augen trocken, schneuzte sich, kicherte, zupfte sich am rechten Ohr, schüttelte den Kopf etwas verlegen, um nicht zu sagen Scham empfindend, daß er den irgendwie doch verkehrt herum verdächtigt, seinen diagnostischen Scharfblick entlarvt als nicht unbedingt zuverlässig, zupfte sich am linken Ohr, kein Wunder: die Ursache dieser Fehldiagnose das Fieber, was sonst.
Und staunte durch das Beichtgitter.
Der Schädel des Affen Gottes ähnelte nun wieder in hohem Grade einem Menschenkind; fast die Antlitzsprache eines munteren Kerlchens, das sich des Lebens freute, zumal ihm offenkundig ein Streich geglückt.
»Leugne es nicht, Pepi, deine eigene Hybris könnte ganz gut Duckübungen gebrauchen: Exerzitien, Pepi, das hilft alleweil.«, wimmerte.
Und war nun ganz das Antlitz, verkündend, ich will weinen und wehklagen. Untröstlich will ich sein: es empfiehlt sich, mich gleich zu trösten: »Exerzitien.«, obzwar er dann blieb allein zurück im Pfarrhof, er dies empfahl dem Gottesmann.
»Jetzt Exerzitien? Ich muß ja das Bett hüten, ich bin ja – krank.«
Das Kerlchen verzog in einem fort den Mund, als wollte es das Weinen üben und wirkte eher heiter, um nicht zu denken vergnügt zufrieden und alles Mögliche, nur halt nicht so, wie zweckentsprechend es gewollt.
»Eigentlich frag ich mich schon lang, weshalb du noch immer in dem Marterkasten sitzest?«
Zweifellos, es war lächerlich in dem Beichtstuhl sitzen und hoffen: das Denkunmögliche. Johannes kam nicht mehr. Er hoffte das Denkunmögliche aus Prinzip nicht, das dem Affen Gottes ein für allemal in sein Erinnerungsvermögen einpeitschen, wart nur.
»Daß nur die Zuchtrute Gottes Johannes wieder schleudern kann von der Trichterbahn der Hybris, das brauchst DU mir zu allerletzt erklären!«
Exerzitien ... und wenn Johannes doch seinen Priester suchte?
»Habe ich nicht zugegeben, was wahr ist: daß viel Unglück und Elend und Ungerechtigkeit auf Gottes Erdboden bestehe, habe ich das nicht zugegeben?«, der nickte, pflichtete ihm bei, völlig sich anschloß dem Eindruck, der Priester klagte nicht zu Unrecht.
»Daß Ärmere und Schwächere vielfach unterdrückt werden vom Reichen, daß das tote Kapital oft eine herzlose und unbarmherzige Herrschaft über die wirtschaftlich Schwachen ausübe?«
Der Seelenarzt und Richter des Johannes Null blickte hilfeheischend, um nicht zu sagen beifallheischend nach nebenan.

»Red nicht viel, Pepi. Komm herüber zu mir. Setz dich auf meinen Schoß, ich werd dich in den Schlaf hutschen, ich: der Affe Gottes. Der Fiebertod ist doch nicht die Lösung, Pepi.
Du mußt schlafen, nichts ist so heilsam wie Schlaf, Pepi.
Natürlich hast du den erklärten Gotteshasser Johannes Null, in ein Beichtkind umgewandelt. Selbstverständlich. Auch das Erdäpfelchen kommt wieder, die Barbara.«
»Höllenbube, lügst du wirklich nicht?«
»Warum soll ich nicht auf die Barbara verzichten können, und den – Johannes?«, es eine berechtigte Frage. Mußte ihm beipflichten. Pepi nickte; ein sehr reifer Standpunkt.
»Bleibt mir ja noch der Josef. Und überhaupt, so bin ich auch wieder nicht: alles will ich gar nicht haben, kann ich gar nicht haben wollen, Pepi. Denk doch nach, was ist denn noch die Höll, wenn der Himmel leer ist? Aber bedenke eines, was ist der Himmel, wenn die Höll leer ist? Du siehst, ich seh durchaus ein, daß einer den Himmel bevölkern muß, aber sieh dann du auch ein, daß irgendeiner«, hatte hiefür durchaus Verständnis, Pepi nickte; ein auch für ihn akzeptabler Standpunkt, »die Höll bevölkern muß: Arbeitsteilung ist das, sonst nix, Pepi. Du weißt«, Pepi nickte: natürlich wußte auch er, »es selbst ganz genau, daß ich im strengen Sinne genauso der Geh-her-da und Geh-weg-da vom Herrgott bin ... wie du. So ist das ... Pepi. Du solltest das Kommunistische Manifest lesen, Pepi. Darwin tät dir .. auch nicht schaden. Undsoweiterundsofort.«
»Hab ich schon. Die mir den Strick empfehlen wollen, kenne ich. Weiß nur noch nicht, wie ich den Strick ihnen drehen soll.
Die herkömmlichen Mittel taugen nix. Anathemo esto, Fluch und Höllenstrafe: das die Sprache, die sie nicht verstehen. So ist das.
Glaub mir, ich hab die Seeleneroberer und Agitatoren deiner Fraktion studiert.«, sich zu wenig bemüht? Der Affe Gottes betrachtete ihn kritisch; sehr kritisch. Nicht ohne Mißtrauen und voll der Einwände. Zögerte; dachte sichtlich nach; eine Laus erwischt, sie betrachtet, sich einverleibt, es nicht lassen konnte, Läusesuchen im Abteil für den Pönitenten, der Beichtvater nicht durch Rüge dem Affen einen Vorwand als Geschenk darbieten wollte, auf daß der beleidigt und schwerstens gekränkt sich zurückzog in die Position des Schweigers, ehe er mitgeteilt, wieso er anders meinte als der Gottesmann. Wo waren seine Beiträge, was hatte er derartig verkehrt gemacht, war es vielleicht sogar verständlich, er selbst herausgerufen aus Johannes jenen Teil, der sodann Johannes fernhielt? Fehler ließen Vermutungen zu, die ihm gestatteten, sobald die Fehler behoben ... achGott! Wenn dies Fernbleiben nur an ihm lag, das ließ sich beheben; ohne weiteres! Und blickte Pepi Fröschl voll des

Hungers nach Kritik, voll der Gier nach dem Wissen um seinen eigenen Fehlerschatz nach nebenan.
»Noch einmal – es ist schon so lange her; wart einmal – wieviel hast du dir wirklich gemerkt von dazumal? Es war ein Studienanfall, mehr nicht. Verdreh die Augäpfel nicht und schnapp nicht nach Luft. Asthma hin, Asthma her: Die Liebe sagt: nie, es ist genug! Du, und dich ausgebildet zum höchsten Denkwesen.
O Gott, wär dem so, Pepi, die Hochschule der ewigen Wahrheiten und des ewigen Rechtes wär verdammt: den Weg alles Irdischen zu finden, eine vergängliche Institution wär sie, Pepi. Das mußt schlucken, Pepi. Was wahr ist, ist wahr.
Auch wenn's dich nicht krault, Höfling-Gedanken gegen sich selbst sollt sich: die Brandfackel Gottes, nicht gestatten. Die muß kühl rechnen können und kalkulieren. Ich sag dir, wenn du willst, daß der Johannes wieder kommt, und nur gewesen sein soll der Rückfallstäter, dann wirst du ihn: halt, ein bisserl genauer studieren müssen, ha?
Schau, Pepi, in diesem einfachen, so hellen und klaren Aufbau des Christentums ist doch nicht wirklich Platz für abenteuerliche, nebel-und gespensterhafte Vorstellungen; in dieser hellen und lauteren Religion gibt es doch keine Unreligion, keinen Aberglauben: Pepi, sei nicht so mißtrauisch.
Ich muß doch selber aufpassen, daß mich die Naturwissenschafter nicht hinaus erklären aus der Natur. Ich laß mir doch nicht meine Existenz ruinieren, mein Lebenswerk: die Höll! Bin ich ein Selbstmörder? Seit Adam und Eva bastel ich. Und frag mich«, hob abwehrend der Affe Gottes die Hände, »nicht, was es gebraucht hat und wie . . . . lang, bis ich mir die Höll ertrutzt.
Für dich ist die Ewigkeit genau genommen eine Denkkategorie. Pepi, sei nicht beleidigt. Was wahr ist, ist wahr. Du kennst sie nicht, ICH kenne sie. Leite einmal: eine Strafanstalt für gefallene Engel: die Zeit meiner Schlafkrankheit, ein Alptraum. Ich sag dir: Adam und Eva war ein Riesenschritt nach vorn. Endlich Lebewesen, die meine Experimentierfreude zu schätzen wußten.
Wie lang ich schon experimentier: seit Adam und Eva?
Das ist für mich eine Hausnummer.
Pepi, ein Orientierungspunkt wie ein winzig, winzig kleines Wuzerl von Punkt auf einer Zeitstrecke, für die dein Gehirn so viel wirkliches Verständnis aktivieren kann, wie ein Ochse für den Schlachthof: kennt der Ochse seinen Schlächter? Hiemit bewiesen, daß ICH dich nicht beschnitten in deinem Ehrgefühl und auch nicht kränke.
Wenn dich etwas kränkt: die Tatsache, daß ich nicht lüge, kurzum: daß ich es nicht leiden kann, wenn du dich so aufblast mit Kenntnissen über

Ewigkeit, meine Wenigkeit und Gott und dabei nur eines alleweil ignorieren möchtest: Kennst du Den ohne Anfang und ohne Ende wirklich, doch nicht. ICH schon.
Und werd schon selber ganz nervös bei die Gfraster.
Vergiß doch nicht, Pepi: Unser Problem ist ein existentielles. Wir zwei ziehen an einem Strick, Pepi. Blitz und Donner, Zeter und Mordio! Du, ein Priester der Neuzeit und nicht einmal das Grundproblem er-kennen. Pepi: Wir sollen hinausexpediediert werden, degradiert zu musealen Erinnerungen, die in nebelhaft ferner Vorzeit verschollen sein sollen müssen dürfen. Nur mehr: Erinnerung, Pepi! Nur mehr Erinnerung!«
»Als wenn ich das nicht wüßt. Aber... mit dir nicht! ICH nicht! Mit DIR nicht!«, und aufstehn und gehen: »Der Seelenarzt und Richter zu Nirgendwo: niemals, hinweg! Höllenbube!«, und schlug mit geballten Fäusten gegen das Beichtgitter, »Du wagst das Un-Un-Un-Mögliche! Ana-Ana-Ana-Theemo esto!«
»Tzzzst! Tzzzst!«, drehte sich um die eigene Achse, der Rosenkranz auf dem Boden des Beichtstuhls: eine Schlange, doch nicht, stolperte: über den Marterstuhl und rutschte auf allen vieren hinaus aus dem Marterkasten, wie: Details, die Barbara Null niemandem erzählte, nicht dem Josef und auch nicht dem Johannes, der es wissen hatte wollen, unbedingt.

2
Ein etwas schwieriges Beichtkind

Der Köpfler, um nicht zu sagen gewagte Höhenflug im Gotteshaus und ohne Flügel endete mit einer Bauchlandung und um sich geblickt, aufmerksamst, aber eher, ratlos. Sicher, sicher; er war gelandet.
»Die Natter«, sagte er, mehrmals, und nickte, dann und wann; und schluckte, »die Vielköpfige«, dann und wann; und »Hoohoa-ha-hajtschi!«, dann und wann.
So oder so, gebrüllt hatte er eines gewiß: »Hilfe! Hilfe!«, noch im Marterkasten; »Hilfe!«, und war unglaublich flink auf allen vieren gekrabbelt, und das – im Gotteshaus, Richtung: Altar, »Du!Du!Du!Du!«, gebrüllt in einem fort, und wieder: »Hilfe!«, die erste Stufe für das sich beugende Knie erreicht; und vor dem Gitter auf allen vieren hin und her, her und hin, knurrende Laute – nicht eigentlich: »Tzzzst!«, Zischlaute – nicht eigentlich: »Joax! Quuoax! Brrr-rekekex koax koax!« gestockt, die rechte Hand zur Faust geballt und kreisend die vor seiner Stirn, »Brrr!«, so auch: »Wfff!Wfff!« wieder: »Brrr!«, und weiter gekrabbelt, als hätte er es nie anders gelernt, noch den Mohn-Schnuller und Hochwürden, doch nicht: Barbara Null schielte nicht immer.

Akkurat gestützt auf eine geehelichte Null, die Höllen-Barbara, den Weg
finden? Zurück ins ... und wo der den Schlüssel zum Pfarrhaus. Durfte
eine so niedrige Person den Schlüssel suchen, einer so hohen Person?
Eine so hochmächtige Person perlustrieren. Weiß Gott, was der im
Fieber noch alles offenbaren möcht, das doch: nicht Hochwürden, besser
niemand hörte.

»Hochwürden.«, und Barbara Null schluckte: Wie den bewegen, sodaß
Er aufstand und ... sich nicht genierte.

Der Seelenarzt und Richter der Mamma Null blickte auf, leicht geöffnet
den Mund: er horchte, wußte nichts von Tränen, die über sein Gesicht
rannen und Fieberschweiß.

»Hochwürden. Ich bin's nur: das Erdäpfelchen.«

»Tzzzst!«, drückte den Zeigefinger gegen den Mund, »Die vielköpfige
Natter, tzzzst!«, und rollte die Augäpfel, irgendwie aber ... doch ruhiger
geworden; der unruhig flackernde Hetz-Blick des Gehetzten –

Matthias, unser Hochwürden hätt dich im Pfarrhaus wohnen lassen,
so lang, bis du eine andere Wohnung; ganz bestimmt; samt deine
fünf Gfraster. Und SIE ... hätt's auch überlebt. Donaublau: das
war's.

Was passiert dem Franz, nimmermehr heimfinden; ein winziges
Kammerl: »Ohne Hausschwamm, Mamma. Und in Donaublau
gibt's so viele Ameisen ohne Arbeit, daß es auf eine mehr oder
weniger auch nicht ankommt: in meiner Gass'n wohnt nur G'sindel.
In Nirgendwo: es als Knecht probieren? Mamma dort! ... ICH
nicht. Glaubst, ich laß mich alleweil verdächtigen... ich wär – so
einer?! Nur, weil ich einmal eine Kuh umarmt hab: es war die
Magdalena, UNSERE Magdalena! Und was im Protokoll steht, die
Phantasie von dem-da! Und wenn die Anzeige für eine Gerichtsverhandlung .. ausgereicht hat, nicht aber für: meine Arrestierung ..
Mamma: mir .... langt's. Hätt ich nicht meine Gerichtsverhandlung
... das mit dem Matthias wär nie passiert! Und die Magdalena...« ja;
das war's: Donaublau. Die Magdalena: die Stadt der Toten. Und die
fünf Gfraster, das war's: zu Donaublau. Im Haus der Verwurstelten.
– als wär Hochwürden nicht Hochwürden.

»Die vielköpfige Natter, klapper, klapper, krk – tzzzst!«, und dirigierte
sie neben sich auf die Knie: »Hilf«, und drückte die Handflächen gegen
das Gitter aus Stein, das Priesterchor und Schiff sichtbar trennte: einerseits, andererseits doch: die Kommunionbank für die Gläubigen, »Tu
den... Pepi helfen!«, schon die Ungeduld in der Stimme und die Strenge
des Kindes im Gesicht, das ernsthaftest bemüht, eine etwas schwierige
Aufgabe – nichtsdestotrotz zu lösen. So oder so: Die Würde des Kindes
im Gesicht, nicht aber die Würde Hochwürdens.

»Ho-horrruck-k-k-k! Brrr! Tu umfallen!«
Niedrige Person hin, hohe Person her. Mamma Null schluckte, und entschied, es zu wagen: der mußte ins Bett.
Und war schon neben dem hochwürdigen Wuzerl gekniet, die Hände gegen die Kommunionbank stemmend wie dieses, auf daß der kleine Erdenbürger nicht meine, sie meine: Kindskopfprobleme, als gäb's nix Wichtigeres auf der Welt, dieselbe Strenge im Gesicht, bemüht, den Schwierigkeitsgrad der Aufgabe zu würdigen und mit derselben Ernsthaftigkeit, die Lösung – nichtsdestotrotz anzustreben: kurzum, keinesfalls die Plage des kleinen Erdenbürgers zu steigern, weder so noch anders und auch nicht irrtümlich: auf daß der nicht meine, er müsse bei der nächstbesten Gelegenheit anders meinen: Den buckelkraxen tragen – die Händ' um den Hals und so irgendwie halt; ziehen.
»Ich bin ja sowieso verloren. Nix kann schiefgehen; gar nix.«, schüttelte den Kopf.
»Fester! Fester! Tu den... Pepi helfen! Wfff! Wfff!«, das konnte Gott im Himmel bei der Endabrechnung nicht zu ihren Gunsten ausdeuten, so sie ein hochwürdiges Wuzerl ins Bett stecken wollte, das Fieber hinunterklopfen und ohne Doktor.
»Tu weggehen, umfallen! Tzzzst! Du!Du!Du!«
Was brauchte der zu wissen: ein Nirgendwoer, daß der Sohn einer Blinden aus dem Dorfe Sorgo in Fieberphantasien zu Offenbarungen – solchenen Sachen, solchergestalt, solcherweise, solchermaßen – neigt? So blindgeblieben die geborene Hase wie die geehelichte Null: Fünfe, allesamt mißraten. Allesamt, nicht die Ausnahm'. Der aber ein richtiger Hochwürden geglückt.
»Schschsch! Wegweg! Umfallen machen. Brrr!«
Und möcht sich totfiebern: Als wüßt Hochwürden nicht, daß er dem Herrgott nicht erzählen kann, daß Hochwürden so früh hinaufkommt, weil – der liebe Gott ihn gerufen hat. Und dann: scheinheilig, hab ich mich verhört: o Gott, wirklich? Als wüßte Hochwürden nicht, daß der im Himmel auch das Inwendige lesen konnte nicht nur: das Auswendige. Das Nichtgerufene, das trotzdem kommt, steckt der Herrgott doch in die Höll; als wüßt Hochwürden das nicht.
So ein Teufel war der liebe Gott – doch auch wieder nicht: Sie ins Buch des Lebens schreiben, und die Nirgendwoer: Das Erdäpfelchen gerettet, o groß ist Gott, halleluja!
Und dann die Erdäpfelei im Himmel. Als täten die sich im Himmel abgewöhnen, was sie sich auf der Erd'n angewöhnt haben, so ganz anders werden – da oben. Weil, wenn das so wär, könnt ja der Herrgott die Höll zusperren, wenn die anders werden täten im Himmel, dann wären ihre Leut ja auch – anders.

So hinterfotzig konnte Gott sie nicht in den Himmel locken wollen, obwohl – zuzutrauen war Ihm alles und das, was es darüberhinaus noch gibt, auch.

»Hilfe!Hilfe!«, und die Fäuste niedersausten, auf die Kommunionbank, daß es ihn doch schmerzen mußte; »Hilfe!« und war auf allen vieren gekrabbelt, Richtung?! Beichtstuhl, »Du!Du!Du!Du! Tu beichten.« – gebrüllt in einem fort – und wieder: »Hilfe!«, und alles noch einmal von vorne, auf daß der: eine Freud hat und eine Ruh ist.

Mamma Null krabbelte auf allen vieren, unglaublich flink, hinter dem her, auf daß sich ihr Gang und ihr Körper im fiebernden Kopf nicht ausdeuten ließ, auch noch anders, sodaß Hochwürden meinte, der Affe Gottes und nicht, ein etwas schwieriges Beichtkind.